Markus Zusak

La Voleuse de livres

Roman

Traduit de l'anglais (Australie)
par Marie-France Girod

ÉDITIONS DE NOYELLES

Éditions de Grenelle
123, boulevard de Grenelle, Paris
www.franceloisirs.com

Une édition du Club France Loisirs, Paris
réalisée avec l'autorisation de Oh ! Éditions

ISBN : 978-2-298-00076-4

Première publication par Picador Australia
en 2005 sous le titre « The Book Thief ».

Pour Elisabeth et Helmut Zusak,
avec toute mon affection et mon admiration.

PROLOGUE

Des montagnes de décombres

Où notre narratrice présente :
elle-même – les couleurs – et la voleuse de livres

MORT ET CHOCOLAT

D'abord les couleurs.
Ensuite les humains.
C'est comme ça que je vois les choses, d'habitude.
Ou que j'essaie, du moins.

UN DÉTAIL
Vous allez mourir.

En toute bonne foi, j'essaie d'aborder ce sujet avec entrain, même si la plupart des gens ont du mal à me croire, malgré mes protestations. Faites-moi confiance. Je peux *vraiment* être enjouée. Je peux être aimable. Affable. Agréable. Et nous n'en sommes qu'aux « A ». Mais ne me demandez pas d'être gentille. La gentillesse n'a rien à voir avec moi.

RÉACTION AU DÉTAIL
CI-DESSUS
Ça vous inquiète ?
Surtout, n'ayez pas peur.
Je suis quelqu'un de correct.

Une présentation s'impose.
Un début.
J'allais manquer à tous mes devoirs.
Je pourrais me présenter dans les règles, mais ce n'est pas vraiment nécessaire. Vous ferez bien assez tôt ma connaissance,

en fonction d'un certain nombre de paramètres. Disons simplement qu'à un moment donné, je me pencherai sur vous, avec bienveillance. Votre âme reposera entre mes bras. Une couleur sera perchée sur mon épaule. Je vous emporterai avec douceur.

À cet instant, vous serez étendu (je trouve rarement les gens debout). Vous serez pris dans la masse de votre propre corps. Peut-être vous découvrira-t-on ; un cri déchirera l'air. Ensuite, je n'entendrai plus que mon propre souffle et le bruit de l'odeur, celui de mes pas.

L'essentiel, c'est la couleur dont seront les choses lorsque je viendrai vous chercher. Que dira le ciel ?

Personnellement, j'aime quand le ciel est couleur chocolat. Chocolat noir, très noir. Il paraît que ça me va bien. J'essaie quand même d'apprécier chaque couleur que je vois – la totalité du spectre. Un milliard de saveurs, toutes différentes, et un ciel à déguster lentement. Ça atténue le stress. Ça m'aide à me détendre.

UNE PETITE THÉORIE

Les gens ne remarquent les couleurs du jour qu'à l'aube et au crépuscule, mais pour moi, une multitude de teintes et de nuances s'enchaînent au cours d'une journée. Rien que dans une heure, il peut exister des milliers de couleurs variées. Des jaunes cireux, des bleus recrachés par les nuages, des ténèbres épaisses. Dans mon travail, j'ai à cœur de les remarquer.

Comme je l'ai laissé entendre, j'ai besoin de me distraire. Cela me permet de conserver mon équilibre et de tenir le coup, étant donné que je fais ce métier depuis une éternité. Car qui pourrait me remplacer ? Qui prendrait le relais pendant que j'irais bronzer sur l'une de vos plages ou dévaler les pistes à ski ? Personne, évidemment. Aussi ai-je décidé, consciemment, délibérément, de remplacer les vacances par de la distraction. Inutile de préciser que je me repose au compte-gouttes. Avec les couleurs.

Mais, penserez-vous peut-être, pourquoi donc a-t-elle besoin de vacances ? De *quoi* a-t-elle besoin d'être distraite ?

Ce qui m'amène au point suivant.

Les humains qui en ont réchappé.

Les survivants.

Ceux-là, je ne supporte pas de les regarder, et je ne parviens pas toujours à m'y soustraire. Je recherche délibérément les couleurs pour ne plus penser à eux, mais j'en vois de temps en temps, effondrés entre surprise et désespoir. Leur cœur saigne. Ils ont les poumons en charpie.

Ce qui m'amène au sujet dont je veux vous parler ce soir, ou ce matin – qu'importent l'heure et la couleur. C'est l'histoire de quelqu'un qui fait partie de ces éternels survivants, quelqu'un qui sait ce qu'être abandonné veut dire.

Une simple histoire, en fait, où il est question, notamment :

— D'une fillette ;

— De mots ;

— D'un accordéoniste ;

— D'Allemands fanatiques ;

— D'un boxeur juif ;

— Et d'un certain nombre de vols.

J'ai vu la voleuse de livres à trois reprises.

PRÈS DE LA VOIE FERRÉE

D'abord, il y a du blanc. Du genre éblouissant.

Certains d'entre vous penseront sans doute que le blanc n'est pas une couleur, ou une ânerie de ce genre. Je peux vous dire que si. Le blanc est une couleur, cela ne fait aucun doute. Et vous n'avez pas envie de discuter avec moi, n'est-ce pas ?

UNE ANNONCE RASSURANTE
Surtout, ne vous affolez pas, malgré cette menace.
C'est du bluff.
Je n'ai rien de violent.
Ni de méchant.
Je suis un résultat.

Donc, c'était blanc.

On aurait cru que la planète entière était vêtue de neige. Qu'elle l'avait enfilée comme un pull-over. Près de la voie ferrée, les empreintes de pas étaient enfoncées jusqu'au talon. La glace enrobait les arbres.

Comme vous vous en doutez, quelqu'un était mort.

* * *

On ne pouvait pas le laisser comme ça sur le sol. Pour le moment, ce n'était pas un problème, mais bientôt la voie serait dégagée et le train devrait avancer.

Il y avait deux gardes.

Il y avait une mère et sa fille.

Et un cadavre.

La mère, la fille et le cadavre restaient là, têtus et silencieux.

« Qu'est-ce que je peux faire d'autre ? »

L'un des gardes était grand, l'autre petit. Le grand parlait toujours en premier, même s'il ne commandait pas. Il regardait le petit rondouillard, au visage rouge et plein.

« Voyons, on ne peut pas les laisser comme ça », fut la réponse.

Le grand commençait à s'impatienter. « Pourquoi pas ? »

Le petit faillit exploser. Il leva les yeux vers le menton de l'autre et s'écria : « *Spinnst du ?* Tu es idiot, ou quoi ? » Sous l'effet de l'aversion, ses joues se gonflaient. « Allons-y, dit-il en pataugeant dans la neige. On va les ramener tous les trois, si l'on n'a pas le choix. On fera un rapport au prochain arrêt. »

Quant à moi, j'avais déjà commis une erreur des plus élémentaires. Je ne peux vous expliquer à quel point je m'en suis voulu. Au départ, pourtant, j'avais agi comme il fallait.

J'étudiai le ciel d'une blancheur aveuglante qui se tenait à la fenêtre du train en marche. Je l'*inhalai* presque, mais j'hésitais encore. Je flanchais – je commençais à éprouver de l'intérêt. Pour la fillette. Finalement, la curiosité l'emporta et, me résignant à rester autant que mon planning le permettait, j'observai ce qui se passait.

Vingt-trois minutes plus tard, quand le train s'arrêta, je descendis avec eux.

J'avais une jeune âme dans les bras.

Je me tenais légèrement sur la droite.

Le dynamique duo de gardes revint vers la mère, la fillette et le petit cadavre. Je me souviens que ce jour-là, ma respiration était bruyante. Je suis étonnée que les gardes n'aient pas remarqué ma présence en passant à côté de moi. Le monde pliait maintenant sous le poids de toute cette neige.

À une dizaine de mètres sur ma gauche se tenait la fillette pâle, le ventre vide, transie de froid.

Ses lèvres tremblaient.

Elle avait croisé ses bras glacés.

Sur le visage de la voleuse de livres, les larmes avaient gelé.

L'ÉCLIPSE

La fois suivante, on passe au noir monogrammé, ce qui nous place à l'opposé du spectre. C'était avant le lever du jour, quand la nuit est la plus épaisse.

Je venais chercher un homme d'environ vingt-quatre ans. Par certains aspects, la scène était assez belle. L'avion toussait encore. De la fumée s'échappait de ses deux poumons.

En s'écrasant, il avait creusé trois profondes entailles dans le sol. Ses ailes étaient maintenant des bras sectionnés à la racine. Pour cet oiseau de métal, c'en était fini de voler.

QUELQUES AUTRES DÉTAILS
Parfois, j'arrive trop tôt.
Je me précipite,
et certaines personnes s'accrochent
à la vie plus longtemps que prévu.

Au bout de quelques minutes, la fumée s'épuisa, et ce fut tout.

Le garçon arriva le premier, le souffle court, portant une boîte à outils. En émoi, il s'approcha du cockpit et observa le pilote, cherchant à savoir s'il était vivant. Il l'était encore. La voleuse de livres apparut trente secondes plus tard.

Des années avaient passé, mais je la reconnus.

Elle haletait.

De la boîte à outils, le garçon sortit un ours en peluche.

Il passa la main à travers le pare-brise éclaté et le déposa sur le torse du pilote. L'ours souriant resta niché contre l'homme ensanglanté. Au bout de quelques minutes, je saisis l'occasion. C'était le bon moment.

Je pénétrai dans l'épave, libérai l'âme de l'homme et l'emportai avec précaution.

Il ne restait plus que le corps, l'odeur de fumée persistante, et l'ours en peluche qui souriait.

Quand les gens arrivèrent, les choses avaient changé, bien sûr. L'horizon devenait charbonneux. Au-dessus, le reste d'obscurité n'était plus qu'un gribouillis qui s'effaçait à toute allure.

L'homme, au contraire, avait la teinte de l'os. Une peau couleur de squelette. Un uniforme en désordre. Ses yeux étaient froids et bruns, telles des taches de café, et le dernier griffonnage du ciel dessinait ce qui m'apparut comme une forme étrange, mais familière. Une signature.

La foule fit ce que font toutes les foules.

Tandis que je me frayais un passage parmi elle, il y eut un mélange de mains qui s'agitaient, de phrases étouffées et de demi-tours gênés.

Quand je regardai de nouveau l'avion, la bouche ouverte du pilote semblait sourire.

Une ultime bonne blague.

De l'humour à l'emporte-pièce.

Il resta sanglé dans son uniforme tandis que la lumière grise se livrait à un bras de fer avec le ciel. Et comme souvent, au moment où j'ai entamé mon voyage, une ombre s'est de nouveau esquissée, un moment d'éclipse final – la reconnaissance du départ d'une autre âme.

Car malgré toutes les couleurs qui s'attachent à ce que je vois dans ce monde, il m'arrive souvent de percevoir une éclipse au moment où meurt un humain.

J'en ai vu des millions.

J'ai vu plus d'éclipses que je ne pourrais m'en souvenir.

LE DRAPEAU

La dernière fois que je l'ai vue, c'était rouge. Le ciel ressemblait à de la soupe qui frémit. Il était brûlé par endroits. Des miettes noires et du poivre parsemaient cette substance écarlate.

Un peu plus tôt, dans cette rue qui ressemblait à des pages tachées d'huile, des enfants jouaient à la marelle. En arrivant, j'entendais encore les échos de leur jeu. Les pieds qui frappaient le sol. Les petites voix qui riaient et les sourires comme du sel, mais déjà en train de pourrir.

Et puis les bombes.

Cette fois, tout intervint trop tard.

Les sirènes. Les cris de coucou à la radio. Trop tard.

En quelques minutes, des monticules de terre et de béton s'accumulèrent. Les rues étaient des veines ouvertes. Le sang ruissela jusqu'à sécher sur la route et les corps restèrent coincés là, comme du bois flotté après une inondation.

Tous, jusqu'au dernier, étaient cloués au sol. Un paquet d'âmes.

Était-ce la destinée ?

La malchance ?

Qui les avait mis dans cet état ?

Bien sûr que non.

Ne soyons pas idiots.

C'était plutôt la faute des bombes, lâchées par des humains dissimulés dans les nuages.

Oui, le ciel était maintenant d'un rouge dévastateur. La petite ville allemande avait été déchirée une fois de plus. Des cendres floconneuses tombaient et c'était si joli qu'on avait envie de les goûter avec la langue. Sauf qu'elles vous auraient brûlé les lèvres et calciné la bouche.

Je le vois nettement.

J'allais partir lorsque je l'ai découverte, agenouillée.

Autour d'elle, comme un dessin, comme une écriture, se dressaient des montagnes de décombres. Elle serrait un livre dans sa main.

Ce que voulait avant tout la voleuse de livres, c'était regagner son sous-sol pour écrire, ou pour relire une dernière fois son histoire. Après coup, je me rends compte que cela se voyait sur son visage. Elle mourait d'envie de se retrouver dans ce lieu sûr, où elle se sentait chez elle, mais elle était incapable de bouger. Sans compter que le sous-sol n'existait plus. Il faisait maintenant partie de ce paysage ravagé.

Je vous demande une fois de plus de me croire.

J'avais envie de m'arrêter. De me coucher.

J'avais envie de dire :

« Je suis désolée, mon petit. »

Mais je n'en ai pas le droit.

Je ne me suis pas couchée. Je n'ai rien dit.

À la place, je l'ai observée un moment. Et quand elle a pu bouger, je l'ai suivie.

* * *

Elle a lâché le livre.

Elle est tombée à genoux.

La voleuse de livres a hurlé.

Lorsqu'on a nettoyé la route, son livre a été piétiné à plusieurs reprises. Les ordres étaient de dégager seulement les gravats, mais le bien le plus précieux de la fillette a été jeté dans la benne à ordures. Je n'ai alors pu m'empêcher de monter à bord et de le prendre, sans savoir que je le garderais et que je le consulterais un nombre incalculable de fois au fil des ans. J'observerais les endroits où nos chemins se croisent et je m'émerveillerais de ce que la fillette a vu et de la façon dont elle a survécu. C'est tout ce que je peux faire – remettre ces événements en perspective avec ceux dont j'ai été témoin à cette époque.

Quand je pense à elle, je vois une longue liste de couleurs, mais les trois dans lesquelles je l'ai vue en chair et en os sont les plus évocatrices. Parfois, je parviens à flotter très haut au-dessus de ces trois moments. Je reste en suspens, jusqu'à ce que la vérité perce.

C'est à ce moment-là que je les vois se concrétiser.

LES COULEURS
ROUGE BLANC NOIR

Elles tombent les unes sur les autres. Le noir gribouillé sur le blanc global éblouissant, lui-même sur l'épaisse soupe rouge.

Oui, souvent, quelque chose vient me rappeler la fillette, et j'ai gardé son histoire dans l'une de mes nombreuses poches pour la raconter de nouveau. Elle fait partie de celles, aussi extraordinaires qu'innombrables, que je transporte. Chacune est une tentative, un effort gigantesque, pour me prouver que vous et votre existence humaine valez le coup.

La voici. Une parmi une poignée d'autres.

La Voleuse de livres.

Venez avec moi, si ça vous tente. Je vais vous raconter une histoire.

Je vais vous montrer quelque chose.

PREMIÈRE PARTIE

Le manuel du fossoyeur

Avec :
la rue Himmel – l'art du *saumensch*age –
la femme à la poigne de fer –
une tentative de baiser – Jesse Owens –
du papier de verre – l'odeur de l'amitié –
une championne poids lourds –
et la mère de toutes les *Watschen*

L'ARRIVÉE RUE HIMMEL

Cette dernière fois.

Ce ciel rouge…

Comment une voleuse de livres se retrouve-t-elle agenouillée, en train de hurler, entourée d'un ridicule monceau de décombres graisseux concoctés par les humains ?

Quelques années plus tôt, tout avait commencé avec la neige.

Le moment était venu. Pour une personne.

UN MOMENT SPECTACULAIREMENT TRAGIQUE
Un train roulait à toute allure.
Bondé d'êtres humains.
Un enfant de six ans mourut dans le troisième wagon.

La voleuse de livres et son frère se rendaient à Munich où ils seraient bientôt accueillis par des parents adoptifs. Nous savons maintenant que le petit garçon n'arriverait pas à destination.

COMMENT C'EST ARRIVÉ
Une intense quinte de toux.
Qui fut pratiquement *inspirée*.
Et puis ensuite – rien.

Quand la toux cessa, il n'y eut plus rien, que le néant de la vie s'écoulant dans un halètement, ou une contraction presque muette. Quelque chose monta soudain aux lèvres de l'enfant qui étaient brunâtres et pelaient, comme de la peinture écaillée qu'il aurait fallu refaire.

Leur mère dormait.

Je suis entrée dans le train.

Mes pieds ont parcouru l'allée bondée et ma paume s'est tout de suite posée sur sa bouche.

Personne n'a rien remarqué. Le train filait.

Personne, sauf la fillette.

Un œil ouvert, l'autre encore dans ses rêves, Liesel Meminger, la voleuse de livres, vit parfaitement que son petit frère était maintenant tourné sur le côté, mort.

Les yeux bleus de Werner regardaient le sol.

Sans le voir.

Avant de s'éveiller, la voleuse de livres rêvait du Führer, Adolf Hitler. Elle assistait à un rassemblement où il avait pris la parole, elle regardait la raie pâle qui partageait ses cheveux et le carré impeccable de sa moustache. Elle écoutait, contente, le torrent de mots qui sortait de sa bouche. Ses phrases qui rayonnaient dans la lumière. À un moment, il s'accroupissait et lui souriait. Elle lui retournait son sourire et disait : « *Guten Tag, Herr Führer. Wie geht's dir heut ?* » Elle ne savait pas très bien parler, ni même lire, car elle n'était guère allée à l'école. Elle découvrirait pourquoi le moment venu.

Juste au moment où le Führer s'apprêtait à répondre, elle s'éveilla.

On était en janvier 1939. Elle avait neuf ans, presque dix.

Son frère était mort.

Un œil ouvert.

L'autre encore dans son rêve.

Il aurait mieux valu qu'elle le continue, je pense, mais cela ne dépend pas de moi.

Le second œil s'ouvrit brusquement et elle me surprit, cela ne fait aucun doute. J'étais à genoux, en train d'extraire l'âme du petit garçon que je recueillais entre mes bras enflés. Il s'est réchauffé aussitôt après mais, au moment où je l'ai saisi, son âme était moelleuse et froide comme de la crème glacée. Il s'est mis à fondre entre mes bras. À se réchauffer complètement. À guérir.

Liesel Meminger, elle, s'était raidie et ses pensées s'affolaient. *Es stimmt nicht*. Ce n'est pas possible. Ce n'est pas possible.

Elle l'a secoué.

Pourquoi les secoue-t-on toujours ?

Oui, je sais, c'est quelque chose d'instinctif. Pour faire barrage à la vérité. À ce moment-là, le cœur de la fillette était glissant, et brûlant, et il battait fort, très fort.

Bêtement, je suis restée. Pour voir.

Ensuite, sa mère.

Elle l'a réveillée en la secouant de la même manière.

Si vous avez du mal à imaginer la scène, pensez à un silence incrédule. Pensez à des épaves de désespoir qui flottent. Et sombrent dans un train.

* * *

Il avait beaucoup neigé et le train de Munich fut obligé de s'arrêter, car on n'avait pas dégagé les voies. Une femme gémissait, avec, à ses côtés, une fillette tétanisée.

Paniquée, la mère ouvrit la portière.

Elle descendit dans la neige, le petit corps dans les bras.

Que pouvait faire la fillette, sinon la suivre ?

Comme vous le savez déjà, deux gardes avaient également quitté le train. Ils se disputèrent pour savoir quelles mesures prendre. La situation était pour le moins délicate. Il fut enfin décidé que tous les trois seraient conduits jusqu'au prochain bourg et qu'on les laisserait là pour tirer la situation au clair.

Cette fois, le train avança par à-coups dans la campagne enneigée.

Il entra dans la gare et s'arrêta.

Elles descendirent sur le quai. La mère portait le cadavre de l'enfant.

Elles restèrent là.

L'enfant devenait lourd.

Liesel n'avait aucune idée de l'endroit où elle se trouvait. Tout était blanc. Elle ne voyait que le panneau qui se trouvait devant elle, avec une inscription à demi effacée. Cette ville n'avait pas de nom pour elle et c'est là que son frère, Werner, fut enterré deux jours plus tard. Comme témoins, il y avait un prêtre et deux fossoyeurs grelottant de froid.

REMARQUE
Deux gardes dans un train.
Deux fossoyeurs.
Quand il le fallut, l'un d'eux prit les choses en main.
L'autre fit ce qu'on lui demandait.
Mais que se passe-t-il si *l'autre* n'est pas qu'un ?

Des erreurs. Voilà tout ce dont je suis capable, par moments.

Pendant deux jours, j'ai vaqué à mes occupations. J'ai parcouru la planète comme d'habitude et déposé des âmes sur le tapis roulant de l'éternité. Je les ai regardées se laisser emporter passivement. À plusieurs reprises, je me suis incitée à rester à distance de l'enterrement du frère de Liesel Meminger. Conseil d'ami, dont je n'ai pas tenu compte.

De très loin, j'ai vu le petit groupe d'humains qui se tenaient, frigorifiés, dans ce paysage de neige désolé. Le cimetière m'a accueillie comme une amie et je les ai très vite rejoints. Je me suis inclinée.

À la gauche de Liesel, les fossoyeurs se frottaient les mains pour se réchauffer et déploraient la difficulté supplémentaire qu'apportait la neige à leur travail. « C'est pénible de creuser avec toute cette glace. » L'un d'eux n'avait guère plus de quatorze ans. Un apprenti. Sa tâche accomplie, il s'en alla. Un livre à la couverture noire tomba alors de sa poche, sans qu'il s'en aperçoive.

Quelques minutes plus tard, la mère de Liesel s'éloigna avec le prêtre en le remerciant d'avoir officié.

La fillette ne suivit pas.

Elle s'agenouilla sur le sol. C'était le moment.

Elle se mit à creuser, refusant d'y croire. Il ne pouvait pas être mort. Il ne pouvait pas être mort. Il ne pouvait pas...

Très vite, la neige s'incrusta dans sa peau.

Du sang gelé étoila ses mains.

Quelque part dans toute cette neige, elle voyait son cœur fendu en deux. Chaque moitié rougeoyante battait sous le manteau blanc. Elle ne prit conscience que sa mère était revenue la chercher qu'au moment où elle sentit une main osseuse se poser sur son épaule et l'entraîner. Un cri tiède envahit sa gorge.

UNE PETITE IMAGE,
UNE VINGTAINE DE MÈTRES PLUS LOIN
La mère et la fille reprirent leur souffle.
Un objet noir rectangulaire était niché dans la neige.
La fillette fut la seule à le voir.
Elle se pencha, ramassa le livre et le serra entre ses doigts.
Sur la couverture, il y avait une inscription en lettres d'argent.

Elles se tinrent par la main.

Après un dernier adieu déchirant, elles quittèrent le cimetière en se retournant souvent.

Pour ma part, je me suis un peu attardée.

J'ai fait au revoir de la main.

Personne ne m'a rendu mon salut.

La mère et la fille allèrent prendre le prochain train pour Munich.

Toutes deux étaient pâles et maigres.

Toutes deux avaient les lèvres gercées.

Liesel s'en aperçut en voyant leur reflet dans la vitre sale et embuée du train à bord duquel elles montèrent un peu avant midi. Plus tard, la voleuse de livres écrirait que le voyage se poursuivit comme si *tout* était arrivé.

Quand le train entra dans la *Bahnhof* de Munich, les passagers en sortirent comme d'un paquet éventré. Il y avait là toutes sortes de gens mais, parmi eux, on reconnaissait tout particulièrement les pauvres. Ceux qui n'ont rien ne cessent de se déplacer, comme si leur sort pouvait être meilleur ailleurs. Ils préfèrent ignorer qu'au terme du voyage ils vont retrouver sous une nouvelle forme le vieux problème, ce membre de la famille qu'on redoute d'embrasser.

Je crois que sa mère le savait fort bien. Ses enfants n'allaient pas chez de riches Munichois, mais on leur avait apparemment trouvé une famille d'accueil et là, au moins, la fillette et le petit garçon seraient un peu mieux nourris et correctement éduqués.

Le petit garçon.

Leur mère, Liesel en était certaine, portait sur l'épaule le souvenir de l'enfant. Elle le lâcha. Elle vit ses pieds et ses jambes heurter le quai.

Comment cette femme pouvait-elle marcher ?

Comment pouvait-elle bouger ?

Ce dont les humains sont capables, c'est une chose qui m'échappera toujours…

La mère le reprit dans ses bras et continua à avancer, la fillette maintenant collée à elle.

Ce furent ensuite la rencontre avec les autorités et les questions douloureuses sur le retard et le petit garçon. Liesel resta dans un coin du petit bureau poussiéreux, tandis que sa mère était assise sur une chaise inconfortable, enfermée dans ses pensées.

Puis il y eut le chaos des adieux.

Des adieux mouillés de larmes. La fillette enfouit la tête au creux du vieux manteau de laine de sa mère et, là aussi, il fallut l'entraîner.

L'ARRIVÉE RUE HIMMEL

Assez loin de la périphérie de Munich, il y avait une petite ville nommée Molching, que vous et moi prononcerons plutôt « Molking ». C'est à cet endroit qu'on la conduisait, rue Himmel.

TRADUCTION
Himmel = ciel

Ceux qui baptisèrent cette rue avaient indubitablement un solide sens de l'humour. Certes, elle n'avait rien d'un enfer. Mais que diable, ce n'était pas non plus le paradis.

Qu'importe. Les parents nourriciers de Liesel attendaient.

Les Hubermann.

Ils pensaient accueillir une fille et un garçon, ce pour quoi ils percevraient une petite allocation. Personne ne voulait avoir à dire à Rosa Hubermann que le garçonnet n'avait pas survécu au voyage. D'ailleurs, personne n'avait jamais envie de lui dire quoi que ce soit. En matière de caractère, le sien n'était pas vraiment enviable, même si elle avait réussi par le passé auprès d'un certain nombre d'enfants nourriciers.

Liesel fit le trajet en voiture.

C'était la première fois qu'elle montait dans une automobile.

Elle avait l'estomac retourné et espérait contre toute attente que les gens allaient se perdre en chemin ou changer d'avis. Et surtout, elle ne pouvait s'empêcher de penser à sa mère, qui était maintenant à la *Bahnhof*, où elle attendait le train du retour. Toute frissonnante, engoncée dans ce manteau qui ne la protégeait pas du froid. Elle devait se ronger les ongles sur un quai interminable, inconfortable, une plaque de ciment glacial. Essaierait-elle de retrouver au passage l'endroit approximatif où son fils avait été enterré ? Ou son sommeil serait-il trop profond ?

La voiture poursuivait sa route et Liesel redoutait le virage fatal, le dernier.

Le jour était gris, la couleur de l'Europe.

Des rideaux de pluie étaient tirés autour de la voiture.

« On y est presque. » La dame de l'institution, Frau Heinrich, se tourna vers elle. « *Dein neues Heim* – Ta nouvelle maison », dit-elle avec un sourire.

Liesel frotta la vitre criblée de gouttes et regarda à l'extérieur.

UNE PHOTO DE LA RUE HIMMEL
Les bâtiments, pour la plupart des petites maisons et des immeubles d'habitation à l'air craintif, semblent collés les uns aux autres.
Un tapis de neige boueuse recouvre le sol.
Il y a du béton, des arbres nus qui ressemblent à des porte-chapeaux, une atmosphère grise.

Il y avait aussi un homme dans la voiture. Il resta avec Liesel pendant que Frau Heinrich disparaissait à l'intérieur de la maison. Il ne disait pas un mot. Elle pensa qu'il était là pour l'empêcher de s'enfuir ou pour la faire entrer de force le cas échéant. Pourtant, quand un peu plus tard le problème se posa, il ne leva pas le petit doigt. Peut-être n'était-il que l'ultime recours, la solution finale.

Au bout de quelques minutes, un homme de très haute taille sortit de la maison. C'était Hans Hubermann, le père nourricier de Liesel. Il était encadré par Frau Heinrich, qui était de taille moyenne, et par la silhouette trapue de sa femme, qui ressemblait à une petite armoire sur laquelle on aurait jeté une robe. Rosa Hubermann marchait en se dandinant et l'ensemble aurait été plutôt sympathique si son visage, qui ressemblait à du carton ridé, n'avait eu une expression agacée, comme si elle avait du mal à supporter tout ça. Son mari avait une démarche assurée. Il tenait entre ses doigts une cigarette allumée. Il roulait lui-même ses cigarettes.

* * *

L'ennui, c'est que Liesel ne voulait pas descendre de voiture.

« *Was ist los mit dem Kind ?* » demanda Rosa Hubermann. Elle répéta sa phrase. « Qu'est-ce qui se passe avec cette enfant ? » Elle glissa la tête à l'intérieur de la voiture. « *Na, komm. Komm.* »

Le siège de devant fut repoussé et un couloir de lumière froide invita Liesel à sortir. Elle ne bougea pas.

À l'extérieur, grâce au cercle qu'elle avait dessiné sur la vitre, elle pouvait voir les doigts de l'homme de haute taille. Ils tenaient toujours la cigarette, au bout de laquelle la cendre formait un mince boudin qui pencha vers le sol et se redressa à plusieurs reprises avant de tomber enfin. Il fallut presque un quart d'heure d'efforts pour persuader la fillette de quitter la voiture C'est Hans Hubermann qui y parvint.

En douceur.

Ensuite, il fallait passer le portail. Elle s'y accrocha.

Les larmes traçaient des sillons sur ses joues. Un attroupement commença à se former tandis qu'elle refusait d'entrer. Au bout d'un moment, Rosa Hubermann envoya les gens au diable et ils repartirent comme ils étaient venus.

TRADUCTION DE LA PHRASE DE ROSA HUBERMANN
« Qu'est ce que vous regardez comme ça,
bande de trous du cul ? »

Liesel Meminger finit par pénétrer précautionneusement dans la maison, une main tenant celle de Hans Hubermann, l'autre sa petite valise. Tout au fond de cette valise, sous une couche de vêtements pliés, il y avait un livre noir, qu'un fossoyeur de quatorze ans avait dû chercher des heures dans une ville sans nom. Je l'imagine en train de dire à son patron : « Je ne comprends pas ce qui a pu se passer. Je vous promets, je l'ai cherché partout. Partout ! » Je ne crois pas qu'il ait jamais soupçonné la fillette, et pourtant ce livre noir était là, contre le plafond de ses vêtements, avec des mots écrits en lettres d'argent :

LE MANUEL DU FOSSOYEUR
Un guide en douze étapes
pour réussir dans le métier
Une publication de l'Association bavaroise des cimetières

La voleuse de livres avait frappé pour la première fois. C'était le début d'une carrière illustre.

DEVENIR UNE *SAUMENSCH*

Oui, une carrière illustre.

Je dois toutefois reconnaître qu'il y a eu un hiatus considérable entre le premier livre volé et le deuxième. Autre point intéressant : le premier fut ramassé dans la neige, le deuxième dans le feu. Et d'autres lui furent offerts. En tout, elle eut quatorze livres, mais dix comptèrent surtout à ses yeux. Sur ces dix, six furent volés, un autre apparut sur la table de la cuisine, deux furent réalisés à son intention par un Juif caché et un autre enfin arriva par une douce après-midi vêtue de jaune.

Lorsqu'elle entreprit d'écrire son histoire, elle se demanda à quel moment exactement les livres et les mots avaient commencé à avoir une influence capitale pour elle. Était-ce la première fois où elle posa les yeux sur la pièce aux nombreux rayonnages remplis de volumes ? Lorsque Max Vandenburg arriva rue Himmel avec le *Mein Kampf* d'Hitler et de la souffrance plein les mains ? Lorsqu'elle lut dans les abris ? Était-ce le dernier défilé vers Dachau ? *La Secoueuse de mots ?* Peut-être ne saurait-elle jamais exactement où et quand c'était arrivé. Quoi qu'il en soit, je m'avance. Auparavant, nous allons découvrir l'installation de Liesel Meminger rue Himmel et la pratique du *saumensch*age.

À son arrivée, Liesel avait encore sur les mains les traces de la morsure de la neige et du sang caillé sur les doigts. Tout en elle était dénutri. Elle avait des mollets comme du fil de fer. Des bras comme un porte-manteau. Même son sourire, si rare fût-il, était affamé.

La teinte de ses cheveux se rapprochait du blond germanique, mais ses yeux étaient dangereusement foncés. Bruns. À cette époque-là, en Allemagne, des yeux de cette couleur n'étaient pas un cadeau. Peut-être était-ce son père qui les lui avait transmis, mais elle n'avait aucun moyen de le savoir, car elle ne se souvenait pas de lui. Ce qu'elle savait sur son père, se résumait à une étiquette dont elle ignorait le sens.

UN MOT BIZARRE
Kommunist

Elle l'avait souvent entendu prononcer au cours des dernières années.

« Communiste. »

Il y avait des pensions de famille bondées, des pièces emplies de questions. Et ce mot. Ce mot bizarre était partout, debout dans un coin, ou en train d'espionner dans le noir. Il portait un costume, un uniforme. Il était présent à chaque fois qu'on parlait de son père. Elle avait son odeur dans les narines, son goût sur les lèvres. Simplement, elle ne savait ni l'épeler ni le définir. Quand elle demandait à sa mère ce qu'il signifiait, elle s'entendait répondre que ce n'était rien, qu'elle ne devait pas se préoccuper de ce genre de choses. Dans l'une des pensions de famille, vivait une femme assez aisée qui tentait d'apprendre à écrire aux enfants, en inscrivant les lettres sur le mur avec des morceaux de charbon. Liesel avait eu envie de lui poser la question, mais l'occasion ne s'était jamais présentée. Un jour, la femme avait été emmenée pour interrogatoire et on ne l'avait jamais revue.

Lorsque Liesel arriva à Molching, elle se doutait bien que c'était pour la mettre à l'abri, mais cela ne la réconfortait pas pour autant. Si sa mère l'aimait, pourquoi la laissait-elle sur le seuil de quelqu'un d'autre ? Pourquoi ? Pourquoi ?

Pourquoi ?

Le fait qu'elle connût la réponse, fût-ce à un niveau très élémentaire, ne changeait rien à l'affaire. Sa mère était constamment malade et il n'y avait jamais d'argent pour la soigner. Liesel le savait. Mais elle n'avait pas à l'accepter pour autant. On pouvait lui dire autant de fois qu'on voulait qu'elle était aimée, elle se refusait à croire qu'on le lui prouvait en l'abandonnant. Elle n'en restait pas moins une enfant maigrichonne, perdue encore une fois dans un lieu étranger, chez des étrangers. Seule.

Les Hubermann habitaient l'une des maisonnettes de la rue Himmel. Quelques pièces, une cuisine et des cabinets communs avec les voisins. Le toit était plat et le sous-sol servait de réserve. En principe, ce sous-sol n'avait pas la *bonne profondeur*. En 1939, ce n'était pas un problème. Plus tard, en 1942 et en 1943, si. Quand les raids aériens commencèrent, ils durent courir au bout de la rue pour s'abriter des bombes.

Au début, ce qui la frappa le plus, ce furent les jurons, tant ils étaient véhéments et fréquents. C'était des *Saumensch*, des *Saukerl* ou des *Arschloch* à tout bout de champ. Pour ceux qui ne seraient pas familiers avec ces termes, j'explique. *Sau*, bien sûr, se rapporte aux cochons. Sau*mensch* est utilisé pour punir, réprimander ou humilier une personne du sexe féminin. Sau*kerl* (prononcer « saukairl »), c'est la même chose, mais au masculin. Quant à *Arschloch*, un terme neutre et donc indifférencié, on peut le traduire directement par « trou du cul ».

« *Saumensch, du dreckiges !* » La mère nourricière de Liesel hurla cette phrase le premier soir, lorsque la fillette refusa de prendre un bain. « Espèce de cochonne, pourquoi tu ne te déshabilles pas ? » Côté colère, elle était imbattable. À vrai dire, Rosa Hubermann portait en permanence la rage sur son visage. C'est comme ça que les rides avaient creusé leurs sillons dans la texture cartonnée de son teint.

Liesel, naturellement, baignait dans l'angoisse. Pas moyen de lui faire prendre un bain, ni de la mettre au lit, d'ailleurs. Elle était repliée dans un coin de la minuscule salle d'eau, agrippée au mur comme si elle cherchait refuge dans des bras secourables. Mais il n'y avait là que de la peinture sèche, sa respiration haletante et les imprécations de Rosa.

« Laisse-la. » Hans Hubermann intervint. Sa voix douce s'insinua dans la pièce, comme si elle fendait la foule. « Laisse-moi faire. »

Il s'approcha et s'assit par terre, contre le mur. Le carrelage était froid et inhospitalier.

« Tu sais rouler une cigarette ? » demanda-t-il à Liesel. Dans la pénombre grandissante, Hans Hubermann entreprit de lui montrer comment faire avec du papier et du tabac.

Au bout d'une heure, Liesel savait à peu près rouler une cigarette. Hans en avait fumé plusieurs et elle n'avait toujours pas pris son bain.

QUELQUES INFORMATIONS
SUR HANS HUBERMANN
Il aimait fumer.
Ce qu'il préférait dans les cigarettes, c'était les rouler.
Il exerçait la profession de peintre en bâtiment
et jouait de l'accordéon.
C'était très utile, notamment en hiver, quand il pouvait se faire
un peu d'argent en se produisant dans les bistros
de Molching, comme le Knoller.
Il m'avait déjà échappé lors de la Première Guerre mondiale,
et il se retrouverait plus tard mêlé à la Seconde
(par une forme perverse de récompense), où il s'arrangerait
pour m'éviter de nouveau.

Hans Hubermann n'était pas le genre de personne qu'on remarque. Il n'avait rien de spécial. Certes, c'était un bon peintre et ses dons musicaux étaient au-dessus de la moyenne. Mais il pouvait faire partie du décor même quand il était sur le devant de la scène, si vous voyez ce que je veux dire. Il était *présent*, sans plus. Quelqu'un que l'on ne considère pas comme ayant une valeur particulière.

Or les apparences étaient trompeuses. Car Hans Hubermann était un homme de valeur et cela n'échappa pas à Liesel Meminger. (Les enfants humains sont parfois beaucoup plus perspicaces que les adultes.) Elle s'en aperçut tout de suite.

À ses façons.

Au calme qui l'entourait.

Ce soir-là, lorsqu'il alluma la lumière dans cette salle d'eau si peu accueillante, Liesel remarqua les yeux étranges de son père nourricier. Un regard d'argent, empreint de bonté. D'argent en train de fondre. En le voyant, elle eut conscience de la valeur de Hans Hubermann.

QUELQUES INFORMATIONS SUR ROSA HUBERMANN

Elle mesurait un mètre cinquante-cinq et coiffait en chignon ses cheveux élastiques, d'un gris tirant sur le brun. Pour arrondir les fins de mois, elle faisait de la lessive et du repassage pour cinq familles aisées de Molching. Elle cuisinait affreusement mal. Elle avait l'art d'agacer pratiquement tous les gens qu'elle rencontrait. Mais elle aimait beaucoup Liesel Meminger. Simplement, elle avait une façon curieuse de lui montrer son affection. Notamment en la maltraitant de temps à autre à coups de cuillère en bois et de mots.

Lorsque Liesel prit enfin un bain, après quinze jours passés rue Himmel, Rosa l'étreignit si fort qu'elle manqua l'étouffer. « *Saumensch, du dreckiges !* – Il était temps ! » déclara-t-elle.

Au bout de quelques mois, ils cessèrent d'être M. et Mme Hubermann. « Écoute, Liesel, à partir de maintenant, tu vas m'appeler Maman », dit un jour Rosa. Elle réfléchit quelques instants. « Comment appelais-tu ta vraie mère ?

— *Auch Mama* – Aussi Maman, répondit tranquillement Liesel.

— Dans ce cas, je serai Maman numéro deux. » Rosa jeta un coup d'œil à son mari. « Et lui, là-bas… » Elle parut rassembler les mots dans sa main, puis les tapoter avant de les lancer de l'autre côté de la table. « Ce *Saukerl*, ce cochon, tu l'appelles Papa, *verstehst* ? Compris ?

— Oui », dit très vite Liesel. Dans cette maison, mieux valait ne pas tarder à répondre.

« Oui, *Maman*, corrigea Rosa. *Saumensch.* Appelle-moi Maman quand tu me parles. »

Hans Hubermann finissait de rouler une cigarette. Il avait léché le papier et le collait. Il regarda Liesel et lui fit un clin d'œil. Elle n'aurait pas de mal à l'appeler Papa.

LA FEMME À LA POIGNE DE FER

Les premiers mois furent les plus pénibles.

Chaque nuit, Liesel faisait des cauchemars.

Le visage de son frère.

Qui regardait par terre.

Elle se réveillait en criant, nageant dans le lit, noyée sous le flot des draps. À l'autre bout de la chambre, le lit destiné à son frère flottait dans le noir comme un petit navire. Lentement, au fur et à mesure qu'elle reprenait conscience, il sombrait apparemment dans le sol. Cette vision n'arrangeait rien et il se passait pas mal de temps avant qu'elle ne cesse de hurler.

Le seul avantage de ces cauchemars, c'était que Hans Hubermann, son nouveau papa, entrait dans la pièce pour la rassurer et la câliner.

Il venait chaque nuit et s'asseyait près d'elle. Au début, il assura simplement une présence : un étranger pour lutter contre la solitude. Quelques jours plus tard, il murmura : « Allons, je suis là, tout va bien. » Au bout de trois semaines, il la tint dans ses bras. La confiance vint très rapidement, à cause de la bonté qui émanait naturellement de cet homme, de sa façon d'*être là*. Tout de suite, Liesel sut que Hans Hubermann arriverait toujours dès qu'elle pousserait un cri et qu'il ne s'en irait pas.

UNE DÉFINITION ABSENTE
DU DICTIONNAIRE
***Ne pas s'en aller* : un acte d'amour et de confiance,**
que les enfants savent souvent traduire.

Hans Hubermann, les yeux gonflés de sommeil, restait assis sur le lit et Liesel pleurait dans sa manche en respirant son odeur. Chaque matin, sur le coup de deux heures, elle se rendormait dans ces arômes mêlés de peau, de tabac froid et de décennies de peinture. Elle les absorbait par la bouche, puis les respirait, avant de retomber dans le sommeil. Chaque matin, elle le retrouvait affaissé sur la chaise à un mètre d'elle, presque plié en deux. Il ne se servait jamais de l'autre lit. Liesel se levait et l'embrassait précautionneusement sur la joue. Alors il s'éveillait et lui souriait.

Parfois, Papa lui disait de se recoucher et d'attendre une minute, puis il revenait avec son accordéon et jouait pour elle. Elle se redressait dans le lit et fredonnait, ses orteils glacés crispés par l'excitation. Personne n'avait jamais joué pour elle auparavant. Elle souriait béatement, en regardant les sillons se creuser sous le métal fluide des yeux de Hans Hubermann, jusqu'au moment où le juron arrivait de la cuisine.

« ARRÊTE CE VACARME, *SAUKERL* ! »

Papa continuait encore un peu.

Il faisait un clin d'œil à la fillette, qui, maladroitement, le lui rendait.

De temps à autre, juste pour énerver un peu plus Maman, il apportait son instrument dans la cuisine et jouait pendant le petit déjeuner.

Sa tartine de confiture restait dans son assiette, à moitié entamée, avec la marque en croissant de ses dents, tandis que la musique regardait Liesel dans les yeux. Je sais que la formule est bizarre, mais c'est ainsi qu'elle le ressentait. La main droite de Papa voltigeait sur les touches couleur de dents, la gauche appuyait sur les boutons. (Elle aimait particulièrement le voir appuyer sur le bouton d'argent étincelant, le *do* majeur.) L'extérieur noir de l'accordéon, éraflé mais brillant, allait et venait entre ses bras qui pressaient le soufflet poussiéreux et le faisaient inspirer et expirer l'air. Ces matins-là, dans la cuisine, Papa faisait vivre l'accordéon. Cela me paraît juste, quand on y pense.

Comment sait-on que quelque chose est en vie ?
On vérifie qu'il respire.

En fait, le son de l'accordéon annonçait aussi la sécurité. La lumière du jour. Dans la journée, Liesel ne rêvait pas de son frère, c'était impossible. Il lui manquait et elle pleurait souvent sans bruit dans l'étroite salle d'eau, mais elle n'en était pas moins contente d'être éveillée. Le premier soir, chez les Hubermann, elle avait dissimulé sous son matelas le dernier objet qui la reliait à lui, *Le Manuel du fossoyeur*. Elle l'en tirait de temps en temps. Elle contemplait les lettres sur la couverture et posait ses mains sur les mots imprimés à l'intérieur, sans avoir la moindre idée de leur contenu. En fait, leur contenu n'avait guère d'importance. L'essentiel, c'était ce que le livre signifiait pour elle.

CE QUE SIGNIFIAIT LE LIVRE
1. La dernière fois où elle avait vu son frère.
2. La dernière fois où elle avait vu sa mère.

Il arrivait qu'elle chuchote « Maman » et voie apparaître le visage de sa mère une centaine de fois en une seule après-midi. Mais c'étaient des petites misères, comparées à la terreur de ses rêves. Dans l'immensité du sommeil, elle se sentait plus seule que jamais.

Comme vous l'avez certainement remarqué, il n'y avait pas d'autres enfants dans la maison.

Les Hubermann en avaient deux, mais ils étaient grands et avaient déjà quitté la maison. Hans junior travaillait dans le centre de Munich et Trudy était femme de chambre et bonne d'enfants chez des particuliers. Bientôt, tous deux se retrouveraient dans la guerre. L'une façonnerait les balles. L'autre les tirerait.

L'école, vous vous en doutez, fut un désastre.

C'était une école publique, mais sous influence catholique, et Liesel était protestante. Déjà, cela commençait mal. Ensuite, on s'aperçut qu'elle ne savait ni lire ni écrire.

On lui trouva une place humiliante dans une classe inférieure, avec les enfants qui apprenaient l'alphabet. Elle avait beau être frêle et pâle, elle se sentait comme une géante parmi des nains, et souvent elle regrettait de ne pas être carrément transparente.

À la maison non plus, elle ne pouvait pas attendre grand-chose, côté études.

« Ne *lui* demande pas de t'aider, à ce *Saukerl* », lança Maman. Papa regardait par la fenêtre, comme souvent. « Il a quitté l'école en septième. »

Sans bouger un cil, Papa répliqua d'un ton calme, mais venimeux : « Ne le lui demande pas non plus, elle n'est pas allée au-delà de la huitième. »

Il n'y avait pas de livres dans la maison (mis à part celui qu'elle avait caché sous le matelas) et Liesel devait se contenter de réciter l'alphabet à voix basse jusqu'à ce qu'on lui demande sans ménagement d'arrêter de marmonner. C'est plus tard, lorsqu'elle mouilla son lit au cours d'un cauchemar, qu'elle eut droit à un cours de lecture supplémentaire. Officieusement, il fut baptisé « La classe de minuit », bien qu'il commençât vers deux heures du matin. J'en parlerai un peu plus tard.

* * *

À la mi-février, pour ses dix ans, Liesel reçut une poupée d'occasion, avec des cheveux jaunes et une jambe en moins.

« On n'a pas pu faire mieux, dit Papa, désolé.

— Qu'est-ce que tu racontes ? C'est déjà bien beau qu'elle ait *autant* », corrigea Maman.

Hans poursuivit son examen de la jambe unique de la poupée pendant que Liesel essayait son nouvel uniforme. Avoir dix ans, cela voulait dire rejoindre les Jeunesses hitlériennes. Les Jeunesses hitlériennes, cela voulait dire porter un petit uniforme brun. Liesel fut enrôlée dans la branche féminine, la BDM.

EXPLICATION DE L'ABRÉVIATION
BDM veut dire *Bund Deutscher Mädchen*,
Ligue des filles allemandes.

Ce que l'on vérifiait en premier, c'était que votre « *Heil Hitler* » était impeccable. Ensuite, on vous apprenait à marcher au pas, à rouler des bandages et à coudre des vêtements. On vous emmenait également en randonnée et autres activités de ce genre. Cela se passait le mercredi et le samedi, de quinze à dix-sept heures.

Le mercredi et le samedi, Papa accompagnait donc Liesel au rassemblement et revenait la chercher deux heures plus tard. Ni l'un ni l'autre n'avait vraiment envie d'en parler. Ils se contentaient de se tenir par la main et d'écouter le bruit de leurs pas. Papa grillait une cigarette ou deux.

Hans s'absentait fréquemment et c'était la seule chose qui, chez lui, angoissait Liesel. Souvent, le soir, il entrait dans le salon (qui faisait aussi office de chambre pour le couple), tirait son accordéon du vieux placard, traversait la cuisine et sortait.

Au moment où il empruntait la rue Himmel, Maman ouvrait la fenêtre et lui criait : « Ne rentre pas trop tard !

— Pas si fort ! » lançait-il en se retournant.

« *Saukerl* ! Mon cul, oui ! Je parlerai aussi fort que j'en ai envie ! »

Les échos de ses jurons le suivaient. Il ne se retournait que lorsqu'il était certain que sa femme était rentrée à l'intérieur. Au bout de la rue, juste avant le bazar de Frau Diller, il regardait alors la silhouette qui avait remplacé celle de Rosa à la fenêtre. Sa longue main s'agitait un instant, puis il poursuivait son chemin. Liesel ne le reverrait plus qu'à deux heures du matin, lorsqu'il la tirerait doucement de son mauvais rêve.

Les soirées dans la petite cuisine étaient systématiquement bruyantes. Rosa Hubermann parlait sans cesse et, quand elle parlait, c'était sous forme de *schimpfen*. Elle passait son temps en plaintes et en chamailleries. Elle n'avait pourtant personne avec qui véritablement se chamailler, mais elle faisait feu de tout bois. Elle pouvait se disputer avec le monde entier dans cette cuisine, et c'est ce qu'elle faisait presque chaque soir, après dîner. Hans parti, elle restait généralement là et repassait en compagnie de Liesel.

Régulièrement, à son retour de l'école, Liesel accompagnait Maman quand elle faisait ses tournées de blanchissage dans le quartier résidentiel de Molching. Knaupt Strasse, Heide Strasse et quelques autres rues. Maman livrait le repassage ou prenait le linge à laver avec un sourire de commande, mais, dès que ses clients avaient refermé leur porte, elle maudissait ces gens dont la richesse n'avait d'égale à ses yeux que leur paresse.

« Trop *g'schtinkerdt* pour laver leur propre linge », maugréait-elle, oubliant qu'elle avait besoin d'eux pour gagner sa vie.

« Celui-là, tout l'argent lui vient de son père », disait-elle de Herr Vogel, qui habitait Heide Strasse. « Ça passe en femmes et en alcool. Et en lavage et en repassage, bien sûr. »

C'était une sorte de liste d'appel du mépris : Herr Vogel, Herr et Frau Pfaffelhürver, Helena Schmidt, les Weingartner. Tous étaient coupables de *quelque chose*.

Rosa reprochait à Ernst Vogel, outre son goût pour la boisson et les femmes, de fourrager tout le temps dans ses cheveux rares, de se sucer les doigts et de tendre ensuite l'argent. « Je devrais laver les pièces avant d'arriver à la maison », disait-elle pour résumer.

Les Pfaffelhürver, eux, observaient le linge à la loupe. Rosa les imitait : « *Pas un pli sur ces chemises, s'il vous plaît. Pas un faux pli sur ce complet.* » « Là-dessus, ils vont tout inspecter sous mon nez. Quelle *G'sindel* ! – Quelle racaille ! »

Les Weingartner étaient des gens apparemment stupides, propriétaires d'un chat qui perdait ses poils, cette *Saumensch* de bestiole. « Tu sais combien de temps ça me prend d'ôter tous ces poils ? Il y en a partout. »

Helena Schmidt était une riche veuve. « Cette vieille impotente reste assise sur son cul. Elle n'a jamais rien fait de ses dix doigts. »

Mais Rosa réservait l'essentiel de son dédain au 8, Grande Strasse. Une imposante demeure bâtie sur les hauts de Molching, au sommet d'une colline.

« Ça, c'est la maison du maire, cet escroc », dit-elle à Liesel en la montrant du doigt, la première fois où elles s'y rendirent ensemble. « Sa femme ne bouge pas de chez elle. Elle est trop radine pour allumer le feu et on se gèle les fesses là-dedans. Elle est cinglée », martela-t-elle. « Cin-glée. » Devant la grille d'entrée, elle fit signe à Liesel : « Tu y vas. »

Liesel était horrifiée. En haut d'une volée de marches, une immense porte se dressait, ornée d'un heurtoir de cuivre. « Quoi ? »

Maman lui donna un coup de coude dans les côtes. « Pas de "quoi ?" avec moi, *Saumensch*. Remue-toi les fesses. »

Liesel les remua. Elle emprunta l'allée, monta les marches, hésita, puis abattit le heurtoir.

Un peignoir de bain ouvrit la porte.

Dedans, il y avait une femme au regard égaré, aux cheveux flous, à l'air vaincu. Elle vit Rosa Hubermann à la grille et tendit à la fillette un sac de linge. « Merci », dit Liesel. Il n'y eut pas de réponse. Juste la porte qui se referma.

« Tu vois ? dit Maman lorsqu'elle la retrouva à la grille. Voilà ce que je dois me coltiner. Ces salauds de riches, ces charognes qui ne fichent rien... »

En partant, le linge à la main, Liesel se retourna. Le heurtoir de cuivre la regardait depuis la porte.

Quand elle avait fini de récriminer contre les gens qui l'employaient, Rosa Hubermann passait à son autre sujet de mécontentement. Son mari. Un œil sur le sac à linge, l'autre sur les maisons voûtées, elle n'arrêtait pas de parler. « Si ton papa était bon à quelque chose, je n'aurais pas à faire ça », disait-elle chaque fois qu'elles traversaient Molching. Elle reniflait, l'air méprisant. « Un peintre ! Pourquoi épouser cet *Arschloch* ? C'est la question qu'on m'a posée dans ma famille. » La route crissait sous leurs pas. « Du coup, je dois arpenter les rues et me tuer à la tâche dans ma cuisine parce que ce *Saukerl* n'a pas de boulot. Enfin, pas un vrai boulot. Juste cet accordéon pathétique le soir, dans des endroits miteux.

— Oui, Maman.

— C'est tout ce que tu trouves à dire ? » Les yeux de Maman ressemblaient à des découpages bleu pâle collés sur son visage.

Elles poursuivaient leur chemin.

Liesel portait le sac.

À la maison, le linge était lavé dans une lessiveuse près du fourneau, mis à sécher sur une corde devant la cheminée du salon, puis repassé dans la cuisine. La cuisine, c'était le cœur de la maison.

« T'as entendu ? » Maman posait la question à Liesel pratiquement tous les soirs. Elle tenait à la main le fer, qu'elle avait fait chauffer sur le fourneau. La maison était faiblement éclairée et Liesel, assise à la table de la cuisine, regardait le feu qui rougeoyait dans les interstices.

« Quoi donc ?

— C'était cette Holtzapfel. » Maman avait déjà quitté son siège. « Cette *Saumensch* vient encore de cracher sur notre porte. »

Frau Holtzapfel, une voisine, avait pris l'habitude de cracher régulièrement sur la porte d'entrée des Hubermann. Celle-ci n'était qu'à quelques mètres du portail et Frau Holtzapfel avait, disons, une bonne puissance de tir – et elle visait juste.

Cette tradition était le résultat d'une guerre verbale qui durait depuis au moins une décennie entre elle et Rosa Hubermann. Personne ne connaissait l'origine de ces hostilités et probablement les intéressées ne s'en souvenaient-elles même plus.

Frau Holtzapfel était une femme sèche et visiblement venimeuse. Elle ne s'était pas mariée, mais avait deux fils, un peu plus âgés que les rejetons Hubermann. Tous deux étaient dans l'armée et nous aurons bientôt l'occasion de les retrouver, je vous le promets.

Pour revenir à cette histoire de crachats, je dois dire que Frau Holtzapfel manifestait une indéniable constance dans l'exercice de la chose. Elle n'oubliait jamais de *spucken* sur la porte du n° 33, chaque fois qu'elle passait devant, en lançant : « *Schweine !* »

J'ai remarqué une chose à propos des Allemands :

Ils ont l'air d'adorer les cochons.

UNE QUESTION MINEURE ET SA RÉPONSE

Et qui croyez-vous qui devait nettoyer le crachat sur la porte tous les soirs ? Bravo, vous avez gagné.

Quand une femme à la poigne de fer vous dit d'aller nettoyer le crachat sur la porte, vous y allez. Surtout quand le fer à repasser en question est chaud.

La routine, en quelque sorte.

Chaque soir, Liesel sortait, essuyait la porte et observait le ciel. Généralement, il ressemblait à du liquide répandu, froid, épais, gris et luisant, mais, parfois, quelques étoiles avaient le courage de monter à la surface et d'y flotter, ne fût-ce que quelques minutes. Ces soirs-là, elle attendait un peu.

« Bonsoir, les étoiles. »

Elle attendait encore.

Que la voix l'appelle de la cuisine.

Ou que les étoiles soient de nouveau entraînées vers le fond des eaux du ciel allemand.

LE BAISER
(Un décideur précoce)

Comme souvent dans les petites villes, il y avait pas mal de personnages particuliers à Molching. Quelques-uns habitaient la rue Himmel. Frau Holtzapfel n'était qu'un membre de la distribution.

Parmi les autres, on trouvait :

— Rudy Steiner, le jeune voisin obsédé par l'athlète noir américain Jesse Owens.

— Frau Diller, la propriétaire de la boutique au coin de la rue, une Aryenne pure et dure.

— Tommy Müller, un gamin qui avait subi plusieurs opérations à la suite d'otites à répétition et se retrouvait avec le visage traversé par une rivière de peau rose et des tics épisodiques.

— Un homme connu sous le nom de « Pfiffikus », si vulgaire qu'à côté de lui Rosa Hubermann ressemblait à une orfèvre des mots doublée d'une sainte.

Globalement, c'était une rue peuplée par des gens modestes, malgré l'apparent redressement de l'économie sous Hitler. Il y avait encore des poches de pauvreté dans la ville.

Les locataires de la maison voisine de celle des Hubermann étaient donc les Steiner. La famille comptait six enfants. L'un d'eux, Rudy, allait devenir le meilleur ami de Liesel, puis, plus tard, le complice et parfois le catalyseur de ses délits. Elle fit sa connaissance dans la rue.

LE BAISER (UN DÉCIDEUR PRÉCOCE)

Quelques jours après le premier bain de Liesel, Maman lui permit d'aller jouer dehors avec les autres enfants. Dans la rue Himmel, les amitiés se nouaient à l'extérieur, quel que fût le temps. Les enfants se rendaient rarement les uns chez les autres, car les logements étaient exigus et chichement meublés. Par ailleurs, c'était dans la rue qu'ils se livraient avec ardeur à leur passe-temps favori : le football. Les équipes étaient constituées avec sérieux. Des poubelles délimitaient la cage du gardien de but.

Comme Liesel était nouvelle, on la colla aussitôt entre deux de ces poubelles. (Tommy Müller fut finalement libéré, bien qu'il fût le joueur de foot le plus nul que la rue ait connu.)

Tout se passa bien jusqu'au moment fatal où Rudy Steiner fut plaqué dans la neige par un Tommy Müller rongé par la frustration.

« Quoi ? hurla Tommy, le visage secoué de tics. Qu'est-ce que j'ai fait ? »

L'équipe de Rudy se vit accorder un penalty et Rudy Steiner se retrouva face à la nouvelle, Liesel Meminger.

Sûr du résultat, il plaça le ballon sur un monticule de neige sale. Après tout, sur dix-huit penalties, il n'en avait pas manqué un seul, même lorsque l'adversaire réussissait à sortir Tommy Müller des buts. Quel que fût le remplaçant, Rudy marquait.

Pour l'occasion, ils tentèrent de faire sortir Liesel. Comme vous pouvez l'imaginer, elle protesta, et Rudy fut d'accord.

« Mais non, voyons, dit-il avec un sourire tout en se frottant les mains. Qu'elle reste. »

La neige avait cessé de tomber sur la chaussée grisâtre et les traces de pas s'entrecroisaient entre eux. Rudy se concentra et tira. Liesel plongea et dévia le ballon avec son coude. Elle se releva avec un grand sourire, mais elle fut accueillie par une boule de neige en plein dans la figure. Il y avait beaucoup de boue dedans. Cela chauffait affreusement.

« Pas mal visé, non ? » Rudy, hilare, se remit à courir après le ballon.

« *Saukerl* », chuchota Liesel. Elle apprenait vite le vocabulaire de son nouveau foyer.

QUELQUES INFORMATIONS SUR RUDY STEINER

Il avait huit mois de plus que Liesel, des jambes osseuses, des dents pointues, des yeux bleus allongés et des cheveux jaune citron. Il était l'un des six enfants de la famille Steiner et avait toujours faim.
Rue Himmel, on le considérait comme un peu bizarre, à cause d'un épisode dont on parlait peu, mais qu'on avait baptisé « L'incident Jesse Owens » : une nuit, il s'était barbouillé de noir et il était allé courir le cent mètres sur la piste locale.

Bizarre ou pas, Rudy était destiné à devenir le meilleur ami de Liesel. Une boule de neige en pleine figure est certainement la meilleure entrée en matière pour une amitié durable.

Quelques jours après avoir commencé l'école, Liesel alla en classe en compagnie des Steiner. La mère de Rudy, Barbara, avait entendu parler de la boule de neige et fait promettre à son fils d'accompagner la nouvelle. À la décharge de Rudy, il faut dire qu'il fut ravi d'obéir. Il n'avait rien d'un gamin misogyne. Il aimait beaucoup les filles et tout particulièrement Liesel (d'où la boule de neige). En fait, Rudy Steiner était l'un de ces jeunes audacieux très confiants quand il s'agit de filles. Il y a toujours dans un groupe ce genre de garçon, qui n'a pas peur du sexe opposé, justement parce que tous les autres le craignent, et qui sait prendre une décision le moment venu. En l'occurrence, Rudy avait déjà des vues sur Liesel Meminger.

Sur le chemin de l'école, il tenta de glisser quelques commentaires sur la ville, tout en intimant aux plus jeunes Steiner de la fermer et en étant prié par les autres de se taire. Le premier détail intéressant qu'il signala à Liesel fut une petite fenêtre au premier étage d'un groupe d'immeubles.

« C'est là qu'habite Tommy Müller », dit-il. Puis il se rendit compte qu'elle ne voyait pas qui c'était. « Celui qui a des tics, poursuivit-il. À cinq ans, il s'est perdu au marché. C'était le jour le plus froid de l'année et il était comme un bloc de glace quand on l'a retrouvé, trois heures après. Il avait les oreilles dans un sale état. Elles ont fini par s'infecter et on l'a opéré trois ou quatre fois. Les toubibs lui ont bousillé des nerfs. Du coup, maintenant il a des tics.

— Et il joue mal au foot, glissa Liesel.

— C'est le plus mauvais. »

La prochaine curiosité qu'il tenait à lui montrer, c'était le bazar de Frau Diller, au bout de la rue Himmel.

UNE REMARQUE IMPORTANTE
À PROPOS DE FRAU DILLER
Elle avait une règle d'or.

Frau Diller était une femme à l'air dur, avec de grosses lunettes et un regard méchamment perçant. Elle cultivait cette apparence afin de décourager toute tentative de vol dans sa boutique, qu'elle occupait dans une attitude toute militaire, avec une voix glaçante et même une haleine qui sentait le « *Heil Hitler* ». Le magasin lui-même était blanc, froid et sans vie. La petite maison voisinc, qu'il comprimait, frissonnait un peu plus que les autres bâtiments de la rue Himmel. Frau Diller entretenait ce côté réfrigérant, le seul article qu'elle offrait gratis. Elle vivait pour son magasin et son magasin vivait pour le IIIe Reich. Quand le rationnement fut mis en place, un peu plus tard dans l'année, elle eut la réputation de vendre sous le manteau certains produits difficiles à trouver et de donner l'argent au parti nazi. Sur le mur, derrière l'endroit où elle se tenait généralement, une photo du Führer était encadrée. Si l'on entrait dans sa boutique sans lancer « *Heil Hitler* », on n'était pas servi. Au moment où ils passaient devant, Rudy attira l'attention de Liesel sur le regard blindé qui surveillait la rue depuis la vitrine.

« Dis *Heil* quand tu entres », la prévint-il sur un ton solennel. Après avoir dépassé la boutique, Liesel se retourna. Les yeux agrandis par les verres étaient toujours là, collés à la vitrine.

L'artère principale qui faisait l'angle avec la rue Himmel, la rue de Munich, était pleine de neige à demi fondue.

Comme souvent, des soldats à l'entraînement arrivaient au pas cadencé, sanglés dans leur uniforme. Leurs bottes noires polluèrent encore un peu plus la neige. Ils regardaient fixement devant eux.

Lorsqu'ils eurent disparu, Liesel et les enfants Steiner passèrent devant quelques vitrines, puis devant l'imposant hôtel de ville, qui serait abattu et enseveli quelques années plus tard. Certaines des boutiques, encore marquées par les étoiles jaunes et des slogans antisémites, étaient abandonnées. Plus loin, l'église visait le ciel avec son clocher. La rue elle-même était un long tube de grisaille – un couloir d'humidité, des silhouettes voûtées dans le froid et l'écho mouillé des pas dans la gadoue.

À un moment, Rudy courut en avant, entraînant Liesel derrière lui.

Il alla frapper à la vitrine d'une boutique de tailleur.

Si la fillette avait su lire l'enseigne, elle aurait compris que le magasin appartenait au père de Rudy. Il n'était pas encore ouvert, mais à l'intérieur, derrière le comptoir, un homme s'affairait. Il leva les yeux et agita la main.

« Mon papa », dit Rudy. Bientôt, des Steiner de toutes les tailles les entourèrent, les plus jeunes faisant bonjour ou envoyant des baisers à leur père, les plus âgés se bornant à un simple signe de tête. Puis ils poursuivirent leur route, jusqu'à la dernière curiosité que Rudy voulait montrer à Liesel avant l'école.

LE DERNIER ARRÊT
La rue des étoiles jaunes

C'était un endroit où personne ne voulait s'arrêter pour regarder, mais presque tout le monde le faisait. Dans cette rue qui ressemblait à un long bras fracturé se dressaient plusieurs maisons aux fenêtres lacérées et aux murs meurtris. Sur les portes étaient peintes des étoiles de David. Ces maisons étaient presque comme des lépreux. Au minimum, elles étaient des plaies infectées sur le terrain allemand blessé.

« Schiller Strasse, dit Rudy. La rue des étoiles jaunes. »

Tout au bout, des gens allaient et venaient. Le grésil les faisait ressembler à des fantômes. Pas à des humains, mais à des formes qui se déplaçaient sous les nuages couleur de plomb.

« Venez par ici, vous deux ! » Kurt (l'aîné des enfants Steiner) les rappela à l'ordre et Rudy et Liesel se hâtèrent de le rejoindre.

À l'école, Rudy mit un point d'honneur à rechercher la compagnie de Liesel pendant les récréations. Les autres racontaient que la nouvelle était idiote, mais il s'en moquait. Dès le début, il fut à ses côtés et il y serait plus tard, lorsque la frustration ferait exploser Liesel. Mais ce ne serait pas gratuit.

IL Y A PIRE QU'UN GARÇON
QUI VOUS DÉTESTE
Un garçon qui vous aime.

Un jour de la fin avril, au retour de l'école, Rudy et Liesel attendaient de jouer au football dans la rue Himmel. Ils étaient un peu en avance et les autres n'avaient pas encore montré le bout de leur nez. La seule personne qu'ils aperçurent fut Pfiffikus, l'homme au vocabulaire ordurier.

« Regarde », dit Rudy en le montrant du doigt.

PORTRAIT DE PFIFFIKUS
Une silhouette frêle.
Des cheveux blancs.
Imper noir, pantalon marron, chaussures en décomposition,
une bouche – et quelle bouche !

« Hé, Pfiffikus ! »

Au moment où, au loin, la silhouette se retournait, Rudy siffla.

Le vieil homme se redressa et, simultanément, il se mit à jurer avec une férocité qui, à ce niveau, tenait du génie. Personne ne semblait connaître son véritable nom, ou du moins personne ne l'utilisait jamais. On l'appelait Pfiffikus parce que c'était le surnom que l'on donne aux gens qui aiment siffler, ce qu'il savait parfaitement faire. Il sifflait en permanence la *Marche de Radetzky* et tous les enfants de la ville l'interpellaient et reprenaient l'air. À ce moment-là, Pfiffikus abandonnait sa démarche habituelle (penché en avant, progressant à grandes enjambées, les mains derrière son dos revêtu de son imperméable), et il se redressait pour émettre une bordée de jurons. Toute impression de sérénité disparaissait alors brutalement, car sa voix n'était que fureur.

Cette fois-là, Liesel, par une sorte de réflexe, imita l'attitude sarcastique de Rudy.

« Pfiffikus ! » fit-elle à son tour, adoptant l'attitude cruelle appropriée. Le son qui sortit de sa bouche était affreux, mais elle n'avait pas le temps de le perfectionner.

L'homme les poursuivit en criant. Il lança un « *Geh' scheissen !* » et, à partir de là, cela dégénéra rapidement. Au début, ses insultes étaient uniquement destinées à Rudy, mais bientôt ce fut au tour de Liesel d'être sa cible.

« Petite salope ! » rugit-il. Les mots se fichèrent dans le dos de la fillette. Drôle d'idée de traiter de salope une enfant de dix ans. C'était du pur Pfiffikus. Tout le monde s'accordait à penser que lui et Frau Holtzapfel auraient fait un joli couple. « Revenez ! » furent les derniers mots que Liesel et Rudy entendirent tandis qu'ils continuaient à courir. Ils ne s'arrêtèrent qu'une fois dans la rue de Munich.

« Viens, dit Rudy lorsqu'ils eurent retrouvé leur souffle. On va un peu plus loin. »

Il la conduisit sur le stade Hubert, où avait eu lieu l'incident Jesse Owens. Les mains dans les poches, ils contemplèrent la piste qui s'étendait devant eux. Il ne pouvait maintenant se passer qu'une chose. Rudy attaqua. « Je parie que tu n'arrives pas à me battre au cent mètres », lança-t-il.

Liesel ne l'entendait pas de cette oreille. « Je parie que si.

— Tu paries quoi, petite *Saumensch* ? T'as des sous ?

— Bien sûr que non, et toi ?

— Non. » Mais Rudy avait une idée. Le *lover boy* se manifestait en lui. « Si je gagne, j'ai le droit de t'embrasser. » Il se baissa et entreprit de rouler son pantalon au-dessus du genou.

Liesel fut pour le moins inquiète. « M'embrasser ? Quelle idée ! Je suis crasseuse.

— Moi aussi. » Visiblement, Rudy ne voyait pas pourquoi un peu de crasse entraverait ses projets. Il y avait un certain temps que ni l'un ni l'autre n'avait pris de bain.

Liesel réfléchit, tout en observant les jambes maigrichonnes de son adversaire. Elles étaient du même gabarit que les siennes. Il n'a aucune raison de me battre, se dit-elle. Elle hocha affirmativement la tête. C'était sérieux. « Si tu gagnes, tu m'embrasses, d'accord, dit-elle. Mais si c'est *moi* qui gagne, j'arrête d'être goal. »

Rudy considéra la question. « Ça me va », dit-il. Ils se serrèrent la main.

Le ciel était lourd, il y avait de la brume et la pluie commençait à tomber en fins copeaux.

La piste était plus boueuse qu'elle n'en avait l'air.

Les deux concurrents se préparèrent.

Rudy donna le signal du départ en lançant un caillou en l'air.

« Je ne vois même pas la ligne d'arrivée, gémit Liesel.

— Tu crois que je la vois, moi ? »

Le caillou toucha le sol et ils s'élancèrent.

Ils couraient côte à côte en jouant des coudes, chacun essayant de passer devant l'autre. Leurs pieds s'enfonçaient dans le sol collant et ils se retrouvèrent par terre à une vingtaine de mètres de l'arrivée.

« Jésus, Marie, Joseph ! s'écria Rudy. Je suis couvert de merde !

— Ce n'est pas de la merde, mais de la boue », corrigea Liesel, qui n'en était pas si sûre que ça. Ils avaient glissé sur cinq mètres encore. « On dit qu'on a fait match nul ? »

Rudy la regarda, le regard plus bleu que jamais, un sourire carnassier aux lèvres. La boue lui mangeait la moitié du visage.

« S'il n'y a pas de gagnant, je peux quand même avoir mon baiser ?

— Jamais de la vie. » Liesel se releva et brossa sa veste.

« Tu n'auras plus à garder les buts.

— Mets-les-toi là où je pense. »

Tandis qu'ils regagnaient la rue Himmel, Rudy la prévint : « Un jour, Liesel, tu mourras d'envie de m'embrasser. »

Mais Liesel savait.

Elle se le jurait.

Tant qu'ils seraient de ce monde, elle n'embrasserait jamais ce minable *Saukerl* et surtout pas *aujourd'hui*. Elle avait mieux à faire. Elle contempla la boue dont elle était couverte des pieds à la tête et se rendit à l'évidence.

« Elle va me tuer. »

Elle, bien sûr, c'était Rosa Hubermann, connue aussi sous le nom de Maman, et effectivement il s'en fallut de peu qu'elle ne tue Liesel. Le mot *Saumensch* revint à maintes reprises tandis qu'elle lui infligeait une raclée mémorable.

L'INCIDENT JESSE OWENS

Comme nous le savons, vous et moi, Liesel n'habitait pas rue Himmel au moment où Rudy accomplit son acte d'infamie juvénile. Pourtant, rétrospectivement, elle avait l'impression d'y avoir assisté. Dans son souvenir, elle était en quelque sorte devenue membre du public imaginaire de Rudy. Si personne n'en parlait, ce n'était pas le cas de Rudy, tant et si bien que lorsqu'elle en vint à raconter sa propre histoire, l'incident Jesse Owens en faisait partie, au même titre que les événements dont elle avait été le témoin direct.

C'était l'année 1936. Les jeux Olympiques d'Hitler.

Jesse Owens venait de remporter sa quatrième médaille d'or au relais quatre fois cent mètres. Le refus d'Hitler de lui serrer la main et l'idée qu'il pût être considéré comme un sous-homme en tant que Noir firent le tour du monde. La performance d'Owens stupéfia même les plus racistes des Allemands. Personne ne fut plus impressionné que Rudy Steiner.

Toute la famille était réunie dans le salon lorsqu'il se glissa hors de la pièce et se dirigea vers la cuisine. Il prit un peu de charbon dans le fourneau et referma dessus sa petite main. « Maintenant. » Un sourire. Il était prêt.

Il se passa le charbon sur tout le corps jusqu'à être totalement noir. Il en mit même une couche sur ses cheveux.

En voyant son reflet dans la vitre, le jeune garçon eut un sourire un peu fou, puis, en short et tricot de peau, il s'empara discrètement du vélo de son frère aîné et se dirigea vers la piste.

Dans sa poche, il avait emporté un peu de charbon de réserve, au cas où le noir sur sa peau s'en irait.

Liesel imaginait le ciel cette nuit-là, avec la lune cousue sur la voûte céleste et les nuages piqués tout autour.

Le vélo rouillé s'arrêta dans un grincement d'agonie devant la clôture du stade. Rudy enjamba celle-ci, atterrit de l'autre côté et trottina vers le départ du cent mètres. Puis, après quelques étirements aussi enthousiastes que maladroits, il prit ses marques en creusant le sol.

Il se concentra en faisant quelques pas sous la voûte sombre du ciel, où l'observaient les nuages et la lune.

« Owens a l'air très en forme, lança-t-il, en prenant la voix d'un commentateur sportif. Ce pourrait bien être cette fois sa plus grande victoire… »

Il serra les mains imaginaires des autres athlètes et leur souhaita bonne chance. Pour le principe.

Le starter leur fit signe de s'aligner. Des gens s'étaient massés tout autour de la piste. Ils scandaient tous la même chose : le nom de Rudy Steiner. Et Rudy Steiner s'appelait Jesse Owens.

Le silence se fit.

Ses pieds nus accrochèrent le sol. Il sentait la cendrée entre ses orteils.

Sur ordre du starter, il se redressa à demi. Puis le coup de feu troua la nuit.

* * *

Pendant le premier tiers de la course, les concurrents furent à peu près à égalité, mais très vite l'Owens noirci au charbon laissa les autres derrière lui.

« Owens est en tête ! » hurla-t-il en filant sur la piste vide, vers les applaudissements frénétiques, vers la gloire olympique. Il sentit même son torse couper le cordon sur la ligne d'arrivée au moment où il la franchit. Lui, l'homme le plus rapide du monde.

C'est seulement au cours de son tour d'honneur que les choses se gâtèrent. À l'arrivée, parmi les spectateurs, se tenait son père, tel un père Fouettard en complet veston. (Comme je l'ai dit, le père de Rudy était tailleur et on le voyait rarement dans la rue autrement qu'en costume cravate. Dans ces circonstances précises, il était juste en costume et chemise déboutonnée.)

« *Was ist los ?* demanda-t-il à son fils lorsque celui-ci apparut dans toute sa gloire charbonneuse. Qu'est-ce qui se passe ici ? » La foule s'évanouit. Une brise la remplaça. « Je m'étais assoupi dans mon fauteuil quand Kurt a remarqué que tu avais disparu. Tout le monde te cherche ! »

Ordinairement, M. Steiner était un homme d'une extrême courtoisie. La découverte de son fils noirci au charbon par une nuit d'été sortait toutefois à ses yeux de l'ordinaire. « Ce gosse est cinglé », marmonna-t-il, tout en reconnaissant en son for intérieur qu'avec six enfants, ce genre de choses devait forcément arriver. Dans le lot, il y en aurait au moins un pour poser problème. Et il l'avait en ce moment devant lui, dans l'attente d'une explication de sa part. « Je t'écoute. »

Rudy, plié en deux, tentait de reprendre son souffle. « Je faisais comme si j'étais Jesse Owens », répondit-il, l'air le plus naturel du monde. Le ton employé sous-entendait même quelque chose du genre : « Alors, qu'est-ce que ça donne ? » Il changea cependant d'attitude lorsqu'il vit les cernes creusés par le manque de sommeil sous les yeux de son père.

« Jesse Owens ? » M. Steiner avait un visage de bois, un ton direct, un grand corps solide comme un chêne et des cheveux comme des échardes. « Quoi, Jesse Owens ?

— Tu sais bien, Papa, le magicien noir.

— Je vais t'en donner, moi, de la magie noire ! » Il saisit l'oreille de son fils entre le pouce et l'index.

Rudy grimaça. « Ouille, ça fait mal !

— Tiens donc ! » Son père était surtout préoccupé par la texture moite et charbonneuse qui lui tachait les doigts. Ce n'est pas vrai, il s'en est mis partout, jusque dans les oreilles ! pensait-il. « Viens, on s'en va. »

Sur le chemin du retour, M. Steiner fit de son mieux pour parler politique avec son fils. C'est seulement des années plus tard que Rudy comprendrait tout, quand il serait trop tard pour chercher à comprendre quoi que ce soit.

LA POLITIQUE CONTRADICTOIRE
D'ALEX STEINER
Un **: il était membre du parti nazi,**
mais il ne haïssait pas les Juifs, ni qui que ce soit, d'ailleurs.
Deux **: toutefois, il ne put s'empêcher d'éprouver secrètement**
un certain soulagement
(ou pire, un certain contentement !) quand des boutiquiers juifs
furent privés de travail, car d'après la propagande,
des tailleurs juifs n'allaient pas tarder à venir lui voler
sa clientèle.
Trois **: mais cela signifiait-il qu'ils devaient être**
définitivement chassés ?
Quatre **: sa famille. Il devait évidemment tout faire**
pour l'entretenir. Et si ça voulait dire
être membre du parti,
eh bien, il était membre du parti.
Cinq **: quelque part, tout au fond de son cœur, il éprouvait**
une démangeaison, mais il refusait de se gratter. Il redoutait
ce qui pourrait alors suinter.

En regagnant la rue Himmel, Alex dit à Rudy : « Fiston, tu ne peux pas te balader barbouillé de noir, tu m'entends ? »

Rudy écoutait, sans bien saisir le sens des paroles de son père. La lune était maintenant détachée, libre d'évoluer dans le ciel, de monter, de descendre et de laisser couler un filet lumineux sur son visage, ce qui le laissait un peu dans le vague, comme ses idées.

« Pourquoi non, Papa ?

— Parce qu'on t'emmènera.

— Pourquoi ?

— Parce que tu ne dois pas vouloir être comme les Noirs, les Juifs ou les gens qui… ne sont pas *nous*.

— C'est qui, les Juifs ?

— Tu connais mon plus vieux client, M. Kaufmann, chez qui on achète tes chaussures ?

— Oui.

— Il est juif.

— Je ne savais pas. Il faut payer pour être juif ? Il faut une autorisation ?

— Non, Rudy. » M. Steiner guidait le vélo d'une main et son fils de l'autre, et il avait du mal à mener en même temps une conversation. Il avait d'ailleurs oublié qu'il tenait toujours Rudy par l'oreille. « C'est comme quand on est allemand, ou catholique, poursuivit-il.

— Ah ! Est-ce que Jesse Owens est catholique ?

— Je n'en sais rien, voyons ! » M. Steiner se prit le pied dans une pédale. Du coup, il lâcha Rudy.

Ils avancèrent quelques minutes en silence, puis Rudy déclara : « J'aimerais ressembler à Jesse Owens, Papa. »

Cette fois, son père lui posa la main sur la tête. « Je sais, fiston, mais tu as de beaux cheveux blonds et de grands yeux bleus, de la bonne couleur. Tu n'as pas à t'en plaindre. C'est clair ? »

Mais rien n'était clair.

Rudy ne comprenait rien et cette nuit-là fut le prélude d'événements futurs. Deux ans et demi plus tard, la vitrine du magasin de chaussures Kaufmann vola en éclats et toutes les chaussures furent jetées dans un camion avec leurs boîtes.

L'AUTRE FACE DU PAPIER DE VERRE

Tout le monde, je suppose, connaît des épisodes marquants dans sa vie, surtout dans l'enfance. Pour certains, ce sera l'incident Jesse Owens. Pour d'autres, une histoire de lit mouillé.

Le mois de mai 1939 tirait à sa fin et la soirée se déroulait comme la plupart des autres. Maman repassait avec sa poigne de fer. Papa était sorti. Liesel nettoyait la porte d'entrée et regardait le ciel au-dessus de la rue Himmel.

Un peu plus tôt, il y avait eu un défilé.

Les membres extrémistes du NSDAP (connu également sous le nom de parti nazi), en chemise brune, avaient parcouru au pas la rue de Munich en portant leurs drapeaux fièrement, la tête haute et comme plantée au bout d'une pique. Ils chantaient à pleine voix, le clou étant une interprétation rugissante de « *Deutschland über Alles* », « L'Allemagne par-dessus tout ».

Comme toujours, ils furent applaudis.

Cela les stimulait. Ils poursuivirent leur route vers on ne savait où.

Les gens les regardaient passer, les uns en saluant bras tendu, les autres en applaudissant à s'arracher la peau des mains. Certains, comme Frau Diller, avaient leur tête des grands rassemblements, grimaçante de fierté, et puis, ici et là, il y avait les gens à part comme Alex Steiner, qui claquait des mains lentement, consciencieusement, comme taillé dans une souche. Soumission.

Liesel était sur le trottoir avec Papa et Rudy. Le visage de Hans Hubermann ressemblait à une fenêtre aux volets clos.

QUELQUES CHIFFRES
En 1933, 90 % des Allemands affichaient un soutien sans faille à Adolf Hitler.
Ce qui veut dire que 10 % ne le soutenaient pas.
Hans Hubermann en faisait partie.
Il y avait une raison à cela.

Dans la nuit, Liesel rêva, comme d'habitude. Au début, elle vit défiler les chemises brunes mais, bientôt, ces hommes la conduisirent vers un train, où l'attendait la découverte usuelle. Le regard fixe de son frère.

Lorsqu'elle se réveilla en hurlant, elle sut tout de suite que cette fois, quelque chose avait changé. Une odeur montait de dessous les draps, tiède et écœurante. Au début, elle tenta de se persuader que rien n'était arrivé, mais lorsque Hans Hubermann s'approcha et la prit dans ses bras, elle admit la chose dans un sanglot.

« Papa, chuchota-t-elle à son oreille, Papa. » Ce fut tout. Il devait sentir l'odeur.

Il la souleva doucement du lit et l'emporta dans la salle d'eau. L'épisode marquant eut lieu quelques minutes plus tard.

« On va changer les draps », dit Papa, et, quand il tira dessus pour les ôter, quelque chose tomba par terre avec un bruit mat, entre ses pieds. Un livre noir avec des lettres d'argent.

Il jeta un coup d'œil sur la couverture.

Il regarda ensuite Liesel, qui haussa timidement les épaules.

Puis il déchiffra lentement le titre à haute voix : « *Le Manuel du fossoyeur*. »

C'est donc comme ça qu'il s'intitule, pensa Liesel.

Un espace de silence s'étendait maintenant entre eux trois. L'homme, la fillette et le livre. Hans Hubermann ramassa l'ouvrage et parla d'une voix douce.

CONVERSATION À DEUX HEURES DU MATIN

« C'est à toi ?
— Oui, Papa.
— Tu veux le lire ? »
À nouveau : « Oui, Papa. »
Un sourire las.
Le regard métallique qui fond.
« Bon, alors on va s'y mettre. »

Quatre ans plus tard, quand Liesel se mettrait à écrire dans le sous-sol et repenserait au choc de l'épisode du lit mouillé, deux éléments la frapperaient. D'abord, elle avait eu beaucoup de chance que ce soit Papa qui ait découvert le livre. (Heureusement, auparavant, quand il fallait changer les draps, Rosa lui demandait de les ôter et de faire son lit. « Et que ça saute, *Saumensch* ! On a du pain sur la planche ! ») Ensuite, elle était très fière de la part qu'avait prise Hans Hubermann dans son éducation. *Chose incroyable, ce n'est pas vraiment grâce à l'école que j'ai su lire*, écrivait-elle, *mais grâce à Papa. Les gens ne le croient pas très intelligent, et c'est vrai qu'il ne lit pas vite, mais je n'allais pas tarder à apprendre que les mots et l'écriture lui avaient sauvé la vie une fois. Ou du moins, les mots et un homme qui lui avait appris à jouer de l'accordéon...*

* * *

« Procédons dans l'ordre », dit Hans Hubermann cette nuit-là. Il lava les draps, puis les étendit. « Maintenant, on peut y aller, fit-il en revenant. La classe de minuit peut commencer. »

La poussière dansait dans la lumière jaune.

Liesel était assise sur des draps propres et froids, honteuse et ravie. L'idée qu'elle avait mouillé son lit la taraudait mais, en même temps, elle allait lire. Elle allait lire son livre.

L'excitation s'empara d'elle.

Faisant naître des images d'un génie de la lecture de dix ans.

Si seulement tout était aussi simple !

« Pour être franc, expliqua sans détour Papa, je ne lis pas très bien moi-même. »

Quelle importance, après tout ? C'était peut-être mieux, au contraire. Cela risquerait moins de frustrer la fillette qui, elle, n'en était pas capable.

Néanmoins, au début, quand Hans Hubermann prit le livre et le feuilleta, il n'était pas très à l'aise.

Il vint s'asseoir auprès d'elle sur le lit et s'installa, les jambes pendantes. Il examina de nouveau le livre, puis le posa sur la couverture. « Dis-moi, pourquoi une gentille enfant comme toi veut-elle lire une chose pareille ? »

Liesel haussa de nouveau les épaules. Si l'apprenti fossoyeur avait lu les œuvres complètes de Goethe ou d'un autre grand écrivain, c'était ce qui se serait trouvé sur son lit maintenant. Elle tenta de l'expliquer. « Eh bien, quand… j'étais assise dans la neige et… » Les mots murmurés glissèrent sur le lit et tombèrent en pluie sur le sol.

Papa sut quoi répondre. Il savait toujours.

Il passa une main ensommeillée dans ses cheveux et déclara : « Promets-moi une chose, Liesel. Si je meurs bientôt, fais en sorte qu'on m'enterre dans les règles de l'art. »

Sérieuse, elle hocha affirmativement la tête.

« Ne saute pas un chapitre ou une étape. » Il se mit à rire, et elle l'imita. « Bon, ceci posé, nous pouvons commencer. »

Il modifia sa position et ses articulations craquèrent comme un vieux plancher. « On y va. »

Dans le silence de la nuit, le livre s'ouvrit – un coup de vent.

Avec le recul, Liesel savait ce que son papa avait pensé en parcourant du regard la première page du *Manuel du fossoyeur*. Au fur et à mesure qu'il découvrait les difficultés du texte, il se rendait bien compte que celui-ci n'avait rien d'idéal. Il comportait des termes que lui-même avait du mal à déchiffrer. Sans parler du sujet, particulièrement morbide. Quant à la fillette, elle ne cherchait même pas à comprendre pourquoi elle brûlait tellement de le lire. Peut-être voulait-elle avoir la certitude que son frère avait été enterré correctement. Quoi qu'il en soit, elle désirait lire ce livre avec toute la violence que peut éprouver un être humain de dix ans.

Le chapitre un était intitulé : « Première étape : choisir le bon équipement ». Une brève introduction présentait le genre de matériel nécessaire auquel il serait fait référence dans les vingt pages suivantes. Les pelles, pioches, gants et autres articles étaient énumérés, assortis de conseils pour les entretenir. Le métier de fossoyeur était une affaire sérieuse.

Tandis que Papa tournait les pages, il sentait sans doute le regard de Liesel fixé sur lui, attendant que des mots, n'importe lesquels, passent ses lèvres.

« Tiens, dit-il en changeant à nouveau de position et en lui tendant le livre. Prends cette page et dis-moi quels mots tu reconnais. »

Elle jeta un œil, et mentit.

« À peu près la moitié.

— Lis-en quelques-uns. » Mais bien sûr, elle en était incapable. Lorsqu'il lui demanda de montrer du doigt ceux qu'elle pouvait déchiffrer, il n'y en avait que trois, les trois articles allemands, sur une page qui devait compter deux cents mots.

Ce sera peut-être plus difficile que prévu.

Cette pensée traversa brièvement l'esprit de Hans Hubermann. Liesel le devina.

Il se redressa, se mit debout et sortit de la chambre.

Cette fois, quand il revint, il déclara : « En fait, j'ai une meilleure idée. » Dans sa main, il tenait un gros crayon de peintre et une pile de papier de verre. « Commençons par le commencement. Tu vas devoir t'y frotter. » Liesel ne voyait pas de raison de refuser.

Dans l'angle gauche d'un morceau de papier de verre retourné, il dessina un carré de trois centimètres sur trois et y inséra un « A » majuscule. Dans l'autre angle, il plaça un « a » minuscule.

« *A*, dit Liesel.

— *A* comme quoi ? »

Elle sourit. « Comme *Apfel*. »

Il inscrivit le mot en gros caractères et dessina une pomme en dessous. La pomme avait une forme bizarre. Il était peintre en bâtiment, pas artiste. Quand il eut terminé, il déclara : « Maintenant, passons au *B*. »

Au fur et à mesure qu'ils progressaient dans l'alphabet, les yeux de Liesel s'agrandissaient. Elle avait fait cela à l'école, dans la classe des petits, mais, cette fois, c'était beaucoup mieux. Elle était la seule élève et ne ressemblait pas à une géante parmi des nains. C'était agréable de suivre le mouvement de la main de Papa tandis qu'il écrivait les mots et traçait lentement les premiers croquis.

« Allons, Liesel, dit-il un peu plus tard, à un moment où elle pataugeait un peu. Un mot qui commence par *S*. C'est facile, pourtant. Tu me déçois. »

Elle ne voyait pas.

« Allons ! » Il l'aiguillonnait à voix basse. « Pense à Maman. »

Cette fois, le mot la frappa comme une gifle. Elle ne put s'empêcher de sourire. « *SAUMENSCH !* » s'écria-t-elle. Papa éclata de rire, puis s'efforça de se retenir.

« Chut ! Il ne faut pas faire de bruit », dit-il, sans pouvoir se contrôler pour autant. Il écrivit le mot, en le complétant par l'un de ses croquis.

UNE ŒUVRE D'ART CARACTÉRISTIQUE DE LA MANIÈRE DE HANS HUBERMANN

« Papa ! murmura-t-elle. Il me manque les yeux ! »

Il lui tapota les cheveux. Elle était tombée dans le piège. « Avec un sourire comme ça, dit Hans Hubermann, tu n'as pas besoin d'yeux. » Il la serra dans ses bras, puis contempla de nouveau le dessin, avec son regard d'argent chaleureux. « Maintenant, on passe au *T*. »

Une fois l'alphabet terminé et étudié une bonne dizaine de fois, Papa se pencha en avant. « Ça ira pour cette nuit, dit-il.

— S'il te plaît, encore quelques mots ! »

Il se montra ferme. « Non, c'est assez. Quand tu t'éveilleras, je jouerai de l'accordéon pour toi.

— Merci, Papa.

— Bonne nuit. » Un rire monosyllabique. « Bonne nuit, *Saumensch*.

— Bonne nuit, Papa. »

Il alla éteindre la lumière et revint s'installer sur la chaise. Liesel garda les yeux ouverts dans l'obscurité. Elle observait les mots.

L'ODEUR DE L'AMITIÉ

La classe de minuit se poursuivit.

Au cours des semaines suivantes et jusqu'au début de l'été, elle commença à la fin de chaque cauchemar. À deux reprises encore, Liesel mouilla son lit, mais Hans Hubermann changea tranquillement les draps et reprit sa lecture, ses croquis et sa récitation. Aux petites heures de la matinée, leurs voix discrètes résonnaient.

Un jeudi après-midi, un peu après trois heures, Maman dit à Liesel de se préparer pour l'accompagner dans ses livraisons de repassage. Mais Papa avait une autre idée.

Il entra dans la cuisine et déclara : « Désolé, Maman, elle ne va pas avec toi aujourd'hui. »

Maman ne leva même pas les yeux du sac à linge. « On t'a sonné, *Arschloch* ? Viens, Liesel.

— Elle lit. » Papa sourit fermement à Liesel, puis lui fit un clin d'œil. « Avec moi. Je lui apprends. On va sur les bords de l'Amper, là où je m'exerçais à l'accordéon. »

Cette fois, Maman réagit.

Elle plaça le linge sur la table et monta tout de suite en puissance. « Qu'est-ce que tu as dit ?

— Tu as parfaitement entendu, Rosa. »

Maman éclata de rire. « Qu'est-ce que tu peux bien lui apprendre, toi ? » Un sourire cartonné. Des mots comme des uppercuts. « Comme si tu lisais aussi bien que ça, espèce de *Saukerl.* »

La cuisine attendit la suite. Papa contre-attaqua. « On va emporter le linge et le livrer à ta place.

— Sale... » Elle s'interrompit. Les mots restèrent en attente dans sa bouche tandis qu'elle réfléchissait. « Rentrez avant la nuit.

— On ne peut pas lire dans le noir, Maman, dit Liesel.

— Qu'est-ce que j'ai entendu, *Saumensch* ?

— Rien, Maman. »

Papa tendit l'index vers elle avec un grand sourire. « Livre, papier de verre, crayon », énuméra-t-il, puis, alors qu'elle était déjà partie, il ajouta : « Accordéon ! » Ils se retrouvèrent bientôt dans la rue, emportant les mots, la musique et le linge.

Avant d'arriver à la boutique de Frau Diller, ils se retournèrent plusieurs fois pour voir si Maman était toujours en train de les surveiller au portail. Elle l'était. À un moment, elle lança : « Liesel, tiens-moi ce repassage droit ! C'est pas le moment de le froisser !

— Oui, Maman ! »

Quelques pas plus loin : « Liesel, tu t'es assez couverte ?

— Comment ?

— *Saumensch dreckiges*, tu n'entends jamais rien ! T'es-tu assez couverte ? Il risque de faire froid, plus tard ! »

Une fois tourné le coin de la rue, Papa se baissa pour renouer son lacet. « Liesel, dit-il, tu me roules une cigarette ? »

Rien ne pouvait lui faire plus plaisir.

Quand ils eurent livré le linge, ils revinrent vers la rivière Amper, qui flanquait la ville. Elle poursuivait ensuite son cours dans la direction de Dachau – le camp de concentration.

Il y avait un pont de bois.

Ils s'assirent dans l'herbe à une trentaine de mètres de là et se mirent à écrire les mots et à les prononcer à voix haute. Quand le jour déclina, Hans prit son accordéon. Liesel l'écouta en le regardant, sans remarquer tout de suite l'expression de perplexité qu'affichait ce soir-là son papa en jouant.

LE VISAGE DE PAPA
Il était ailleurs et s'interrogeait,
mais les réponses n'étaient pas là.
Pas encore.

Quelque chose avait changé chez Hans Hubermann. De manière à peine perceptible.

Elle s'en aperçut, mais ne comprit que plus tard, quand toutes les histoires s'emboîtèrent. Elle ignorait que l'accordéon de Hans Hubermann était en lui-même une histoire. Plus tard, l'histoire ferait son apparition au 33, rue Himmel, tôt dans la matinée, avec des épaules crispées et une veste pleine de frissons. Elle aurait avec elle une valise, un livre et deux questions. Une histoire. Une histoire après une histoire. Une histoire *dans* une histoire.

Pour l'instant, il n'y avait que celle qui concernait Liesel et elle lui plaisait.

Liesel s'allongea dans les hautes herbes.

Elle ferma les yeux et laissa les notes lui emplir les oreilles.

Tout ne marchait pourtant pas comme sur des roulettes. Parfois, Papa manquait se mettre en colère. « Voyons, Liesel, disait-il, tu connais ce mot ! » Juste au moment où elle semblait progresser régulièrement, un blocage se produisait.

Quand il faisait beau, l'après-midi, ils allaient au bord de l'Amper. Quand il faisait mauvais, ils restaient au sous-sol. C'était surtout à cause de Maman. Au début, ils avaient essayé de s'installer dans la cuisine, mais c'était impossible.

« Rosa, avait fini par dire Hans, interrompant posément sa femme au milieu d'une phrase. Je peux te demander une faveur ? »

Elle avait levé les yeux du fourneau. « Quoi donc ?

— Est-ce que tu voudrais bien la fermer au moins pendant cinq minutes ? *Par pitié.* »

Vous imaginez la réaction.

Ils se retrouvèrent au sous-sol.

Celui-ci n'était pas éclairé. Ils s'armèrent donc d'une lampe à pétrole et lentement, entre l'école et la maison, entre la rivière et le sous-sol, entre bons et mauvais jours, Liesel apprit à lire et à écrire.

« Bientôt, lui dit Papa, tu seras capable de lire cet affreux bouquin mortuaire les yeux fermés.

— Et je pourrai quitter cette classe de nains. »

C'était dit avec une certaine brutalité.

Une fois, dans le sous-sol, Papa arriva avec un pinceau à la place du papier de verre (la réserve baissait rapidement). Les Hubermann n'avaient chez eux que l'essentiel, mais il y avait de la peinture en quantité et elle joua un rôle important dans l'apprentissage de Liesel. Papa énonçait un mot et la fillette devait l'épeler à haute voix, puis le peindre sur le mur si elle ne s'était pas trompée. Au bout d'un mois, le mur fut repeint. Une nouvelle page de ciment.

Parfois, le soir, après avoir travaillé dans le sous-sol, Liesel, installée dans la baignoire, entendait les mêmes propos résonner dans la cuisine.

« Tu pues, disait Maman à Hans. Tu pues la cigarette et le pétrole. »

Assise dans l'eau, Liesel imaginait cette odeur, répandue sur les vêtements de Papa. Avant tout, c'était l'odeur de l'amitié et elle pouvait la sentir aussi sur elle. Liesel l'adorait. Elle reniflait son bras et souriait tandis que l'eau refroidissait autour d'elle.

LA CHAMPIONNE POIDS LOURDS DE LA COUR DE RÉCRÉATION

L'été 1939 passa à toute allure, ou peut-être Liesel ne le vit tout simplement pas passer. Elle fut très occupée à jouer au foot rue Himmel avec Rudy et les autres gamins (on y jouait été comme hiver), à livrer le linge avec Maman et à apprendre des mots.

Dans la dernière partie de l'année, deux événements se produisirent.

SEPTEMBRE-NOVEMBRE 1939
1. Début de la Seconde Guerre mondiale.
2. Liesel Meminger devient la championne poids lourds de la cour de l'école.

Début septembre.

Le jour où la guerre éclata et où ma charge de travail s'accrut, il faisait frais à Molching.

La guerre. Partout, on ne parlait que de ça.

Les gros titres des journaux s'en délectaient.

La voix rugissante du Führer sortait des postes de radio allemands. Nous n'abandonnerons pas. Nous ne lâcherons pas prise. Nous gagnerons. Notre heure est venue.

Les troupes allemandes envahissaient la Pologne et les gens se rassemblaient ici et là pour apprendre les dernières nouvelles. La rue de Munich, comme la plupart des rues principales des villes allemandes, bruissait de l'animation de la guerre. L'odeur, la voix. Signe avant-coureur, le rationnement avait commencé quelques jours plus tôt, et maintenant c'était officiel. La France et l'Angleterre avaient déclaré la guerre à l'Allemagne. Pour parler comme Hans Hubermann :

Ça va barder.

Le jour où on l'annonça, Papa avait eu par chance un peu de travail. Sur le chemin du retour, il ramassa un journal abandonné, et plutôt que de s'arrêter et de le fourrer entre des pots de peinture dans sa charrette, il le replia et le glissa sous sa chemise. Le temps d'arriver à la maison, la sueur avait imprimé l'encre des caractères sur sa peau. Le journal atterrit sur la table, mais les nouvelles étaient fixées sur son torse. Un tatouage. Maintenant, sa chemise ouverte, il déchiffrait les titres sous le faible éclairage de la cuisine.

« Qu'est-ce que ça dit ? » demanda Liesel. Son regard allait des inscriptions noires au journal.

« Hitler s'empare de la Pologne », répondit-il en s'affalant sur une chaise. Puis, sur un ton qui n'avait rien de patriotique, il murmura : « *Deutschand über Alles.* »

Il avait de nouveau cette expression particulière – sa tête des moments où il jouait de l'accordéon.

Une guerre commençait.

Une autre allait débuter pour Liesel.

Environ un mois après la rentrée scolaire, elle passa dans une classe à son niveau. C'était dû à ses progrès en lecture, me direz-vous. Pas du tout. Elle avait toujours beaucoup de mal à lire. Les phrases s'éparpillaient, les mots lui échappaient. Non, ce changement était dû au fait qu'elle posait des problèmes dans la petite classe. Elle répondait aux questions posées à d'autres élèves et faisait du bruit. De temps à autre, elle recevait ce qu'on appelait une *Watschen* dans le couloir.

DÉFINITION

***Watschen* = une bonne raclée**

L'enseignante, qui se trouvait être une bonne sœur, l'installa sur une chaise sur le côté de la classe et la pria de ne pas ouvrir la bouche. À l'autre bout de la salle, Rudy agita la main dans sa direction. Elle lui fit à son tour un signe en s'efforçant de ne pas sourire.

À la maison, elle avait bien avancé dans la lecture du *Manuel du fossoyeur* avec Papa. Ils entouraient les mots qu'elle ne comprenait pas et les reprenaient le lendemain dans le sous-sol. Elle pensait que c'était suffisant. À tort.

Début novembre, il y eut des épreuves pour contrôler le niveau des élèves à l'école. L'une d'elles portait sur la lecture. Chaque enfant devait se tenir face à la salle et lire un texte remis par la maîtresse. C'était une matinée glaciale, mais très ensoleillée. Les enfants plissaient les yeux. Un halo lumineux entourait sœur Maria, qui ressemblait à la Faucheuse. (À propos, j'aime bien cette vision de la mort qu'ont les humains, sous les traits de la Faucheuse. La faux me plaît. Ça m'amuse.)

Dans la classe baignée de lumière, les élèves furent appelés au hasard.

« Waldenheim, Lehmann, Steiner. »

Tous se levèrent et se mirent à lire, chacun à son niveau. Rudy se révéla étonnamment bon.

Liesel attendait son tour avec un mélange d'impatience et de peur. Elle avait désespérément envie de savoir une fois pour toutes où elle en était de la lecture. Avait-elle un niveau correct ? S'approchait-elle même de celui de Rudy et des autres ?

Chaque fois que sœur Maria baissait les yeux vers sa liste de noms, un faisceau de nerfs lui enserrait la cage thoracique. Au début, il était localisé à l'estomac, mais il était monté plus haut, et bientôt elle l'aurait autour du cou comme une corde.

Lorsque Tommy Müller arriva au bout de sa médiocre prestation, elle regarda autour d'elle. Tout le monde était passé. Sauf elle.

« Bien. » Sœur Maria considéra sa liste avec un hochement de tête. « Nous en avons terminé. »

Quoi ?

« Non ! »

Une voix se matérialisa de l'autre côté de la classe. Celle d'un garçon aux cheveux jaune citron, dont les genoux osseux semblaient vouloir percer son pantalon sous le bureau. Il leva le doigt et déclara : « Sœur Maria, je crois que vous avez oublié Liesel. »

Sœur Maria ne fut pas impressionnée le moins du monde.

Elle posa son registre sur la table, soupira et contempla Rudy avec un air désapprobateur, presque mélancolique. Pourquoi devait-elle toujours avoir affaire à Rudy Steiner ? Pourquoi ? Ne pouvait-il donc se taire ?

« Non, dit-elle d'un ton ferme en se penchant légèrement en avant. Je crois que ce n'est pas possible pour Liesel, Rudy. » Elle jeta un coup d'œil à la fillette, pour confirmation. « Elle lira pour moi un peu plus tard. »

Liesel s'éclaircit la gorge. « Je peux dès maintenant, ma sœur », dit-elle sur un ton de défiance tranquille. La plupart des autres élèves observaient en silence. Quelques-uns pratiquaient l'art du ricanement, si prisé des enfants.

La sœur en avait assez. « Non, tu ne peux pas… Voyons, qu'est-ce que tu fais ? »

Liesel s'était levée et se dirigeait d'un pas raide vers l'estrade. Elle prit le livre et l'ouvrit au hasard.

« Très bien, dit sœur Maria. Tu veux lire ? Lis.

— Oui, ma sœur. » Après avoir lancé un bref coup d'œil à Rudy, Liesel concentra son attention le texte.

Lorsqu'elle leva les yeux, elle vit la salle se diviser, puis se remettre en place. Tous les enfants étaient écrasés et elle s'imagina, triomphante, en train de lire la page entière avec aisance et sans faire la moindre faute.

UN MOT CLÉ
Imagina

« Vas-y, Liesel ! »

Rudy rompit le silence.

La voleuse de livres contempla de nouveau les mots.

Vas-y ! Cette fois, Rudy articula en silence. Vas-y, Liesel.

Le sang de Liesel battit plus fort à ses oreilles. Les phrases se brouillèrent.

La page blanche était soudain écrite dans une autre langue et, pour tout aggraver, la fillette avait maintenant les larmes aux yeux. Elle ne distinguait même plus les mots.

Et puis il y avait cet abominable soleil, qui traversait la fenêtre – la classe avait des vitres partout – et tombait directement sur elle. « Tu sais voler un livre, mais tu es incapable d'en lire un ! » lui lançait-il au visage.

Elle trouva la solution.

Elle prit une profonde inspiration et se mit à lire, non pas le livre qu'elle avait devant elle, mais un passage du *Manuel du fossoyeur*. Le chapitre trois : « En cas de neige », que Papa lui avait lu. Elle le connaissait par cœur.

« En cas de neige, énonça-t-elle, il faut s'assurer que l'on a une pelle solide. Il faut creuser profondément, sans ménager sa peine. Pas question de s'économiser. » Elle inspira de nouveau. « Bien sûr, le mieux est d'attendre le moment de la journée le moins froid, quand… »

Cela s'arrêta là.

Le livre lui fut arraché des mains. « Liesel, dans le couloir ! »

Elle eut droit à une petite *Watschen*. Et tandis que la main de sœur Maria s'abattait sur sa joue, elle les entendit rire dans la classe. Elle les voyait, tous ces enfants écrabouillés qui souriaient et riaient aux éclats dans le soleil. Tous, sauf Rudy.

À la récréation, elle fut accablée de sarcasmes. Un garçon nommé Ludwig Schmeikl s'approcha d'elle, un livre à la main. « Hé, Liesel, lança-t-il, j'ai du mal avec ce mot. Tu peux le lire pour moi ? » Il éclata de rire, d'un rire satisfait de gamin de dix ans. « Espèce de *Dummkopf* ! Imbécile ! »

De gros lourdauds de nuages envahissaient le ciel. D'autres enfants l'interpellaient et la regardaient bouillir de rage.

« Ne les écoute pas, lui conseilla Rudy.

— Facile à dire. C'est pas toi, l'imbécile. »

Vers la fin de la récréation, elle avait été importunée à dix-neuf reprises. À la vingtième, elle craqua. C'était Schmeikl, qui remettait ça. « Allez, Liesel, dit-il en lui fourrant le livre sous le nez. Donne-moi un coup de main, sois gentille ! »

En fait de coup de main, il fut servi.

Elle se leva, lui arracha le livre et le jeta à terre, et tandis que Schmeikl se retournait vers les autres avec le sourire, elle lui balança un coup de pied dans la région du bas-ventre.

Comme on peut s'en douter, Ludwig Schmeikl se plia en deux. Le poing de Liesel s'écrasa sur son oreille. Quand il fut à terre, elle lui sauta dessus. Et là, folle de rage, elle le gifla, le griffa, bref, le démolit. Il avait une peau douce et tiède, et les phalanges et les ongles de Liesel étaient terriblement durs, malgré leur petitesse. « Espèce de *Saukerl* ! » La voix de Liesel, elle aussi, l'égratignait. « Espèce d'*Arschloch* ! Tu peux m'épeler *Arschloch*, s'il te plaît ? »

Il fallait voir comme les nuages accouraient et se rassemblaient stupidement dans le ciel !

Des nuages obèses.

Noirs et joufflus.

Qui se bousculaient, s'excusaient, se démenaient pour trouver de la place.

Les enfants s'étaient rassemblés autour d'eux avec la rapidité habituelle des gosses attirés par la bagarre. Une mêlée de bras et de jambes, de cris et d'encouragements s'épaissit autour des deux adversaires. Ils regardaient Liesel Meminger filer à Ludwig Schmeikl la raclée de sa vie. Une fille poussa un cri. « Jésus, Marie, Joseph, elle va le tuer ! » commenta-t-elle.

Liesel ne le tua pas.

Mais il s'en fallut de peu.

En fait, la seule chose qui l'arrêta fut la tête pathétiquement secouée de tics de Tommy Müller. Il arborait un sourire si idiot qu'elle le jeta à terre, lui sauta dessus et se mit à le frapper, lui aussi.

« Qu'est-ce que tu fais ? » couina-t-il, et c'est seulement au bout de la troisième ou de la quatrième gifle, alors qu'un filet de sang écarlate coulait du nez du garçon, que Liesel s'arrêta.

À genoux, elle prit une profonde inspiration et écouta les gémissements de sa victime. Puis, défiant du regard la masse indistincte de visages qui l'entourait, elle lança à la ronde : « Je ne suis pas une imbécile ! »

Personne ne la contredit.

C'est au moment où chacun rentra en classe et où sœur Maria vit dans quel état se trouvait Ludwig Schmeikl que les choses se gâtèrent à nouveau pour Liesel. Les premiers à être soupçonnés furent Rudy et quelques autres, qui étaient toujours en train de se chercher des poux dans la tête. « Montrez-moi vos mains ! » ordonna la sœur. Mais tous les avaient nettes.

« Je ne peux pas le croire, marmonna la sœur, ce n'est pas possible. » Si, pourtant. Lorsque Liesel s'avança pour montrer ses mains, les traces de Ludwig Schmeikl étaient là, en train de prendre une belle couleur rouille. « Le couloir », ordonna sœur Maria pour la seconde fois de la journée. Ou, plus précisément, pour la seconde fois en une heure.

Et cette fois, ce ne fut pas une petite *Watschen*, ni même une moyenne, mais la mère de toutes les *Watschen* du couloir, une succession de coups cinglants de bâton, qui empêcha pratiquement Liesel de s'asseoir pendant une semaine. Et aucun rire ne monta de la salle de classe. Plutôt une attention silencieuse et apeurée.

Après la classe, Liesel rentra chez elle avec Rudy et les autres enfants Steiner. En approchant de la rue Himmel, elle fut soudain submergée par tout ce qu'elle avait enduré jusque-là – l'échec de la récitation du *Manuel du fossoyeur*, sa famille détruite, ses cauchemars, cette journée d'humiliation –, elle s'effondra dans le caniveau et fondit en larmes. Voilà à quoi tout cela avait abouti.

Rudy était à ses côtés.

Il se mit à pleuvoir à verse.

Kurt Steiner les appela, mais ni l'un ni l'autre ne bougea. L'une était assise, en pleine détresse, sous les hallebardes, et l'autre attendait, debout près d'elle.

« Pourquoi a-t-il fallu qu'il meure ? » demanda-t-elle. Mais Rudy resta immobile et continua à se taire.

Lorsqu'elle se releva, il l'entoura de son bras, genre bon copain, et ils se remirent en marche. Il ne réclama pas un baiser. Rien dans ce style. On ne peut qu'aimer Rudy pour cela.

Je ne te demande qu'une chose, de ne pas me donner de coups de pied dans les burettes.

Voilà ce qu'il était en train de penser, mais il ne le lui dit pas. Il fallut attendre pratiquement quatre ans avant qu'il ne lui livre cette information.

Pour le moment, Rudy et Liesel se dirigeaient vers la rue Himmel sous la pluie.

Lui, c'était ce fou qui s'était barbouillé de noir et avait vaincu le monde entier.

Elle, la voleuse de livres dépourvue de mots.

Mais croyez-moi, les mots allaient venir et, lorsqu'ils arriveraient, Liesel les prendrait dans sa main, comme les nuages, et elle en exprimerait la substance, comme la pluie.

DEUXIÈME PARTIE

Le haussement d'épaules

Avec :
une fille habitée de ténèbres – le bonheur
des cigarettes – les tournées de blanchissage –
quelques lettres mortes – l'anniversaire d'Hitler –
de la sueur allemande cent pour cent pure –
les portes du vol – et un livre de feu

UNE FILLE HABITÉE DE TÉNÈBRES

QUELQUES STATISTIQUES
Premier livre volé : 13 janvier 1939
Deuxième livre volé : 20 avril 1940
Intervalle entre les vols : 463 jours

Si l'on voulait se montrer désinvolte, on dirait qu'il a suffi d'un peu de feu, assorti de quelques vociférations humaines. Que c'était assez pour que Liesel Meminger dérobe son deuxième livre, même s'il fumait encore entre ses mains. Même s'il lui incendia la cage thoracique.

Le problème, toutefois, est celui-ci :

Ce n'est pas le moment de se montrer désinvolte.

Ce n'est pas le moment, car au moment où la voleuse de livres s'empara de son deuxième ouvrage, non seulement les raisons qui la poussaient irrésistiblement à le faire étaient multiples, mais ce geste allait jouer un rôle essentiel dans la suite des événements. Il aurait pour conséquence de lui fournir un lieu où elle pourrait continuer à voler des livres. Il inspirerait à Hans Hubermann un plan pour venir en aide au boxeur juif. Et il *me* démontrerait, une fois de plus, qu'une occasion en entraîne une autre, comme un risque en entraîne un autre et comme une mort entraîne d'autres morts.

* * *

En un sens, c'était le destin.

Voyez-vous, on vous dira que l'Allemagne nazie s'est construite sur l'antisémitisme, sur un leader quelque peu enclin à l'excès de zèle et sur une nation de fanatiques haineux, mais le résultat n'aurait pas été le même si les Allemands n'avaient aimé se livrer à une activité particulière :

Brûler.

Les Allemands adoraient brûler. Des boutiques, des synagogues, des Reichstag, des maisons, des objets, des gens assassinés et, bien sûr, des livres. Ils appréciaient un bon bûcher de livres – ce qui donnait l'occasion aux gens qui, eux, aimaient les livres de se procurer des publications qu'ils n'auraient jamais pu avoir autrement. Nous savons qu'une frêle fillette nommée Liesel Meminger faisait partie de cette catégorie. Elle avait attendu 463 jours, mais cela en valait la peine. À la fin d'une journée où se mêlèrent l'excitation, la séduction du mal, une cheville trempée de sang et une gifle donnée par l'être qui avait toute sa confiance, Liesel Meminger mit la main sur son second livre. *Le Haussement d'épaules*. Il était bleu, avec des lettres rouges gravées sur la couverture, et un dessin représentant un coucou, rouge également, sous le titre. Quand elle y repensait, Liesel n'éprouvait aucune honte de l'avoir volé. Au contraire, le petit quelque chose qu'elle ressentait au creux de l'estomac ressemblait plutôt à de l'orgueil. Et c'était une colère noire et une sombre haine qui avaient alimenté son désir de dérober ce livre. En fait, le 20 avril, jour de l'anniversaire du Führer, lorsqu'elle l'avait arraché à un tas de cendres fumantes, Liesel était habitée de ténèbres.

La question, bien sûr, est : pourquoi ?

Qu'est-ce qui avait provoqué sa colère ?

Que s'était-il passé au cours des quatre ou cinq mois précédents pour susciter un tel sentiment ?

Pour faire court, la réponse part de la rue Himmel et y revient, en passant par le Führer et par l'endroit introuvable où était sa vraie mère.

Comme beaucoup de malheurs, cela commença par l'apparence du bonheur.

LE BONHEUR DES CIGARETTES

Vers la fin de l'année 1939, Liesel s'était bien installée dans sa vie à Molching. Elle faisait encore des cauchemars au sujet de son frère et sa mère lui manquait, mais elle avait maintenant des consolations.

Elle aimait son papa, Hans Hubermann, et aussi sa mère nourricière, en dépit de sa brutalité et de son langage de charretier. Elle aimait et détestait en même temps son meilleur ami, Rudy Steiner, ce qui était normal. Et elle se disait que malgré son échec en classe, ses progrès en lecture et en écriture lui permettraient d'atteindre bientôt un bon niveau. Tout cela lui procurait une certaine satisfaction qui ne tarderait pas à s'approcher du concept de *bonheur*.

LES CLÉS DU BONHEUR
1. Finir *Le Manuel du fossoyeur*.
2. Échapper au courroux de sœur Maria.
3. Recevoir deux livres pour Noël.

17 décembre.

Elle se souvenait parfaitement de la date, car c'était une semaine avant Noël.

Comme d'habitude, elle fut réveillée au milieu de la nuit par son cauchemar et Hans Hubermann vint poser sa main sur le tissu trempé de sueur de son pyjama. « Le train ? » chuchota-t-il.

« Le train. »

Elle prit plusieurs grandes inspirations, puis, quand elle fut prête, ils se mirent à lire le onzième chapitre du *Manuel du fossoyeur*. Ils terminèrent peu après trois heures du matin. Il ne restait plus que le dernier chapitre. Ses yeux gris argent gonflés de fatigue et les joues ombrées par une barbe naissante, Papa referma le volume et s'apprêta à profiter du peu de sommeil qui lui restait.

Rien à faire.

La lumière n'était pas éteinte depuis une minute que la voix de Liesel s'élevait dans le noir.

« Papa ? »

Il répondit par un vague bruit de gorge.

« Tu es éveillé, Papa ?

— *Ja.* »

Elle se redressa sur un coude : « On peut finir le livre, s'il te plaît ? »

Il y eut un long soupir, le frottement d'une main passée sur une joue râpeuse, puis la lumière. Il ouvrit le livre et commença : « Chapitre douze : Respecter le cimetière. »

Ils lurent jusqu'à l'aube, en entourant et en écrivant les mots qu'elle ne comprenait pas, chaque page tournée les rapprochant de la lumière du jour. À plusieurs reprises, Papa piqua du nez, cédant à la fatigue qui entraînait sa tête en avant et lui picotait les yeux. Liesel le surprit à chaque fois, mais elle était trop préoccupée d'elle-même pour le laisser dormir et n'avait pas assez d'orgueil pour être vexée. Elle avait de grosses difficultés à surmonter.

Lorsque l'obscurité commença à se dissiper au-dehors, ils vinrent à bout du chapitre. Les dernières lignes disaient à peu près ceci :

Les membres de l'Association bavaroise des cimetières espèrent vous avoir intéressé avec ces informations sur le métier de fossoyeur considéré sous ses différents aspects. Nous vous souhaitons une brillante carrière dans la profession et espérons que la lecture de cet ouvrage aura pu vous y aider.

Le livre refermé, ils se lancèrent un coup d'œil oblique. Papa prit la parole.

« On y est arrivés, hein ? »

À demi enroulée dans sa couverture, Liesel examina le livre noir aux lettres d'argent et approuva de la tête. Elle avait envie d'un petit déjeuner. C'était un moment de fatigue et de plénitude, avec la satisfaction d'avoir triomphé non seulement de la tâche à accomplir, mais aussi de l'obstacle de la nuit.

Papa s'étira, les poings fermés, les paupières lourdes. Tous deux se levèrent et se dirigèrent vers la cuisine. Ce matin-là, le ciel était même dégagé. Par la fenêtre, à travers le brouillard et le gel, ils pouvaient voir des rais de lumière rose sur les toits enneigés de la rue Himmel.

« Regarde les couleurs », dit Papa. Comment ne pas aimer un homme qui non seulement remarque les couleurs, mais en parle ?

Liesel tenait encore le livre à la main. Elle le serra un peu plus fort, tandis que la neige prenait une teinte orange. Sur l'un des toits, elle pouvait voir un petit garçon assis, qui contemplait le ciel. « Il s'appelait Werner », dit-elle. Les mots avaient jailli tout seuls de sa bouche.

« Oui », dit Papa.

Il n'y avait pas eu d'autres épreuves de lecture à l'école, mais Liesel prenait peu à peu confiance en elle, et un matin, avant la classe, elle ouvrit un recueil de textes qui traînait afin de vérifier son niveau. Elle fut capable de déchiffrer chaque mot, sans toutefois parvenir à lire à la même vitesse que ses camarades. C'est plus facile d'être près du but que de l'atteindre, se dit-elle. Il lui faudrait encore du temps avant de réussir.

Une après-midi, elle eut la tentation de dérober un livre sur les étagères de la classe, mais, à vrai dire, la perspective d'être gratifiée par sœur Maria d'une autre *Watschen* dans le couloir suffit à l'en décourager. Sans compter que les livres de l'école ne la tentaient pas. Elle attribuait plus ou moins son manque d'intérêt à l'échec cuisant qu'elle avait subi en novembre. En tout cas, c'était ainsi.

En classe, elle n'ouvrait pas la bouche.

Elle n'osait même pas remuer un cil.

Au commencement de l'hiver, elle avait cessé d'être la victime des frustrations de sœur Maria. C'était beaucoup mieux de regarder les autres sortir dans le couloir et recevoir leur dû. Elle n'aimait pas particulièrement entendre les bruits qui lui parvenaient alors, mais c'était sinon un réconfort, du moins un véritable soulagement de savoir que cela arrivait à quelqu'un d'autre.

Quand l'école s'interrompit brièvement pour *Weihnachten*, Liesel se fendit même d'un « Joyeux Noël » à l'adresse de sœur Maria avant de quitter l'école. Sachant que les Hubermann étaient chroniquement fauchés, car ils avaient encore des dettes à rembourser et des sorties d'argent importantes, elle ne s'attendait pas à recevoir le moindre cadeau. Simplement, peut-être, y aurait-il un menu spécial. Aussi fut-elle surprise lorsque le soir du réveillon, après avoir assisté à la messe de minuit avec Maman, Papa, Hans junior et Trudy, elle trouva au retour un cadeau enveloppé dans du papier journal posé au pied du sapin.

« C'est saint Nicolas qui l'a apporté », dit Papa, mais elle ne fut pas dupe. Elle se jeta dans les bras de ses parents nourriciers, sans prendre le temps d'ôter la neige sur ses épaules.

Elle défit le papier et découvrit deux petits livres. Le premier, *Faust le chien*, avait pour auteur un certain Mattheus Ottleberg. Elle le lirait et le relirait au moins treize fois. Ce soir-là, elle lut les vingt premières pages sur la table de la cuisine, tandis que Papa et Hans junior se disputaient à propos d'une chose qu'elle ne comprenait pas. Une chose nommée « politique ».

Plus tard, dans son lit, Papa et elle avancèrent dans la lecture, en entourant comme d'habitude les mots qu'elle ne connaissait pas et en les écrivant. *Faust le chien* comportait aussi quelques illustrations, de jolies lettrines et des caricatures représentant un berger allemand qui bavait de manière obscène et avait le don de la parole.

Le second ouvrage, intitulé *Le Phare*, était écrit par une femme, Ingrid Rippinstein. Il était un peu plus long, aussi Liesel ne le lut-elle que neuf fois, en allant un peu plus vite vers la fin.

C'est quelques jours après Noël qu'elle posa une question à propos de ces livres. La famille était en train de manger dans la cuisine. Voyant Rosa enfourner des cuillerées de soupe de pois cassés, Liesel préféra se tourner vers Papa. « Je voudrais poser une question. »

Il y eut un silence.

Puis : « Quoi donc ? »

C'était la voix de Maman, la bouche à moitié pleine.

« J'aimerais savoir où vous avez trouvé l'argent pour acheter mes livres. »

Papa dissimula un sourire derrière sa cuillère. « Tu y tiens vraiment ?

— Oui. »

Il tira de sa poche le restant de sa ration de tabac et entreprit de se rouler une cigarette, ce qui eut le don d'impatienter Liesel.

« Réponds, enfin ! »

Il éclata de rire. « Mais c'est ce que je suis en train de *faire*, Liesel. » Il termina l'opération, posa la cigarette sur la table et entama la confection d'une autre. « C'est grâce à ça », dit-il.

À cet instant, Maman, qui terminait sa soupe, posa bruyamment sa cuillère, réprima un rot cartonneux, et répondit à la place de son mari. « Ce *Saukerl*, dit-elle, tu sais ce qu'il a fait ? Il a roulé la totalité de ses saletés de cigarettes et, le jour du marché, il les a échangées avec un gitan.

— Un livre contre huit cigarettes. » Papa en glissa une entre ses lèvres d'un air triomphant, l'alluma et avala la fumée. « Dieu soit remercié pour les cigarettes, hein, Maman ? »

Maman se borna à répondre par l'un de ses habituels regards dégoûtés, qu'elle fit suivre du mot le plus courant de son vocabulaire. « *Saukerl.* »

Liesel échangea un coup d'œil complice avec Papa et finit sa soupe. Comme toujours, elle avait l'un de ses livres près d'elle. La réponse à sa question avait été plus que satisfaisante. Peu de gens pouvaient se vanter d'avoir leur instruction payée avec des cigarettes.

Maman, pour sa part, déclara que si Hans Hubermann n'était pas aussi nul, il échangerait un peu de tabac contre la robe dont elle avait tellement besoin, ou contre des chaussures en meilleur état. « Mais non… » Elle versa les mots dans l'évier. « Quand il s'agit de moi, tu préfères fumer toute ta ration, non ? Et une partie de celle des voisins en prime. »

Quelques jours plus tard, néanmoins, Hans Hubermann rentra un soir avec une boîte d'œufs, qu'il posa sur la table. « Désolée, Maman. Il n'y avait plus de chaussures. »

Maman n'émit aucune plainte.

Elle chantonna même pendant qu'elle amenait les œufs au seuil de la calcination dans la poêle. Les cigarettes apportaient apparemment beaucoup de plaisir, et ce fut une période heureuse chez les Hubermann.

Elle prit fin quelques semaines plus tard.

LES TOURNÉES DE BLANCHISSAGE

Tout commença à se dégrader avec le blanchissage, et cela ne fit que s'accentuer ensuite.

Quand Liesel accompagna Rosa Hubermann au cours d'une de ses livraisons dans Molching, l'un de ses clients, Ernst Vogel, les informa qu'il n'avait désormais plus les moyens de donner son linge à l'extérieur. « Comment dire, les temps sont de plus en plus durs, expliqua-t-il. Avec la guerre, on a du mal à joindre les deux bouts. » Il regarda la fillette. « Je suis sûr que vous touchez une allocation pour vous occuper de la petite, n'est-ce pas ? »

Maman resta sans voix, au grand désarroi de Liesel.

Son grand sac était à côté d'elle, vide.

Allez, viens, Liesel !

Ce ne fut pas exprimé par les mots, mais par le geste, avec rudesse.

Vogel les interpella depuis le seuil. Il mesurait à peu près un mètre soixante-quinze et ses cheveux gras retombaient en mèches déprimantes sur son front. « Je suis navré, Frau Hubermann ! »

Liesel lui fit au revoir de la main.

Il agita la main en retour.

Maman la tança.

« Ne fais pas au revoir à cet *Arschloch*, dit-elle. Accélère. »

Ce soir-là, quand Liesel prit son bain, Maman la récura avec une vigueur toute particulière, en marmonnant sans cesse à propos de ce *Saukerl* de Vogel. Toutes les deux minutes, elle l'imitait :

« Vous devez toucher une allocation pour la petite… » Elle s'en prit au torse nu de Liesel. « Tu ne vaux pas tant que ça, *Saumensch.* Ce n'est pas toi qui vas me rendre riche ! »

Liesel ne répondit pas.

Une semaine à peine après cet incident, Rosa la traîna dans la cuisine. « Écoute, Liesel, dit-elle en l'installant à la table. Comme tu passes la moitié de ton temps dehors à jouer au football, je me dis que tu pourrais te rendre utile, pour changer. »

Liesel garda les yeux fixés sur ses propres mains. « Comment ça, Maman ?

— À partir de maintenant, tu vas aller prendre et livrer le linge à ma place. Si c'est toi qui sonnes à leur porte, ces richards oseront moins se passer de nos services. S'ils te demandent où je suis, dis que je suis malade. Et prends un air triste pour la circonstance. Tu es assez maigre et assez pâle pour les apitoyer.

— Je n'ai pas apitoyé Herr Vogel.

— D'accord, mais… » La gêne de Rosa Hubermann était évidente. « Ce sera peut-être différent avec les autres. Ne réplique pas.

— Bien, Maman. »

Un bref instant, elle crut que sa mère d'accueil allait la réconforter ou lui tapoter gentiment l'épaule.

Tu es gentille, Liesel. Tap, tap.

Mais il n'en fut rien.

Rosa Hubermann se leva, choisit une cuillère en bois et la brandit sous le nez de Liesel. C'était une nécessité, chez elle. « Et tu vas me faire le plaisir d'aller chez les gens et de rapporter le sac à la maison directement, *avec* l'argent, même si c'est trois sous. Pas question de passer voir Papa, si pour une fois il est en train de travailler. Pas question non plus de traînailler avec ce petit *Saukerl* de Rudy Steiner. Tu rentres direct, compris ?

— Oui, Maman.

— Ensuite, tu tiens ce sac comme il faut. Interdit de le balancer, de le laisser tomber, de le plier et de le jeter sur ton épaule.

— Oui, Maman.

— *Oui, Maman.* » Rosa Hubermann savait très bien imiter, et elle ne s'en privait pas. « Tu as intérêt à obéir, *Saumensch.* Sinon, je le saurai.

— Oui, Maman. »

Prononcer ces deux mots et faire ce qu'on lui demandait était généralement la solution pour ne pas avoir d'histoires. À dater de ce jour, Liesel arpenta donc avec son linge les rues de Molching, entre le quartier pauvre et le quartier riche. C'était une tâche solitaire, ce qui lui convenait. La première fois, sitôt parvenue dans la rue de Munich, elle regarda à droite et à gauche, balança le sac en lui faisant faire un tour complet, puis vérifia le contenu. Dieu merci, il n'y avait aucun pli. Rien de froissé. Elle sourit et se promit de ne plus jamais recommencer.

Tout compte fait, elle y prit du plaisir. Elle n'y gagnait rien, mais elle était hors de la maison et c'était déjà un bonheur de marcher dans les rues sans Maman. Plus d'index tendu, ni de jurons. Plus de réprimandes en public parce qu'elle tenait mal le sac. La sérénité.

Et puis, elle se mit à apprécier les gens :

— Les Pfaffelhürver, qui inspectaient les vêtements en répétant : « *Ja, ja, sehr gut, sehr gut.* » Elle s'amusa à penser qu'ils faisaient tout en double.

— L'aimable Helena Schmidt, qui tendait l'argent avec une main tordue par l'arthrite.

— Les Weingartner et leur chat aux moustaches en guidon de vélo qui les accompagnait toujours lorsqu'ils ouvraient la porte. Ils l'avaient appelé Petit Goebbels, comme le bras droit d'Hitler.

— Et Frau Hermann, l'épouse du maire, qui se tenait, frissonnante et les cheveux flous, dans l'encadrement de sa porte monumentale, pleine de courants d'air. Toujours seule et silencieuse. Pas un mot, jamais.

Parfois, Rudy accompagnait Liesel.

« T'as combien d'argent, là-dedans ? » demanda-t-il une après-midi. La nuit tombait et ils arrivaient dans la rue Himmel, au niveau de la boutique de Frau Diller. « T'as entendu ce qu'on dit ? Il paraît qu'elle a des bonbons cachés quelque part et si l'on y met le prix…

— N'y pense pas. » Liesel serrait l'argent dans sa main, comme d'habitude. « Ce n'est pas toi qui dois affronter Maman. »

Rudy haussa les épaules. « Au moins, j'aurai essayé. »

Vers la mi-janvier, en classe, les élèves apprirent à rédiger des lettres. Chacun devait en écrire deux, une à un camarade et une à quelqu'un d'une autre classe.

La lettre adressée à Liesel par Rudy disait ceci :

Chère Saumensch,

Es-tu toujours aussi nulle au foot que la dernière fois où l'on a joué ? J'espère que oui, parce que ça voudrait dire que je peux encore te laisser sur place comme Jesse Owens aux jeux Olympiques...

Lorsque sœur Maria la découvrit, elle posa une question à Rudy, très aimablement.

LA PROPOSITION DE SŒUR MARIA
Ça te tente de visiter le couloir, monsieur Steiner ?

Inutile de dire que Rudy répondit par la négative. Le papier fut déchiré et il recommença. Le second essai était destiné à quelqu'un qui s'appelait Liesel et il demandait quels étaient ses loisirs.

À la maison, quand elle fit ses devoirs, Liesel se dit qu'il était vraiment ridicule d'écrire à Rudy ou à tout autre *Saukerl* de son espèce. Cela n'avait aucun sens. Elle héla Papa, qui repeignait à nouveau le mur du sous-sol.

Il se tourna vers elle, et des émanations de peinture suivirent le même chemin. « *Was wuistz ?* » La formule était peu élégante, mais ce fut dit avec une grande affabilité. « Ouais, quoi ?

— Pourrais-je écrire une lettre à Maman ? »

Un silence.

« À quoi bon lui écrire puisque tu as déjà affaire à elle tous les jours ? » Papa *schmunzeln*ait – il souriait dans sa barbe. « Ça ne te suffit pas ? »

Elle déglutit. « Pas à cette maman-*là*.

— Oh ! » Papa se retourna vers le mur et se remit à peindre. « Eh bien, pourquoi pas ? Tu pourrais l'envoyer à la dame de l'association des parents d'accueil qui t'a conduite ici et qui est venue te voir une ou deux fois. Comment s'appelle-t-elle, déjà ?

— Frau Heinrich.

— C'est ça, Frau Heinrich. Envoie-lui ta lettre. Elle pourra peut-être la transmettre à ta mère. » Il était si peu convaincant qu'il aurait aussi bien fait de se taire. De son côté, lors de ses brèves visites, Frau Heinrich n'avait pas non plus dit un mot sur la mère de Liesel.

Au lieu de demander à Hans Hubermann ce qui n'allait pas, Liesel entama immédiatement la rédaction de sa lettre, ignorant délibérément le pressentiment qu'elle éprouvait. Il lui fallut trois heures et six brouillons pour en venir à bout. Dans ce courrier, elle parlait à sa mère de Molching, de Papa et de son accordéon, de Rudy Steiner et de ses façons curieuses, mais directes, et des exploits de Rosa Hubermann. Elle racontait aussi qu'elle était très fière de savoir un peu lire et écrire. Le lendemain, elle prit un timbre dans le buffet et posta le courrier chez Frau Diller. Puis elle attendit.

Ce soir-là, elle surprit une conversation entre Hans et Rosa.

« Qu'est-ce qui lui prend de vouloir écrire à sa mère ? » disait Maman. Sa voix était étonnamment calme et discrète. Comme vous pouvez l'imaginer, Liesel en éprouva une grande inquiétude. Elle aurait préféré les entendre se disputer. Les chuchotements des adultes ne lui inspiraient guère confiance.

« Elle m'a posé la question, répondit Papa. Je ne pouvais pas lui dire non, n'est-ce pas ?

— Jésus, Marie, Joseph. » De nouveau, les chuchotements. « Elle ferait mieux de l'oublier. Qui sait où elle se trouve ? Qui sait ce qu'ils lui ont fait ? »

Liesel se pelotonna dans son lit.

Elle pensa à sa mère et répéta les questions posées par Rosa Hubermann.

Où était-elle ?

Que lui avaient-ils fait ?

Et une fois pour toutes, qui étaient ces « ils » ?

LETTRES MORTES

Petit saut en avant dans le temps. Nous sommes en septembre 1943, dans le sous-sol.

Une adolescente de quatorze ans est en train d'écrire sur les pages d'un petit livre à la couverture sombre. Elle est maigre, mais solide, et elle a vu beaucoup de choses. Papa est assis, l'accordéon à ses pieds.

Il dit : « Tu sais, Liesel, j'ai failli répondre à ta lettre en signant du nom de ta mère. » Il se gratte la jambe à l'endroit où elle était plâtrée. « Mais je n'ai pas pu. »

À plusieurs reprises, pendant le reste du mois de janvier 1940 et jusqu'à la fin février, le père nourricier de Liesel eut le cœur serré en la voyant aller à la boîte aux lettres dans l'espoir d'y trouver une réponse à son courrier. « Je suis désolé, disait-il. Ce n'est pas pour aujourd'hui, hein ? » Rétrospectivement, elle se rendait compte que tout cela n'avait servi à rien. Si sa mère avait été en état de lui faire signe, elle aurait déjà pris contact avec l'organisation des familles d'accueil, ou avec les Hubermann, ou directement avec elle. Or cela n'avait pas été le cas.

Pour tout aggraver, à la mi-février, d'autres clients du repassage, les Pfaffelhürver, de Heide Strasse, lui remirent une lettre. Debout dans l'encadrement de la porte, ils la regardaient d'un air mélancolique. « Pour ta maman, dit l'homme en lui tendant l'enveloppe. Dis-lui qu'on est navrés. Dis-lui qu'on est navrés. »

La soirée fut sombre chez les Hubermann.

Même dans le sous-sol, où Liesel se retira pour écrire sa cinquième lettre à sa mère (seule la première avait été envoyée), elle entendait Rosa jurer et vitupérer les Pfaffelhürver, ces *Arschlöcher*, et ce minable Ernst Vogel.

« *Feuer soll'n's brunzen für einen Monat !* » Traduction : « Qu'ils pissent du feu pendant un mois ! »

Liesel écrivait.

Quand vint son anniversaire, elle n'eut pas de cadeau. Et ce, parce qu'il n'y avait pas d'argent à la maison, et qu'à l'époque Papa était à court de tabac.

« Je te l'avais dit. » Rosa pointa l'index sur Hans. « Je t'avais bien dit de ne pas lui donner les deux livres d'un coup pour Noël. M'as-tu seulement écoutée ? Bien sûr que non !

— Je sais ! » Il se retourna vers la fillette. « Je suis désolé, Liesel, reprit-il d'un ton calme. Nous n'avons tout simplement pas les moyens. »

Liesel s'en moquait. Elle ne gémit pas, ne se plaignit pas, ne tapa point du pied. Elle ravala sa déception et décida de prendre un risque calculé en s'offrant à elle-même un cadeau. Elle allait réunir les lettres à sa mère qu'elle n'avait pas envoyées, les mettre dans une enveloppe et utiliser une infime partie de l'argent du linge pour la poster. Après, bien sûr, elle recevrait une *Watschen*, vraisemblablement dans la cuisine, et elle ne pousserait pas un cri.

Trois jours plus tard, elle mit son plan à exécution.

« Il en manque. » C'était la quatrième fois que Maman comptait l'argent. Liesel était près du fourneau. Il faisait bon, à cet endroit, et cela réchauffait le flux rapide de son sang.

Elle mentit. « On a dû me donner moins que d'habitude.

— Tu as recompté ? »

Elle craqua. « Je l'ai dépensé, Maman. »

Rosa se rapprocha. Mauvais signe. Elle était dangereusement près des cuillères en bois. « Tu as quoi ? »

Avant que Liesel Meminger ait pu répondre, une cuillère en bois s'abattit sur elle. Tel le pied de Dieu, elle laissa des marques semblables à des traces de pas, rouges et brûlantes. Quand ce fut terminé, la fillette étendue sur le sol leva les yeux.

Une vibration, une lumière jaune. Elle cligna des paupières. « J'ai posté mes lettres », expliqua-t-elle.

Elle sentait la poussière sur le sol et avait l'impression que ses vêtements étaient en partie détachés de son corps. À cet instant, elle comprit que tout cela ne servait à rien, car sa mère ne lui répondrait pas et elle ne la reverrait jamais. Ce fut pour elle une seconde *Watschen*. Cuisante. Elle dura plusieurs minutes.

Au-dessus d'elle, Rosa était une image floue, qui se précisa quand son visage cartonneux se rapprocha de Liesel. Abattue, elle restait là dans toute sa rondeur, la cuillère en bois tenue à bout de bras comme un gourdin. Elle tendit la main vers la fillette et fondit un peu. « Je suis désolée, Liesel. »

Liesel la connaissait assez pour savoir que ce n'était pas à cause de la correction.

Les marques rouges s'étendirent sur sa peau tandis qu'elle gisait dans la pénombre, la poussière et la saleté. Sa respiration s'apaisa et une larme jaune solitaire coula sur son visage. Elle prenait conscience des parties de son corps sur le sol. Avant-bras. Genou. Coude. Joue. Mollet.

Le sol était froid, surtout contre sa joue, mais elle était incapable de bouger.

Elle ne reverrait jamais sa mère.

Elle resta près d'une heure allongée sous la table de la cuisine, jusqu'au retour de Hans. Quand il se mit à jouer de l'accordéon, elle se releva et commença à récupérer.

Quand elle relata par écrit cette soirée, elle n'éprouva aucune animosité envers Rosa Hubermann, ni envers sa mère. À ses yeux, elles étaient simplement victimes des circonstances. Ce qui lui revenait sans cesse à l'esprit, c'était la larme jaune. S'il avait fait sombre, la larme aurait été noire.

Or il faisait sombre, se disait-elle.

Elle eut beau essayer cent fois d'imaginer la scène avec cette lumière jaune, qui, elle en était certaine, était présente, elle avait toujours autant de mal à se la représenter. Elle avait été battue dans l'obscurité et elle était restée là, sur le sol froid et sombre d'une cuisine. Même la musique de Papa avait la couleur des ténèbres.

Même la musique de Papa.

Le plus bizarre, c'était que cette idée, au lieu de l'angoisser, la réconfortait plutôt.

L'obscurité, la lumière.

Quelle différence ?

Dans l'une et dans l'autre, les cauchemars s'étaient renforcés au fur et à mesure que la voleuse de livres comprenait comment les choses se passaient et comment elles se passeraient toujours. Au moins, elle pouvait se préparer. C'est peut-être pour cette raison que le jour de l'anniversaire du Führer, lorsque la réponse à la question de la souffrance de sa mère lui apparut dans sa totalité, elle fut capable de réagir, malgré sa rage et sa perplexité.

Liesel Meminger était prête.

Joyeux anniversaire, Herr Hitler.

L'ANNIVERSAIRE D'HITLER, AVRIL 1940

En mars et durant une grande partie du mois d'avril, Liesel continua contre tout espoir à aller chaque après-midi voir si du courrier l'attendait dans la boîte aux lettres. Et ce, malgré la visite de Frau Heinrich, venue à la demande de Hans, qui avait expliqué aux Hubermann que l'association des familles d'accueil avait perdu tout contact avec Paula Meminger. Liesel ne se découragea pas, mais aucune lettre ne lui parvint bien entendu.

Molching, comme le reste de l'Allemagne, se préparait à fêter l'anniversaire d'Hitler. Cette année-là, compte tenu de l'évolution de la guerre et des succès du Führer, les nazis de la ville voulaicnt célébrer l'événement avec un faste particulier. Par un défilé, des chants, de la musique. Et un feu.

Pendant que Liesel faisait ses tournées de blanchissage dans les rues de Molching, les membres du parti nazi rassemblaient de quoi alimenter le brasier. À plusieurs reprises, elle vit des hommes et des femmes frapper aux portes et demander aux habitants s'ils avaient quelque chose dont ils pensaient devoir se débarrasser. Dans le journal de Papa, le *Molching Express*, on annonçait un feu de joie sur la place de l'hôtel de ville, auquel assisteraient toutes les cellules locales des Jeunesses hitlériennes. Il serait destiné à fêter non seulement l'anniversaire du Führer, mais aussi la victoire sur ses ennemis et sur les restrictions imposées à l'Allemagne depuis la fin de la Première Guerre mondiale. « Tous les matériaux concernant cette période – journaux, affiches, livres, drapeaux – ainsi que tout ce qui a trait à la propagande ennemie devront être apportés au bureau du parti nazi, rue de Munich. » Même la Schiller Strasse, la rue des étoiles jaunes, toujours en attente de sa remise en état, fut fouillée une dernière fois, dans le but de découvrir quelque chose, n'importe quoi, qui pût brûler en l'honneur du Führer. Personne n'aurait été surpris de voir certains membres du parti publier la liste d'un bon millier d'ouvrages ou d'affiches subversifs simplement pour pouvoir les jeter dans les flammes.

Tout était en place pour faire du 20 avril un événement superbe. Ce serait un jour de feu de joie et d'acclamations.

Un jour de vol de livre, aussi.

Ce matin-là, chez les Hubermann, tout se déroula comme à l'accoutumée.

« Voilà que ce *Saukerl* est encore en train de regarder par la fenêtre, maugréa Rosa Hubermann. Chaque jour que Dieu fait ! poursuivit-elle. Qu'est-ce que tu regardes, cette fois ?

— Oooh ! » Papa poussa un cri ravi. Le drapeau masquait son dos en haut de la fenêtre. « Vous devriez venir voir la femme qui est en train de passer. » Il jeta un coup d'œil à Liesel par-dessus son épaule et sourit. « Je ferais bien un bout de chemin avec elle. À côté d'elle, tu n'as pas ta chance, Maman.

— *Schwein !* » Rosa brandit la cuillère en bois dans sa direction.

Hans continua à contempler par la fenêtre une femme entièrement imaginaire et une haie, bien réelle, de drapeaux allemands.

Dans les rues de Molching, chaque fenêtre était décorée en l'honneur du Führer. En certains endroits, comme chez Frau Diller, les vitres avaient été vigoureusement nettoyées et la croix gammée semblait un bijou posé sur une couverture rouge et blanc. Ailleurs, le drapeau avait été poussé sur le rebord comme du linge mis à sécher. Mais il était là.

Un peu plus tôt, chez les Hubermann, un petit drame avait eu lieu. Ils ne retrouvaient plus leur drapeau.

« Ils vont venir nous chercher, dit Maman à son mari. Ils vont venir nous chercher et nous emmener. » Ils. « Il faut qu'on le retrouve. » Il s'en fallut de peu que Papa ne se rende au sous-sol pour peindre un drapeau sur l'une de ses bâches de protection. Heureusement, on finit par dénicher l'objet dans le placard, roulé en boule derrière l'accordéon.

« Cet accordéon de malheur m'empêchait de le voir. » Maman pivota sur ses talons. « Liesel ! »

La fillette eut l'honneur de fixer le drapeau au châssis de la fenêtre.

Hans junior et Trudy vinrent prendre le thé, comme ils le faisaient pour Noël et pour Pâques. Maintenant, je crois, le moment est venu de les présenter de manière un peu plus détaillée.

Hans junior avait la stature et les yeux de son père, sauf que l'argent de son regard n'était pas chaleureux. Ses yeux avaient été *führer*és. Il était aussi moins mince que Hans. Il avait des poils blonds et une peau comme de la peinture crème.

Trudy – ou Trudel – était à peine plus grande que Rosa. Elle avait hérité du malheureux dandinement maternel, mais le reste de sa personne était plus suave. Comme elle était employée chez des Munichois aisés, elle en avait certainement assez des enfants, mais elle était au moins capable d'adresser quelques sourires à Liesel. Elle avait une bouche tendre et une voix douce.

Ils arrivèrent ensemble par le train de Munich et il ne fallut pas longtemps avant que les vieilles tensions ne réapparaissent.

BRÈVE COMPARAISON ENTRE HANS HUBERMANN ET SON FILS

Le jeune homme était un nazi ; pas son père. Pour Hans junior, son père appartenait à la vieille Allemagne décrépite, un pays qui laissait les autres tirer les marrons du feu pendant que son propre peuple souffrait.

Adolescent, il s'était aperçu qu'on appelait son père « *Der Juden Maler* » – le peintre juif – parce qu'il peignait

les maisons des Juifs. Puis il y eut un incident dont
je vous parlerai plus longuement en temps voulu,
le jour où Hans gâcha tout,
au moment d'adhérer au parti. Il était évident
qu'on ne devait pas repeindre la devanture d'un magasin
juif barbouillée de slogans injurieux. C'était un comportement
mauvais pour l'Allemagne, et pour celui qui transgressait
la règle.

« Alors, est-ce qu'ils t'ont admis, finalement ? » Hans junior reprenait la conversation là où ils l'avaient laissée au moment de Noël.

« Admis où ?

— Devine. Au parti.

— Non. Ils m'ont sans doute oublié.

— Est-ce que tu as réessayé, au moins ? Évidemment, si tu restes le cul sur ta chaise en attendant que le monde nouveau vienne te chercher, il ne se passera rien. Tu dois aller de l'avant, malgré tes erreurs passées. »

Papa leva les yeux. « Mes erreurs ? J'ai commis des erreurs dans ma vie, mais ne pas être membre du parti nazi n'en fait pas partie. Ils ont encore ma demande d'adhésion, tu le sais, d'ailleurs, mais je ne suis pas allé réclamer. Je me suis contenté de... »

À ce moment, un grand frisson passa.

Il entra par la fenêtre avec le courant d'air. C'était peut-être le souffle du IIIe Reich qui se renforçait encore. Ou simplement à nouveau l'Europe qui respirait. Toujours est-il qu'il s'insinua entre eux tandis que leurs regards métalliques s'entrechoquaient comme des boîtes de conserve dans la cuisine.

« Tu ne t'es jamais préoccupé du sort de ce pays, dit Hans junior. En tout cas, pas assez. »

Le regard métallique de Papa commença à se corroder. Cela n'arrêta pas Hans junior, qui se tourna vers Liesel. Ses trois livres posés debout sur la table, comme s'ils faisaient la conversation, elle lisait l'un d'eux en formant silencieusement les mots avec ses lèvres. « Et la gamine, quelle cochonnerie est-elle en train de lire ? Elle devrait être plongée dans *Mein Kampf.* »

Liesel leva la tête.

« Ne t'inquiète pas, Liesel, dit Papa. Continue. Il raconte n'importe quoi. »

Mais Hans junior n'en avait pas terminé. Il fit un pas en direction de son père et lança : « Le Führer, on est pour ou on est contre. Et je vois que tu es contre. Tu l'as toujours été. » Liesel dévisageait Hans junior, les yeux fixés sur ses lèvres minces et sur la ligne irrégulière de ses dents du bas. « Quand je pense que certains se croisent les bras tandis que la nation se débarrasse de ses immondices et atteint à la grandeur, c'est pathétique. »

Trudy et Maman, effrayées, écoutaient en silence. Liesel aussi. La cuisine sentait l'affrontement, la soupe de pois et le brûlé.

Tout le monde attendait la suite.

Elle vint du fils. Juste trois mots.

« Espèce de lâche. » Il les jeta au visage de Hans Hubermann et sortit.

Papa le suivit. « Lâche ? C'est *moi* qui suis lâche ? » lança-t-il sur le pas de la porte. Il se précipita vers le portail et se mit à courir derrière Hans junior, bouleversé. Maman courut à la fenêtre, repoussa d'un coup sec le drapeau et l'ouvrit. Trudy et Liesel la rejoignirent et toutes trois regardèrent le père rattraper son fils et le prendre par le bras en le suppliant de s'arrêter. Elles n'entendaient rien de ce qui se disait, mais la façon dont Hans junior se dégagea était suffisamment éloquente, tout comme l'expression de son père lorsqu'il le vit s'éloigner.

« Hansi ! » cria enfin Maman. Sa voix stridente fit reculer Trudy et Liesel. « Hansi, reviens ! »

Hans junior avait disparu.

Oui, il était parti et j'aimerais pouvoir vous dire que tout tourna bien pour Hans Hubermann junior, mais ce ne fut pas le cas.

Ce jour-là, lorsqu'il quitta la rue Himmel au nom du Führer, il allait être précipité dans une autre histoire, dont chaque étape conduirait, tragiquement, à la Russie.

À Stalingrad.

QUELQUES INFORMATIONS SUR STALINGRAD

1. En 1942 et au début de l'année 1943, le ciel de cette ville était chaque matin de la couleur d'un drap fraîchement blanchi.

2. Toute la journée, tandis que je le traversais avec ma charge d'âmes, le drap était éclaboussé de sang, jusqu'à ce qu'il sature et s'alourdisse.

3. Le soir, il était essoré et de nouveau blanchi, prêt pour une aube nouvelle.

4. Et cela, c'était lorsque le combat ne faisait rage que durant la journée.

Une fois son fils parti, Hans Hubermann resta quelques instants immobile. D'un seul coup, la rue paraissait immense.

Lorsqu'il rentra, Maman le regarda fixement, mais ils n'échangèrent pas un mot. Elle ne lui fit aucun reproche, ce qui, vous en conviendrez, était franchement inhabituel. Sans doute estima-t-elle qu'il souffrait déjà suffisamment d'avoir été traité de lâche par son unique fils.

Après le repas, il resta attablé quelque temps à réfléchir en silence. Était-il vraiment un lâche, comme son fils le lui avait brutalement fait remarquer ? Pendant la Première Guerre mondiale, peut-être. C'est d'ailleurs ce qui, à ses yeux, lui avait permis de survivre. Mais est-ce être lâche que de reconnaître qu'on a peur ? Est-ce être lâche que d'apprécier d'être encore vivant ?

Ses pensées venaient s'enchevêtrer sur la table, qu'il regardait sans la voir.

« Papa ? interrogea Liesel, mais il ne bougea pas. De quoi parliez-vous ? Qu'est-ce qu'il a voulu dire quand…

— Rien. » Il s'adressait à la table d'une voix calme. « Ce n'est rien. N'y pense plus, Liesel. » Une bonne minute s'écoula avant la suite. « Ne devrais-tu pas te préparer ? » Cette fois, il s'était tourné vers elle. « Tu ne dois pas assister à un feu de joie ?

— Si, Papa. »

La voleuse de livres alla enfiler son uniforme des Jeunesses hitlériennes et, une demi-heure plus tard, elle quitta la maison avec Hans pour le siège de la BDM. De là, les enfants seraient conduits en plusieurs groupes sur la place.

Il y aurait des discours.

On allumerait un feu.

Un livre serait volé.

DE LA SUEUR ALLEMANDE CENT POUR CENT PURE

Les gens étaient massés sur les trottoirs pour regarder défiler la jeunesse allemande vers la place de l'hôtel de ville, et à plusieurs reprises Liesel oublia sa mère et ses problèmes du moment. Son torse se gonfla en réponse aux applaudissements. Certains enfants faisaient un signe de la main à leurs parents, mais à la dérobée, car ils avaient instruction de marcher droit et de *ne pas regarder ou agiter la main* en direction de la foule.

Lorsque le groupe de Rudy arriva sur la place et reçut l'ordre de s'arrêter, quelqu'un rata le coche. Tommy Müller. Le reste de la troupe s'immobilisa et Tommy entra en collision avec le garçon qui le précédait.

« *Dummkopf !* » cracha celui-ci, avant de se retourner.

« Excuse-moi », dit Tommy, les bras tendus dans un geste d'excuse. Les différentes parties de son visage semblaient se télescoper. « Je n'ai pas entendu. »

C'était un incident mineur, mais il annonçait des ennuis. Pour Tommy. Pour Rudy.

À la fin du défilé, les Jeunesses hitlériennes eurent l'autorisation de se disperser. Il aurait été pratiquement impossible de garder les jeunes groupés tandis que le feu de joie illuminait leur regard et les excitait. Après un « *Heil Hitler* » lancé d'une seule voix, ils furent libres d'évoluer à leur guise. Liesel chercha

Rudy, mais elle fut prise dans le tourbillon des uniformes et des cris des autres enfants qui s'interpellaient.

Vers seize heures trente, le temps s'était considérablement rafraîchi.

Les gens réclamèrent sur le ton de la plaisanterie qu'on allume le feu, histoire de se réchauffer. « Toutes ces saletés ne sont bonnes à rien d'autre, d'ailleurs ! »

Les saletés en question furent apportées sur des charrettes et déchargées au milieu de la place, puis arrosées d'un liquide à l'odeur douceâtre. Parfois, des livres et des papiers glissaient ou se détachaient de la pile, mais ils y étaient remis à chaque fois. De loin, le tas ressemblait à un volcan, ou à un grotesque objet étranger qui aurait atterri par miracle en pleine ville et qu'il fallait anéantir au plus vite.

L'odeur flottait en direction de la foule, tenue à bonne distance. Il y avait plus d'un millier de personnes, sur la place, sur les marches de l'hôtel de ville et sur les toits alentour.

Lorsque Liesel tenta de se rapprocher, elle entendit une sorte de crépitement et pensa que le feu avait déjà pris. Erreur. C'était le bruit que faisait la marée humaine en s'avançant.

Ils ont commencé sans moi !

Quelque chose lui disait que ce bûcher était un crime – après tout, ses trois livres étaient ce qu'elle possédait de plus précieux –, mais elle avait une envie irrésistible de voir la pile s'enflammer. Les humains aiment bien le spectacle d'une petite destruction, me semble-t-il. Ils commencent par les châteaux de sable et les châteaux de cartes et ils vont de plus en plus loin. Ils sont particulièrement doués pour ça.

Elle fut soulagée lorsqu'elle découvrit un espace entre les corps agglutinés et put apercevoir le coupable entassement encore intact. On le tâtait du pied, on l'éclaboussait, on lui crachait même dessus. Esseulé et hébété, condamné à subir son destin, il ressemblait à un enfant rejeté par les autres. Aimé de personne. Tête basse. Mains dans les poches. À jamais. Amen.

La pile continuait à s'ébouler pendant que Liesel cherchait Rudy du regard. Où était donc ce *Saukerl* ?

Lorsqu'elle leva les yeux, le ciel se ramassait sur lui-même.

Un horizon de drapeaux et d'uniformes nazis lui bouchait la vue à chaque fois qu'elle essayait de voir par-dessus la tête d'un enfant plus petit. Inutile. Rien à faire avec la foule. Impossible de la fendre, de s'y faufiler ou de la raisonner. On ne pouvait que respirer et chanter avec elle, et attendre son feu.

Un homme juché sur une tribune demanda le silence. Son uniforme brun était nickel, fraîchement repassé. Le silence s'installa.

Ses premiers mots : « *Heil Hitler.* »

Son premier geste : saluer le Führer.

« Aujourd'hui est un grand jour, commença-t-il. Non seulement c'est l'anniversaire de notre grand chef, mais une fois encore nous formons barrage à nos ennemis. Nous les empêchons d'atteindre notre esprit… »

Liesel cherchait toujours à se frayer un chemin dans la foule.

« Nous triomphons de la maladie qui s'était répandue dans toute l'Allemagne depuis vingt ans, voire plus ! » Il se livrait maintenant à ce qu'on appelle une *Schreierei*, l'impeccable démonstration d'un discours vociféré, par lequel il appelait l'assistance à faire preuve de vigilance, et à débusquer et détruire les machinations qui projetaient d'infecter la patrie avec leurs méthodes déplorables. « Ces gens immoraux ! Les *Kommunisten* ! » Encore ce mot. Ce vieux mot. Des pièces sombres. Des hommes en costume. « *Die Juden* – les Juifs ! »

À la moitié du discours, Liesel perdit le fil. Dès l'instant où le mot « communiste » la frappa, le flot du récital nazi buta sur elle et se perdit dans les pieds allemands qui l'entouraient. Des cascades de mots. Une fillette pataugeant dans l'eau. Cela lui revenait. *Kommunisten.*

Jusque-là, à la BDM, on leur avait expliqué que l'Allemagne était la race supérieure, mais sans parler de qui que ce soit d'autre. Bien sûr, pour les Juifs, tout le monde savait, puisqu'ils étaient le principal *offenseur* par rapport à l'idéal germanique. Mais jamais, jusqu'à ce jour, il n'avait été fait mention des communistes, en dehors du fait que ceux qui avaient ce genre d'opinions politiques seraient également punis.

Elle devait sortir de là.

Devant elle, une tête avec des cheveux blonds nattés et séparés par une raie au milieu se tenait absolument immobile. Les yeux fixés sur elle, Liesel revisitait ces pièces obscures de son passé. Elle voyait sa mère répondre à des questions qui se résumaient à un mot.

Elle comprenait, maintenant.

Sa mère affamée, son père disparu. *Kommunisten.*

Son frère mort.

« Et maintenant, nous allons dire adieu à cette ordure, à ce poison. »

Juste avant que Liesel Meminger ne se retourne pour sortir de cette foule, prise de nausées, l'homme à la chemise brune quitta la tribune. Un comparse lui tendit une torche et il mit le feu à la pile qui le toisait du haut de sa culpabilité. « *Heil Hitler !* »

La foule : « *Heil Hitler !* »

D'autres hommes descendirent d'une estrade et entourèrent le tas qu'ils enflammèrent à la grande satisfaction de chacun. Des cris d'approbation escaladèrent les épaules et, après un temps, l'odeur de la sueur allemande pure s'éleva. Elle envahit chaque coin de la place et bientôt tout le monde nagea dedans. Dans les mots, dans la sueur. Et les sourires. N'oublions pas les sourires.

De nombreux commentaires enjoués et une nouvelle rafale de « *Heil Hitler !* » suivirent. Je me demande s'il n'y eut pas ici ou là un œil crevé ou une main abîmée, car il suffisait pour cela de se tourner au mauvais moment ou de se trouver trop près d'un autre spectateur. Rien ne dit que ce n'est pas arrivé, d'ailleurs. Pour ma part, je peux simplement vous assurer que personne n'en mourut, du moins physiquement parlant.

Évidemment, c'est sans compter les quarante millions de personnes qui seront passées entre mes mains au moment où tout cela se terminera, mais cela est une autre histoire qui appartient à la grande Histoire. Revenons à notre feu de joie.

Les flammes orange saluèrent la foule tandis qu'elles dévoraient le papier et les caractères d'imprimerie. Les mots en feu étaient arrachés à leurs phrases.

De l'autre côté, au-delà du halo de chaleur, on pouvait voir les chemises brunes et les croix gammées se donner la main. On ne voyait pas les gens. Juste des uniformes et des insignes.

Au-dessus, des oiseaux tournaient.

Ils volaient en cercle, attirés par la lueur, jusqu'au moment où la chaleur les repoussait. Ou bien les humains ? La chaleur n'était sans doute pas en cause.

Tandis que Liesel cherchait à s'échapper, une voix la rattrapa.

« Liesel ! »

Ce n'était pas celle de Rudy, mais elle la connaissait.

Elle parvint à se dégager et découvrit le visage dont elle provenait. Oh, non ! Ludwig Schmeikl. Contre toute attente, il n'essaya pas de ricaner, de plaisanter ou de faire la conversation avec elle. Il fut juste capable de tirer Liesel vers lui et de lui montrer sa cheville. Elle avait été piétinée dans l'excitation générale et un sang noir imbibait la chaussette. Sous ses cheveux blonds emmêlés, il semblait totalement désemparé. Un animal. Pas un cerf aux abois, mais une bête blessée dans la mêlée de ses congénères, qui n'allaient pas tarder à la piétiner.

Non sans mal, Liesel l'aida à se lever et le traîna hors de la foule. Vers l'air frais.

Ils atteignirent en titubant les marches sur le côté de l'église. Il y avait là un espace libre, et ils s'y posèrent, soulagés.

Le souffle de Schmeikl arrivait en avalanche, glissait le long de sa gorge.

Le garçon se tint la cheville et réussit enfin à parler. « Merci », dit-il à Liesel, sans la regarder dans les yeux. Encore quelques expirations hachées. « Et puis … » Tous deux eurent la vision de singeries dans la cour de l'école, suivies d'une raclée. « Je suis désolé pour… enfin, tu sais. »

Liesel entendit le mot à nouveau.

Kommunisten.

Elle choisit toutefois de ne pas détourner son attention de Ludwig Schmeikl. « Moi aussi. »

Ils se concentrèrent alors sur leur respiration, car ils n'avaient plus rien à se dire. Plus rien à faire ensemble.

La tache de sang s'élargissait sur la cheville de Ludwig Schmeikl.

Un mot pesait sur la fillette.

À leur gauche, les flammes et les livres en feu étaient acclamés comme des héros.

LES PORTES DU VOL

Liesel attendit Papa sur les marches en contemplant les cadavres des livres et les cendres qui volaient ici et là. Tout n'était que tristesse. Les braises rouges et orange ressemblaient à des bonbons abandonnés et la plupart des gens avaient disparu. Elle avait vu s'en aller Frau Diller (très satisfaite) et Pfiffikus (cheveux blancs, uniforme nazi, éternelles chaussures éculées et sifflotement triomphant). Maintenant, c'était l'étape du nettoyage et bientôt il ne resterait aucune trace de ce qui s'était passé.

Sauf l'odeur.

« Qu'est-ce que tu fais là ? »

Hans Hubermann venait d'arriver au bas des marches de l'église.

« Tu devais être devant l'hôtel de ville.

— Excuse-moi, Papa. »

Il plia en deux sa haute silhouette et s'assit à côté d'elle. « Qu'est-ce qui ne va pas, Liesel ? » dit-il en ramenant doucement une mèche de cheveux derrière son oreille.

Elle ne répondit pas tout de suite. Elle se livrait à un petit calcul mental, même si elle connaissait déjà le résultat. À onze ans, on sait un certain nombre de choses.

UNE PETITE ADDITION

Le mot *communiste* + un grand feu de joie + une série de lettres mortes + la souffrance de sa mère + la mort de son frère = le Führer

Le Führer.

C'était lui, le « ils » dont parlaient Hans et Rosa Hubermann le soir où elle avait écrit à sa mère pour la première fois. Elle le savait, mais il fallait qu'elle pose la question.

« Est-ce que ma mère était communiste ? » Le regard fixé devant elle. « Ils étaient toujours en train de l'interroger, avant que je vienne ici. »

Hans se pencha légèrement en avant et esquissa un mensonge. « Je l'ignore. Je ne l'ai jamais rencontrée.

— Est-ce que le Führer l'a emmenée ? »

La question les surprit autant l'un que l'autre et elle força Papa à se lever. Il regarda les hommes en chemise brune qui s'attaquaient au tas de cendres avec des pelles. Un autre mensonge prenait naissance dans sa gorge, mais il le refoula. « Je pense que c'est possible, dit-il.

— Je le savais. » Les mots rebondirent sur les marches et Liesel sentit un flot de colère lui envahir le ventre. « Je hais le Führer, dit-elle. Je le *hais.* »

Et Hans Hubermann ?

Que fit-il ?

Que dit-il ?

Se pencha-t-il pour prendre sa fille nourricière dans ses bras, comme il en avait envie ? Lui dit-il qu'il était désolé de ce qui leur arrivait, à elle et à sa mère, et de ce qui était arrivé à son frère ?

Pas exactement.

Il ferma les yeux, très fort. Puis les rouvrit et gifla Liesel Meminger.

« Ne répète *jamais* ça ! » Sa voix était calme, mais tranchante.

Tandis que la fillette se recroquevillait, il se rassit à côté d'elle, la tête dans les mains. Il serait simple d'affirmer que Hans Hubermann était alors simplement un grand gaillard effondré sur les marches d'une église, mais la réalité était plus complexe. À l'époque, Liesel ne s'en doutait pas, mais Hans se trouvait face à l'un des dilemmes les plus dangereux qui fût pour un citoyen allemand. Pire, cela durait déjà depuis un an ou presque.

« Papa ? »

Elle était paralysée par la surprise. C'était beaucoup plus douloureux de recevoir une *Watschen* de la part de Papa que de la part d'une bonne sœur ou de Rosa. Hans Hubermann redressa la tête et reprit la parole.

« Tu peux dire ça à la maison, déclara-t-il en regardant la joue de Liesel d'un air grave. Mais ne le dis jamais dans la rue, ni à l'école, ni à la BDM, jamais ! » Il se mit debout, lui fit face et lui saisit le bras. « Tu m'entends ? »

Les yeux écarquillés, elle fit « oui » de la tête.

C'était en fait la répétition d'une leçon qui aurait lieu plus tard cette même année, lorsque Hans Hubermann verrait ses pires craintes se réaliser rue Himmel, un petit matin de novembre.

« Bien. » Il la lâcha. « Maintenant, essayons de... » Au bas des marches, il tendit le bras à quarante-cinq degrés. « *Heil Hitler.* »

Liesel se releva et l'imita. La gorge serrée, elle répéta : « *Heil Hitler.* » Spectacle étrange que cette fillette de onze ans ravalant ses larmes sur les marches de l'église et saluant le Führer, tandis que, par-dessus l'épaule de Hans Hubermann, les voix malmenaient la forme sombre à l'arrière-plan.

« On est toujours amis ? »

Un quart d'heure plus tard, Papa lui tendit un rameau d'olivier – le papier et le tabac qu'il venait juste de recevoir. Sans un mot, Liesel les prit et se mit à rouler la cigarette.

Pendant un bon moment, ils restèrent immobiles.

La fumée montait au-dessus de l'épaule de Papa.

Dix minutes encore et les portes du vol s'entrouvriraient et Liesel Meminger se glisserait dans l'ouverture.

DEUX QUESTIONS

Les portes se refermeraient-elles derrière elle ?

Ou auraient-elles la bonté de la laisser ressortir ?

LES PORTES DU VOL

Comme Liesel le découvrirait, un certain nombre d'éléments sont nécessaires pour réussir un vol.

De l'habileté. Du sang-froid. De la rapidité.

Et plus important que tout cela encore.

De la chance.

Maintenant, on oublie les dix minutes.

Les portes s'ouvrent.

UN LIVRE DE FEU

L'obscurité gagnait et, une fois la cigarette fumée, Liesel et Hans Hubermann s'apprêtèrent à rentrer. Pour quitter la place, ils devraient passer devant l'emplacement du feu de joie et emprunter une petite rue adjacente à la rue de Munich. Ils n'allèrent pas jusque-là.

Un homme d'une cinquantaine d'années les interpella. C'était Wolfgang Edel, un charpentier. Il avait construit les estrades sur lesquelles les autorités nazies étaient juchées et il était en train de les démonter. « Hans Hubermann ? » Il avait de longs favoris et une voix caverneuse. « Hansi ! »

« Salut, Wolfal », répondit Hans. Il le présenta à la fillette. Un « *Heil Hitler* » résonna. « Bien, Liesel. »

Pendant quelques minutes, Liesel se tint un peu à l'écart. Des bribes de conversation lui parvenaient, mais elle n'y prêtait guère attention.

« Tu as beaucoup de travail ?

— Non, c'est très calme, maintenant. Tu sais ce que c'est, surtout quand on n'est pas membre.

— Tu m'as dit que tu allais adhérer, Hansi.

— J'ai essayé, mais j'ai commis une erreur. À mon avis, ils sont encore en train d'y réfléchir. »

* * *

Liesel s'aventura du côté du tas de cendres. C'était comme un aimant, quelque chose de monstrueux qui attirait irrésistiblement le regard, à l'instar de la rue des étoiles jaunes.

De même qu'elle n'avait pu se retenir d'aller voir le feu, elle était incapable de détourner les yeux des restes du bûcher. D'elle-même, elle n'avait pas suffisamment de volonté pour s'en tenir à distance. Elle s'en approcha, littéralement aspirée par eux.

Au-dessus de sa tête, le ciel finissait de s'obscurcir, mais au loin, au-dessus de la croupe des montagnes, un reste de lumière grise persistait.

« *Pass auf, Kind* », lui dit à un moment quelqu'un en uniforme qui vidait des pelletées de cendres dans une charrette. « Attention, petite. »

Près de l'hôtel de ville, sous un lampadaire, des ombres étaient en train de bavarder, certainement pour se féliciter du succès de la manifestation. De là où elle se trouvait, Liesel n'entendait que le son de leurs voix, pas les mots prononcés.

Pendant quelques minutes, elle observa les hommes qui déblayaient, en attaquant la pile à la base pour qu'elle s'effondre plus vite. Ils faisaient des allers et retours vers un camion et, au bout de la troisième fois, une petite quantité de matériau vivant s'échappa du cœur des cendres.

LE MATÉRIAU

La moitié d'un drapeau rouge, deux affiches vantant un poète juif, trois livres et un panneau de bois avec une inscription en hébreu.

Peut-être ces objets étaient-ils humides. Ou alors, le feu n'avait pas duré assez longtemps pour atteindre la profondeur à laquelle ils se trouvaient. Toujours est-il qu'ils étaient serrés les uns contre les autres parmi les cendres, tout secoués. Des survivants.

« Trois livres », murmura Liesel, le regard fixé sur le dos des hommes à la pelle.

« Dépêchons-nous, dit l'un d'eux. On s'en va, j'ai l'estomac dans les talons. »

Ils se dirigèrent vers le camion.

Le trio de livres pointait son nez.

Lisa s'approcha.

Le tas de cendres dégageait encore assez de chaleur pour la réchauffer quand elle se tint devant. Elle y mit la main, puis la retira vivement en sentant une brûlure. Elle fut plus rapide lors de sa seconde tentative et s'empara du livre le plus proche. Il était chaud, mais humide, et seuls les bords avaient brûlé. Le reste était intact.

Il était bleu.

Au toucher, la couverture semblait tissée de centaines de fils. Des lettres rouges s'imprimaient sur ces fibres. Liesel put lire un seul mot : « Épaule ». Elle n'avait pas le temps de déchiffrer le reste et il y avait un problème. La fumée.

De la fumée sortait de la couverture lorsqu'elle s'éloigna en toute hâte avec le livre. Elle fonçait tête baissée et, à chaque enjambée, elle se rendait compte combien il était difficile de garder son sang-froid. La voix s'éleva au bout de quatorze pas.

Elle se dressa derrière elle.

« Hé ! »

Liesel faillit lancer le livre dans la pile et se mettre à courir, mais elle en était incapable. Tourner la tête était le seul geste qu'elle avait à sa disposition.

« Il y a des trucs qui n'ont pas brûlé là-dedans ! » C'était l'un des hommes qui avaient nettoyé les cendres. Il n'était pas tourné vers Liesel, mais vers les gens debout près de l'hôtel de ville.

« Eh bien, faites-les flamber à nouveau ! fut la réponse. Et attendez qu'ils se soient consumés !

— Je crois qu'ils sont humides !

— Seigneur, je dois vraiment tout faire moi-même ! » Un bruit de pas. C'était le maire, un manteau noir jeté sur son uniforme nazi. Il ne remarqua pas la fillette qui se tenait un peu plus loin, parfaitement immobile.

UNE IDÉE COMME ÇA
Une statue de la voleuse de livres se dressait sur la place.
Il est rare qu'une statue existe avant que son modèle soit devenu célèbre, n'est-ce pas ?

Elle manqua défaillir.

L'excitation de passer inaperçue !

Le livre avait suffisamment refroidi pour qu'elle puisse le glisser sous son uniforme. Au début, il lui chauffa gentiment le torse mais, lorsqu'elle se mit en marche, il redevint chaud.

Au moment où elle rejoignit Hans Hubermann et Wolfgang Edel, il commençait à la brûler. C'était comme s'il prenait feu.

Les deux hommes la regardèrent.

Elle leur sourit.

En même temps, elle sentit quelque chose d'autre. Ou plus exactement *quelqu'un* d'autre. Pas d'erreur, on l'observait. Un regard était posé sur elle. Elle en eut la confirmation lorsqu'elle osa se tourner vers les ombres réunies près de l'hôtel de ville. Une autre silhouette se tenait en retrait, à quelques mètres, et Liesel prit conscience de deux choses.

PETITS ÉLÉMENTS DE RECONNAISSANCE
1. L'identité de l'ombre.
2. Le fait qu'elle avait tout vu.

L'ombre avait les mains dans les poches de son manteau.

Elle avait des cheveux flous.

Si son visage avait été visible, il aurait eu une expression douloureuse.

« *Gottverdammt*, siffla Liesel entre ses dents. Nom de Dieu ! »

« On y va ? »

Pendant que Liesel prenait un risque inouï, Papa avait dit au revoir à Wolfgang Edel et il était prêt à la raccompagner à la maison.

« On y va. »

Ils laissèrent derrière eux la scène de crime. Le livre la brûlait bel et bien, maintenant. *Le Haussement d'épaules* s'était collé contre sa cage thoracique.

Tandis qu'ils dépassaient les ombres incertaines de l'hôtel de ville, la voleuse de livres grimaça de douleur.

« Qu'est-ce qui ne va pas ? demanda Papa.

— Rien. »

Il y avait pourtant un certain nombre de choses qui n'allaient pas du tout :

De la fumée sortait du col de Liesel.

Un collier de sueur s'était formé autour de sa gorge.

Sous sa chemise, un livre était en train de la dévorer.

TROISIÈME PARTIE

Mein Kampf

Avec :
le chemin de la maison – une femme brisée –
un lutteur – un jongleur –
les attributs de l'été – une boutiquière aryenne –
un ronfleur – deux fripons –
et une vengeance en forme d'assortiment
de bonbons

LE CHEMIN DE LA MAISON

Mein Kampf.

L'ouvrage rédigé par le Führer en personne.

C'est le troisième livre important qui arriva entre les mains de Liesel Meminger. Sauf que celui-ci, elle ne le vola pas. Il fit son apparition au 33, rue Himmel environ une heure après qu'elle avait réussi à se rendormir à la suite de son incontournable cauchemar.

Certains diront que c'était un miracle qu'elle eût ce livre-là en sa possession.

Un livre dont le voyage débuta sur le chemin de la maison, la nuit du feu.

Ils étaient pratiquement à mi-chemin de la rue Himmel quand Liesel, n'y tenant plus, se pencha en avant et ôta de sa poitrine le livre fumant, qu'elle fit passer d'une main dans l'autre, l'air penaud.

Quand il eut refroidi, ils le contemplèrent un moment, en attendant que les mots viennent.

Papa : « Nom d'un chien, qu'est-ce que tu as fabriqué ? »

Il lui prit des mains *Le Haussement d'épaules*. Toute explication était superflue. Il était évident que Liesel l'avait arraché au feu. Le livre était brûlant et humide, bleu et rouge – de confusion. Hans Hubermann l'ouvrit. Pages trente-huit et trente-neuf. « Encore un ? »

Liesel se frotta les côtes.

Oui.

Encore un.

« Si j'ai bien compris, dit Papa, je n'ai plus besoin d'échanger mes cigarettes, puisque tu voles des bouquins avant même que j'aie eu le temps de t'en acheter. »

Liesel resta muette. Peut-être se rendait-elle compte pour la première fois qu'un acte criminel parle de lui-même. De manière irréfutable.

Papa étudia le titre, en s'interrogeant sans doute sur la menace qu'un tel ouvrage pouvait bien représenter pour le cœur et l'esprit des Allemands. Il le lui rendit. Une idée lui était venue.

« Jésus, Marie, Joseph », dit-il d'un trait.

La coupable ne résista pas. « Qu'est-ce qui se passe, Papa ?

— Bon sang, c'est évident ! »

Comme la plupart des humains lorsqu'ils sont face à une révélation, Hans Hubermann restait figé sur place. Ses prochains mots seraient hurlés ou ne parviendraient pas à franchir ses lèvres. Et vraisemblablement, ils seraient la répétition des précédents.

« Bon sang, c'est évident ! »

Cette fois, sa voix ressemblait à un coup de poing frappé sur une table.

Quelque chose d'invisible pour Liesel défilait devant les yeux de Hans, comme s'il suivait une course. « Papa, dis-moi ce qu'il y a ! » supplia-t-elle. Elle craignait qu'il ne parle du livre à Maman. Elle ne pensait qu'à elle, ce qui est bien humain. « Tu vas lui dire ?

— Pardon ?

— Tu sais bien. Vas-tu le raconter à Maman ? »

L'esprit toujours ailleurs, Hans Hubermann lui paraissait plus grand que jamais. « Raconter quoi ?

— Ça. » Elle leva le livre et le brandit comme un revolver.

Papa fut stupéfait. « Pourquoi le ferais-je ? »

C'était le genre de questions qu'elle détestait. Elles la forçaient à admettre une vérité peu reluisante, à révéler son sale naturel de voleuse. « Parce que j'ai encore volé. »

Papa s'accroupit à sa hauteur, puis se releva et posa la main sur la tête de la fillette. De ses longs doigts rugueux, il lui caressa les cheveux : « Évidemment non, Liesel, dit-il, tu peux être tranquille.

— Qu'est-ce que tu vas faire, alors ? »

C'était bien là la question.

Quel acte merveilleux avait été soufflé à Hans Hubermann dans la rue de Munich ?

Je vais vous le dire mais, auparavant, je crois que nous devrions jeter un coup d'œil à ce qui a défilé dans sa tête avant qu'il ne prenne sa décision.

LES VISIONS DE PAPA

D'abord, il voit les livres de Liesel : *Le Manuel du fossoyeur, Faust le chien, Le Phare* et maintenant *Le Haussement d'épaules.* Ensuite apparaissent la cuisine et son fils considérant les livres posés sur la table, sur laquelle la fillette lit souvent. Hans junior parle : « Et la gamine, quelle cochonnerie est-elle en train de lire ? » Son fils répète trois fois la question, après quoi il propose de plus saines lectures.

« Écoute-moi, Liesel. » Papa lui entoura les épaules de son bras et l'entraîna. « Ce livre, c'est notre secret. On le lira la nuit ou dans le sous-sol, comme les autres. Mais avant, il faut que tu me promettes quelque chose.

— Ce que tu voudras, Papa. »

La soirée était calme et douce. Autour d'eux, tout était attentif. « Si un jour je te demande de garder un secret pour moi, tu le feras.

— C'est promis.

— Bon. Maintenant, allons-y, parce que, si on est en retard, Maman va nous assassiner et on n'y tient pas vraiment. Finis les vols de livres, hein ? »

Liesel sourit.

Elle ne l'apprit que plus tard mais, quelques jours après, son père nourricier échangea des cigarettes contre un autre livre, qui cette fois n'était pas pour elle. Hans Hubermann frappa à la porte des bureaux du parti nazi à Molching et aborda le sujet de sa demande d'adhésion avec les membres présents. L'affaire discutée, il leur donna le peu d'argent qui lui restait et quelques cigarettes. En retour, il reçut un exemplaire d'occasion de *Mein Kampf*.

« Bonne lecture », dit l'un d'eux.

Hans hocha la tête. « Merci. »

De la rue, il put entendre les commentaires qu'ils faisaient après son départ. L'un des membres, notamment, avait une voix qui portait. « Sa demande d'adhésion ne sera jamais acceptée, disait-il, même s'il achète cent exemplaires de *Mein Kampf*. » Un murmure d'approbation unanime succéda à cette affirmation.

Hans tenait le livre dans la main droite, pensant à l'argent des timbres, à une vie sans cigarettes et à la fillette accueillie dans son foyer qui lui avait donné cette riche idée.

« Merci », répéta-t-il, et un passant lui demanda ce qu'il voulait.

Avec son amabilité habituelle, Hans répondit : « Rien du tout, mon bon monsieur, rien du tout. *Heil Hitler*. » Puis il descendit la rue de Munich, le texte du Führer à la main.

Il y avait sans doute une certaine confusion dans son esprit à ce moment-là, car il ne devait pas seulement son idée à Liesel, mais aussi à son fils. Craignait-il déjà de ne plus jamais le revoir ? En même temps, il était ravi d'avoir eu une idée, sans oser encore envisager les complications, le danger et les absurdités qui y seraient associés. Pour le moment, l'idée se suffisait à elle-même. Elle était indestructible. La mettre à exécution, bon, c'était une autre affaire. Pour le moment, on va le laisser en profiter.

On va lui donner sept mois.

Et puis on reviendra.

Oh oui !

LA BIBLIOTHÈQUE DU MAIRE

Un événement de grande ampleur s'apprêtait à toucher le 33 de la rue Himmel, mais, pour le moment, Liesel n'en avait aucunement conscience. Pour détourner un peu une expression humaine rebattue, la fillette avait des chats plus immédiats à fouetter.

Elle avait volé un livre.

Quelqu'un l'avait vue.

La voleuse de livres réagit. De manière appropriée.

À chaque heure, à chaque minute, l'inquiétude était là, ou plutôt, en l'occurrence, la paranoïa. Quand on a commis un acte criminel, c'est ce qui arrive, surtout si l'on est un enfant. On est en proie à diverses manifestations de *prise-en-fautitude*. Par exemple : on se sent guetté à chaque coin de rue, l'institutrice connaît soudain tous les péchés que l'on a commis, on entend arriver la police à chaque froissement de feuille ou à chaque fois qu'un portail se referme quelque part.

Pour Liesel, c'est la paranoïa elle-même qui devint sa punition, de même que la crainte de livrer du linge chez le maire. Et ce n'est pas un hasard si, le moment venu, elle s'arrangea pour éviter la maison de Grande Strasse. Elle porta le linge chez l'arthritique Helena Schmidt et prit celui des Weingartner, les amis des chats, mais elle ignora la maison du *Bürgermeister* Heinz Hermann et de sa femme, Ilsa.

UNE AUTRE TRADUCTION RAPIDE
Bürgermeister = maire

La première fois, elle déclara qu'elle avait tout simplement oublié d'y passer – une bien piètre excuse, ma foi, car la maison dominait la ville au sommet de la colline et on ne voyait qu'elle. La fois suivante, lorsqu'elle revint les mains vides, elle mentit en déclarant qu'il n'y avait personne.

« Personne ? » demanda Maman d'un air dubitatif. Quand elle était sceptique, l'envie de se servir de la cuillère en bois la démangeait. Elle agita l'objet devant Liesel. « Tu vas me faire le plaisir d'y retourner à l'instant, s'écria-t-elle, et, si tu reviens sans le linge, ce n'est pas la peine de rentrer à la maison ! »

« Elle t'a vraiment dit ça ? Dans ce cas, on pourrait s'enfuir ensemble. »

Telle fut la réaction de Rudy lorsque Liesel lui rapporta les propos de Maman.

« On mourrait de faim, répondit-elle.

— Mais je meurs déjà de faim ! » Ils éclatèrent de rire.

« Non, dit-elle. Il faut que je le fasse. »

Ils traversèrent la ville. Quand Rudy l'accompagnait, il voulait toujours se montrer galant et se charger de son sac à linge, mais Liesel refusait systématiquement. Elle était la seule à être menacée d'une *Watschen*, c'était donc elle seule qui avait la responsabilité du sac. Tout autre qu'elle pouvait le tordre ou le malmener, si peu que ce soit, et cela ne valait pas la peine de prendre le risque. De plus, si elle le confiait à Rudy, il s'attendrait vraisemblablement à ce qu'elle l'embrasse pour le remercier de ses services et elle n'y tenait pas. Sans compter qu'elle était habituée à son fardeau, dont elle atténuait la charge en transférant le sac d'une épaule à l'autre tous les cent pas.

Liesel marchait à gauche, son ami à droite. Rudy fit l'essentiel de la conversation, parlant du dernier match de football rue Himmel, de l'aide qu'il apportait à son père dans sa boutique et de tout ce qui lui passait par la tête. Liesel n'arrivait pas à fixer son attention sur son bavardage. Elle n'entendait que la peur qui résonnait à ses oreilles, de plus en plus fort au fur et à mesure qu'ils approchaient de Grande Strasse.

« Qu'est-ce que tu fais ? C'est ici, non ? »

Elle approuva de la tête. Rudy avait raison, mais elle avait essayé de dépasser la maison du maire pour gagner du temps.

« Alors, vas-y. » La nuit tombait sur Molching. Le froid montait de la terre. « Remue-toi, *Saumensch.* » Il resta à la grille.

En haut de l'allée, il fallait monter huit marches avant d'atteindre la grande porte d'entrée, qui ressemblait à un monstre. Liesel contempla le heurtoir de cuivre, le front plissé.

« Qu'est-ce que tu attends ? » lui lança Rudy.

Liesel se retourna. Y avait-il un moyen, un seul, pour échapper à ça ? Y avait-il une autre histoire qu'elle pouvait raconter, ou bien – allons-y franchement – un autre mensonge auquel elle n'avait pas pensé ?

« Qu'est-ce que tu fabriques ? » La voix lointaine de Rudy lui parvint de nouveau. « On n'a pas toute la journée.

— Tu vas la fermer, Steiner ? siffla-t-elle entre ses dents.

— Comment ?

— J'ai dit *ferme-la*, espèce de *Saukerl...* »

Sur ces mots, elle se tourna de nouveau vers la porte, souleva le heurtoir de cuivre et l'abattit par trois fois, lentement. De l'autre côté de la porte, des pieds se rapprochèrent.

Au début, elle n'osa pas lever les yeux vers la femme. Elle concentra son attention sur le panier de linge qu'elle lui tendit, le regard fixé sur le lien qui le fermait. En retour, de l'argent fut placé dans sa main. Puis plus rien. La femme du maire, qui ne disait jamais rien, se tenait simplement là, vêtue de son peignoir, ses cheveux flous attachés en un petit catogan. Un courant d'air passa. Quelque chose comme le souffle imaginaire d'un cadavre. Et toujours pas un mot. Lorsque enfin Liesel eut le courage de regarder la femme en face, celle-ci n'avait pas une expression de reproche ; elle était lointaine, simplement. Elle jeta un coup d'œil à Rudy pardessus l'épaule de la fillette, puis salua de la tête, recula et ferma la porte.

Liesel resta plantée devant le grand pan de bois.

« Hé, *Saumensch* ! » Pas de réponse. « Liesel ! »

La fillette fit marche arrière.

Avec précaution.

Elle descendit les marches à reculons, tout en réfléchissant.

Au fond, peut-être la femme ne l'avait-elle pas vue dérober le livre. La nuit tombait. Peut-être semblait-elle avoir les yeux fixés sur elle, alors qu'elle regardait quelque chose d'autre ou rêvassait, tout simplement, comme cela arrive de temps en temps. Quelle que fût la réponse, Liesel n'alla pas plus loin dans l'analyse. C'était fait et cela seul comptait.

Elle se retourna et emprunta les marches restantes normalement, en sautant les trois dernières.

« Allons-y, *Saukerl.* » Elle s'offrit même le luxe de rire. Chez une fillette de onze ans, la paranoïa pouvait être puissante, mais le soulagement était euphorique.

UN PETIT QUELQUE CHOSE
POUR TEMPÉRER L'EUPHORIE
Elle ne s'en était pas tirée si bien que ça.
La femme du maire l'avait vue.
Elle attendait simplement son heure.

* * *

Quelques semaines passèrent.

Football rue Himmel.

Lecture du *Haussement d'épaules* tous les matins entre deux et trois heures, après le cauchemar, ou l'après-midi, dans le sous-sol.

Une autre visite sans aucune conséquence à la maison du maire.

Tout allait bien.

Jusqu'à ce que.

L'occasion se présenta lors de la visite suivante. Liesel était seule, sans Rudy. C'était un jour où elle devait prendre livraison du linge.

La femme du maire ouvrit la porte. Elle ne tenait pas le sac à linge, comme elle aurait dû le faire. À la place, elle s'effaça et, de sa main d'un blanc de craie, fit signe à la fillette d'entrer.

« Je viens juste prendre la lessive. » Le sang de Liesel s'était desséché dans ses veines et tombait en poussière. Elle faillit s'effondrer sur les marches.

C'est alors que la femme lui adressa la parole pour la première fois. Elle tendit vers elle ses doigts froids et dit : « *Warte* – Attends. » Quand elle fut sûre que Liesel obéissait, elle fit demi-tour et rentra d'un pas rapide à l'intérieur.

« Dieu merci, se dit Liesel, elle est partie le chercher. » « Le », c'était le linge.

Elle se trompait.

Lorsque la femme revint, elle serrait contre elle, dans un équilibre précaire, une véritable tour de livres qui allait de son nombril à la naissance de ses seins. Elle paraissait terriblement vulnérable dans l'encadrement de cette porte gigantesque. Un visage aux longs cils pâles, sur lequel apparut l'esquisse d'un frémissement. Une suggestion.

Viens voir.

Elle va me torturer, pensa Liesel. Elle va me faire entrer, allumer le feu dans la cheminée et me jeter dedans, avec tous les livres. Ou alors, elle va m'enfermer au sous-sol sans nourriture.

L'attrait des livres fut le plus fort, et elle entra. Elle frissonna en entendant le parquet craquer sous ses chaussures et, lorsqu'elle toucha un point sensible qui fit gémir le bois, elle faillit s'arrêter. La femme du maire ne s'en émut pas. Elle se retourna un instant, puis continua à avancer. Arrivée devant une porte marron, elle interrogea Liesel du regard.

Tu es prête ?

Liesel avança un peu le cou, comme si elle pouvait voir au-delà de l'obstacle de la porte.

Ce fut le sésame qui l'ouvrit.

« Jésus, Marie… »

Elle lâcha à haute voix cette exclamation, qui résonna dans une pièce pleine d'air froid. Et de livres. Des livres en veux-tu, en voilà. Chaque mur était couvert d'étagères pleines à craquer et pourtant impeccables. On distinguait à peine la peinture. Sur le dos des volumes noirs, rouges, gris et multicolores, les titres étaient imprimés en lettres de toutes les formes et de tous les formats. Liesel avait rarement vu quelque chose d'aussi beau.

Elle sourit, émerveillée.

Dire qu'il existait une pièce comme celle-ci !

Elle tenta d'effacer son sourire avec le dos de la main, mais se rendit compte aussitôt que c'était inutile. Elle sentait le regard de la femme la parcourir et elle vit qu'il s'était posé sur son visage.

Un silence interminable s'installa. Il s'étirait comme un élastique tendu à l'extrême. Liesel prit l'initiative de le rompre.

« Je peux ? »

Les deux mots restèrent en suspens au-dessus de l'immensité déserte du plancher. Les livres étaient à des kilomètres.

La femme fit « oui » de la tête.

Oui, tu peux.

* * *

Petit à petit, la pièce rétrécit, jusqu'à ce que la voleuse de livres puisse atteindre les livres en quelques pas. Elle passa le dos de la main le long de la première étagère, écoutant le frottement de ses ongles contre la moelle épinière de chaque volume. On aurait cru le son d'un instrument de musique ou le rythme saccadé d'une fuite. Elle utilisa ensuite les deux mains et fit la course entre les rangées. Et elle rit à gorge déployée, d'un rire haut perché. Quand elle s'arrêta, un peu plus tard, elle recula et resta plusieurs minutes au milieu de la pièce, le regard allant des étagères à ses doigts et de ses doigts aux étagères.

Combien de livres avait-elle touchés ?

Combien en avait-elle *palpés* ?

Elle recommença alors, plus lentement, cette fois, la paume des mains tournée vers les livres pour mieux sentir le dos de chacun. C'était un toucher magique, de la beauté pure, tandis que des rais de lumière brillante tombaient d'un lustre. À plusieurs reprises, elle faillit prendre un volume, mais elle n'osa pas déranger le parfait ordonnancement des étagères.

De nouveau, elle vit la femme à sa gauche, près d'un grand bureau, la tour de livres toujours pressée contre sa poitrine. Elle se tenait de travers, l'air ravi. Un sourire semblait avoir paralysé ses lèvres.

« Vous me permettez de… ? »

Joignant le geste à la parole, Liesel s'approcha d'elle et prit doucement la pile de livres, qu'elle alla remettre à sa place sur le rayonnage, près de la fenêtre entrouverte qui laissait entrer le froid du dehors.

Un moment, elle se dit qu'elle allait la refermer, puis renonça. Elle n'était pas chez elle et ce n'était pas le moment de tout gâcher. Elle préféra retourner auprès de la femme, dont le sourire ressemblait maintenant à une ecchymose et qui restait là, les bras ballants. Des bras frêles de petite fille.

Que faire, maintenant ?

La gêne s'installa dans la pièce. Liesel lança un dernier regard aux étagères pleines de livres. Les mots se bousculèrent dans sa bouche, puis jaillirent soudain. « Il faut que j'y aille », lâcha-t-elle.

Elle hésita, une fois, deux fois, puis sortit.

Liesel attendit quelques minutes dans le couloir, mais la femme n'arrivait pas. Quand elle retourna sur le seuil de la pièce, elle la vit assise au bureau, regardant l'un des livres sans le voir. Elle préféra ne pas la déranger. Dans le couloir, elle prit le linge au passage.

Cette fois, elle évita le point sensible sur le parquet et avança du côté du mur de gauche. Lorsqu'elle referma la porte derrière elle, le son métallique du heurtoir résonna comme un coup de gong à son oreille. Le linge posé à côté d'elle, elle caressa le bois. « Allons-y », dit-elle.

Elle entama le trajet du retour dans une sorte d'hébétude.

L'expérience irréelle de cette pièce pleine de livres et de la femme brisée et figée cheminait à ses côtés. Elle la voyait se projeter sur les immeubles, comme une pièce de théâtre. Peut-être était-ce de cette façon-là que Hans Hubermann avait eu sa révélation à propos de *Mein Kampf*. Partout où Liesel passait, il y avait l'image de la femme du maire avec sa pile de livres dans les bras. Elle entendait le frottement de ses propres mains qui dérangeaient les livres à tous les coins de rue. Elle voyait la fenêtre, le lustre et sa jolie lumière et elle se voyait en train de partir sans même un mot de remerciement.

Mais bientôt, elle descendit de son nuage et commença à se faire d'amers reproches.

« Tu n'as pas ouvert la bouche. » Elle secouait vigoureusement la tête parmi les passants pressés. « Même pas un "au revoir" ou un "merci". Même pas un "Je n'ai rien vu d'aussi beau". Rien. » D'accord, elle était une voleuse de livres, mais ce n'était pas une raison pour oublier les bonnes manières. Pour être impolie.

Elle continua à marcher quelques minutes, en proie à l'indécision.

Une indécision qui prit fin rue de Munich.

Au moment où elle apercevait l'enseigne STEINER-SCHNEIDERMEISTER, elle fit demi-tour et se mit à courir.

Cette fois, elle n'hésita pas.

Elle cogna à la porte et l'écho du heurtoir de cuivre fit vibrer le bois.

Scheisse !

Ce n'était pas l'épouse du maire, mais le maire en personne qui se tenait devant elle. Dans sa hâte, Liesel n'avait pas remarqué la voiture garée devant la maison.

L'homme portait la moustache et un costume noir. Il demanda : « Que désires-tu ? »

Sur le moment, Liesel fut incapable de répondre. Elle était pliée en deux, hors d'haleine. Heureusement, elle avait déjà un peu récupéré lorsque Ilsa Hermann arriva et se plaça légèrement en retrait de son mari.

« J'ai oublié », dit Liesel. Elle leva le sac et s'adressa à elle. Malgré son essoufflement, elle réussit à faire passer les mots par l'ouverture, entre le maire et le cadre de la porte – même si elle ne pouvait en prononcer qu'un ou deux à la fois. « J'ai… oublié, dit-elle, enfin… je voulais… vous remercier. »

Le sourire qui ressemblait à un hématome passa de nouveau sur les lèvres de la femme du maire. Elle s'avança à côté de son mari, hocha imperceptiblement la tête, attendit un instant et referma la porte.

Liesel mit au moins une minute à repartir.

Elle sourit aux marches.

ENTRÉE DU LUTTEUR

Changement de décor.

Tout a été un peu trop facile pour vous et moi, vous ne trouvez pas ? Et si on oubliait un peu Molching ?

Ça nous ferait du bien.

Sans compter que c'est important pour la suite de l'histoire.

On va se déplacer un peu, jusqu'à un lieu secret, une réserve, et on va voir ce qu'on va voir.

UNE VISITE GUIDÉE DE LA SOUFFRANCE
À votre gauche,
ou peut-être à votre droite, ou qui sait droit devant,
vous trouverez une petite pièce obscure.
Un Juif y est assis.
Il n'est rien.
Il meurt de faim.
Il a peur.
S'il vous plaît, essayez de ne pas détourner le regard.

* * *

À quelques centaines de kilomètres au nord-ouest, à Stuttgart, loin des voleuses de livres, des épouses de maire et de la rue Himmel, un homme était assis dans le noir. C'était le meilleur endroit, avaient-ils décidé. On a plus de mal à retrouver un Juif dans l'obscurité.

Il était assis sur sa valise et il attendait. Combien de jours cela faisait-il, maintenant ?

Il ne s'était nourri que du goût aigre de son haleine affamée depuis ce qui lui semblait être des semaines, et toujours rien. De temps à autre, des voix passaient et parfois il espérait qu'ils ouvriraient la porte et le traîneraient au-dehors, dans la lumière intolérable. Pour le moment, il en était réduit à rester assis sur sa valise, le menton dans les mains, les coudes lui blessant les cuisses.

Il y avait le sommeil, le ventre vide, l'irritation de cet état de demi-veille et la dureté du sol.

Ignore ces pieds qui démangent.

Ne les gratte pas.

Et évite de bouger.

Ne prends pas d'initiative, quoi qu'il t'en coûte. Ce sera peut-être bientôt le moment de partir. La lumière comme un revolver qui t'explose les yeux. Ce sera peut-être le moment de partir. Ce sera peut-être le moment, alors réveille-toi. Réveille-toi maintenant, bon sang ! Réveille-toi.

La porte s'ouvrit et se referma et une silhouette se pencha sur lui. Une main créa des turbulences dans les vagues glacées de ses vêtements et les courants crasseux sous-jacents.

« Max, chuchota une voix. Max, réveille-toi. »

Ses yeux s'ouvrirent, mais pas d'un seul coup, comme lorsqu'on se réveille en sursaut. Ça, c'est quand on s'éveille d'un mauvais rêve, pas lorsqu'on s'éveille *dans* un cauchemar. Non, ils passèrent péniblement de l'obscurité à la pénombre. C'est son corps qui réagit, en haussant les épaules, en lançant un bras dans le vide.

La voix l'apaisait, maintenant. « Désolé d'avoir été aussi long. Je crois qu'on m'observait. Et le type de la carte d'identité a mis plus de temps que je ne le pensais... » Une pause. « Mais ça y est, tu l'as. Elle n'est pas d'une qualité exceptionnelle, mais elle devrait faire l'affaire jusqu'à ce que tu sois là-bas. » L'homme s'accroupit et agita la main en direction de la valise.

Dans l'autre main, il tenait un objet lourd et plat. « Lève-toi ! » Max obtempéra. Il se leva en se grattant la tête. Il sentait ses os craquer. « La carte d'identité est là-dedans. » C'était un livre. « Tu devrais y mettre aussi le plan et les instructions. Et il y a une clé scotchée à l'intérieur de la couverture. » L'homme ouvrit la valise en faisant le moins de bruit possible et y plaça le livre comme s'il s'agissait d'une bombe. « Je reviens dans quelques jours. »

Il laissa à Max un petit sac contenant du pain, de la graisse et trois petites carottes, avec, à côté, une bouteille d'eau. « Je n'ai pas pu faire mieux. »

La porte s'ouvrit et se referma.

La solitude, à nouveau.

Et tout de suite, les sons.

Quand il était seul, le moindre bruit s'entendait dans l'obscurité. Chaque fois qu'il remuait, il y avait des craquements, comme s'il portait un costume en papier.

La nourriture.

Max divisa le pain en trois morceaux et en mit deux de côté. Il consacra toute son énergie à mâcher et à avaler celui qu'il avait à la main, forçant les bouchées à descendre le couloir desséché de sa gorge. La graisse était dure et froide, et des morceaux se détachaient par endroits et restaient collés. Il devait déglutir vigoureusement pour les faire descendre.

Ensuite, les carottes.

Là encore, il en garda deux. Quand il dévora la troisième, cela fit un bruit assourdissant. Le Führer lui-même devait entendre le broyage de cette pulpe orangée dans sa bouche. Il se cassait les dents à chaque bouchée. Quand il but, il eut l'impression de les avaler. La prochaine fois, se dit-il, bois en premier.

Plus tard, lorsque les échos se turent, il trouva le courage de tâter ses gencives avec ses doigts et, à son grand soulagement, ses dents étaient toutes là, intactes. Il essaya vainement de sourire. Son esprit restait fixé sur ses dents. Pendant des heures, il persista à les tâter.

Il ouvrit la valise et en sortit le livre.

Il faisait trop sombre pour qu'il puisse lire le titre et il ne pouvait courir le risque de craquer une allumette pour le moment.

Lorsqu'il parla, ses paroles avaient le goût d'un chuchotement.

« S'il vous plaît, dit-il. S'il vous plaît. »

Il parlait à un homme qu'il n'avait jamais rencontré. Il connaissait un certain nombre de détails importants sur lui, dont son nom. Hans Hubermann. Il s'adressa de nouveau à cet étranger lointain. Une supplication.

« S'il vous plaît. »

LES ATTRIBUTS DE L'ÉTÉ

Voilà.

Vous êtes maintenant au courant de ce qui allait arriver rue Himmel à la fin de l'année 1940.

Je sais.

Vous savez.

Mais Liesel Meminger, elle, n'est pas de ceux qui savent.

Pour la voleuse de livres, l'été de cette année-là se déroula très simplement. Il se composa de quatre principaux éléments, ou attributs. Et à certains moments, elle se demanda lequel d'entre eux était le plus formidable.

ET LES NOMINÉS SONT…
1. Avancer chaque nuit dans la lecture du *Haussement d'épaules*.
2. Lire sur le parquet de la bibliothèque du maire.
3. Jouer au foot dans la rue Himmel.
4. Saisir une autre occasion de voler.

Le Haussement d'épaules, décida-t-elle, était excellent. Chaque nuit, quand elle se calmait après son cauchemar, elle retrouvait vite le plaisir d'être éveillée et capable de lire. « Quelques pages ? » demandait Papa, et elle hochait affirmativement la tête. Parfois, ils terminaient le chapitre l'après-midi suivant, au sous-sol.

La raison pour laquelle le livre posait problème aux autorités était évidente : le héros était juif, et il était présenté sous un jour favorable. Impardonnable. C'était un homme riche, qui se lassait de passer à côté de la vie, ce qu'il désignait comme un haussement d'épaules face aux problèmes et aux petits bonheurs de l'existence terrestre.

Au début de l'été à Molching, tandis que Liesel et Papa avançaient dans leur lecture, cet homme se rendait à Amsterdam pour affaires, et, au-dehors, la neige frissonnait. Liesel aimait bien cette image de la neige qui frissonne. « C'est exactement ce qui se passe quand elle tombe », dit-elle à Hans Hubermann. Ils étaient assis ensemble sur le lit, lui à moitié endormi et elle bien réveillée.

Parfois, elle le regardait dormir. Elle en savait à la fois peu et beaucoup sur son père nourricier. Elle entendait souvent Maman et lui parler ensemble de son manque de commandes ou évoquer, abattus, le moment où il s'était rendu chez son fils, pour découvrir que le jeune homme n'habitait plus son logement et était déjà vraisemblablement en route vers le front.

« *Schlaf gut*, Papa », disait-elle alors. Dors bien. Et elle se glissait derrière lui pour aller éteindre la lumière.

Le prochain attribut était, comme je l'ai mentionné, la bibliothèque du maire.

Pour illustrer cette situation particulière, observons une journée fraîche de la fin juin. Rudy fulminait, pour ne pas dire plus.

Pour qui elle se prenait, Liesel Meminger ? Elle était en train de lui dire qu'aujourd'hui, elle irait seule faire la tournée de linge. Il n'était pas assez bien pour l'accompagner, peut-être ?

« Arrête de gémir, *Saukerl*, dit-elle. Je ne suis pas en forme, c'est tout. Tu vas manquer le foot. »

Il jeta un œil par-dessus son épaule. « Si tu le prends comme ça. » Un *Schmunzel*. « Va te faire voir avec ton linge. » Sur ces mots, il fila rejoindre une équipe. Lorsque Liesel parvint au bout de la rue Himmel, elle se retourna et le vit lui faire un petit signe de la main, planté devant les buts improvisés.

« *Saukerl !* » Elle se mit à rire et agita la main à son tour, sachant qu'en ce moment même il était en train de la traiter de

Saumensch. C'est ce qui se rapproche le plus de l'amour chez des enfants de onze ans.

Elle se mit à courir vers Grande Strasse et la maison du maire.

Bien sûr, elle était en nage et hors d'haleine.

Mais elle lisait.

La femme du maire, après avoir fait entrer la fillette pour la quatrième fois, était assise devant le bureau et se contentait de regarder les livres. Lors de la deuxième visite de Liesel, elle lui avait donné la permission d'en sortir un et de le feuilleter, et puis un autre et un autre encore, jusqu'à ce qu'elle tienne contre elle une demi-douzaine de volumes, soit serrés sous son bras, soit empilés dans son autre main.

Cette fois, tandis que Liesel se tenait dans la fraîcheur de la pièce, son estomac protesta, mais la femme abîmée et muette ne réagit pas. Elle était à nouveau en peignoir de bain, et si elle observa à plusieurs reprises la fillette, ce fut brièvement. Généralement, elle s'intéressait à autre chose. La fenêtre était ouverte en grand, bouche fraîche et carrée d'où provenait de temps en temps un courant d'air.

Liesel était assise sur le sol, les livres éparpillés autour d'elle.

Elle prit congé au bout de quarante minutes. Chaque titre avait été remis à sa place.

« Au revoir, Frau Hermann. » Les mots créaient toujours une sorte de choc. « Merci beaucoup. » La femme du maire la paya et s'en alla. La voleuse de livres rentra chez elle en courant.

Au fil de l'été, la pièce pleine de livres se réchauffa et, au fur et à mesure des tournées, Liesel trouva de moins en moins pénible de rester assise par terre. Une petite pile de livres à côté d'elle, elle lisait quelques paragraphes de chacun d'entre eux. Elle essayait de mémoriser les mots qu'elle ne connaissait pas, afin d'interroger Papa à leur propos en rentrant à la maison. Plus tard, lorsque Liesel, adolescente, écrirait sur ces livres, elle ne se souviendrait pas du titre d'un seul d'entre eux. Peut-être que si elle les avait volés, elle aurait été mieux armée.

Ce qu'elle n'oublierait pas, en revanche, c'était qu'à l'intérieur de la couverture de l'un des albums illustrés, un nom était maladroitement inscrit :

LE NOM D'UN GARÇON
Johann Hermann

Liesel se mordit la lèvre, mais ne put résister longtemps à la curiosité. Toujours assise sur le sol, elle se tourna vers la femme en robe de chambre. « Johann Hermann, qui est-ce ? » demanda-t-elle.

La femme regarda dans le vague, quelque part du côté des genoux de Liesel.

La fillette s'excusa. « Je suis désolée. Je ne voulais pas être indiscrète… » Elle laissa la phrase mourir de sa belle mort.

Le visage de la femme resta impassible, et pourtant elle parvint à parler. « Il n'est plus de ce monde, expliqua-t-elle. C'était mon… »

LES DOSSIERS DU SOUVENIR
Oh oui ! je me souviens très bien de lui. Le ciel était sale et profond comme des sables mouvants. Il y avait un jeune homme entortillé dans les barbelés, qui faisait comme une couronne d'épines géante. Je l'ai libéré et je l'ai emporté. Loin au-dessus de la terre, nous nous sommes enfoncés jusqu'aux genoux. C'était un jour comme les autres de l'année 1918.

* * *

« En plus de tout le reste, dit-elle, il est mort de froid. » Elle joua un moment avec ses mains, puis elle répéta : « Il est mort de froid, j'en suis certaine. »

Les femmes comme l'épouse du maire sont légion. Je suis sûre que vous l'avez déjà rencontrée. Dans les récits et les poèmes que vous lisez, sur les écrans que vous aimez regarder.

Elles sont partout, alors pourquoi pas ici ? Pourquoi pas sur une colline dans une petite ville d'Allemagne ? Pour souffrir, tous les lieux se valent.

En fait, Ilsa Hermann avait décidé de faire de la souffrance sa victoire. Elle y succomba faute de pouvoir y échapper. Elle l'étreignit à bras-le-corps.

Elle aurait pu se tirer une balle dans la tête, se lacérer le corps ou se livrer à quelque autre forme d'automutilation, mais elle choisit ce qu'elle jugea sans doute être un moindre mal : subir au moins les rigueurs du climat. D'après ce que savait Liesel, elle priait pour que les étés soient froids et humides. Et là où elle vivait, elle était généralement exaucée.

Ce jour-là, en partant, Liesel parvint, non sans mal, à dire quelque chose. Traduction : elle se débattit avec trois mots immenses, qu'elle porta sur l'épaule avant de laisser tomber ce fardeau maladroit aux pieds d'Ilsa Hermann. Ils glissèrent sur le côté au moment où elle ne pouvait plus supporter leur poids. Ils restèrent sur le sol, énormes, éloquents et malhabiles.

TROIS MOTS IMMENSES
JE SUIS DÉSOLÉE

L'épouse du maire avait de nouveau les yeux dans le vide. Le visage comme une page blanche.

« De quoi ? » demanda-t-elle, mais un moment s'était déjà écoulé et la fillette était presque arrivée à la porte d'entrée. Liesel s'arrêta. Néanmoins, elle préféra ne pas revenir sur ses pas. Elle sortit de la maison sans bruit et contempla la vue sur Molching avant de descendre la colline. Pendant un certain temps, elle eut pitié de la femme du maire.

Parfois, elle se disait qu'elle ferait mieux de la laisser seule, mais Ilsa Hermann était trop intéressante et l'attrait de ses livres trop puissant. Un jour, les mots avaient trahi Liesel, mais maintenant, installée sur le parquet, avec la femme du maire assise au bureau de son mari, elle éprouvait un sentiment de puissance inné. Et ce, à chaque fois qu'elle déchiffrait un mot nouveau ou réunissait les segments d'une phrase.

Or, cette fillette vivait dans l'Allemagne nazie.

Comme il était important alors qu'elle découvre le pouvoir des mots !

Et comme ce serait pénible (et pourtant revivifiant), des mois plus tard, lorsqu'elle s'en servirait au moment même où la femme du maire la laisserait tomber ! Avec quelle rapidité la pitié qu'elle éprouvait disparaîtrait-elle pour se reporter tout aussi rapidement ailleurs...

Mais pour le moment, en cet été 1940, Liesel ne pouvait savoir ce qui l'attendait. Elle voyait simplement une femme en proie au chagrin, qui possédait une pièce pleine de livres où elle aimait se rendre. Rien d'autre. C'était le deuxième élément de sa vie cet été-là.

Le troisième était un peu plus léger, Dieu merci : les matchs de foot de la rue Himmel.

Permettez-moi de vous projeter la scène :
Des pieds qui raclent le sol.
Les haleines de garçons qui se précipitent.
Des mots criés : « Ici ! Par là ! *Scheisse !* »
Les rudes rebonds du ballon sur la chaussée.

* * *

Il y avait tout cela dans la rue Himmel au fur et à mesure que l'été s'avançait. Ajoutons-y le son de paroles d'excuses.

Les excuses étaient celles de Liesel Meminger.

À l'intention de Tommy Müller.

Début juillet, elle parvint enfin à le convaincre qu'elle n'allait pas le tuer. Depuis la raclée qu'elle lui avait infligée en novembre de l'année précédente, Tommy n'osait toujours pas l'approcher. Lors des parties de foot rue Himmel, il se tenait prudemment à distance d'elle. « On ne sait jamais quand elle va mordre », avait-il confié à Rudy entre deux tics.

À la décharge de Liesel, il faut dire qu'elle se donnait beaucoup de mal pour le mettre à l'aise. Elle était déçue d'avoir réussi à faire la paix avec Ludwig Schmeikl et pas avec l'innocent Tommy Müller, qui se faisait tout petit chaque fois qu'il la voyait.

« Comment aurais-je pu savoir ce jour-là que tu me souriais, à moi ? » lui répétait-elle.

Elle le remplaça même quelquefois comme goal, jusqu'au moment où toute l'équipe suppliait Tommy de réintégrer ses buts.

« Retourne là-dedans ! finit par lui intimer un garçon nommé Harald Mollenhauer. Tu es un poids mort. » Tommy venait de le faire trébucher alors qu'il allait marquer. S'ils n'avaient joué dans la même équipe, il aurait obtenu un penalty.

Liesel reprit donc sa place sur le terrain, où elle se retrouvait toujours à un moment face à Rudy. Ils se disputaient le ballon tout en se traitant de noms d'oiseaux. Rudy faisait le commentaire : « Cette fois, la stupide *Saumensch Arschgrobbler* n'a aucune chance de récupérer le ballon ! » Il adorait visiblement traiter Liesel de gratteuse de cul. C'était l'un des petits bonheurs de l'enfance.

Le vol, bien sûr, était un autre de ces bonheurs. Quatrième élément, été 1940.

À vrai dire, beaucoup de choses rapprochaient Rudy et Liesel, mais ce fut le vol qui cimenta définitivement leur amitié. Au départ, ils profitèrent d'une occasion particulière, et furent poussés par une force irrépressible – la faim de Rudy. Le jeune garçon mourait toujours de faim.

Non seulement il y avait le rationnement, mais les affaires de son père ne marchaient plus très bien (la menace de la concurrence juive avait disparu, mais les clients juifs avaient fait de même). Les Steiner avaient du mal à joindre les deux bouts, comme beaucoup d'habitants des quartiers pauvres. Liesel aurait bien apporté de quoi manger à Rudy, mais il n'y avait pas non plus abondance chez elle. Chez les Hubermann, on se nourrissait de soupe de pois. Maman la préparait le dimanche soir, et pas pour deux ou trois fois. Elle en faisait assez pour que ça dure jusqu'au samedi. Et le dimanche suivant, elle recommençait. À cela s'ajoutait du pain, parfois une petite portion de pommes de terre ou de viande. Il fallait s'en contenter.

Au début, ils tentèrent de tromper la faim en s'occupant.

Quand ils jouaient au football dans la rue, Rudy oubliait qu'il avait le ventre vide. De même quand, empruntant les bicyclettes de son frère et de sa sœur, ils allaient jusqu'à la boutique d'Alex Steiner ou rendaient visite au papa de Liesel, s'il travaillait ce jour-là. Hans Hubermann s'asseyait auprès d'eux et racontait des blagues tandis que le crépuscule s'installait.

Aux premiers beaux jours, ils purent se distraire également en apprenant à nager dans l'Amper. La rivière était encore un peu trop froide, mais cela ne les rebuta pas.

« Viens, dit Rudy d'un ton engageant. Ici, ce n'est pas trop profond. » Liesel ne pouvait savoir qu'elle mettait le pied dans un trou énorme. Elle coula à pic. Elle but sérieusement la tasse, mais s'en tira en faisant la nage du chien.

« Espèce de *Saukerl* ! » lança-t-elle en s'effondrant sur la berge.

Rudy resta à une distance respectueuse. Il avait vu ce qu'elle avait fait à Ludwig Schmeikl. « Eh bien, tu sais nager maintenant. »

Ce qui ne la réconforta guère. Elle s'éloigna en s'efforçant de rester digne, malgré la morve qui coulait de son nez et ses cheveux rabattus sur un côté de sa tête.

Dans son dos, Rudy lança : « Je n'ai pas droit à un baiser pour t'avoir appris ?

— *Saukerl !* »

Quel culot !

Cela devait arriver.

La déprimante soupe de pois et la faim de Rudy finirent par les pousser à voler. Ils se lièrent à un groupe de grands qui volaient des fruits dans les fermes. Après une partie de foot, alors qu'ils étaient assis sur les marches de la maison de Rudy, tous deux découvrirent l'intérêt de la vigilance. Ils remarquèrent Fritz Hammer, l'un de ces grands, en train de croquer une pomme. Elle appartenait à la variété Klar, qui mûrissait en juillet et en août, et elle était superbe. Il en avait visiblement trois ou quatre autres dans les poches de sa veste. Ils s'approchèrent.

« Où les as-tu eues ? » demanda Rudy.

Le garçon sourit et prit un air mystérieux. Puis il tira une pomme de sa poche et la leur lança. « Attention, dit-il, c'est juste pour dévorer des yeux ! »

La fois suivante, quand ils virent le même garçon vêtu de la même veste, un jour où il faisait trop chaud pour être aussi couvert, ils le suivirent. La filature les conduisit en amont de l'Amper, non loin de l'endroit où Liesel lisait avec son papa, au début.

Un groupe de cinq garçons attendait là, certains dégingandés, les autres petits et minces.

À l'époque, il y avait à Molching quelques groupes de ce genre, dont certains membres n'avaient pas plus de six ans. Le chef de celui-ci était un délinquant de quinze ans, Arthur Berg. Il les aperçut qui traînaient derrière. « *Und ?* interrogea-t-il. Eh bien ? »

« J'ai les crocs », répondit Rudy.

« Et il court vite », ajouta Liesel.

Berg la dévisagea. « Je ne t'ai pas demandé ton avis, il me semble. » Il était assez grand, avec un long cou. Sur son visage, des boutons s'étaient rassemblés en petits groupes. « Mais tu me plais. » Dans le genre adolescent à la langue bien pendue, il était sympathique. « C'est pas la fille qui a dérouillé ton frère, Anderl ? » Apparemment, l'affaire n'était pas passée inaperçue. Une bonne raclée franchit la barrière des âges.

L'un des petits minces jeta un regard à Liesel. Il avait des cheveux blonds ébouriffés et une peau translucide comme de la glace.

« Il me semble que oui. »

Rudy confirma. « C'est bien elle. »

Andy Schmeikl s'approcha de la fillette et la regarda des pieds à la tête, l'air pensif. « Bon boulot, petite », dit-il enfin avec un large sourire. Il accompagna ces paroles d'une tape dans le dos, accrochant au passage une omoplate saillante. « Je me ramasserais une bonne correction si je faisais ça. »

Arthur Berg s'était avancé vers Rudy. « Et toi, t'es le type qui s'est pris pour Jesse Owens, non ? »

Rudy approuva de la tête.

« Pas de doute, t'es un abruti de première, dit Arthur. Mais ça nous va. Venez. »

Ils étaient acceptés.

Lorsqu'ils atteignirent la ferme, Arthur Berg leur lança un sac. Lui-même tenait un baluchon de grosse toile. Il passa une main dans ses cheveux plats. « L'un de vous deux a déjà fauché quelque chose ?

— Bien sûr, jura Rudy. On ne fait que ça. » Il manquait de conviction.

Liesel fut plus précise. « J'ai volé deux livres. » Ce qui fit ricaner Arthur. Trois reniflements. Ses boutons changèrent de position.

« Les livres ne se mangent pas, ma petite. »

D'où ils étaient, ils observèrent les pommiers plantés en rangs longs et sinueux. Arthur Berg donna ses ordres. « Primo, ne vous coincez pas dans la clôture. Celui qui reste coincé, on ne l'attend pas. Pigé ? » Tout le monde approuva d'un « oui » ou d'un signe de tête. « Secundo, un dans l'arbre, l'autre en dessous. Faut que quelqu'un ramasse. » Il se frotta les mains, visiblement ravi. « Tertio, si vous voyez arriver quelqu'un, vous gueulez. Et tout le monde se tire à toute vitesse. *Richtig ?*

— *Richtig.* » Avec un bel ensemble.

DEUX APPRENTIS VOLEURS DE POMMES, À MI-VOIX

« Liesel, tu es sûre ? Tu tiens toujours à faire ça ?

— Regarde les barbelés, Rudy. Qu'est-ce qu'ils sont hauts !

— Non, non, tu lances le sac. Comme eux, tu vois ?

— D'accord.

— Alors, allons-y !

— Je ne peux pas ! » Hésitation. « Rudy, je…

— Magne-toi le train, *Saumensch* ! »

Il la poussa en avant, posa le sac vide sur le fil de fer barbelé et ils passèrent de l'autre côté de la clôture, puis ils se mirent à courir en direction des autres. Rudy grimpa dans l'arbre le plus proche et commença à jeter les pommes à terre à Liesel qui les plaçait dans le sac. Lorsque celui-ci fut plein, un autre problème surgit.

« Comment fait-on pour repasser la clôture ? »

Ils eurent la réponse en voyant Arthur Berg l'escalader tout près d'un poteau. « Les barbelés sont plus rigides là-bas », dit-il. Il jeta le sac par-dessus, laissa Liesel passer la première, puis atterrit près d'elle de l'autre côté, parmi les fruits qui s'étaient déversés au sol.

Plantées non loin de là, les longues jambes d'Arthur Berg les observaient avec amusement.

« Pas mal, laissa tomber sa voix. Pas mal du tout. »

Lorsqu'ils revinrent au bord de la rivière qui était cachée parmi les arbres, il prit le sac et répartit une douzaine de pommes entre Liesel et Rudy.

« Bon boulot », fut son commentaire final.

Dans l'après-midi, avant de rentrer chez eux, Liesel et Rudy mangèrent chacun six pommes en l'espace d'une demi-heure. Au début, ils avaient pensé les emporter pour les partager avec leur famille, mais cela aurait été trop risqué. Ils n'avaient pas envie d'expliquer d'où elles venaient. Liesel envisagea bien d'en parler seulement à Papa, mais elle y renonça, de peur qu'il ne pense avoir affaire à une voleuse compulsive.

Ils festoyèrent au bord de la rivière, à l'endroit où elle avait appris à nager. N'ayant pas l'habitude d'un tel luxe, ils savaient fort bien qu'ils risquaient de se rendre malades.

Cela ne suffit pas à les en empêcher.

« Qu'est-ce que tu as à vomir comme ça, *Saumensch* ? lança Maman ce soir-là.

— C'est peut-être la soupe de pois », suggéra Liesel.

Papa lui fit écho. « Elle a raison, moi-même je me sens un peu barbouillé.

— On t'a sonné, *Saukerl* ? » Rosa se retourna vers la *Saumensch* secouée de haut-le-cœur. « Eh bien ? C'est quoi, petite cochonne ? »

Liesel se taisait.

Les pommes, pensait-elle, ravie. Ce sont les pommes. Et elle vomit encore un petit coup, pour se porter bonheur.

LA BOUTIQUIÈRE ARYENNE

Ils étaient à l'extérieur de la boutique de Frau Diller, appuyés contre le mur blanchi à la chaux.

Liesel Meminger avait un bonbon dans la bouche.

Et le soleil dans les yeux.

Cela ne l'empêchait toutefois pas de parler et de discuter.

AUTRE DIALOGUE ENTRE RUDY ET LIESEL

« Grouille-toi, *Saumensch*, ça fait déjà dix.

— Pas vrai, huit seulement. J'ai encore droit à deux.

— Bon, alors dépêche. Je t'ai dit qu'on aurait dû prendre un couteau pour le couper en deux… Allez, cette fois ça y est, le compte est bon.

— D'accord. Tiens. Et ne l'avale pas.

— J'ai l'air d'un idiot ? »

[Une courte pause.]

« C'est chouette, non ?

— Et comment, *Saumensch.* »

Fin août, ils trouvèrent une pièce d'un pfennig tombée par terre. La joie.

Elle était dans un tas de saletés sur le trajet de la tournée de linge. Solitaire et rouillée, à moitié pourrie.

« Regarde ! »

Rudy se précipita dessus. Leur excitation était presque douloureuse tandis qu'ils filaient à toute allure vers la boutique de Frau Diller, sans même penser qu'un seul pfennig ne suffirait peut-être pas. Ils firent irruption dans le magasin et se plantèrent devant la boutiquière aryenne, qui les considéra avec mépris.

« J'attends », dit-elle. Ses cheveux étaient tirés en arrière et sa robe noire étouffait son corps. Sur le mur, la photo encadrée du Führer montait la garde.

Rudy réagit le premier. « *Heil Hitler.*

— *Heil Hitler*, répondit-elle en se redressant derrière son comptoir. Et toi ? poursuivit-elle en jetant un regard noir à Liesel, qui se hâta de lancer à son tour un "*Heil Hitler*". »

Rudy tira prestement la pièce de sa poche et la posa d'un geste décidé sur le comptoir. Il regarda Frau Diller droit dans les lunettes et annonça : « Un assortiment de bonbons, s'il vous plaît. »

Frau Diller sourit. Ses dents bataillèrent pour se faire de la place dans sa bouche et Rudy et Liesel réagirent eux aussi à sa gentillesse inattendue par un sourire. Qui s'effaça bien vite.

Elle se pencha, farfouilla dans quelque chose, et réapparut. « Voilà, dit-elle, en posant un bonbon sur le comptoir. Pour l'assortiment, débrouillez-vous. »

Une fois dehors, ils ôtèrent le papier et tentèrent de couper le bonbon en deux en le mordant, mais il était comme du verre. Beaucoup trop dur, même pour les crocs de Rudy. Ils durent le sucer chacun à son tour jusqu'à ce qu'il soit terminé. Dix sucées pour Rudy. Dix pour Liesel. En alternance.

« Elle est pas belle, la vie ? » demanda à un moment Rudy avec un sourire sucré. Liesel ne pouvait dire le contraire. Lorsqu'ils eurent terminé, ils avaient la bouche teinte en rouge. Sur le chemin du retour, ils se rappelèrent mutuellement d'avoir l'œil, au cas où ils trouveraient une autre pièce.

Naturellement, rien de tel ne se passa. Personne ne peut avoir cette chance deux fois dans l'année, et encore moins dans une seule après-midi.

Ils n'en gardèrent pas moins le regard fixé sur le sol en avançant dans la rue Himmel.

Ils avaient passé une journée formidable et l'Allemagne nazie était un endroit merveilleux.

LE LUTTEUR, SUITE

Avançons maintenant jusqu'à une nuit froide, une nuit de lutte. La voleuse de livres nous rattrapera plus tard.

On était le 3 novembre et il sentait le plancher du train sous ses pieds. Il lisait *Mein Kampf*. Son sauveur. Ses mains étaient baignées de sueur et des marques de doigts s'accrochaient au livre.

LES PRODUCTIONS DE LA VOLEUSE DE LIVRES
PRÉSENTENT OFFICIELLEMENT
Mein Kampf
(« Ma lutte »)
par
Adolf Hitler

Derrière Max Vandenburg, la ville de Stuttgart ouvrait les bras d'un air moqueur.

Il n'y était pas le bienvenu, et il essaya de ne pas regarder en arrière tandis que le pain rassis se désintégrait dans son estomac. Une ou deux fois, il contempla les lumières qui devenaient de plus en plus rares avant de disparaître complètement.

Aie l'air fier, se dit-il. Tu ne peux pas avoir l'air effrayé. Lis le livre. Avec le sourire. C'est un grand livre, le plus grand que tu aies jamais lu. Ignore cette femme en face de toi. Elle dort, de toute façon. Allons, Max, ce n'est plus que l'affaire de quelques heures.

En fin de compte, une semaine et demie s'était écoulée avant que le visiteur ne revienne comme promis dans la pièce de ténèbres. Puis une autre semaine avant la suivante, et une autre, jusqu'à ce que Max perde complètement la notion des jours et des heures. Il fut alors transféré dans une autre petite réserve, où il y eut plus de lumière, plus de nourriture et des visites plus nombreuses. Mais il n'y avait plus de temps à perdre.

« Je vais bientôt partir, lui dit Walter Kugler, son ami d'enfance. L'armée.

— Je suis désolé, Walter. »

Walter Kugler posa la main sur l'épaule du lutteur juif. « Il y a pire, dit-il en le regardant dans les yeux. Je pourrais être à ta place. »

C'était leur ultime rencontre. Un dernier paquet fut déposé dans un coin et, cette fois, il contenait un billet de train. Walter ouvrit *Mein Kampf* et le glissa à l'intérieur, à côté du plan qu'il avait apporté avec le livre. « Page treize. » Il sourit. « Ça porte chance, non ?

— Bonne chance. » Les deux hommes s'étreignirent.

Lorsque la porte se referma, Max ouvrit le livre et examina le billet. *Stuttgart à Pasing via Munich.* Départ dans deux jours, de nuit, juste à temps pour le dernier changement. De là, il irait à pied. Il avait déjà le plan dans sa tête, plié en quatre. La clé était toujours scotchée à l'intérieur de la couverture du livre.

Il resta assis une demi-heure avant de s'approcher du sac et de l'ouvrir. Il contenait de la nourriture et quelques autres articles.

CONTENU SUPPLÉMENTAIRE DU CADEAU DE WALTER KUGLER

Un petit rasoir.

Une cuillère – ce qui se rapprochait le plus d'un miroir.

De la crème à raser.

Des ciseaux.

Lorsque Max Vandenburg quitta la pièce, elle était entièrement vide.

« Adieu », murmura-t-il.

La dernière chose qu'il vit fut le petit tas de poils qui reposait négligemment sur le plancher, près du mur.

Adieu.

Rasé de près, les cheveux bien coiffés, quoique coupés de travers, c'est un autre homme qui était sorti de ce bâtiment. Un Allemand. Minute : il *était* allemand. Plus exactement, il l'*avait été*.

Dans son estomac, la nourriture et la nausée formaient un mélange explosif.

Il avait marché jusqu'à la gare.

Il avait montré son billet et sa carte d'identité et, maintenant, il était installé dans un petit compartiment du train, exposé au danger.

« Vos papiers ! »

C'est cette formule qu'il redoutait d'entendre.

Déjà, lorsqu'on l'avait arrêté sur le quai, cela avait été épouvantable. Il savait qu'il ne le supporterait pas deux fois.

Les mains qui tremblent. L'odeur, non, la puanteur de la culpabilité.

Non, il ne le supporterait pas.

Heureusement, ils passèrent de bonne heure et ne réclamèrent que son billet. Il n'y avait plus maintenant que le défilé de petites villes par la fenêtre, les agglomérats de lumières et la femme qui ronflait en face de lui dans le compartiment.

Pendant une grande partie du voyage, il avança dans sa lecture, en s'efforçant de ne pas lever le nez du livre.

Les mots paressaient dans sa bouche.

Curieusement, il ne sentait le goût que de deux d'entre eux au fur et à mesure qu'il tournait les pages et entamait de nouveaux chapitres.

Mein Kampf. Ma lutte.

Le titre, encore et encore, tandis que le train roulait et que les villes allemandes défilaient.

Mein Kampf.

Pour le sauver. Quelle ironie !

DES FRIPONS

Vous allez me dire que cela n'allait pas mal pour Liesel Meminger. Par rapport à Max Vandenburg, oui. Évidemment, son frère était pratiquement mort dans ses bras. Évidemment, sa mère l'avait abandonnée.

Mais il n'y avait rien de pire que d'être juif.

Durant la période précédant l'arrivée de Max Vandenburg, Rosa Hubermann perdit un autre client, le couple Weingartner, qui cessa de lui confier son linge. L'inévitable *Schimpferei* eut lieu dans la cuisine et Liesel se consola avec l'idée qu'il restait encore deux clients et que l'un des deux était le maire, avec son épouse et ses livres.

Pour le reste, elle faisait toujours les quatre cents coups avec Rudy Steiner. Je suggérerais même qu'ils peaufinaient leurs méthodes peu orthodoxes.

Désireux de faire leurs preuves et d'élargir leur répertoire de petits larcins, ils accompagnèrent Arthur Berg et ses amis dans d'autres expéditions. Ils dérobèrent des pommes de terre dans une ferme, des oignons dans une autre. Mais leur coup le plus fumant, ils le réalisèrent seuls.

Comme nous l'avons vu, l'un des avantages qu'offraient les déambulations dans la ville était la perspective de trouver quelque chose par terre. Cela permettait aussi de repérer les gens, et surtout ceux qui se livraient aux mêmes occupations d'une semaine sur l'autre.

Parmi eux, il y avait un élève de l'école, Otto Sturm. Chaque vendredi après-midi, il se rendait à vélo à l'église, où il apportait des provisions aux prêtres.

Ils l'observèrent pendant un mois. Le mauvais temps succéda aux beaux jours et, un certain vendredi d'une semaine d'octobre anormalement glaciale, Rudy décida de mettre des bâtons dans les roues d'Otto.

« Tous ces prêtres sont trop gros, expliqua-t-il à Liesel tandis qu'ils marchaient dans les rues. Ils peuvent bien jeûner un peu pendant une semaine. » Liesel ne pouvait qu'approuver. D'abord, elle n'était pas catholique et ensuite, elle avait faim, elle aussi. Elle portait le linge, comme toujours. Rudy, lui, portait deux seaux d'eau froide ou plutôt, selon sa formule, deux seaux de future glace.

Sans la moindre hésitation, il jeta l'eau sur la chaussée, à l'endroit exact où Otto tournerait le coin de la rue en vélo.

Liesel était mise devant le fait accompli.

Au début, elle se sentit un peu coupable, mais le plan était parfait, ou tout au moins aussi bon qu'il pouvait l'être. Chaque vendredi, peu après quatorze heures, Otto Sturm tournait dans la rue de Munich avec les provisions posées dans un panier, à l'avant du guidon. Ce vendredi-là, il n'irait pas plus loin.

La route était déjà verglacée, mais Rudy ajouta une couche supplémentaire. Un sourire glissa fugitivement sur son visage.

« Allons dans ce buisson ! » dit-il.

Un quart d'heure plus tard, le plan diabolique portait ses fruits, dans tous les sens du terme.

Rudy pointa le doigt entre deux branches. « Le voilà ! »

Otto tournait le coin, tranquille comme Baptiste.

Quelques secondes plus tard, il perdait le contrôle de son vélo, glissait sur la glace et se retrouvait face contre terre sur la chaussée.

Comme il ne bougeait plus, Rudy regarda Liesel avec inquiétude. « Doux Jésus ! s'exclama-t-il. On l'a peut-être *tué* ! » Il sortit à croupetons du buisson, s'empara du panier, et les deux complices prirent leurs jambes à leur cou.

« Est-ce qu'il respirait ? » demanda Liesel, un peu plus loin.

« *Keine Ahnung* », dit Rudy, en serrant le panier contre lui. Il n'en avait aucune idée.

Quand ils eurent descendu une partie de la colline, ils purent voir Otto qui se relevait, se grattait la tête, puis l'entrejambe, et cherchait désespérément son panier du regard.

« Abruti de *Scheisskopf* ! » Rudy sourit à nouveau. Ils examinèrent leur butin. Du pain, des œufs cassés et surtout du *Speck*. Rudy porta le jambon gras à ses narines et huma voluptueusement son arôme. « Magnifique. »

La tentation de garder cet exploit pour eux était forte, mais leur sentiment de loyauté vis-à-vis d'Arthur Berg prit le dessus. Ils se dirigèrent vers le pauvre logement qu'il habitait, Kempf Strasse, et lui montrèrent leur butin. Arthur ne put dissimuler son approbation.

« Vous avez volé ça à qui ? »

C'est Rudy qui répondit. « Otto Sturm. »

Arthur hocha la tête. « Qui que ce soit, merci à lui. » Il rentra à l'intérieur et revint avec un couteau à pain, une poêle à frire et une veste. « On va aller chercher les autres, dit Arthur Berg tandis qu'ils quittaient l'immeuble. On est peut-être des criminels, mais on a une certaine morale. » Comme la voleuse de livres, il se fixait des limites.

Ils frappèrent encore à quelques portes, lancèrent des appels depuis la rue, et bientôt la petite troupe de voleurs de pommes d'Arthur Berg se dirigea vers l'Amper. Ils allumèrent un feu dans une clairière sur la rive opposée et firent frire ce qui restait des œufs dans la poêle. Puis ils coupèrent le pain et le *Speck*, et la totalité de la livraison d'Otto Sturm fut mangée avec les doigts et au bout du couteau. Pas de prêtre à l'horizon.

C'est seulement vers la fin du festin qu'une dispute éclata à propos du panier. La majorité des garçons voulait le brûler. Fritz

Hammer et Andy Schmeikl, eux, étaient d'avis de le garder, mais, avec sa morale incongrue, Arthur Berg eut une autre idée.

« Vous deux, dit-il à Rudy et Liesel, vous pourriez le rapporter à ce Sturm. Il me semble que cette pauvre cloche le mérite.

— Enfin, Arthur !

— Je ne veux rien entendre, Andy.

— *Seigneur !*

— Lui non plus ne veut rien entendre. »

La bande éclata de rire. Rudy Steiner ramassa le panier. « Je vais le rapporter et le suspendre à sa boîte aux lettres », décida-t-il.

Il n'avait pas fait vingt mètres que Liesel le rattrapait. Elle était de toute façon en retard et elle se devait d'accompagner Rudy Steiner à la ferme des Sturm, de l'autre côté de la ville.

Pendant un bon moment, ils cheminèrent en silence.

« Tu t'en veux ? » finit-elle par demander. Ils étaient déjà sur le chemin du retour.

« À propos de quoi ?

— Tu sais bien.

— Évidemment, mais j'ai le ventre plein et je te parie que *lui* aussi. Je ne pense pas un instant que les prêtres auraient droit à des provisions s'il n'y avait pas assez à manger chez lui.

— Il s'est tout de même méchamment cassé la figure.

— À qui le dis-tu ! » Mais Rudy ne put s'empêcher de rire. Au cours des années à venir, il ne volerait pas le pain, il le donnerait. Preuve à nouveau que la nature humaine est pétrie de contradictions. Le bien et le mal en proportions égales. Ajoutez juste un peu d'eau.

Cinq jours après cette victoire en demi-teinte, Arthur Berg refit une apparition et les invita à participer à son prochain coup. Ils tombèrent sur lui rue de Munich, un mercredi en rentrant de l'école. Il avait déjà revêtu son uniforme des Jeunesses hitlériennes. « On remet ça demain après-midi. Vous êtes intéressés ?

— Où ça ? » Ils n'avaient pu s'empêcher de poser la question.

« Le champ de patates. »

Vingt-quatre heures plus tard, Liesel et Rudy bravèrent à nouveau la clôture de barbelés et remplirent leur sac.

Le problème surgit au moment où ils prenaient la fuite.

« Seigneur ! s'écria Arthur. Le fermier ! » Le plus effrayant, toutefois, fut le mot suivant, qu'il prononça comme s'il était déjà attaqué. Il lui entailla la bouche. Et ce mot, c'était *hache*.

De fait, lorsqu'ils se retournèrent, le fermier leur fonçait dessus en brandissant son arme.

Le groupe se rua vers la clôture comme un seul homme et passa de l'autre côté. Rudy était le plus éloigné. Il rattrapa les autres, mais fut le dernier à enjamber les barbelés. Au moment où il retirait sa jambe, son pantalon y resta accroché.

« Hé ! »

Cri de l'abandonné.

Les autres s'arrêtèrent net.

Instinctivement, Liesel fit demi-tour et se précipita vers lui.

« Vite ! » s'écria Arthur. Sa voix venait des profondeurs, comme s'il l'avait d'abord avalée.

Ciel blanc.

Les autres détalèrent.

Liesel se mit à tirer sur le pantalon. Les yeux de Rudy étaient agrandis par la peur. « Dépêche-toi, il arrive ! » dit-il.

Ils entendaient encore au loin la cavalcade des fuyards lorsqu'une autre main secourable agrippa le fil de fer barbelé et dégagea le pantalon. Un bout d'étoffe resta sur le métal, mais Rudy Steiner, libéré, put s'échapper.

« Maniez-vous le train », conseilla Arthur. Le fermier arrivait, hors d'haleine, l'insulte à la bouche, la hache maintenant serrée contre sa jambe. Il leur lança les vaines paroles des victimes :

« Je vais vous faire arrêter ! Je vous retrouverai ! Je saurai qui vous êtes ! »

Arthur Berg répondit.

« Owens ! » Il s'éloigna à grandes enjambées et rattrapa Liesel et Rudy. « Jesse Owens ! »

Lorsqu'ils furent en terrain sûr, ils reprirent leur souffle. Arthur Berg s'approcha. Rudy n'osa pas lever les yeux vers lui. « Ça nous est arrivé à tous », dit-il, sentant sa déception. Mentait-il ? Ils ne pouvaient le savoir et ne le sauraient jamais.

Quelques semaines plus tard, Arthur alla habiter à Cologne. Ils le revirent une fois lors d'une livraison de linge. Dans une ruelle adjacente à la rue de Munich, il tendit à Liesel un sac en papier brun contenant une douzaine de marrons. « Un contact avec l'industrie de la rôtisserie », dit-il. Après les avoir informés de son départ, il se fendit d'un dernier sourire boutonneux et d'une taloche à chacun sur le front. « Ne mangez pas tout d'un coup. » C'était la dernière fois qu'ils le voyaient.

Pour ma part, je peux vous dire que je l'ai vu, ça oui.

**UN BREF HOMMAGE À ARTHUR BERG,
TOUJOURS VIVANT**

**Le ciel de Cologne était jaune et décomposé, floconneux
sur les marges.
Arthur Berg était assis contre un mur,
une enfant dans les bras.
Sa sœur.
Quand elle a cessé de respirer, il est resté avec elle
et j'ai compris qu'il allait la garder ainsi des heures durant.
Il avait deux pommes volées dans sa poche.**

Cette fois, ils surent mieux s'y prendre. Ils mangèrent un marron chacun et vendirent le reste en faisant du porte-à-porte.

« Si vous avez quelques pfennigs, disait Liesel à chaque fois, j'ai des marrons. » Ils récoltèrent seize pièces.

« Et maintenant, vengeance », dit Rudy, l'air ravi.

Cette après-midi-là, ils retournèrent au bazar de Frau Diller, « *Heil Hitler*èrent » et attendirent.

« Encore un assortiment de bonbons ? » *schmunzel*a-t-elle. Ils répondirent par un hochement de tête affirmatif. L'argent éclaboussa le comptoir et le sourire de Frau Diller retomba comme un soufflé.

« Oui, Frau Diller, dirent-ils avec un bel ensemble, un assortiment de bonbons. »

Dans son cadre, le Führer avait l'air fier d'eux.

Le triomphe avant la tempête.

LE LUTTEUR, SUITE ET FIN

La jonglerie se termine, mais la lutte se poursuit. J'ai dans une main Liesel Meminger, dans l'autre Max Vandenburg. Bientôt, je les réunirai dans une même scène. Laissez-moi encore quelques pages.

Le lutteur :

S'ils le tuaient ce soir, au moins mourrait-il vivant.

Le trajet en train était loin, maintenant. La ronfleuse devait poursuivre son voyage, bien bordée dans le wagon qu'elle avait transformé en lit. Entre Max et la survie, il n'y avait plus que des pas. Des pas et des pensées. Et des doutes.

Il suivit le plan de mémoire, de Pasing à Molching. Lorsqu'il aperçut la petite ville, il était tard. Il avait affreusement mal aux jambes, mais il y était presque – à cet endroit qui était le plus dangereux du monde. Près à le toucher.

Il trouva la rue de Munich grâce aux indications et s'avança le long du trottoir.

L'atmosphère se tendit.

Poches de lumière des réverbères.

Bâtiments sombres et passifs.

L'hôtel de ville se dressait comme un jeune aux poings énormes, trop grand pour son âge. Le clocher de l'église disparaissait dans les ténèbres.

Tout cela l'observait.

Il frissonna.

« Ouvre l'œil », se dit-il.

(Les enfants allemands étaient à l'affût des pièces tombées à terre. Les Juifs allemands à l'affût de tout ce qui pouvait aboutir à une capture.)

Il comptait ses pas par groupes de treize, car ce nombre était censé porter chance. Juste treize pas, se disait-il. Allons, encore treize. Il en fit quatre-vingt-dix séries avant d'arriver enfin à l'angle de la rue Himmel.

Dans une main, il tenait sa valise.

L'autre main tenait encore *Mein Kampf*.

Chacun des deux objets était lourd et enrobé de sueur.

Il tourna dans la rue adjacente et gagna le n° 33 en résistant à l'envie de sourire, de pleurer ou même de penser à la sécurité qu'il y trouverait. Ce n'était pas le moment de s'abandonner à l'espoir. Même s'il pouvait presque le toucher, le sentir à sa portée. Au lieu de quoi, il réfléchit à nouveau à ce qu'il ferait s'il était pris au dernier moment, ou si par malheur ce n'était pas la bonne personne qui l'attendait à l'intérieur.

Bien sûr, il y avait aussi l'impression dérangeante de commettre un péché.

Comment pouvait-il faire une chose pareille ?

Comment pouvait-il débarquer et demander à des gens de risquer leur vie pour lui ?

Comment pouvait-il être aussi égoïste ?

Trente-trois.

Il regarda le numéro, qui le regardait.

* * *

La maison, pâle, avait l'air presque maladif, avec un portail en fer et une porte marron souillée par les crachats.

Il tira la clé de sa poche. Elle était terne et inerte dans sa main. Un moment, il la serra, comme s'il redoutait qu'elle remonte vers son poignet. Ce ne fut pas le cas. Le métal était dur et plat, avec une rangée de dents bien saines. Il la serra jusqu'à ce qu'elle lui rentre dans les chairs.

Puis, lentement, le lutteur se pencha, la joue contre le bois, et il desserra l'étreinte de son poing.

QUATRIÈME PARTIE

L'homme qui se penchait

Avec :
l'accordéoniste – quelqu'un qui tient
sa promesse – une gentille enfant –
un boxeur juif – le courroux de Rosa –
un sermon – un dormeur – l'échange
de cauchemars – et quelques pages du sous-sol

L'ACCORDÉONISTE
(La vie secrète de Hans Hubermann)

Un jeune homme était debout dans la cuisine. Il avait l'impression que la clé était en train de rouiller dans sa main. Il ne dit pas « Bonjour », ni « Aidez-moi, s'il vous plaît », ou quoi que ce soit de ce genre. Il posa deux questions.

QUESTION NUMÉRO UN
« Hans Hubermann ? »

QUESTION NUMÉRO DEUX
« Vous jouez toujours de l'accordéon ? »

Tandis qu'il regardait, mal à l'aise, la forme humaine qui se tenait devant lui, il extirpait sa voix de son corps et la tendait dans l'obscurité comme si c'était tout ce qui restait de lui.

Inquiet et effrayé, Hans fit un pas en avant.

Il murmura dans le vide : « Bien sûr. »

Cela remontait à bien longtemps. À la Première Guerre mondiale.

Elles sont bizarres, ces guerres.

Pleines de sang et de violence, mais riches d'histoires tout aussi difficiles à sonder. On entend des choses comme : « C'est pourtant vrai. Vous n'allez pas me croire et ça n'a pas d'importance, mais c'est un renard qui m'a sauvé la vie. » Ou bien : « À côté de moi, tout le monde a été tué et j'ai été le seul à ne pas recevoir une balle entre les deux yeux. Pourquoi moi ? Pourquoi moi et pas eux ? »

L'histoire de Hans Hubermann ressemblait un peu à ça. Quand je l'ai découverte à travers les mots de la voleuse de livres, j'ai pris conscience que nous nous étions croisés de temps à autre durant cette période, quoique ni lui ni moi n'ayons prévu de rencontre. Personnellement, j'avais du pain sur la planche. Quant à Hans, je crois qu'il faisait tout son possible pour m'éviter.

La première fois où nous nous sommes côtoyés, Hans avait vingt-deux ans. C'était sur le front français. La plupart des soldats de sa section étaient ardents au combat. Lui, pas vraiment. J'en avais emporté un certain nombre au passage, mais on peut dire que je ne me suis même jamais approchée de Hans Hubermann. Il avait trop de chance, ou bien il méritait de rester en vie. À moins qu'il n'ait eu une bonne raison de vivre.

Dans l'armée, il ne sortait pas du lot. Il restait dans la moyenne pour tout et il visait suffisamment bien pour ne pas faire honte à ses supérieurs. Il n'était pas non plus assez bon pour être de ceux que l'on choisit pour se précipiter vers moi.

UN DÉTAIL, MAIS QUI A SON IMPORTANCE
Au fil des ans, j'en ai vu, des jeunes hommes qui croient se précipiter sur d'autres jeunes hommes.
Ils se trompent.
Ils se précipitent à ma rencontre.

Il y avait presque six mois qu'il combattait lorsqu'il se retrouva en France où, en apparence, un événement bizarre lui sauva la vie. Vu sous un autre angle, on peut dire que dans l'absurdité de la guerre, ce qui se passa n'avait rien d'absurde.

Dès le moment où il s'était retrouvé dans l'armée, au cours de la Grande Guerre, il était allé d'étonnement en étonnement.

C'était comme un feuilleton. Jour après jour. Et après la bataille :

La conversation des balles.

Les hommes au repos.

Les meilleures blagues salaces.

Les sueurs froides – ces méchantes petites copines – qui s'attardaient au creux de ses aisselles et dans son pantalon.

Il aimait beaucoup jouer aux cartes, et aussi parfois aux échecs, mais il était assez mauvais. Et bien sûr, la musique. Toujours la musique.

Celui qui lui apprit à jouer de l'accordéon était un homme d'un an son aîné, un Juif allemand du nom d'Erik Vandenburg. Leur manque d'intérêt pour le combat les rapprocha et ils se lièrent peu à peu d'amitié. Ils aimaient mieux rouler des cigarettes que rouler dans la neige et dans la boue. Ils préféraient tirer des cartes plutôt que tirer des balles. Le jeu, la cigarette et la musique les réunirent, sans parler d'une envie partagée de sortir de là vivants. Le seul problème, c'est qu'on retrouverait un peu plus tard Erik Vandenburg en pièces détachées sur une colline verdoyante. Il avait les yeux ouverts et on lui avait volé son alliance. J'ai ramassé son âme avec celle des autres et nous avons quitté les lieux en douceur. L'horizon avait la couleur du lait. Frais et glacé. Répandu parmi les corps.

Il ne restait pour ainsi dire d'Erik Vandenburg que quelques effets personnels et l'accordéon qui gardait l'empreinte de ses doigts. On renvoya tout chez lui, sauf l'instrument de musique. Trop gros, paraît-il. Il était posé sur la couche d'Erik au camp de base, comme honteux d'être là. On le donna à son ami, Hans Hubermann. Le seul à survivre, en fait.

VOICI COMMENT IL A SURVÉCU
Il n'alla pas se battre ce jour-là.

Il devait en remercier Erik Vandenburg. Plus précisément Erik Vandenburg et la brosse à dents du sergent.

Ce matin-là, peu de temps avant le départ, le sergent Stephan Schneider entra dans la chambrée. Les hommes l'appréciaient pour ses blagues et son sens de l'humour, mais aussi et surtout parce qu'au feu, il ne suivait personne. Il y allait toujours en premier.

À certains moments, il arrivait parmi les soldats au repos et lançait quelque chose comme : « Qui est originaire de Pasing ? » Ou bien : « Qui est bon en maths ? » Ou bien encore, comme ce fameux jour : « Qui a une belle écriture ? »

Personne ne se portait plus volontaire depuis la première fois où il s'était livré à ce petit jeu. Un jeune soldat nommé Philipp Schlink s'était levé fièrement en annonçant : « Moi, sergent, je viens de Pasing. » Résultat : il s'était vu remettre une brosse à dents avec mission de nettoyer les latrines.

On comprend donc pourquoi les candidats ne se bousculèrent pas lorsque le sergent demanda qui avait la meilleure calligraphie. Personne n'avait envie de subir une inspection ou de devoir nettoyer les bottes crottées d'un lieutenant excentrique avant de partir.

« Allons, les gars ! » lança Schneider. Ses cheveux brillantinés étaient plaqués en arrière, sauf un épi qui se dressait en permanence au sommet de son crâne. « Il y en a bien un parmi vous qui sait écrire correctement, bande de nullards ! »

Au loin, on entendit le son de la mitraille.

Ce qui déclencha une réaction.

« Écoutez-moi, reprit Schneider, aujourd'hui, c'est différent. Ça risque de prendre toute la matinée, peut-être plus. » Il ne put s'empêcher de sourire. « Quand Schlink était en train de briquer les latrines, vous autres jouiez aux cartes, mais cette fois, vous allez *là-bas*. »

La vie ou la fierté.

Visiblement, le sergent espérait que l'un de ses hommes aurait l'intelligence de choisir la vie.

Erik Vandenburg et Hans Hubermann échangèrent un coup d'œil. Si l'un des soldats se proposait, la section lui en ferait baver jusqu'à la fin. Les trouillards sont mal vus. D'un autre côté, si quelqu'un était désigné…

Personne ne se porta en avant, mais une voix s'insinua vers le sergent. Elle s'installa à ses pieds, s'attendant à se faire éjecter à coups de croquenots, et annonça : « Hubermann, sergent. » Cette voix appartenait à Erik Vandenburg. À l'évidence, il estimait que le moment de mourir n'était pas venu pour son ami.

Le sergent passa entre les soldats, dans un sens, puis dans l'autre.

« Qui a dit ça ? »

C'était un arpenteur remarquable, Stephan Schneider, un petit bonhomme qui parlait, bougeait et agissait à toute allure. Tandis qu'il allait et venait, Hans le considérait. Peut-être l'une des infirmières était-elle souffrante et avaient-ils besoin de quelqu'un pour refaire les pansements sur les membres infectés des blessés. Peut-être fallait-il lécher et refermer un millier d'enveloppes contenant l'annonce de la mort d'un soldat.

À ce moment-là, la voix sortit de nouveau du rang, ralliant certaines autres au passage. « Hubermann », reprirent-elles en chœur. « Une écriture impeccable, sergent, *impeccable*, précisa même Erik.

— Alors, c'est réglé. » Un petit sourire à la ronde. « Hubermann, t'es bon. »

Le jeune soldat à l'allure dégingandée s'avança et demanda quelle allait être sa tâche.

Le sergent soupira. « Le capitaine a besoin qu'on écrive quelques dizaines de lettres à sa place. Il a des rhumatismes dans les doigts. Ou de l'arthrite, je ne sais plus. Tu vas le faire. »

Ce n'était pas le moment de discuter, surtout après que Schlink avait dû nettoyer les toilettes et qu'un autre, Pflegger, avait manqué laisser sa peau en léchant des enveloppes. Sa langue était infectée et toute bleue.

« Oui, sergent. » Hans hocha affirmativement la tête. L'affaire était entendue. Son écriture était pour le moins malhabile, mais il avait de la chance. Il fit de son mieux pour écrire les lettres pendant que les autres allaient au combat.

Aucun ne revint.

Ce fut la première fois où Hans Hubermann m'échappa. Pendant la Grande Guerre.

La Seconde, ce serait plus tard, à Essen, en 1943.

Deux fois en deux guerres.

Une dans sa jeunesse, une à la force de l'âge.

Peu d'hommes ont la chance de me tromper à deux reprises.

Il conserva l'accordéon pendant toute la durée de la guerre.

À son retour, lorsqu'il retrouva la famille d'Erik Vanbenburg à Stuttgart, sa veuve lui dit qu'il pouvait le garder. Il y en avait déjà plusieurs dans l'appartement et la vision de celui-ci serait trop douloureuse pour elle. Les autres lui rappelaient suffisamment Erik, tout comme son propre métier de professeur d'accordéon.

« Il m'a appris à jouer », lui dit Hans, comme si cela pouvait aider la jeune femme.

Ce fut peut-être le cas car, dans son chagrin, elle lui demanda de jouer pour elle et les larmes coulèrent sur ses joues tandis qu'il exécutait maladroitement *Le Beau Danube bleu.* C'était l'air favori de son mari.

« Il m'a sauvé la vie, vous savez », expliqua Hans. La pièce était faiblement éclairée et sentait le renfermé. « Il… Si jamais vous avez besoin de quelque chose. » Il déposa sur la table un papier avec son nom et son adresse. « Je suis peintre en bâtiment. Je peux refaire votre appartement gratuitement, si vous voulez. » Il savait que cela ne pouvait diminuer la peine de la jeune femme, mais il le proposa tout de même.

Elle prit le papier. Quelques minutes plus tard, un petit enfant entra et vint s'asseoir sur ses genoux.

« Voici Max », dit-elle, mais l'enfant était trop jeune et trop timide pour ouvrir la bouche. Il était maigrichon, avec des cheveux tout fins et, tandis que Hans jouait un autre air dans la pièce à l'atmosphère raréfiée, ses yeux sombres allaient de l'étranger à sa mère, à laquelle les notes arrachaient des larmes.

Hans s'en alla.

« Tu ne m'avais pas dit que tu avais un fils », murmura-t-il une fois dehors, en s'adressant à son ami disparu et aux toits de Stuttgart.

Après une pause et quelques hochements de tête, Hans regagna Munich, pensant ne plus jamais entendre parler de la famille d'Erik Vandenburg. Ce qu'il ignorait, c'est qu'elle aurait effectivement besoin de son aide, mais pas pour quelques coups de pinceau et pas avant une vingtaine d'années.

Quelques semaines passèrent avant qu'il ne se mette à son travail de peintre. À la belle saison, la tâche ne manquait pas et, en hiver, comme il le disait souvent à Rosa, les commandes ne pleuvaient peut-être pas, mais elles tombaient tout de même.

Et pendant plus de dix ans, cela fonctionna.

Hans junior et Trudy vinrent au monde. Ils grandirent en allant voir leur papa qui peignait les murs et nettoyait ses pinceaux.

En 1933, néanmoins, lorsque Hitler accéda au pouvoir, le travail se fit un peu plus rare. Hans n'adhéra pas au NSDAP comme la plupart des gens. Il prit cette décision après mûre réflexion.

LE CHEMINEMENT DE LA PENSÉE DE HANS HUBERMANN

Il avait peu d'instruction et de conscience politique, mais du moins, c'était un homme épris de justice. Un Juif lui avait sauvé la vie et il ne pouvait l'oublier. Il ne pouvait adhérer à un parti qui manifestait une telle hostilité envers des gens. Sans compter qu'au même titre qu'Alex Steiner, un certain nombre de ses clients les plus fidèles étaient juifs. À l'instar de beaucoup de Juifs, il ne pensait pas que cette haine pouvait perdurer et il décida après mûre réflexion de ne pas suivre Hitler. Sur plusieurs plans, ce choix s'avéra désastreux.

Lorsque les persécutions commencèrent, les commandes se raréfièrent peu à peu. Certains devis semblaient se volatiliser dans l'atmosphère de la montée du nazisme.

Hans Hubermann aborda un vieux militant nommé Herbert Bollinger, un homme doté d'un tour de taille impressionnant qui parlait le *Hochdeutsch* (il était de Hambourg), un jour où il le croisa dans la rue de Munich. Au début, l'homme regarda le bout de ses pieds, si tant est qu'il pût les apercevoir, puis leva les yeux vers le peintre, l'air franchement embarrassé. Hans n'avait pas de raison de poser la question, mais il le fit.

« Que se passe-t-il, Herbert ? Je perds des clients à toute vitesse. »

Bollinger reprit de l'assurance. Il se redressa et répondit à son tour par une question. « Dis-moi, Hans, est-ce que tu es membre ?

— De quoi ? »

Mais Hans avait parfaitement compris.

« Voyons, Hansi, répliqua Bollinger, ne m'oblige pas à mettre les points sur les i. »

Le peintre le quitta sur un geste évasif et poursuivit sa route.

Les années passèrent. Dans tout le pays, on terrorisait les Juifs et, au printemps 1937, Hans Hubermann finit par céder, non sans honte. Il prit quelques renseignements et remplit une demande d'adhésion au parti nazi.

Après avoir déposé son formulaire à la section du parti, rue de Munich, il aperçut quatre hommes qui jetaient des briques contre la boutique d'un tailleur nommé Kleinmann. C'était l'un des rares magasins juifs qui fonctionnaient encore à Molching. À l'intérieur, un petit homme balayait en bredouillant le verre cassé qui crissait sous ses pieds. Une étoile jaune moutarde était barbouillée sur la porte. Les mots ORDURE JUIVE étaient inscrits à la peinture, qui avait dégouliné.

Dans la boutique, l'agitation cessa peu à peu.

Hans s'approcha et passa la tête. « Vous avez besoin d'un coup de main ? »

Joel Kleinmann leva les yeux. Il tenait un balai d'une main impuissante. « Non, Hans. C'est gentil, mais allez-vous-en. » Hans avait repeint sa maison l'année précédente. Il se souvenait des trois enfants de la famille Kleinmann, sans pouvoir mettre un prénom sur leur visage.

« Je reviens demain, dit-il, pour repeindre votre porte. »

Ce qu'il fit.

Ce serait sa seconde erreur.

Il commit la première tout de suite après l'incident. Il retourna d'où il venait et alla cogner contre la porte, puis contre la fenêtre du NSDAP. Les vitres vibrèrent, mais nul ne répondit. Tout le monde était rentré chez soi. Un dernier membre marchait dans la direction opposée. Il entendit le bruit et remarqua la présence du peintre.

Il revint sur ses pas et demanda ce qui se passait.

« Je ne peux plus adhérer », affirma Hans.

L'homme n'en revenait pas. « Et pourquoi donc ? »

Hans jeta un coup d'œil aux phalanges de sa main droite et déglutit. Il avait déjà le goût métallique de son erreur dans la bouche. « N'en parlons plus », dit-il en repartant.

Des mots le rattrapèrent.

« Réfléchissez bien, Herr Hubermann, et faites-nous connaître votre décision. »

Il fit comme s'il n'avait rien entendu.

Le lendemain matin, comme promis, il se leva plus tôt que d'habitude, mais pas assez, en fait. La porte de la boutique du tailleur Kleinmann était encore humide de rosée. Hans la sécha. Puis il appliqua une bonne couche de peinture, de la couleur la plus proche possible de l'originale.

Un homme passa.

« *Heil Hitler*, dit-il.

— *Heil Hitler* », répondit Hans.

TROIS DÉTAILS,
MAIS QUI ONT LEUR IMPORTANCE

1. Le passant était Rolf Fischer, l'un des nazis les plus importants de Molching.

2. La porte fut barbouillée d'une nouvelle insulte dans les seize heures.

3. Hans Hubermann n'eut pas sa carte du parti nazi. Du moins, pas encore.

Au cours de l'année qui suivit, Hans n'eut pas à regretter de ne pas avoir annulé officiellement sa demande d'adhésion. Beaucoup de demandes étaient approuvées tout de suite, mais la sienne, considérée comme suspecte, était mise sur une liste d'attente. Vers la fin de l'année 1938, alors que la Nuit de cristal avait lancé le processus d'élimination des Juifs, la Gestapo arriva. Ils fouillèrent la maison, sans rien trouver de suspect. Hans Hubermann eut de la chance.

On lui permit de rester.

Ce qui le sauva, sans doute, fut qu'on le savait au moins dans l'attente d'une réponse à sa demande d'adhésion. Pour cette raison, on le toléra, même s'il ne fut pas reconnu comme le peintre compétent qu'il était.

Et puis il y avait l'accordéon.

Il lui évita d'être mis complètement à l'écart. Si, dans son métier de peintre, Hans devait compter avec la concurrence, en matière de musique, les leçons d'Erik Vandenburg et ses vingt années ou presque de pratique assidue lui avaient donné un style que personne d'autre n'avait à Molching. Ce n'était pas une affaire de perfection, mais de chaleur humaine. Même ses fausses notes étaient sympathiques.

Il « *Heil Hitler*ait » lorsqu'on le lui demandait et il sortait le drapeau quand il le fallait. Apparemment, tout allait bien.

Et puis, un peu plus de six mois après l'arrivée de Liesel rue Himmel, le 16 juin 1939 (une date désormais inoubliable), un événement allait modifier de manière irréversible le cours de la vie de Hans Hubermann.

Ce jour-là, il avait un peu de travail.

À sept heures tapantes, il quitta la maison.

Il tirait sa charrette avec ses outils de peintre et ne remarqua pas qu'il était suivi.

Quand il arriva sur son chantier, un étranger se porta à sa hauteur. C'était un jeune homme grand et blond, l'air sérieux.

Leurs regards se croisèrent.

« Vous êtes Hans Hubermann ? »

Hans, qui était en train de chercher un pinceau, approuva d'un bref hochement de tête. « Oui, c'est moi.

— Vous jouez bien de l'accordéon ? »

Cette fois, Hans s'immobilisa. Il fit à nouveau signe que oui.

L'étranger se frotta la mâchoire, jeta un regard circulaire autour de lui, puis, d'un ton posé, il demanda : « Êtes-vous homme à tenir une promesse ? »

Hans sortit deux pots de peinture de la charrette et l'invita à s'asseoir. Son interlocuteur lui tendit la main et se présenta : « Je m'appelle Kugler, Walter Kugler. Je viens de Stuttgart. »

Puis il s'assit. Les deux hommes bavardèrent pendant un quart d'heure et convinrent d'un rendez-vous dans la soirée.

UNE GENTILLE ENFANT

En novembre 1940, lorsque Max Vandenburg arriva dans la cuisine du 33, rue Himmel, il était âgé de vingt-quatre ans. Il semblait ployer sous le poids de ses vêtements et sa fatigue était si grande qu'un rien aurait pu le faire s'effondrer. Il se tenait tout tremblant dans l'encadrement de la porte.

« Vous jouez toujours de l'accordéon ? »

Bien sûr, il fallait comprendre : « Vous êtes toujours disposé à m'aider ? »

Le papa de Liesel alla jusqu'à la porte d'entrée et l'ouvrit. Avec précaution, il regarda à gauche, puis à droite et revint. Verdict : rien.

Max Vandenburg, le Juif, ferma les yeux et s'abandonna un peu plus au sentiment de sécurité. L'idée en elle-même était grotesque, et pourtant il la laissa s'installer.

Hans vérifia que les rideaux étaient bien tirés et ne laissaient pas entrer le moindre rai de lumière. À ce moment-là, Max craqua. Il s'accroupit et joignit les mains.

L'obscurité le caressa.

Ses doigts avaient l'odeur de sa valise, du métal, de *Mein Kampf* et de la survie.

C'est seulement lorsqu'il releva la tête qu'il découvrit la faible lumière venant du couloir et remarqua la présence de la fillette en pyjama.

« Papa ? »

Max bondit sur ses pieds. L'obscurité enflait maintenant autour de lui.

« Tout va bien, Liesel, dit Papa. Retourne te coucher. »

Elle s'attarda un moment avant de repartir. Lorsqu'elle regarda une dernière fois l'étranger à la dérobée, elle aperçut la forme d'un livre posé sur la table.

« Ne craignez rien, c'est une gentille enfant », entendit-elle Hans Hubermann murmurer à l'homme.

Elle resta éveillée pendant une heure, écoutant le discret écho des phrases échangées dans la cuisine.

Dans ce jeu, une carte n'avait pas encore été jouée. Un joker.

UNE BRÈVE HISTOIRE DU BOXEUR JUIF

Max Vandenburg vit le jour en 1916.

Il passa son enfance à Stuttgart.

Ce qu'il aimait le plus, alors, c'était se battre avec les poings.

Il disputa son premier combat à onze ans. À l'époque, il était épais comme une allumette.

Wenzel Gruber.

Tel était le nom de son adversaire.

Il avait la langue bien pendue, ce Wenzel, et des cheveux frisés. Le terrain de jeu local leur tendait les bras. Ni l'un ni l'autre ne résista.

Ils luttèrent comme des champions.

Pendant une minute.

Juste au moment où l'affaire devenait intéressante, ils furent saisis chacun par le col. Un parent attentif.

Un peu de sang coulait de la bouche de Max.

Il le lécha, et ça avait bon goût.

* * *

Dans son milieu, peu de gens se battaient, en tout cas pas avec leurs poings. À l'époque, on disait que les Juifs préféraient subir. Subir la violence sans broncher avant de remonter la pente jusqu'en haut. Visiblement, ce n'était pas le cas pour tous.

Max allait avoir deux ans lorsque son père mourut, réduit en charpie sur une colline verdoyante.

Quand il eut neuf ans, sa mère se retrouva sans le sou. Elle vendit le studio de musique qui leur servait aussi d'appartement et ils allèrent s'installer dans la maison de l'oncle de Max. Là, il grandit en compagnie de six cousins affectueux qui le tapaient et l'embêtaient pas mal. Il se bagarrait avec l'aîné, Isaac. C'est ainsi qu'il fit ses classes de boxeur. Chaque soir ou presque, il prenait une raclée.

À treize ans, la tragédie frappa de nouveau. Son oncle mourut.

Conformément aux statistiques, cet homme-là n'avait rien du caractère impétueux de Max. C'était le genre de personne qui se donnait beaucoup de mal sans trop exiger en retour. Il restait dans son coin et sacrifiait tout à sa famille. Il mourut de quelque chose qui se développait dans son estomac. Une sorte de grosse boule empoisonnée.

Ses proches, comme souvent dans ce genre de circonstances, se réunirent autour du lit et le regardèrent capituler.

Max Vandenburg était maintenant un adolescent aux mains dures, avec les yeux au beurre noir et une dent branlante. À sa tristesse et à son chagrin vint s'ajouter une certaine déception. Voire une certaine contrariété. Pendant que sous ses yeux, son oncle sombrait lentement dans le lit, il se jura de ne pas mourir de cette façon.

Le visage du mourant était l'image même de l'acceptation.

Il était jaune et paisible, malgré la structure violente du crâne, cette mâchoire qui semblait s'étirer sur des kilomètres, ces pommettes ressorties et ces orbites en nid-de-poule. Si calme qu'il donnait envie à l'adolescent de poser une question.

Où est la lutte ? se demandait-il.

Où est la volonté de tenir ?

Bien sûr, à treize ans, il était quelque peu excessif dans son exigence. Il n'avait jamais regardé en face quelque chose comme *moi*. Du moins pas encore.

Il resta près du lit avec les autres et regarda cet homme mourir – passer sans heurt de la vie à la mort. Derrière la fenêtre, la lumière était grise et orangée, et son oncle parut soulagé lorsqu'il cessa complètement de respirer.

« Quand la Mort viendra me prendre, se jura Max, je lui enverrai mon poing dans la figure. »

Personnellement, j'apprécie. Cette stupide bravoure.

Oui.

J'apprécie beaucoup.

Dès lors, il se battit de plus en plus régulièrement. Quelques amis et ennemis irréductibles se retrouvaient au crépuscule sur un petit terre-plein de la rue Steber : des Allemands pure souche, des garçons originaires de l'Est et lui, le Juif. Cela n'avait pas d'importance. Pour libérer les énergies adolescentes, rien de mieux qu'une bonne bagarre. En fait, pour un peu, les ennemis auraient pu être des amis.

Max aimait ça, les cercles autour des adversaires et la plongée dans l'inconnu.

Le goût doux-amer de l'incertitude.

Perdre ou gagner.

C'était une sensation qu'il éprouvait au creux de l'estomac. Quand cela devenait intolérable, le seul remède consistait à foncer, les poings en avant. Max n'était pas le genre de garçon qui se tuait à réfléchir.

* * *

Le combat qu'il préférait, avec le recul, était son cinquième contre un dénommé Walter Kugler, un grand et solide gaillard. Ils avaient alors quinze ans. Walter avait gagné les quatre premières rencontres, mais cette fois, Max sentait que ce serait différent. Un sang neuf – le sang de la victoire – coulait dans ses veines et cela l'excitait et l'effrayait à la fois.

Comme toujours, les autres formaient un cercle autour d'eux. Le sol était sale. Sur les visages, les sourires allaient d'une oreille à l'autre. Des mains crasseuses brandissaient de l'argent dans une cacophonie de cris et d'appels si vibrants d'enthousiasme que plus rien d'autre ne comptait.

Il y avait là un mélange détonant de joie et de peur, une agitation flamboyante.

Les deux adversaires, pris par l'intensité du moment, avaient le visage crispé, les yeux agrandis par la concentration.

Après une minute d'observation, ils commencèrent à se rapprocher et à prendre un peu plus de risques. C'était un combat de rue, pas un match d'une heure. Ils n'avaient pas toute la journée devant eux.

« Vas-y, Max, vas-y, Maxi Taxi, tu le tiens ! » cria l'un de ses amis. Puis il ajouta, sans reprendre son souffle : « Tu le tiens, petit Juif, tu le tiens ! »

Avec son nez cabossé, ses cheveux fins et ses yeux humides, Max avait une bonne tête de moins que son adversaire. Son style était dépourvu de finesse. Courbé en avant, il sautillait en envoyant de petits coups rapides au visage de Kugler. Celui-ci, visiblement plus fort et plus doué, restait droit et ses directs atteignaient systématiquement Max aux pommettes et au menton.

Max continuait à attaquer.

Malgré la correction reçue, il avançait sur Kugler. Du sang séchait sur ses dents.

Lorsqu'il fut envoyé à terre, un rugissement s'éleva. L'argent faillit changer de mains.

Il se releva.

Il se retrouva une fois encore au tapis avant de changer de tactique et d'obliger Walter Kugler à venir au plus près avant de lui décocher un coup sec. En plein sur le nez.

Soudain aveuglé, Kugler recula. Max saisit l'occasion. Il le déborda par la droite et le frappa au niveau des côtes. Kugler baissa sa garde et la droite de Max le toucha au menton. Il alla à terre, ses cheveux blonds dans la poussière, les jambes écartées. Il ne pleurait pas et pourtant des larmes de cristal glissaient sur ses joues. Elles lui avaient été arrachées par les poings de Max.

Le cercle de spectateurs compta.

Ils comptaient toujours, au cas où. Voix et chiffres.

Après un combat, la coutume voulait que le vaincu lève la main du vainqueur. Lorsque Kugler finit par se remettre debout, il alla lever le bras de Max Vandenburg, l'air lugubre.

« Merci, lui dit Max.

— La prochaine fois, je te massacre », répondit Kugler.

Au cours des années qui suivirent, Max Vandenburg et Walter Kugler combattirent à treize reprises. Walter cherchait toujours à prendre sa revanche sur cette première victoire de Max et Max voulait retrouver ce moment de gloire. Le bilan fut en faveur de Walter : dix victoires contre trois pour Max.

En 1933, quand ils eurent dix-sept ans, la rancœur mêlée de respect céda la place à une amitié sincère et l'envie de se battre les quitta. Tous deux se mirent à travailler, jusqu'à ce qu'en 1935, comme les autres employés juifs, Max soit mis à la porte des ateliers de construction mécanique Jedermann. Peu de temps après, les lois de Nuremberg furent instaurées. Elles ôtaient aux Juifs la citoyenneté allemande et interdisaient les mariages entre Juifs et Allemands.

« Seigneur, dit un soir Walter lorsqu'ils se retrouvèrent à l'endroit où ils avaient eu l'habitude de se battre. C'était une autre époque, n'est-ce pas ? On ne connaissait pas ça. » Il donna une petite tape sur l'étoile jaune que Max portait sur sa manche. « On ne pourrait plus se battre de la même manière.

— Si. On ne peut pas épouser un Juif, mais rien n'empêche de se battre avec lui. »

Walter sourit. « Il y a même sans doute une loi qui *récompense* ce genre de choses, du moment qu'on en sort gagnant. »

Les années passant, ils se virent de façon très occasionnelle. Max, comme les autres Juifs, était systématiquement rejeté et sans cesse écrasé, tandis que Walter était pris par son travail. Une imprimerie.

Si ça vous intéresse, eh bien oui, il connut des filles pendant cette période. L'une nommée Tania, l'autre Hildi. Dans un cas comme dans l'autre, cela ne dura pas. Il n'avait pas assez de temps pour cela, vraisemblablement à cause de l'incertitude et de la pression de plus en plus forte. Max devait se démener pour trouver du travail. Que pouvait-il proposer à ces jeunes filles ? En 1938, il était difficile d'imaginer que la vie puisse être pire.

Puis ce fut le 9 novembre. *Kristallnacht.* La Nuit de cristal. La nuit du verre brisé.

Cet épisode, tragique pour tant de Juifs, permit à Max Vandenburg de s'enfuir.

Il avait vingt-deux ans.

Nombre d'établissements juifs étaient systématiquement saccagés et pillés lorsque des poings cognèrent sur la porte de l'appartement. Max, sa tante, sa mère, ses cousins et leurs enfants se tenaient dans le salon, serrés les uns contre les autres.

« *Aufmachen !* »

Tous se regardèrent. Ils avaient envie de s'éparpiller dans les autres pièces, mais la crainte les paralysait.

De nouveau : « Ouvrez ! »

Isaac se dirigea vers la porte, dont le bois vibrait encore à la suite des coups reçus. Il se retourna vers les visages sur lesquels se lisait la peur, tourna le loquet et ouvrit.

Comme ils s'y attendaient, c'était un nazi. En uniforme.

« Jamais. »

Telle fut la première réaction de Max.

Il serrait la main de sa mère et celle de Sarah, sa cousine la plus proche. « Je ne pars pas. Si l'on ne peut s'en aller tous ensemble, je reste. »

Il mentait.

Lorsque les autres membres de la famille le poussèrent dehors, le soulagement l'envahit, comme une obscénité. Il le refusait, mais en même temps il l'éprouvait avec une telle force qu'il en avait la nausée. Comment pouvait-il ? Comment pouvait-il ?

Il pouvait.

« N'emporte rien, lui dit Walter Kugler. Prends juste ce que tu as sur toi. Je te fournirai le reste.

— Max. » C'était sa mère.

Elle tira d'un tiroir un vieux bout de papier et le fourra dans la poche de sa veste. « Si jamais... » Elle l'étreignit une dernière fois. « Ce sera peut-être ton dernier espoir. »

Il contempla son visage vieillissant et l'embrassa sur la bouche.

« Viens. » Walter le tira par la manche, tandis que le reste de la famille lui disait au revoir et lui donnait de l'argent et quelques objets de valeur. « Viens. Dehors, c'est le chaos et le chaos va nous aider. »

Ils partirent sans se retourner.

Et cela le torturait.

Si seulement il avait jeté un ultime regard aux siens lorsqu'il avait quitté l'appartement. Peut-être sa culpabilité n'aurait-elle pas été aussi lourde à porter. Pas de dernier adieu.

Pas de derniers regards échangés.

Rien que le vide de l'absence.

Il passa les deux années suivantes caché dans une réserve vide, à l'intérieur d'un bâtiment où Walter avait travaillé auparavant. La nourriture était rare. La suspicion régnait. Dans le voisinage, le reste des Juifs qui avaient de l'argent émigraient. Ceux qui n'en avaient pas essayaient aussi, sans grand succès. La famille de Max appartenait à cette dernière catégorie. De temps à autre, Walter allait vérifier qu'ils étaient toujours là, le plus discrètement possible. Jusqu'à cette après-midi où, lorsqu'il se présenta, quelqu'un d'autre ouvrit la porte.

Quand Max apprit la nouvelle, il eut l'impression qu'une main géante roulait son corps en boule, comme une feuille de papier pleine de fautes. Bonne pour la corbeille.

Et pourtant, chaque jour, entre dégoût et reconnaissance, il parvint à se relever. Abîmé, mais pas totalement détruit.

Vers le milieu de l'année 1939, il se cachait depuis un peu plus de six mois lorsqu'ils décidèrent d'agir différemment. Ils examinèrent le bout de papier que sa mère avait remis à Max au moment de sa désertion. Oui, sa désertion, et non pas seulement sa fuite. Car c'est ainsi qu'il qualifiait son départ. Nous savons déjà ce qui était inscrit sur ce papier :

UN NOM, UNE ADRESSE
Hans Hubermann
33, rue Himmel, Molching

« C'est de pire en pire, dit Walter à Max. À tout moment, on peut être repérés. » Dans l'obscurité, ils sentaient la menace peser sur leurs épaules. « Qui sait ce qui peut se passer ? Je peux me faire prendre. Tu peux avoir besoin de trouver cet endroit... J'ai trop peur pour demander de l'aide à quelqu'un, ici. Trop de risques. » Il n'y avait qu'une solution. « Je vais essayer de retrouver cet homme. S'il est devenu nazi, ce qui est probable, je repars comme je suis venu. Mais au moins on saura ce qu'il en est, *richtig* ? »

Max lui donna jusqu'à son dernier pfennig pour financer le voyage. « Alors ? » demanda-t-il lorsque Walter revint, quelques jours plus tard.

Ils s'étreignirent et Walter hocha affirmativement la tête. « C'est bon. Il joue encore de l'accordéon, celui dont ta mère t'a parlé, qui appartenait à ton père. Il n'est pas membre du parti. Il m'a donné de l'argent. » À ce stade, Hans Hubermann n'était encore qu'un nom. « Il est pauvre, marié, et il y a une enfant au foyer. »

Cela éveilla un peu plus l'attention de Max. « Quel âge ?

— Dix ans. On ne peut pas tout avoir.

— Oui. Les enfants parlent beaucoup.

— On a déjà de la chance, tu sais. »

Ils restèrent quelque temps sans rien dire, puis Max rompit le silence.

« Je suppose qu'il me hait déjà ?

— Je n'en ai pas l'impression. Il m'a donné l'argent, n'est-ce pas ? Il m'a dit qu'une promesse était une promesse. »

Une semaine plus tard, une lettre arriva. Hans prévenait Walter Kugler qu'il enverrait les éléments nécessaires quand il le pourrait. Il y avait un plan de Molching et du grand Munich sur une page, ainsi que l'indication du trajet direct entre Pasing (la gare la plus sûre) et sa maison. Les derniers mots de sa lettre allaient de soi :

Faites attention.

À la mi-mai 1940, *Mein Kampf* arriva, avec une clé scotchée sous la couverture.

Cet homme est génial, se dit Max, mais il frissonnait à l'idée de devoir aller jusqu'à Munich. Il espérait – comme les autres personnes concernées – qu'il n'aurait pas à faire le voyage.

Les souhaits ne se réalisent pas toujours.

Surtout dans l'Allemagne nazie.

Le temps passa.

La guerre s'étendit.

Max resta dissimulé dans une autre pièce vide.

Jusqu'à ce que l'inévitable se produise.

Walter fut avisé qu'on l'envoyait en Pologne, pour continuer à affirmer l'autorité de l'Allemagne sur les Polonais comme sur les Juifs. Le moment était venu.

Max gagna donc Munich, puis Molching. Et maintenant, dans la cuisine d'un étranger, il demandait l'aide dont il avait un besoin vital, tout en s'adressant le blâme qu'il estimait mériter.

Hans Hubermann lui serra la main et se présenta.

Il fit du café sans allumer la lumière.

La fillette était partie depuis un bon moment, mais un autre bruit de pas s'annonçait. Le joker.

Dans l'obscurité, les trois personnes étaient complètement isolées, les yeux écarquillés. La femme fut la seule à parler.

LE COURROUX DE ROSA

Liesel s'était rendormie lorsque la voix inimitable de Rosa Hubermann s'éleva dans la cuisine, la réveillant en sursaut.

« *Was ist los ?* »

La curiosité s'empara de la fillette, qui imaginait cette tirade prononcée par une Rosa courroucée. Elle perçut ensuite un mouvement, puis le raclement étouffé d'une chaise.

Après s'être contrainte à attendre une dizaine de minutes, Liesel gagna le couloir et ce qu'elle vit la stupéfia. Rosa Hubermann, qui arrivait à l'épaule de Max Vandenburg, le regardait engloutir une assiettée de son infâme soupe de pois. Une bougie brûlait sur la table. Sa flamme ne vacillait pas.

Maman était grave.

Son corps replet exprimait l'inquiétude.

En même temps, un air de triomphe se lisait sur son visage et ce n'était pas le triomphe d'avoir sauvé un autre être humain de la persécution. C'était plutôt quelque chose du genre : Tu vois, *lui* au moins, il ne se plaint pas. Son regard allait alternativement de la soupe à Max.

Lorsqu'elle parla de nouveau, ce fut seulement pour lui demander s'il en voulait encore.

Max refusa. Il se précipita vers l'évier, où il vomit. Son dos se convulsait, ses bras écartés agrippaient le métal.

« Jésus, Marie, Joseph, marmonna Rosa. Encore un ! »

Max, confus, se tourna vers eux et s'excusa. Ses mots étaient glissants et menus, réprimés par l'acide. « Je suis désolé. Je crains d'avoir trop mangé. C'est-à-dire que mon estomac est resté si longtemps sans… Il ne supporte sans doute pas autant de…

— Poussez-vous », ordonna Rosa. Elle entreprit de nettoyer l'évier.

Lorsqu'elle eut terminé, elle retrouva le jeune homme qui se tenait, morose, à la table de la cuisine. Hans était installé face à lui, les mains agrippant le plateau de bois.

Du couloir, Liesel voyait les traits tirés de l'étranger et, derrière, l'expression soucieuse de Maman, inscrite comme une salissure sur son visage.

Elle regarda ses parents adoptifs.

Qui étaient-ils donc ?

LE SERMON DE LIESEL

Savoir qui étaient exactement Hans et Rosa Hubermann n'était pas chose facile. Des gens gentils ? Des gens ridiculement ignorants ? Des gens d'une santé mentale contestable ?

Il est plus aisé de définir la pénible situation dans laquelle ils se trouvaient.

LA SITUATION DE HANS ET ROSA HUBERMANN
Très difficile, effectivement.
Et même *épouvantablement* difficile.

Quand un Juif débarque chez vous au petit matin, dans le berceau du nazisme, on peut raisonnablement s'attendre à devoir affronter des niveaux élevés de malaise. L'angoisse, l'incrédulité, la paranoïa. Chacune ayant ses propres effets et chacune conduisant à se dire que les conséquences n'auront rien d'un lit de roses. La peur est quelque chose qui irradie. On la voit de manière impitoyable.

Il faut toutefois souligner que, malgré cette peur qui irradiait dans l'ombre, ils ne cédèrent pas à l'affolement.

Maman renvoya Liesel dans sa chambre.

« *Bett, Saumensch.* » D'un ton calme, mais ferme. Très inhabituel.

Papa rejoignit la fillette peu après. Il souleva les couvertures du lit vacant.

« *Alles gut,* Liesel ? Tout va bien ?

— Oui, Papa.

— Comme tu vois, nous avons un visiteur. » Elle devinait à peine la haute silhouette de Hans Hubermann dans l'obscurité. « Il va dormir ici cette nuit.

— Bien, Papa. »

Quelques minutes plus tard, Max Vandenburg entra dans la chambre, opaque et silencieux. Il ne respirait pas. Il ne bougeait pas. Sans qu'elle sût comment, il alla pourtant du seuil au lit, et fut sous les couvertures.

« Tout va bien ? »

Cette fois, Papa s'adressait à lui.

La réponse de Max flotta dans l'air, avant de se coller au plafond comme une tache, tant il se sentait honteux. « Oui, merci. » Il le répéta, tandis que Papa allait s'installer comme à son habitude sur la chaise à côté du lit de Liesel. « Merci. »

Liesel mit une heure à se rendormir.

Elle dormit profondément et longtemps.

Un peu après huit heures trente, une main la secoua.

La voix qui correspondait à cette main l'informa qu'elle n'irait pas à l'école ce jour-là. Apparemment, elle était souffrante.

Lorsqu'elle s'éveilla complètement, elle observa l'étranger couché dans le lit d'en face. Seules ses mèches de cheveux, toutes sur le même côté, dépassaient de la couverture et il ne faisait pas le moindre bruit en dormant, comme s'il était entraîné à être silencieux jusque dans son sommeil. Avec précaution, elle passa à côté de lui et suivit Papa dans le couloir.

Pour la première fois, la cuisine était assoupie. Maman se taisait. Il régnait une sorte de silence stupéfié, inaugural. Au grand soulagement de Liesel, il fut rompu au bout de quelques minutes.

Le petit déjeuner était prêt.

Maman annonça la priorité du jour. Assise à la table, elle déclara : « Liesel, aujourd'hui, Papa va te dire quelque chose. » C'était sérieux : elle n'avait même pas dit « *Saumensch* ». Une sorte d'abstinence qu'elle s'imposait. « Il va te parler. Tu devras l'écouter. C'est clair ? »

Liesel était en train d'avaler.
« C'est clair, *Saumensch* ? »
C'était mieux.
La fillette fit « oui » de la tête.

Lorsqu'elle regagna sa chambre pour y prendre ses vêtements, l'homme couché dans l'autre lit s'était retourné et placé en chien de fusil. Il ne ressemblait plus à une sorte de bûche, mais à un « Z » tracé sous les couvertures.

Elle distinguait maintenant son visage sous le faible éclairage. Il avait la bouche ouverte et sa peau était couleur coquille d'œuf. Une barbe naissante couvrait sa mâchoire et son menton, et ses oreilles étaient pointues et aplaties. Il avait un nez petit, mais bosselé.

« Liesel ! »
Elle se retourna.
« Bouge-toi ! »
Elle alla dans la salle d'eau.

Après s'être changée, elle passa dans le couloir, consciente qu'elle ne pourrait aller bien loin. Papa se tenait devant la porte du sous-sol. Il lui adressa un pâle sourire, alluma la lampe et descendit les marches devant elle.

* * *

Dans les odeurs de peinture, Papa lui dit de s'installer confortablement au milieu des bâches de protection. La lumière éclairait les mots qu'elle avait appris et peints sur le mur. « Il faut que je t'explique certaines choses. »

Liesel était assise sur un tas de bâches d'un mètre de haut, Papa sur un pot de peinture de quinze litres. Pendant quelques minutes, il chercha les mots adéquats. Quand il les eut trouvés, il se leva et se frotta les yeux.

« Liesel, dit-il calmement, je ne savais pas si cela arriverait, c'est pourquoi je ne t'ai jamais rien dit. Sur moi et sur cet homme qui est là-haut. » Il fit les cent pas dans le sous-sol, tandis que la lampe amplifiait son ombre, le transformant en un géant sur le mur.

Lorsqu'il s'immobilisa, son ombre resta là, gigantesque, dans son dos. Elle observait. Il y avait toujours quelqu'un qui observait.

« Tu connais mon accordéon, n'est-ce pas ? » dit-il, et il entama son récit.

Il parla de la guerre de 1914 et d'Erik Vandenburg, puis de sa visite à la veuve du soldat fauché au combat. « Le petit garçon qui est entré dans la pièce ce jour-là, c'est l'homme qui se trouve là-haut. *Verstehst ?* Tu comprends ? »

La voleuse de livres écouta l'histoire que lui racontait Hans Hubermann. Cela dura une bonne heure, jusqu'au moment de vérité, qui comportait un sermon d'une impérieuse nécessité.

« Écoute bien, Liesel. » Papa la fit se lever et prit sa main.

Ils étaient face au mur.

Formes sombres et pratique des mots.

Il lui tenait fermement les doigts.

« Tu te souviens de l'anniversaire du Führer, quand on est rentrés à la maison après le feu ? Tu te souviens de ce que tu m'as promis ce jour-là ? »

La fillette acquiesça. « Que je garderais un secret », dit-elle au mur.

« Bien. » Entre les deux ombres qui se tenaient la main, les mots inscrits à la peinture étaient éparpillés, perchés sur leurs épaules, posés sur leur tête, suspendus à leurs bras. « Liesel, si tu parles à qui que ce soit de cet homme, nous aurons tous de gros ennuis. » Il devait lui faire suffisamment peur tout en la rassurant pour qu'elle ne s'affole pas. Son regard métallique l'observait pendant qu'il prononçait les mots. Désespoir et calme. « Dans le meilleur des cas, on nous emmènera, Maman et moi. » Il sentait qu'il risquait de trop l'effrayer, mais il prenait le risque, préférant qu'elle ait trop peur plutôt que pas assez. Il fallait qu'elle obéisse complètement, définitivement.

Enfin, Hans Hubermann planta son regard dans celui de Liesel Meminger et s'assura qu'elle n'était pas distraite.

Il entama la liste des conséquences.

« Si tu parles de cet homme à quelqu'un... »

À son institutrice.

À Rudy.

Ou à une autre personne, qu'importe.

Ce qui importait, c'était que tous pouvaient être punis.

« Pour commencer, poursuivit-il, je prendrai chacun de tes livres et je les brûlerai. » C'était rude. « Je les jetterai dans le fourneau ou dans la cheminée. » Il agissait comme un tyran, sans aucun doute, mais il ne pouvait faire autrement. « Tu comprends ? »

Le choc la transperça. Il fit un trou bien net en elle.

Les larmes lui montèrent aux yeux.

« Oui, Papa.

— Ensuite... » Il devait continuer à se montrer dur et cela lui coûtait. « Ensuite, on t'emmènera loin de moi. C'est ce que tu veux ? »

Elle pleurait maintenant. « *Nein.*

— Bon. » Hans Hubermann serra sa main un peu plus fort. « On viendra chercher cet homme, et peut-être aussi Maman et moi, et nous ne reviendrons jamais. Jamais. »

Ce fut tout.

La fillette se mit à sangloter sans pouvoir s'arrêter et Papa mourait d'envie de la prendre dans ses bras et de la câliner. Mais il n'en fit rien. Il s'accroupit et la regarda dans les yeux. Puis il prononça sa phrase la moins angoissante. « *Verstehst du mich ?* Tu me comprends ? »

Elle hocha affirmativement la tête tout en pleurant et il l'étreignit à la lueur de la lampe à pétrole, dans le sous-sol qui sentait la peinture.

« Je comprends, Papa. »

Le grand corps de Hans Hubermann étouffait sa petite voix. Ils restèrent ainsi plusieurs minutes, Liesel écrasée contre sa poitrine et lui qui lui caressait le dos.

Lorsqu'ils remontèrent, ils trouvèrent Maman assise dans la cuisine, seule et pensive. Quand elle les vit, elle se leva et, découvrant les traces de larmes sur les joues de Liesel, elle lui fit signe d'approcher. Elle l'attira à elle et l'entoura de ses bras avec sa rudesse habituelle. « *Alles gut, Saumensch ?* »

Elle n'avait pas besoin d'entendre la réponse.

Tout allait bien.

Et tout allait mal.

LE DORMEUR

Max Vandenburg dormit pendant trois jours.

À certains moments, Liesel l'observa. On peut dire que, le troisième jour, le besoin de vérifier qu'il respirait toujours devint obsessionnel. Elle savait maintenant interpréter ses signes de vie : ses lèvres qui remuaient, sa barbe qui poussait et ses cheveux comme des brindilles qui bougeaient imperceptiblement quand il remuait la tête en rêvant.

Souvent, quand elle se penchait sur lui, elle se mortifiait en pensant qu'il venait de s'éveiller et qu'il allait ouvrir les yeux et la surprendre en train de le regarder. Cette idée la tourmentait et l'exaltait en même temps. Elle la redoutait. Elle la souhaitait. Elle devait attendre que Maman l'appelle pour s'arracher à ce spectacle, à la fois tranquillisée et déçue à l'idée de ne pas être là à son réveil.

Deux ou trois fois, vers la fin de ce marathon de sommeil, il parla.

C'était un récital de noms murmurés. Une liste d'appel.

Isaac. Tante Ruth. Sarah. Maman. Walter. Hitler.

Famille, ami, ennemi.

Ils étaient tous avec lui sous les couvertures et, à un moment, il sembla se battre avec lui-même. « *Nein* », chuchota-t-il. Il le répéta à sept reprises. « Non. »

En l'observant, Liesel fut tout de suite frappée par la ressemblance entre cet étranger et elle. L'un et l'autre étaient arrivés rue Himmel dans un état de grande agitation. L'un et l'autre faisaient des cauchemars.

Il finit par s'éveiller, désemparé, ne sachant où il se trouvait. Il ouvrit ensuite la bouche et s'assit tout droit dans le lit.

« Ah ! »

Un petit bout de voix s'échappa de ses lèvres.

En découvrant au-dessus de lui la fillette qui le regardait, il fut désorienté et tenta de se repérer, de savoir ce qu'il faisait là. Au bout de quelques instants, il se gratta la tête (cela fit un bruit de petit bois sec) et la dévisagea. Ses gestes étaient saccadés et ses yeux, maintenant qu'il les avait ouverts, se révélaient noirs, avec un regard humide et lourd.

Par réflexe, Liesel recula.

Elle ne fut pas assez rapide.

L'étranger tendit une main tiédie par la chaleur du lit et la saisit par l'avant-bras.

« S'il te plaît. »

Sa voix aussi s'accrochait à elle, comme si elle avait des ongles. Elle s'imprimait dans sa chair.

« Papa ! » Fort.

« S'il te plaît ! » Chuchoté.

C'était la fin de l'après-midi. Dehors, l'atmosphère était grise et miroitante, mais seule une lueur sale entrait dans la pièce, filtrée par les rideaux. Un optimiste dirait qu'elle était couleur bronze.

Lorsque Papa arriva, il resta sur le seuil et découvrit la main de Max Vandenburg et son regard désespéré, l'une et l'autre accrochés au bras de Liesel. « Je vois que vous avez fait connaissance », dit-il.

Les doigts de Max commencèrent à se refroidir.

L'ÉCHANGE DE CAUCHEMARS

Max Vandenburg promit de ne plus jamais dormir dans la chambre de Liesel. À quoi avait-il bien pu penser, cette première nuit ? Rien qu'à cette idée, il était mortifié.

La seule explication était l'état de totale déstabilisation dans lequel il se trouvait en arrivant. Mais il ne s'installerait pas ailleurs que dans le sous-sol. Il y tenait absolument. Tant pis pour le froid et la solitude. Il était juif et, s'il y avait un endroit où il était destiné à vivre, c'était un sous-sol ou un autre lieu de survie secret du même genre.

« Je suis désolé, avoua-t-il à Hans et à Rosa sur les marches menant au sous-sol. Désormais, je resterai en bas. Vous ne m'entendrez pas. Je ne ferai pas le moindre bruit. »

Le couple, aux prises avec le côté désespéré de la situation, ne protesta pas, même par rapport au froid. Ils descendirent des couvertures et remplirent la lampe à pétrole. Rosa reconnut qu'elle ne pourrait pas lui donner grand-chose à manger et Max la pria surtout de ne lui laisser que quelques miettes, et encore, si personne d'autre ne les voulait.

« Mais non, voyons, protesta Rosa. Je vous nourrirai de mon mieux. »

Ils descendirent aussi le matelas du second lit de la chambre de Liesel et le remplacèrent par des bâches, un excellent échange.

* * *

Hans et Max déposèrent le matelas en dessous des marches et édifièrent un mur de bâches de protection sur le côté. Elles étaient suffisamment hautes pour dissimuler l'entrée triangulaire dans sa totalité et au moins pouvait-on les ôter facilement si Max avait besoin d'air.

Papa s'excusa. « C'est pathétique, je le reconnais.

— Vraiment, c'est mieux que rien, répondit Max. Je ne le mérite pas. Merci. »

Avec quelques pots de peinture placés de manière stratégique, on pouvait croire qu'il s'agissait d'un tas d'objets inutiles posé dans un coin pour dégager le reste de la pièce. Hans en convenait. Évidemment, il suffirait de déplacer quelques pots et d'ôter une ou deux bâches pour détecter la présence du Juif.

« Espérons que ça fera l'affaire, conclut Hans.

— Il le faut », dit Max en se glissant dans sa cachette. Puis il répéta une dernière fois : « Merci. »

Merci.

Ce mot était le plus pitoyable que Max Vandenburg pût prononcer, avec *Je suis désolé.* L'un et l'autre lui venaient sans cesse aux lèvres, sous le poids de la culpabilité.

Combien de fois, au cours de ces premières heures d'éveil, eut-il envie de quitter ce sous-sol et de s'en aller ? Des centaines, sans doute.

Mais ce n'était qu'un désir fugitif à chaque fois.

Ce qui rendait les choses pires encore.

Il avait une envie folle de s'en aller (ou du moins il avait envie d'avoir envie de s'en aller), mais il savait qu'il ne le ferait pas. C'était à quelque chose près la même situation que lorsqu'il avait laissé les siens à Stuttgart, sous le voile d'une loyauté forgée de toutes pièces.

Vivre.

Vivre, c'était vivre.

Au prix de la honte et de la culpabilité.

* * *

Au cours des premiers jours que Max passa dans le sous-sol, Liesel n'eut pas affaire à lui. Elle niait son existence. Ses cheveux froissés, ses doigts froids et glissants.

Sa présence torturée.

Maman et Papa.

Il y avait chez eux beaucoup de gravité et une impuissance à prendre un certain nombre de décisions.

Ils se demandèrent s'ils pouvaient installer Max Vandenburg ailleurs.

« Oui, mais où ? »

Aucune réponse.

Dans cette situation, ils ne pouvaient compter que sur eux-mêmes. Ils se retrouvaient paralysés. Max ne pouvait espérer d'autre secours que le leur. Celui de Hans et Rosa Hubermann. Liesel ne les avait jamais vus se regarder autant, ni de manière aussi solennelle.

C'est le couple qui descendait à manger à Max. Pour ses besoins naturels, ils lui avaient fourni un ancien pot de peinture que Hans se chargerait de vider aussi prudemment que possible. Rosa lui apportait également des seaux d'eau chaude pour qu'il se lave, car il était sale.

Au-dehors, à chaque fois que Liesel quittait la maison, une montagne d'air froid l'attendait à la porte.

Un crachin mordant tombait.

Les feuilles mortes jonchaient le sol.

Ce fut bientôt au tour de la voleuse de livres de se rendre au sous-sol. Ses parents l'envoyèrent porter à manger à Max.

Elle descendit précautionneusement les marches, sachant qu'elle n'avait pas besoin de s'annoncer. Le bruit de ses pas suffirait à le prévenir.

Elle attendit au milieu de la pièce, avec l'impression d'être plutôt au centre d'un grand champ au crépuscule. Le soleil se couchait derrière une meule de bâches.

Lorsque Max sortit de sa cachette, il tenait *Mein Kampf* à la main. À son arrivée, il avait voulu le rendre à Hans Hubermann, mais celui-ci lui avait dit de le garder.

Liesel n'arrivait naturellement pas à détacher ses yeux du livre. Elle l'avait vu de temps à autre à la BDM, mais on ne le leur avait pas lu et il n'avait pas été utilisé dans le cadre des activités. De temps à autre, on évoquait sa grandeur, avec la promesse que, plus tard, les fillettes auraient l'occasion de l'étudier, lorsqu'elles passeraient dans la section supérieure des Jeunesses hitlériennes.

Max suivit son regard et examina le livre à son tour.

« C'est… ? » chuchota-t-elle.

Sa langue s'emmêla dans sa bouche.

Le Juif tendit le cou. « *Bitte ?* Pardon ? »

Elle lui tendit la soupe de pois et remonta à toute vitesse, les joues écarlates, se sentant stupide.

« C'est un bon livre ? »

Devant le petit miroir de la salle d'eau, elle répéta ce qu'elle avait voulu dire. Elle avait encore dans les narines une odeur d'urine, car Max venait juste de se servir du pot de peinture lorsqu'elle était descendue. *So ein G'schtank*, pensa-t-elle. Quelle puanteur.

On n'a d'indulgence que pour l'odeur de sa propre urine.

Les jours passèrent.

Chaque soir, avant de sombrer dans le sommeil, elle entendait Papa et Maman qui parlaient dans la cuisine, discutant de ce qui avait été fait, de ce qu'ils faisaient et de ce qui devait se passer ensuite. Pendant ce temps, l'image de Max ne la quittait pas. Son visage empreint de tristesse et de reconnaissance et son regard humide.

Une seule fois, il y eut un éclat dans la cuisine.

Papa.

« Je sais ! »

Sa voix était rugueuse, mais il se hâta de la réduire à un chuchotement.

« Je dois continuer, ne serait-ce que deux ou trois fois dans la semaine. Je ne peux pas être là tout le temps. On a besoin de cet argent et si j'arrête de jouer là-bas, ils vont avoir des soupçons. Ils vont se demander pourquoi je n'y vais plus. La semaine dernière, je leur ai dit que tu étais malade, mais à partir de maintenant il faut continuer à vivre comme avant. »

C'était bien là le problème.

Leur vie avait changé du tout au tout, mais ils devaient absolument faire comme si rien ne s'était passé.

Imaginez que vous deviez sourire après avoir reçu une gifle. Imaginez maintenant que vous deviez le faire vingt-quatre heures sur vingt-quatre.

Voilà ce que cela impliquait, de cacher un Juif.

Il était là depuis quelques semaines maintenant et la situation, qui découlait de la guerre, d'une promesse tenue et d'un accordéon, était désormais considérée comme un fait accompli. En un peu plus de six mois à peine, les Hubermann avaient perdu un fils et quelqu'un s'était substitué à lui dans des circonstances particulièrement dangereuses.

Ce qui troublait le plus Liesel, c'était le changement intervenu chez sa maman, sa façon équitable de partager la nourriture, le contrôle qu'elle exerçait sur son vocabulaire, voire l'expression adoucie de son visage cartonneux. En tout cas, une chose était certaine.

UN ATTRIBUT DE ROSA HUBERMANN
En période de crise, c'était une femme qui assurait.

Même lorsque Helena Schmidt, la dame arthritique, cessa de lui donner son linge à laver et à repasser, un mois après l'arrivée de Max rue Himmel, elle s'assit simplement à la table et s'empara de la soupière. « Il y a de la bonne soupe, ce soir », dit-elle.

La soupe était abominable.

Au moment où Liesel partait à l'école, le matin, comme les jours où elle allait jouer au foot ou faire ce qui restait de la tournée de linge, Rosa s'adressait calmement à elle. « Souviens-toi, Liesel… » Elle mettait ensuite son index sur sa bouche, et c'était tout. La fillette hochait affirmativement la tête et Rosa disait : « C'est bien, *Saumensch*, tu es une gentille enfant. Et maintenant, file. »

Et c'était vrai. Selon les termes de Papa, et même de Maman, Liesel était une gentille enfant. Où qu'elle allât, elle se taisait. Le secret était profondément enfoui en elle.

Elle faisait toujours le tour de la ville en compagnie de Rudy, dont elle écoutait le bavardage. De temps à autre, ils comparaient les notes de leur section des Jeunesses hitlériennes et, pour la première fois, Rudy évoqua un jeune chef sadique nommé Franz Deutscher. Quand il ne parlait pas des méthodes brutales de Deutscher, il racontait pour la énième fois comment il avait marqué son dernier but sur le terrain de foot de la rue Himmel.

« *Je sais*, disait Liesel. J'y étais.

— Et alors ?

— Et alors je l'ai vu, *Saukerl*.

— Ça reste à prouver. Tu devais encore être à plat ventre, en train de mordre la poussière que j'ai soulevée en marquant. »

Peut-être était-ce la présence de Rudy qui l'aidait à ne pas sombrer, avec sa conversation idiote, ses cheveux citron et son effronterie.

Car pour Rudy la vie semblait être une sorte de plaisanterie, une infinie succession de buts marqués et de tricheries, et un répertoire permanent de propos sans queue ni tête.

Il y avait aussi l'épouse du maire et la lecture dans la bibliothèque de son mari. Là-bas, maintenant, il faisait froid, de plus en plus froid à chacune des visites de Liesel, mais elle était incapable de renoncer à y aller. Elle prenait une pile de livres et lisait quelques paragraphes de chacun. Et puis, une après-midi, elle tomba sur un ouvrage qu'elle fut incapable de refermer. Il était intitulé *Le Siffleur*. Au départ, elle l'avait choisi parce que le titre la faisait penser à Pfiffikus, le siffleur de la rue Himmel. Elle le revoyait en train de marcher penché en avant dans son imperméable et d'apparaître près du feu, le jour de l'anniversaire du Führer.

Le livre s'ouvrait sur un meurtre. À coups de couteau. Dans une rue de Vienne. Non loin de la Stephansdom, la cathédrale située sur la place principale de la ville.

UN COURT EXTRAIT DU LIVRE *LE SIFFLEUR*

Elle gisait là, terrifiée, dans une mare de sang, tandis qu'un air étrange résonnait à ses oreilles. Elle se souvenait du couteau qui était entré et ressorti, et d'un sourire. Comme toujours, le siffleur avait souri lorsqu'il s'était enfui dans la nuit noire et meurtrière...

Liesel ne savait pas si c'étaient les mots qui la faisaient trembler, ou l'air froid entrant par la fenêtre ouverte. Chaque fois qu'elle allait prendre ou rapporter du linge chez le maire, elle lisait trois pages et frissonnait, mais elle ne pouvait rester indéfiniment.

De même, Max Vandenburg ne supportait plus le sous-sol. Il ne se plaignait pas – il n'en avait pas le droit –, mais il se sentait dépérir de plus en plus dans le froid. En fait, ce fut la lecture et l'écriture qui le sauvèrent, et un livre intitulé *Le Haussement d'épaules*.

« Viens, Liesel », dit un soir Hans Hubermann.

Depuis l'arrivée de Max, leurs habitudes de lecture avaient été considérablement bousculées et, à l'évidence, Papa avait maintenant l'intention de les reprendre. « *Na, komm*, dit-il. Je ne veux pas que tu te relâches. Va chercher l'un de tes livres. *Le Haussement d'épaules*, par exemple. »

L'ennui, dans tout ça, c'est que lorsqu'elle revint avec le livre, Papa lui fit signe de le suivre à l'endroit où ils avaient l'habitude de travailler ensemble. Au sous-sol.

« Mais Papa, protesta-t-elle, nous ne pouvons pas...

— Quoi donc ? Il y a un monstre en bas ? »

On était début décembre et la journée avait été glaciale. À chaque marche descendue, le sous-sol devenait de plus en plus inhospitalier.

« Il fait trop froid, Papa.

— Cela ne t'a pas gênée jusqu'à maintenant.

— C'est vrai, mais il ne faisait pas aussi froid… »

Au bas de l'escalier, Papa chuchota à l'intention de Max : « Est-ce qu'on peut vous emprunter la lampe ? »

Il y eut de l'agitation parmi les bâches et les pots de peinture et la lampe changea de mains. Le regard fixé sur la flamme, Hans eut un hochement de tête qu'il fit suivre d'un : « *Es ist ja Wahnsinn, net ?* C'est dément, non ? » Avant que la main de Max n'eût eu le temps de remettre les bâches en place, il s'en saisit. « Venez, Max, je vous en prie. »

Lentement, les bâches furent repoussées et le visage émacié et le corps maigre de Max Vandenburg apparurent. Il resta là, frissonnant dans la lumière chargée d'humidité.

Hans toucha son bras, pour l'inciter à se rapprocher.

« Jésus, Marie, Joseph, vous ne pouvez pas rester ici. Vous allez mourir de froid. » Il se retourna. « Liesel, va remplir la baignoire. Pas trop chaude, l'eau. Juste comme lorsqu'elle commence à refroidir. »

Liesel se précipita.

« Jésus, Marie, Joseph ! »

Elle entendit Hans s'exclamer de nouveau au moment où elle atteignait le couloir.

Pendant que Max était dans la minuscule baignoire, Liesel écouta à la porte de la salle d'eau. Elle imaginait l'eau tiède qui se changeait en vapeur au contact de l'iceberg de son corps. Dans le salon-chambre à coucher, Papa et Maman étaient en plein débat, leurs voix calmes prisonnières du mur du couloir.

« Je te jure, en bas, il va mourir.

— Mais si quelqu'un vient ?

— Il ne montera que la nuit. Dans la journée, on laissera tout ouvert. Rien à cacher. Et on utilisera cette pièce plutôt que la cuisine. Mieux vaut ne pas être trop près de la porte d'entrée. »

Silence.

Puis Maman. « Entendu… Oui, tu as raison.

— Si l'on prend un risque en aidant un Juif, dit Papa peu après, j'aimerais mieux que ce soit un Juif en vie. » Dès lors, une nouvelle routine fut mise en place.

Chaque soir, on allumait le feu dans la chambre de Papa et de Maman et Max apparaissait sans bruit. Il s'asseyait dans un coin, gêné et embarrassé par la gentillesse de ces gens, par la souffrance de la survie et aussi par l'éclat du foyer.

Les rideaux hermétiquement fermés, il dormait par terre, un coussin sous la tête, tandis que les flammes cédaient la place aux cendres.

Au matin, il retournait dans le sous-sol.

Un être humain sans voix.

Le rat juif, de retour dans son trou.

Noël arriva et avec lui un parfum de danger supplémentaire. Comme prévu, Hans junior ne se manifesta pas (ce qui était à la fois une bénédiction et une déception de mauvais augure), mais Trudy vint, comme d'habitude. Par chance, tout se passa en douceur.

LES VERTUS DE LA DOUCEUR
Max resta dans le sous-sol.
Trudy ne se douta de rien.

* * *

Il fut décidé que, malgré son comportement raisonnable, on ne pouvait faire confiance à Trudy.

« Nous ne faisons confiance qu'aux personnes concernées, c'est-à-dire nous trois », déclara Papa.

Il y eut un repas un peu plus copieux et ils dirent à Max qu'ils regrettaient que ce ne soit pas sa religion, mais il s'agissait tout de même d'un rituel.

Il ne se plaignit pas.

Au nom de quoi l'aurait-il fait ?

Il expliqua qu'il était juif par le sang et par son éducation, mais aussi qu'être juif était maintenant plus que jamais une étiquette, un coup néfaste du sort.

Il en profita pour dire aux Hubermann qu'il était désolé de savoir que leur fils n'était pas venu les voir. Papa lui répondit qu'ils n'y pouvaient rien. « Après tout, dit-il, comme vous devez le savoir, un jeune homme est encore un gamin, et un gamin a le droit d'être entêté, de temps en temps. »

Ils n'allèrent pas plus loin dans la discussion.

Les premières semaines où Max monta les retrouver devant le feu, il ne parla pas. Maintenant qu'il prenait un vrai bain par semaine, Liesel remarqua que ses cheveux ne ressemblaient plus à des brindilles, mais à des plumes qui se balançaient sur sa tête. Encore intimidée par l'étranger, elle en fit à mi-voix la réflexion à son papa.

« Il a des cheveux comme des plumes.

— Comment ? » Le crépitement des flammes avait déformé les mots.

« J'ai dit qu'il avait des cheveux comme des plumes… » chuchota-t-elle de nouveau, plus près cette fois.

Hans lança un coup d'œil à Max et approuva de la tête. J'ai la certitude qu'il aurait aimé avoir le coup d'œil de Liesel. Ni l'un ni l'autre ne s'aperçut que Max avait tout entendu.

De temps à autre, celui-ci apportait *Mein Kampf* et le lisait près du feu. Le contenu le faisait bouillir. La troisième fois où il arriva avec le livre, Liesel trouva enfin le courage de poser sa question.

« C'est… bien ? »

Il leva les yeux, ferma violemment le poing, puis détendit à nouveau les doigts. Balayant sa colère, il sourit à Liesel. Il souleva la couverture et la laissa retomber. « C'est le meilleur livre qui soit. » Il jeta un regard à Papa, puis à Liesel. « Car il m'a sauvé la vie. »

La fillette s'agita un peu et croisa les jambes. D'un ton calme, elle demanda :

« Comment ? »

C'est ainsi que le soir, dans le salon, commença la narration de l'histoire de Max, à voix tout juste assez haute pour être entendue. Peu à peu, le puzzle du boxeur juif s'assembla devant eux.

Parfois, il y avait une note d'humour dans cette voix, même si, physiquement, elle évoquait une friction, une pierre que l'on frotterait doucement sur un gros rocher. Elle était parfois profonde, parfois éraillée, et à d'autres moments elle se brisait. Elle était la plus profonde lorsqu'elle exprimait des regrets, et elle se brisait à la fin d'une plaisanterie ou d'une formule d'autodépréciation.

Généralement, les histoires racontées par Max Vandenburg étaient accueillies par un « Doux Jésus ! », que suivait la plupart du temps une question.

DES QUESTIONS DU GENRE
Combien de temps avez-vous passé dans cette pièce ?
Où est maintenant Walter Kugler ?
Savez-vous ce qui est arrivé à votre famille ?
Où se rendait la femme qui ronflait ?
Trois combats gagnés sur dix !
Pourquoi avez-vous continué à vous battre avec lui ?

Quand Liesel se pencha sur le cours de sa vie, plus tard, ces soirées dans le salon furent parmi ses souvenirs les plus vifs. Elle revoyait la lueur des flammes sur le visage couleur coquille d'œuf de Max et elle avait même dans la bouche la saveur humaine de ses paroles. Il relatait les épisodes de sa survie par lambeaux, comme s'il taillait chacun d'entre eux dans sa propre chair et les présentait sur un plateau.

« Je suis d'un tel égoïsme ! »

Lorsqu'il prononça cette phrase, il dissimula son visage derrière son avant-bras. « Les avoir abandonnés… Être venu ici… Vous mettre tous en danger… » Il ouvrait son cœur et les suppliait, et son visage n'était que chagrin et désolation. « Je suis désolé. Vous me croyez, n'est-ce pas ? Je suis désolé, désolé. Je suis… ! »

Son bras toucha le feu. Il le retira brusquement.

Tous le regardaient en silence. Puis Papa se leva, s'approcha de lui et s'assit à ses côtés.

« Vous vous êtes brûlé le coude ? » demanda-t-il.

Un soir, Hans, Max et Liesel étaient assis devant le foyer. Maman s'occupait dans la cuisine. Max lisait à nouveau *Mein Kampf*.

« Vous voulez que je vous dise ? déclara Hans en se penchant vers les flammes. Liesel lit très bien, elle aussi. » Max abaissa son livre. « Et elle a beaucoup plus de choses en commun avec vous qu'on ne pourrait le croire. » Papa vérifia que Rosa n'était pas à portée de voix. « Elle aime bien la bagarre.

— Papa ! »

Appuyée contre le mur, Liesel, onze ans passés et toujours maigre comme un clou, était atterrée. « Je ne me suis jamais battue ! protesta-t-elle.

— Pfff ! » Papa se mit à rire et lui fit signe de parler moins fort. Il se pencha de nouveau, mais vers elle, cette fois. « Et la raclée que tu as donnée à Ludwig Schmeikl, c'était quoi ?

— Je ne… » Elle était attrapée. Inutile de continuer à nier. « Comment le sais-tu ?

— J'ai vu son père au Knoller. »

Liesel se prit le visage dans les mains, puis releva la tête et posa la question essentielle : « Tu l'as dit à Maman ?

— Tu veux rire ? » Hans fit un clin d'œil à Max et chuchota à la fillette : « Tu es encore vivante, non ? »

Ce soir-là, ce fut aussi la première fois depuis des mois où Papa joua de l'accordéon à la maison. Au bout d'une bonne demi-heure, il demanda à Max : « Vous avez appris à en jouer ? »

Le visage qui se tenait dans un coin contemplait les flammes. « Oui. » Un long silence. « Jusqu'à l'âge de neuf ans. À ce moment-là, ma mère a vendu le studio de musique et a cessé d'enseigner. Elle a gardé mon instrument, mais n'a pas beaucoup insisté quand je n'ai plus voulu continuer à apprendre. C'était bête de ma part.

— Mais non, dit Papa, vous n'étiez qu'un enfant. »

La nuit, Liesel Meminger et Max Vandenburg continuaient à subir ce qui était leur autre point commun. Chacun dans sa chambre faisait des cauchemars et se réveillait, l'une en sombrant dans ses draps et en hurlant, l'autre en ayant l'impression d'étouffer près de la fumée émise par le feu en train de s'éteindre.

Parfois, vers trois heures du matin, lorsque Liesel lisait avec Papa, ils entendaient Max se réveiller en sursaut. « Il fait des cauchemars comme toi », disait Hans. Une fois, ce bruit angoissé la poussa à sortir de son lit. Pour avoir écouté son récit, elle avait une petite idée de ce que Max voyait dans ses cauchemars, même si elle ignorait quelle partie de son histoire revenait le visiter toutes les nuits.

Elle longea sans bruit le couloir et pénétra dans le salon-chambre à coucher.

« Max ? »

Son murmure était ouaté, encore enfoui dans la gorge du sommeil.

Au début, il ne répondit pas, puis il s'assit et sonda l'obscurité du regard.

Elle s'installa de l'autre côté, près du feu. Elle avait laissé Papa dans sa propre chambre et, derrière eux, Maman faisait beaucoup de bruit en dormant. La ronfleuse du train était battue à plates coutures.

Le feu n'était maintenant plus que des funérailles de fumée. Ce matin-là, devant les braises éteintes, leurs voix dialoguèrent.

L'ÉCHANGE DE CAUCHEMARS

La fillette : « Dites, qu'est-ce que vous voyez, quand vous rêvez comme ça ? »

Max : « ... Je me vois en train de me retourner
et de faire un signe d'adieu. »
La fillette : « Moi aussi, je fais des cauchemars. »
Max : « Qu'est-ce que tu vois ? »
La fillette : « Un train, et mon frère mort. »
Max : « Ton frère ? »
La fillette : « Il est mort en route, quand je suis venue ici. »
La fillette et Max, ensemble : « *Ja* – Oui. »

On aimerait pouvoir dire qu'à la suite de cet épisode, ni Liesel ni Max ne firent plus de cauchemars. Ce serait bien, mais ce serait faux. Les cauchemars continuèrent à arriver, un peu comme le meilleur joueur de l'équipe adverse qui se présente sur le terrain et s'échauffe avec les autres, alors qu'on a entendu dire qu'il était blessé ou souffrant. Ou comme un train annoncé qui arrive de nuit sur le quai d'une gare en tirant derrière lui des souvenirs attachés à une corde. Ou plutôt en les traînant avec pas mal de soubresauts.

La seule différence, c'est que Liesel déclara à son papa qu'elle était maintenant assez grande pour faire face toute seule à ses rêves. Il eut l'air un peu fâché mais, comme toujours, il s'en sortit très bien.

« Ouf, dit-il avec un petit sourire. Je vais enfin pouvoir m'offrir des nuits entières de sommeil. Cette chaise était affreusement inconfortable. » Il passa son bras autour de ses épaules et ils gagnèrent ensemble la cuisine.

Plus le temps passait, et plus la vie se scindait en deux mondes distincts : celui du 33, rue Himmel, et celui qui continuait à tourner au-dehors. Tout l'art était de les garder séparés.

Liesel découvrait certains autres usages du monde extérieur. Une après-midi, alors qu'elle rentrait à la maison avec un sac de linge vide, elle remarqua un journal qui dépassait d'une poubelle. C'était l'édition hebdomadaire du *Molching Express*. Elle le prit et le rapporta à Max. « J'ai pensé que vous aimeriez faire les mots croisés pour passer le temps », lui dit-elle.

Max apprécia et, pour la remercier, il lut le journal jusqu'à la dernière ligne et lui montra la grille de mots croisés, qu'il avait complètement remplie, sauf un.

« Fichue colonne dix-sept ! » dit-il.

En février 1941, pour son douzième anniversaire, Liesel reçut un autre livre d'occasion. Elle en fut ravie. Il s'intitulait *Les Hommes d'argile* et racontait l'histoire d'un homme et de son fils, des gens très étranges. Elle sauta au cou de son papa et de sa maman, tandis que Max restait dans un coin, l'air embarrassé.

« *Alles Gute zum Geburtstag.* » Il lui adressa un sourire timide. « Tous mes souhaits d'anniversaire. » Il avait les mains dans les poches. « Je l'ignorais, sinon je t'aurais donné quelque chose. » Un mensonge flagrant, car il n'avait rien, absolument rien à lui offrir, sauf peut-être *Mein Kampf*, et il n'était pas question qu'il mette ce genre de propagande sous les yeux d'une petite Allemande. Cela aurait été comme si l'agneau tendait un couteau au boucher.

Il y eut un silence gêné.

Elle s'était jetée dans les bras de Papa et de Maman.

Et Max avait l'air si seul.

Liesel déglutit.

Puis elle se dirigea vers le jeune homme et lui mit les bras autour du cou pour la première fois. « Merci, Max. »

Au début, il resta sans réaction, mais, comme elle ne bougeait pas, il leva lentement les mains et pressa doucement ses omoplates.

Elle ne comprendrait que plus tard le sens de l'expression désemparée de Max. Elle découvrirait aussi qu'il avait décidé à ce moment-là de lui donner quelque chose en retour. Je l'imagine souvent allongé cette nuit-là, en train de se demander ce qu'il pourrait bien lui offrir.

En fait, le cadeau serait offert à Liesel sur du papier, une semaine plus tard.

Max le lui apporterait au petit matin, avant de redescendre vers le lieu qu'il aimait désormais appeler « chez lui ».

PAGES DU SOUS-SOL

Pendant une semaine, Liesel fut tenue à tout prix à l'écart du sous-sol. Papa et Maman se relayaient pour porter à manger à Max.

« Non, *Saumensch* », disait Rosa à chaque fois que la fillette se proposait de le faire. Elle trouvait sans cesse de nouvelles excuses. « Et si, pour changer, tu te rendais un peu utile ici ? Que dirais-tu de finir le repassage, par exemple ? Tu aimes bien livrer le linge ? Eh bien, essaie de le repasser. » Quand on a la réputation d'être peu aimable, on peut faire en douce toutes sortes de choses gentilles. Et cela marcha.

Max passa la semaine à découper des pages de *Mein Kampf* et à les peindre en blanc. Il les suspendit ensuite à un fil tendu à travers le sous-sol, accrochées à des épingles à linge, jusqu'à ce qu'elles sèchent. Le plus dur restait à faire. Il était instruit, mais il n'avait rien d'un écrivain ni d'un peintre. Malgré tout, il formula les mots dans sa tête jusqu'à ce qu'il puisse les restituer sans la moindre erreur. Et c'est alors seulement, sur ce papier gondolé où la peinture avait fait des bulles en séchant, qu'il se mit à écrire l'histoire, avec un petit pinceau noir.

L'Homme qui se penchait.

Il calcula qu'il avait besoin de treize pages, aussi en peignit-il quarante, car il s'attendait à deux fois plus de ratés que de réussites. Il s'était exercé sur des pages du *Molching Express*, jusqu'à ce que son œuvre d'art maladroite atteigne un niveau acceptable. Pendant qu'il était au travail, il avait dans l'oreille les mots chuchotés par une fillette. « Ses cheveux sont comme des plumes », disait-elle.

Quand il eut terminé, il prit un couteau et perça des trous dans les pages, qu'il relia ensuite avec de la ficelle. Le résultat, une brochure de treize pages, ressemblait à ceci :

Toute ma vie, j'ai eu peur d'hommes penchés sur moi.

I suppose my first standover man was my father,

but he vanished before I could remember him.

Le premier à se pencher sur moi devait être mon père, bien sûr, mais il a disparu trop tôt pour que je me souvienne de lui.

Quand j'étais gamin, j'aimais me battre. La plupart du temps, je perdais. Alors un autre garçon, qui pissait le sang par le nez, était penché au-dessus de moi.

Des années plus tard, j'ai dû me cacher. J'essayais de ne pas dormir, parce que je me demandais qui serait là à mon réveil. Mais j'ai eu de la chance, car c'était toujours mon ami.

Pendant que je me cachais, je rêvais d'un certain homme.
Le plus dur a été le voyage que j'ai fait pour le retrouver.

Là aussi j'ai eu de la chance. La route a été longue,
mais je suis arrivé chez lui.

Là, j'ai dormi longtemps. Trois jours, paraît-il… Et qui j'ai trouvé à mon réveil, penché sur moi ? Pas un homme, non. Quelqu'un d'autre.

Le temps a passé. Elle et moi, on s'est aperçus qu'on avait des points communs.
Train. Rêves. Poings.

Mais ce qui est bizarre, c'est ce à quoi ma tête lui fait penser.

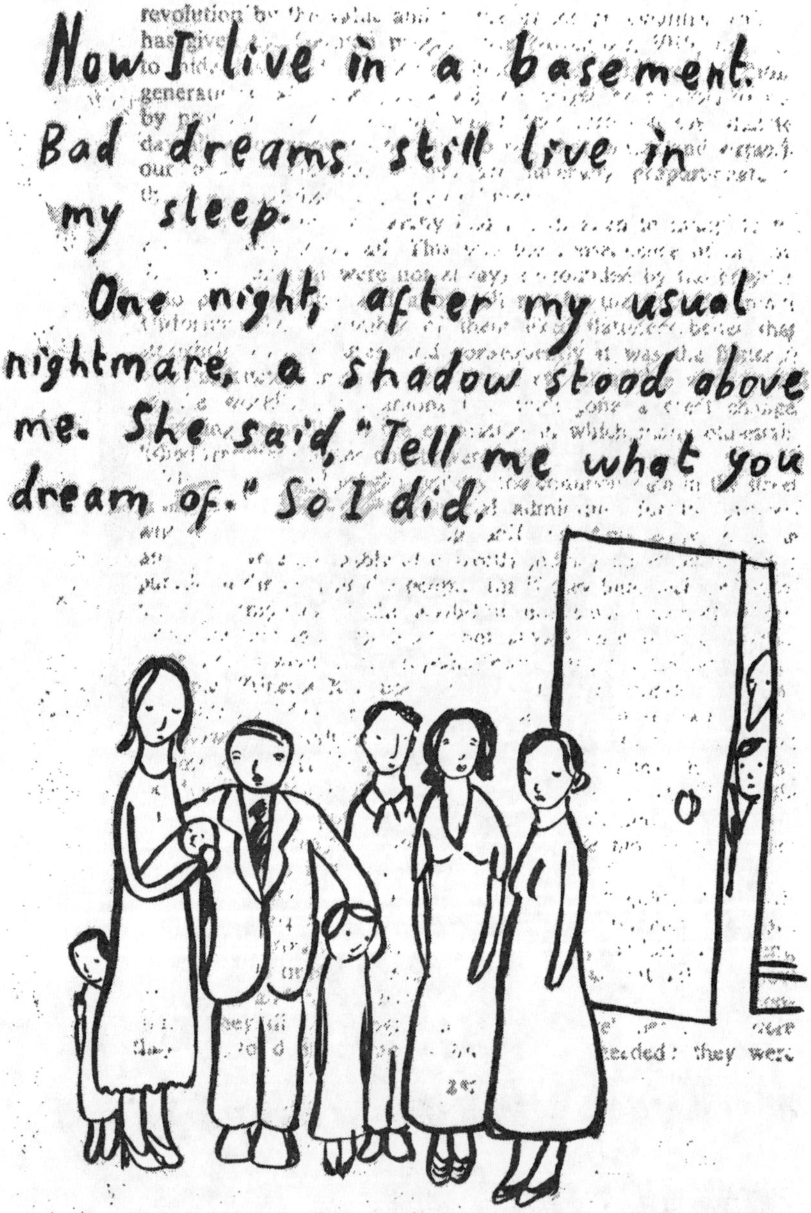

Maintenant, j'habite un sous-sol. Et mon sommeil est toujours habité par des mauvais rêves.
Une nuit, après mon cauchemar habituel, une ombre s'est penchée sur moi.
Elle m'a dit : « Racontez-moi ce dont vous avez rêvé. » Et je l'ai fait.

In return, she explained what her own dreams were made of.

En échange, elle m'a raconté ce dont elle rêvait.

Now I think we are friends, this girl and me. On her birthday, it was she who gave a gift – to me.

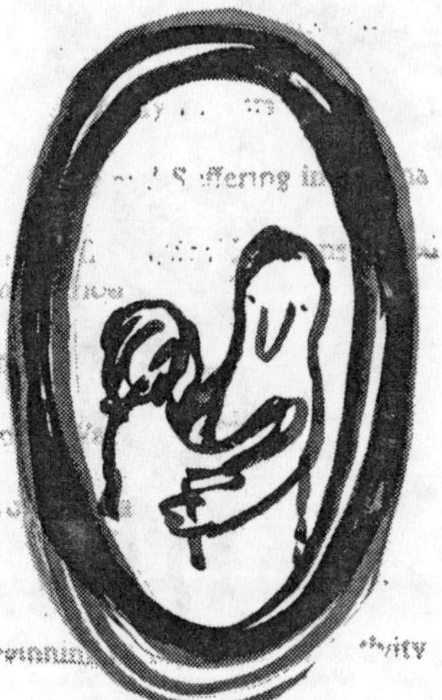

It makes me understand that the best standover man I've ever known is not a man at all...

Maintenant, elle et moi, on est amis, je crois. Pour son anniversaire,
c'est elle qui m'a fait un cadeau.
Alors, j'ai compris que l'homme le plus formidable qui se soit penché sur moi,
ce n'est pas un homme.

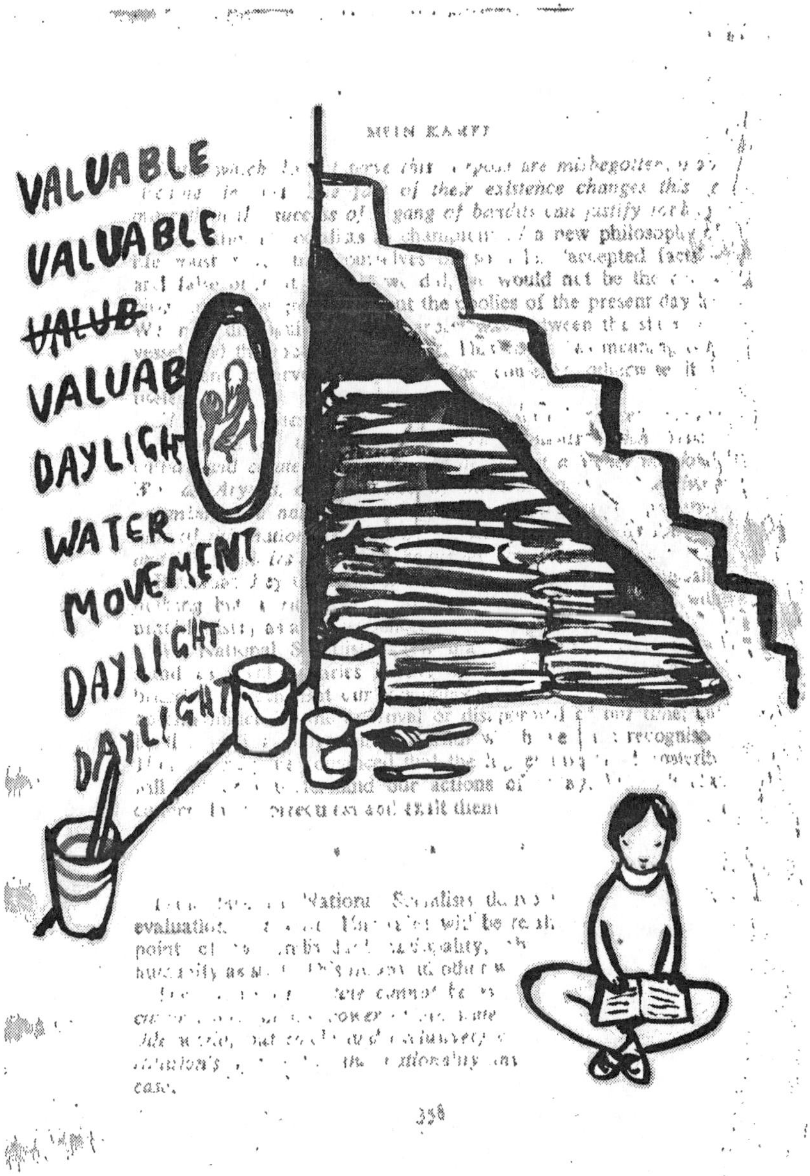

Précieux, Précieux, ~~Préci~~, Précieu, Jour, Eau,
Mouvement, Lumière du Jour, Lumière du Jour

Fin février, lorsque Liesel s'éveilla aux petites heures du matin, une silhouette entra dans sa chambre, aussi silencieusement qu'une ombre. C'était bien dans la manière de Max.

Elle chercha à percer l'obscurité, mais devina à peine une présence.

« Qui est là ? »

Pas de réponse.

Rien, si ce n'est l'imperceptible glissement des pieds de Max qui se rapprochait du lit et posait les pages sur le sol, à côté des chaussettes de Liesel. Il y eut un très léger froissement de papier, lorsque l'une d'elles s'enroula sur elle-même.

« Qui est là ? »

Cette fois, une voix répondit.

Liesel était incapable de savoir d'où elle provenait exactement. L'important, c'était que les mots lui parvenaient. Ils venaient s'agenouiller auprès du lit.

« Un petit cadeau d'anniversaire, avec un peu de retard. Regarde à ton réveil. Bonne nuit. »

Elle resta quelque temps entre veille et sommeil, incapable de dire si elle n'avait pas rêvé.

Au matin, lorsqu'elle se leva, elle aperçut les pages posées sur le sol. Elle se baissa et les ramassa, écoutant le froissement du papier entre ses mains mal réveillées.

Toute ma vie, j'ai eu peur d'hommes penchés sur moi...

Les pages, quand elle les tournait, faisaient du bruit, comme si elles entouraient l'histoire d'électricité statique.

Trois jours, paraît-il... Et qui j'ai trouvé à mon réveil, penché sur moi ?

Les pages de *Mein Kampf*, qui avaient été effacées, étouffaient, suffoquaient sous la peinture.

Alors, j'ai compris que l'homme le plus formidable qui se soit penché sur moi, ce n'est pas un homme.

Trois fois de suite, Liesel relut le cadeau de Max Vandenburg et, à chaque fois, elle remarquait un mot ou un trait de pinceau différent. Puis elle descendit de son lit en faisant le moins de bruit possible et elle se dirigea vers la chambre de Hans et de Rosa. L'espace alloué à Max près du feu était vide.

Elle se dit que, finalement, c'était bien, et même mieux, de le remercier à l'endroit où il avait réalisé ces pages.

Elle descendit les marches conduisant au sous-sol. En imagination, elle vit une photo encadrée s'infiltrer dans le mur – un secret dans un sourire.

Quelques mètres à peine la séparaient des bâches et des pots de peinture qui protégeaient Max Vandenburg des regards, mais cela lui parut long. Elle repoussa les bâches les plus proches du mur et dégagea un espace.

Ce qu'elle vit tout d'abord de lui fut son épaule, et, par l'interstice, elle glissa lentement, difficilement, sa main jusqu'à pouvoir la poser dessus. Les vêtements de Max étaient frais. Il ne se réveilla pas.

Elle percevait son souffle et sentait son épaule se soulever imperceptiblement. Pendant quelques instants, elle resta à l'observer. Puis elle s'assit et s'allongea auprès de lui.

L'atmosphère du sommeil semblait l'avoir suivie.

Les mots griffonnés lorsqu'elle apprenait à lire étaient là, sur le mur près de l'escalier, suaves et tracés d'une main enfantine. Sous leur regard, le Juif qui se cachait et la fillette qui avait la main posée sur son épaule dormaient.

Et respiraient.

Poumons allemands, poumons juifs.

Près du mur, *L'Homme qui se penchait* reposait, muet et satisfait, aux pieds de Liesel Meminger.

CINQUIÈME PARTIE

Le siffleur

Avec :
un livre flottant – les joueurs – un petit fantôme –
deux coupes de cheveux –
la jeunesse de Rudy – perdants et croquis –
un siffleur et des chaussures –
trois actes stupides – et un garçon effrayé
aux jambes glacées

LE LIVRE FLOTTANT
(Première partie)

Un livre flottait au fil de l'Amper.

Un garçon sauta dans la rivière, le rattrapa et le saisit dans sa main droite. Il sourit.

On était en décembre. Il avait de l'eau glacée jusqu'à la taille.

« Tu me donnes un baiser, *Saumensch* ? » dit-il.

L'air qu'il respirait était cristallin et atrocement froid, sans parler de l'étreinte douloureuse de l'eau, des orteils aux hanches.

Tu me donnes un baiser ?

Tu me donnes un baiser ?

Pauvre Rudy.

UN PETIT RENSEIGNEMENT
À PROPOS DE RUDY STEINER
Il ne méritait pas de mourir de la façon dont il est mort.

En imagination, vous voyez les feuilles de papier détrempées encore collées à ses doigts. Vous voyez une frange blonde qui frissonne. Et vous concluez, comme je le ferais à votre place, que Rudy Steiner est mort ce jour-là, d'hypothermie. Eh bien, ce n'est pas le cas. Ce genre de souvenirs est simplement là pour me rappeler qu'il ne méritait pas le sort qu'il a connu un peu moins de deux ans plus tard.

Sous bien des aspects, c'était du vol d'emporter un garçon comme Rudy, plein de vie et avec l'avenir devant lui, et, malgré tout, je me dis qu'il aurait apprécié le spectacle des décombres terrifiants et du ciel débordant, la nuit où il perdit la vie. Il aurait pleuré, se serait retourné et aurait souri si seulement il avait pu contempler la voleuse de livres à quatre pattes auprès de son corps. Il aurait été heureux de la voir baiser ses lèvres couvertes de poussière par la bombe.

Oui, je le sais.

Au fond de mon cœur enténébré, je le sais. Il aurait aimé.

Vous voyez ?

Même la Mort a un cœur.

LES JOUEURS (UN DÉ À SEPT FACES)

Évidemment, c'est très impoli de ma part. Je suis en train de gâcher non seulement le dénouement du livre, mais la fin de ce passage particulier. Je vous ai annoncé deux événements, parce que mon but n'est pas de créer un suspense. Le mystère m'ennuie. Il m'assomme. Je sais ce qui se passe, et du coup vous aussi. Non, ce qui m'agace, me trouble, m'intéresse et me stupéfie, ce sont les intrigues qui nous y conduisent.

Et là, il y a de quoi faire.

Le matériau ne manque pas.

Déjà, il y a le livre intitulé *Le Siffleur*, dont il faut vraiment que nous parlions, ainsi que du motif précis de sa présence dans les eaux de l'Amper à quelques jours de la Noël 1941. Mieux vaut commencer par là, vous ne croyez pas ?

Bon, nous sommes d'accord.

On y va.

Tout a débuté par un jeu de hasard. On jette les dés en cachant un Juif et voilà ce qui se passe.

La coupe de cheveux : mi-avril 1941.

La vie prenait enfin un tour plus normal.

Hans et Rosa Hubermann se disputaient dans le salon, quoique moins fort que d'habitude. Et ce, sous les yeux de Liesel, ce qui en revanche ne changeait pas.

L'origine de la querelle datait de la veille. Hans et Max étaient assis dans le sous-sol, en compagnie des pots de peinture, des bâches et des mots, et Max avait demandé si Rosa saurait lui couper les cheveux. « Ils me tombent dans les yeux », avait-il dit. Ce à quoi Hans avait répondu : « Je vais voir. »

Et maintenant, Rosa farfouillait dans les tiroirs, dont le contenu était tout aussi malmené que les oreilles de Papa. « Où sont ces foutus ciseaux ?

— Dans le tiroir du dessous, non ?

— J'ai déjà regardé.

— Tu ne les as peut-être pas vus.

— J'ai l'air d'être aveugle ? » Elle releva la tête et brailla : « Liesel !

— Je suis là. »

Hans se recroquevilla. « Bon sang, Rosa, tu veux me rendre sourd !

— Du calme, *Saukerl.* » Sans interrompre ses recherches, elle s'adressa à la fillette. « Liesel, où sont les ciseaux ? » Mais Liesel n'en savait rien, elle non plus. « Ah la la, *Saumensch*, je me demande à quoi tu sers !

— Ne la mêle pas à ça. »

D'autres paroles furent échangées entre la femme aux cheveux élastiques et l'homme au regard d'argent, jusqu'au moment où Rosa referma un tiroir d'un geste sec. « De toute façon, je n'aurais fait que des bêtises.

— Quelle importance ? » Papa semblait prêt à s'arracher ses propres cheveux, mais il se força à chuchoter. « Voyons, personne ne risque de le *voir* ! » Il s'apprêta à poursuivre, mais se tut en découvrant Max Vandenburg qui se tenait poliment sur le seuil, l'air embarrassé, avec ses cheveux comme des plumes. Max avait ses propres ciseaux à la main. Il s'avança, non pas vers Hans ou Rosa, mais vers la fillette de douze ans. C'était la solution la plus sage. Ses lèvres tremblèrent quelques instants, puis il demanda : « Tu veux bien ? »

Liesel prit les ciseaux et les ouvrit. Ils étaient rouillés par endroits, étincelants à d'autres. Elle se tourna vers Papa. Il approuva d'un signe de tête et elle suivit Max dans le sous-sol.

Le Juif s'assit sur un pot de peinture, une petite toile de bâche sur les épaules. « N'aie pas peur de faire des bêtises », dit-il.

Papa vint s'installer sur les marches.

Liesel souleva une première touffe de cheveux de Max Vandenburg.

Tandis qu'elle coupait ses mèches plumeuses, elle trouva que les ciseaux faisaient un bruit bizarre. Ce n'était pas un son clair et net, mais le cisaillement laborieux de masses de fibres.

Une fois la coupe achevée, un peu trop courte à certains endroits et un peu de travers à d'autres, elle ramassa les cheveux et remonta les jeter dans le poêle. Elle craqua une allumette et les regarda devenir orange et rouges avant de se consumer.

Max était à nouveau dans l'encadrement de la porte, en haut des escaliers, cette fois. « Merci, Liesel. » Il avait une voix ample et rauque, où se dissimulait un sourire.

Sur ces mots, il disparut comme il était venu.

Le journal : début mai.

« Il y a un Juif dans mon sous-sol. »
« Il y a un Juif. Dans mon sous-sol. »

Assise sur le parquet de la bibliothèque du maire, Liesel entendait ces mots résonner dans sa tête, un sac à linge posé à côté d'elle. Elle était plongée dans la lecture des pages vingt-deux et vingt-trois du *Siffleur*. En face, la silhouette fantomatique de l'épouse du maire était assise au bureau, les épaules affaissées. Liesel leva les yeux et s'imagina en train de s'approcher d'elle, de relever une mèche de ses cheveux mousseux et de lui murmurer à l'oreille :

« Il y a un Juif dans mon sous-sol. »

Tandis que le livre frémissait sur ses genoux, le secret resta dans sa bouche. Il s'y installa à l'aise, jambes croisées.

« Il faut que je rentre. » Cette fois, elle parla tout haut. Ses mains tremblaient. Malgré un pâle rayon de soleil dans le lointain, une petite brise pénétra par la fenêtre ouverte, accompagnée d'une pluie fine comme de la sciure.

Lorsqu'elle remit le livre en place, la femme repoussa sa chaise et la rejoignit. C'était toujours ainsi à la fin. Les sillons inscrits par le chagrin sur son visage se comblèrent fugitivement quand elle tendit le bras et reprit le volume.

Elle l'offrit à la fillette.

Liesel eut un mouvement de recul.

« Je vous remercie, mais j'ai assez de livres à la maison, dit-elle. Une autre fois, peut-être. Je suis en train d'en relire un avec mon papa. Vous savez, celui que j'ai volé en le prenant dans le feu, ce soir-là. »

La femme du maire hocha affirmativement la tête. Il faut dire que pour Liesel Meminger, le vol n'était pas un acte gratuit. Elle ne dérobait des livres que par besoin. Et pour le moment, elle en avait suffisamment. Elle avait lu à quatre reprises *Les Hommes d'argile* et elle retrouvait avec plaisir *Le Haussement d'épaules*. Et chaque soir, avant d'aller se coucher, elle ouvrait tranquillement son guide du fossoyeur, sous la couverture duquel se dissimulait *L'Homme qui se penchait*. Elle murmurait les mots pour elle-même et touchait les oiseaux du bout des doigts. Et elle tournait lentement les pages qui craquaient.

« Au revoir, Frau Hermann. »

Elle quitta la bibliothèque, traversa l'entrée et son beau parquet et sortit par l'immense porte. Comme d'habitude, elle fit une pause pour contempler la vue sur Molching. Cette après-midi-là, la ville était plongée dans une brume jaune qui baignait les rues et caressait les toits comme des animaux familiers.

Lorsqu'elle arriva rue de Munich, la voleuse de livres se mit à zigzaguer entre les passants qui s'abritaient sous leurs parapluies – une gamine en imperméable qui allait sans honte d'une poubelle à l'autre avec une régularité de métronome.

« Voilà. »

Elle leva la tête vers les nuages cuivrés avec un petit cri ravi, avant de s'emparer du journal froissé. Des larmes d'encre d'imprimerie striaient de noir la première et la dernière page, mais cela ne l'empêcha pas de le plier et de le glisser sous son bras. C'était ainsi chaque jeudi depuis quelques mois.

Le jeudi était désormais le seul jour où elle livrait le linge et il lui procurait généralement quelque gratification. Chaque fois qu'elle découvrait un exemplaire du *Molching Express* ou d'une autre publication, elle éprouvait le même sentiment de triomphe. Le jour où elle trouvait un journal était un bon jour. Si en plus la grille des mots croisés était vierge, c'était une excellente journée. Elle se précipitait à la maison, fermait la porte derrière elle et portait son butin à Max Vandenburg dans son sous-sol.

« Les mots croisés ? interrogeait-il.

— Pas remplis.

— Formidable. »

Le Juif prenait le journal avec un sourire et se mettait à lire dans la lumière rationnée. Souvent, Liesel restait là, tandis qu'il lisait chaque page de la première à la dernière ligne, faisait les mots croisés, puis entamait une seconde lecture.

Comme le temps devenait plus doux, il ne quittait plus le sous-sol. Dans la journée, la porte en haut de l'escalier restait ouverte afin qu'il puisse profiter du rectangle de lumière du couloir. Celui-ci n'était pas exactement baigné de soleil mais, dans certaines situations, on fait avec ce que l'on a. De la lumière, même faible, valait mieux que rien, et il devait se contenter de peu. Il était bon d'économiser le pétrole, même s'il en restait encore suffisamment.

Généralement, Liesel s'asseyait sur des bâches et lisait pendant que Max faisait les mots croisés. Ils restaient à quelques mètres l'un de l'autre et parlaient peu. À quelque chose près, le seul bruit était celui des pages tournées. Souvent, aussi, elle laissait ses livres à Max, pour qu'il les lise pendant qu'elle était à l'école. Si la musique avait constitué le lien ultime entre Hans Hubermann et Erik Vandenburg, la compagnie tranquille des mots était ce qui unissait Max et Liesel.

« Bonjour, Max.

— Bonjour, Liesel. »

Ils s'asseyaient et lisaient.

Parfois, elle l'observait. Si elle avait dû le décrire en quelques mots, elle aurait dit qu'il était l'image de la concentration et de la pâleur. Une peau claire. Un marécage dans le regard. Et la respiration d'un fugitif. Éperdue, mais silencieuse. Seule sa poitrine qui se soulevait montrait qu'il était en vie.

De plus en plus souvent, Liesel fermait les yeux et demandait à Max de l'interroger sur les mots dont elle n'arrivait pas à retenir le sens, et elle jurait s'ils continuaient à lui échapper. Elle se levait alors et les peignait sur le mur, jusqu'à une douzaine de fois. Ensemble, Max Vandenburg et Liesel Meminger respiraient les vapeurs de peinture et l'odeur du ciment.

« Au revoir, Max.

— Au revoir, Liesel. »

Dans son lit, elle restait les yeux ouverts et pensait à lui dans son sous-sol. Elle l'imaginait toujours en train de dormir tout habillé, y compris avec ses chaussures, au cas où il devrait s'enfuir de nouveau. Il ne dormait que d'un œil.

La météo : mi-mai.

Liesel ouvrit simultanément la bouche et la porte.

Au foot, rue Himmel, son équipe avait écrasé celle de Rudy par 6 à 1 et elle fit irruption dans la cuisine, triomphante, pour décrire à Hans et à Rosa le but qu'elle avait marqué. Elle se rua ensuite au sous-sol et fit de même avec Max, qui abandonna la lecture de son journal et l'écouta attentivement, tout en riant avec elle.

Lorsqu'elle eut terminé, il y eut quelques minutes de silence, puis Max leva les yeux. « Est-ce que tu ferais quelque chose pour moi, Liesel ? » demanda-t-il.

Toujours excitée par le but qu'elle avait marqué, elle sauta de son tas de bâches. C'était une façon de répondre par l'affirmative.

« Tu m'as raconté en détail comment tu as marqué ce but, mais je ne sais pas à quoi la journée ressemble, là-haut. J'ignore s'il y avait du soleil ou s'il était caché par les nuages. » Il passa la main dans ses cheveux fraîchement coupés. Son regard humide demandait la chose la plus simple du monde. « Pourrais-tu monter et me dire quel temps il fait dehors ? »

Naturellement, Liesel se précipita vers l'escalier. Une fois devant la porte souillée par les crachats, elle leva les yeux vers le ciel.

Lorsqu'elle regagna le sous-sol, elle décrivit ce qu'elle avait vu.

« Aujourd'hui, Max, le ciel est bleu, avec un gros nuage allongé qui ressemble à une corde, et, au bout de cette corde, le soleil fait un trou jaune… »

Max comprit que seule une enfant était capable de lui offrir cette forme de météo. Sur le mur, il peignit un long cordage avec, au bout, un soleil jaune dégoulinant, dans lequel on aurait pu plonger. Il ajouta deux silhouettes, celle d'une fillette menue et celle d'un Juif tout flétri, qui avançaient en direction de ce soleil. Et, sous le dessin, il inscrivit la phrase ci-dessous.

LES MOTS ÉCRITS SUR LE MUR
PAR MAX VANDENBURG
C'était un lundi et ils marchaient sur une corde vers le soleil.

Le boxeur : fin mai.

Le temps était long pour Max Vandenburg dans son environnement de ciment.

Les minutes étaient cruelles.

Les heures étaient une punition.

Quand il était éveillé, le sablier du temps se déversait au-dessus de lui et menaçait de l'étouffer. Mais il le laissait vivre. On peut faire beaucoup de mal à quelqu'un en le laissant vivre.

Une fois par jour au moins, Hans Hubermann venait le voir au sous-sol et parlait avec lui. Rosa, pour sa part, lui apportait à l'occasion un petit morceau de pain supplémentaire. Toutefois, c'étaient surtout les visites de Liesel qui lui redonnaient goût à la vie. Au début, il avait essayé de résister, mais c'était chaque jour plus difficile, au fur et à mesure que la fillette arrivait avec un nouveau bulletin météo, annonçant un ciel de pur azur, des nuages de carton-pâte, ou un soleil perçant la grisaille comme Dieu qui s'assiérait après un repas trop copieux.

Quand il était seul, il avait l'impression d'être en train de disparaître. Tous ses vêtements étaient gris, ou l'étaient devenus, de son pantalon à son pull-over, en passant par sa veste maintenant complètement avachie. Cette sensation de dissolution était si forte qu'il vérifiait souvent qu'il ne pelait pas.

Il avait besoin de nouveaux projets. Et d'abord, d'exercice. Il commença par faire des pompes. C'était comme si ses bras cassaient net aux coudes et que son cœur allait s'échapper de sa poitrine. À Stuttgart, dans son adolescence, il pouvait en faire une cinquantaine à la suite. Maintenant, à vingt-quatre ans, avec peut-être sept kilos en moins que son poids habituel, il arrivait péniblement à dix. Au bout d'une semaine, il réussissait trois séries de seize pompes et de vingt-deux abdominaux. Après l'effort, il s'asseyait contre le mur près de ses amis les pots de peinture, le souffle coupé, les muscles comme du flan.

Il lui arrivait de se demander si cela valait le coup de se défoncer comme ça. Pourtant, à d'autres moments, une fois son rythme cardiaque ralenti et son corps en état de fonctionner à nouveau, il éteignait la lampe et restait dans l'obscurité.

Il avait vingt-quatre ans, mais il pouvait encore rêver.

« Dans le coin bleu, commentait-il d'un ton calme, nous avons le champion du monde, le chef-d'œuvre aryen : le Führer ! » Il prenait une inspiration et se tournait de l'autre côté. « Et dans le coin rouge, voici son challenger, le Juif à face de rat : Max Vandenburg ! »

Autour de lui, la scène se matérialisait.

Une lumière blanche tombait sur un ring et la foule murmurait – ce brouhaha magique de gens qui se mettent soudain à parler. Que pouvaient-ils bien avoir à raconter tous en même temps ? Le ring était parfait. Tapis impeccable, jolies cordes dont le moindre fil luisait dans la lumière. La salle sentait la cigarette et la bière.

Adolf Hitler se tenait dans l'angle opposé du ring, entouré de son équipe. Ses jambes sortaient d'un peignoir rouge et blanc, orné dans le dos d'une croix gammée noire. Sa moustache était soudée sous son nez. Son entraîneur, Goebbels, lui chuchotait quelque chose et il sautillait d'un pied sur l'autre en souriant. Son sourire s'élargit encore lorsque le présentateur annonça ses nombreux exploits, accueillis par les vociférations des spectateurs en adoration. « Invaincu à ce jour ! » lança l'homme. « Vainqueur de nombreux Juifs et autres menaces de l'idéal germanique ! Herr Führer, conclut-il, nous vous saluons ! » La foule : « Massacre-le ! »

Une fois le public calmé, vint le tour du challenger.

Le présentateur se tourna vers Max, qui se tenait dans son coin. Pas de peignoir. Pas d'équipe. Juste un jeune Juif solitaire, avec sa mauvaise haleine, son torse nu et ses jambes lasses. Naturellement, son short était gris. Il sautillait aussi d'un pied sur l'autre, mais le moins possible, pour garder son énergie. Il avait déjà pas mal transpiré à l'entraînement pour atteindre le poids adéquat.

« Et voici le challenger ! s'écria le présentateur. De... » Il fit une pause pour ménager son effet. « De sang *juif.* » La foule poussa des huées, telle une assemblée de vampires humains. « Un poids de... »

Le reste se perdit dans le vacarme et les injures. Max regarda son adversaire, maintenant débarrassé de son peignoir, qui venait se placer au centre du ring pour entendre l'énoncé du règlement et lui serrer la main.

« *Guten Tag*, Herr Hitler. » Max le salua de la tête, mais le Führer se contenta de lui montrer brièvement ses dents jaunes.

« Messieurs ! » Un arbitre costaud en pantalon noir et chemise bleue ornée d'un nœud papillon s'avança vers eux. « Avant tout, ce combat doit être correct. » Il se tourna ensuite vers le Führer et ne s'adressa plus qu'à lui. « Sauf, bien sûr, si vous n'avez plus l'avantage, Herr Hitler. Dans ce cas, je suis tout à fait prêt à fermer les yeux sur les méthodes peu orthodoxes que vous pourriez utiliser pour envoyer au tapis cette engeance juive. » Il hocha la tête, très courtois. « Est-ce clair ? »

Le Führer prononça alors ses premiers mots. « Comme du cristal. »

À Max, l'arbitre lança un avertissement : « Quant à toi, mon pote juif, à ta place je me tiendrais à carreau. » Sur ces mots, il renvoya les adversaires chacun dans son coin.

Un bref moment de silence.

Puis la cloche retentit.

Le Führer, maigre et mal campé sur ses jambes, s'élança le premier et frappa sèchement Max à la face. Les spectateurs vibrèrent avec les derniers échos de la cloche et leurs sourires satisfaits franchirent les cordes. L'haleine d'Hitler fumait tandis qu'il se déchaînait sur le visage de son adversaire, le touchant à plusieurs reprises aux lèvres, au nez et au menton. Max ne s'était toujours pas aventuré en dehors de son coin. Il leva les bras pour amortir la punition, mais le Führer visa alors ses côtes, ses reins et ses poumons. Oh, les yeux du Führer ! Ils étaient si délicieusement noirs, comme ceux des Juifs, avec une expression si déterminée que Max lui-même se figea un moment en les apercevant dans un brouillard entre deux coups.

Il n'y eut qu'un round, qui dura des heures.

Le Führer bourrait de coups le punching-ball juif.

Il y avait du sang juif partout.

Des nuages de pluie rouge sur le ciel blanc du tapis.

Bientôt, les phalanges de Max commencèrent à se déformer, ses pommettes gémirent en silence et le visage ravi du Führer disparut par paliers, jusqu'à ce qu'épuisé, brisé et vaincu, le Juif aille à terre.

Accueilli par une clameur.

Puis le silence.

L'arbitre compta. Il avait une dent en or et des touffes de poils dépassaient de ses narines.

Lentement, Max Vandenburg, le Juif, se remit sur ses pieds. D'une voix flageolante, il invita Hitler à s'approcher. « Viens ici, Führer ! » dit-il, et cette fois, lorsque Adolf Hitler se précipita sur lui, Max fit un saut de côté et l'accula dans un coin. Il le frappa à sept reprises, en visant toujours la même chose.

La moustache.

La dernière fois, il manqua son coup. Son poing s'écrasa sur le menton du Führer, qui alla valser dans les cordes et tomba à genoux. Cette fois, l'arbitre ne compta pas. Il resta dans son coin, le sourcil froncé. Le public se recroquevilla et se réconforta avec des gorgées de bière. Toujours agenouillé, le Führer passa sa main sur son menton pour voir s'il saignait et remit sa mèche en place, de la droite vers la gauche. Lorsqu'il se releva, à la satisfaction des milliers de spectateurs, il fit quelque chose d'étrange. Il tourna le dos au Juif et ôta ses gants.

La foule n'en revenait pas.

« Il abandonne », murmura quelqu'un, mais très vite, Adolf Hitler, debout dans les cordes, s'adressa à la foule.

« Mes chers compatriotes, commença-t-il, regardez bien le spectacle que vous avez sous les yeux ce soir. » Torse nu, le regard triomphant, il tendit le doigt vers Max. « Vous pouvez constater que ce que nous devons affronter est bien plus sinistre, bien plus puissant que nous ne l'aurions imaginé. Le constatez-vous ?

— Oui, Führer, répondirent-ils.

— Constatez-vous qu'avec ses méthodes méprisables, cet ennemi a trouvé le défaut de notre cuirasse et qu'il ne m'est pas possible de le combattre seul ? » Les mots étaient visibles. Ils tombaient de ses lèvres comme des joyaux. « Regardez-le ! Regardez-le bien. » Ils regardèrent. Max Vandenburg tout ensanglanté. « Pendant que nous parlons, il vient se glisser dans votre voisinage. Il vient s'installer à côté de chez vous. Il vient vous infester avec sa famille et il va bientôt prendre votre place. Il… » Hitler considéra Max d'un air dégoûté. « Il ne va pas tarder à être votre propriétaire, et un jour, ce sera lui qui se tiendra, non pas au comptoir de votre épicerie, mais dans l'arrière-boutique, la pipe aux lèvres. En un clin d'œil, vous devrez travailler pour lui, pour un salaire de misère, tandis qu'il aura les poches tellement pleines qu'il pourra à peine marcher. Allez-vous vous laisser faire sans réagir ? Allez-vous vous comporter comme l'ont fait par le passé vos chefs, qui ont bradé votre patrie à tout le monde et vendu votre pays contre quelques signatures ? Resterez-vous les bras croisés ? Ou bien… » Il se hissa au niveau supérieur des cordes. « Ou bien me rejoindrez-vous sur ce ring ? »

Un frisson parcourut Max. L'horreur bredouillait dans son ventre.

Hitler l'acheva. « Me rejoindrez-vous sur ce ring pour qu'ensemble nous vainquions cet ennemi ? »

Dans le sous-sol du 33, rue Himmel, Max Vandenburg sentit sur lui les poings de toute une nation. Un par un, les gens montaient sur le ring et le frappaient. Ils le mettaient en sang. Ils le laissaient souffrir. Des millions d'entre eux, jusqu'au moment où, une dernière fois, il réussit à se relever et…

Il regarda la personne suivante monter sur le ring. C'était une fillette. Elle traversa lentement le tapis et il remarqua qu'une larme coulait sur sa joue gauche. Elle tenait dans sa main droite un journal.

« Les mots croisés n'ont pas été faits », dit-elle d'une voix douce en le lui tendant.

L'obscurité.

Rien que l'obscurité, maintenant.

Rien que le sous-sol. Rien qu'un Juif.

Un nouveau rêve : Quelques nuits plus tard.

C'était l'après-midi. Liesel descendit l'escalier du sous-sol, où Max en était à la moitié de ses pompes.

Elle l'observa un moment sans qu'il le sache. Lorsqu'elle s'approcha de lui et s'assit, il se redressa et s'adossa au mur. « T'ai-je dit que ces temps-ci, je fais un nouveau rêve ? »

Liesel se tourna vers lui, curieuse de voir son visage.

« Seulement, c'est un rêve que je fais tout éveillé. » Il agita la main en direction de la lampe à pétrole. « Parfois, j'éteins la lumière et j'attends.

— Vous attendez quoi ?

— Pas quoi, qui », rectifia-t-il.

Elle se tut un moment. C'était le genre de conversation qui nécessitait des pauses entre deux échanges. « Qui attendez-vous, Max ? »

Max resta immobile. « Le Führer. » Le ton était dépassionné. « C'est pour ça que je m'entraîne.

— Les pompes ?

— Exact. » Il se dirigea vers l'escalier de béton. « Chaque soir, j'attends dans le noir que le Führer descende ces marches. Et quand il arrive, lui et moi, nous nous battons pendant des heures. »

Elle s'était remise debout. « Qui gagne ? »

Il eut envie de répondre qu'il n'y avait pas de vainqueur, puis il prit conscience de ce qui l'entourait, les bâches, les pots de peinture, les journaux qui s'accumulaient un peu plus chaque jour. Il contempla les mots, le long nuage et les silhouettes peints sur le mur.

« Moi », répondit-il.

C'était comme s'il avait ouvert la main de Liesel, déposé les mots au creux de sa paume, puis refermé ses doigts.

À Molching, Allemagne, deux personnes parlaient sous terre. Cela ressemblait au début d'une blague :

« C'est l'histoire d'un Juif et d'une Allemande qui sont dans un sous-sol… »

Mais cela n'avait rien d'une blague.

Les peintres : début juin.

Un autre des projets de Max concernait ce qui restait de *Mein Kampf*. Chaque page fut délicatement déchirée et posée sur le sol pour recevoir une couche de peinture, puis mise à sécher avant de retrouver sa place sous la couverture. Un jour, quand Liesel rentra de l'école, elle trouva Max, Rosa et Hans occupés à peindre ces pages. De nombreuses feuilles séchaient déjà sur un fil, maintenues par des épingles à linge. C'est sans doute ainsi qu'avait été réalisé *L'Homme qui se penchait*.

Tous trois levèrent les yeux de leur tâche pour l'accueillir, chacun à sa façon.

« Bonjour, Liesel.

— Voici un pinceau, Liesel.

— C'est pas trop tôt, *Saumensch*. Où étais-tu encore fourrée ? »

Elle se mit à peindre en songeant à ce que Max Vandenburg lui avait raconté de son combat avec le Führer.

VISIONS DANS LE SOUS-SOL,
JUIN 1941
Les coups pleuvent, la foule sort des murs. Max et le Führer défendent chacun sa peau sur les marches de l'escalier. Il y a du sang sur la moustache du Führer et sur la raie qui, à droite, sépare ses cheveux. « Approche, Führer ! » dit le Juif en lui faisant signe d'avancer. « Approche, Führer ! »

Quand les visions de Liesel s'évanouirent et qu'elle eut terminé sa première page, Papa lui adressa un clin d'œil. Maman la réprimanda parce qu'elle avait utilisé toute la peinture. Max examinait les pages une à une, peut-être pour imaginer ce qu'il allait peindre dessus. Plusieurs mois après, il peindrait aussi la couverture du livre et lui donnerait un autre titre, d'après l'une des histoires qu'il aurait écrites et illustrées à l'intérieur.

Cette après-midi-là, dans cet endroit secret situé sous le n° 33 de la rue Himmel, les Hubermann, Liesel Meminger et Max Vandenburg préparaient les pages du livre *La Secoueuse de mots*.

C'était bon de faire de la peinture.

Cartes sur table : 24 juin.

Ce fut ensuite la septième face du dé. Deux jours après l'invasion de la Russie par l'Allemagne. Trois jours avant que la Grande-Bretagne et la Russie soviétique n'unissent leurs forces.

Un sept.

Vous jetez le dé et vous voyez venir la chose, en prenant conscience que ce n'est pas un dé réglementaire. Vous dites que c'est de la malchance, mais vous avez toujours su que cela devait arriver. C'est vous qui l'avez introduite dans la pièce. La table l'a sentie dans votre haleine. Le Juif dépassait de votre poche depuis le début. Vous le portez à votre revers et, quand vous jetez le dé, vous savez que ça va être un sept, exactement le chiffre qui va vous nuire. Et c'est un sept. Il vous regarde dans les yeux, répugnant et miraculeux, et vous partez avec ça, qui commence à vous ronger.

Tout simplement la malchance.

Voilà ce que vous dites.

Aucune conséquence.

C'est ce que vous vous forcez à croire, mais au fond, vous savez qu'il s'agit du signe annonciateur d'événements à venir. Vous cachez un Juif. Vous le payez. Vous devez le payer, d'une manière ou d'une autre.

Rétrospectivement, Liesel se dirait que ce n'était pas le pire. Lorsqu'elle relaterait son histoire par écrit dans le sous-sol, bien d'autres choses se seraient passées entre-temps. Dans tout ce qui était arrivé, la décision du maire et de sa femme de ne plus donner de travail à Rosa n'était pas de la malchance. Cela n'avait rien à voir non plus avec le fait de cacher des Juifs. C'était lié à un contexte beaucoup plus large, celui de la guerre. Pourtant, lorsque l'événement eut lieu, il fut ressenti comme une punition.

Tout commença une huitaine de jours avant le 24 juin. Comme d'habitude, Liesel ramassa un journal dans une poubelle, près de la rue de Munich. Elle le glissa sous son bras et l'apporta à Max Vandenburg. Il venait de commencer à le lire lorsqu'il lui lança un coup d'œil. « N'est-ce pas chez lui quc tu portes le lavage et le repassage ? » demanda-t-il en montrant une photo en première page.

Liesel, qui était en train d'écrire pour la sixième fois sur le mur le mot « discussion », près du nuage et du soleil dessinés par Max, s'approcha de lui. Il lui tendit le journal. « Si », confirma-t-elle.

Elle entreprit de lire l'article, dans lequel on citait une déclaration du maire. Certes, affirmait Heinz Hermann, la guerre se déroulait parfaitement, mais la population de Molching, comme tous les Allemands responsables, devait s'attendre à des temps plus difficiles et prendre les mesures adéquates. « On ne sait jamais ce que préparent nos ennemis, expliquait-il, ni de quelle manière ils vont tenter de nous affaiblir. »

Une semaine plus tard, la mise en garde du maire porta ses fruits amers. Liesel se rendit comme d'habitude chez lui, Grande Strasse, et lut quelques pages du *Siffleur* sur le sol de la bibliothèque. L'épouse du maire ne se comporta pas de manière anormale (du moins, pas plus que les autres jours) jusqu'au moment où la fillette prit congé.

Cette fois, lorsqu'elle offrit le livre à Liesel, elle insista pour qu'elle l'emporte. « S'il te plaît. » C'était presque une supplication. Elle serrait les doigts autour du livre. « Prends-le, s'il te plaît, prends-le. »

Sensible à l'étrangeté de l'épouse du maire, Liesel n'osa pas la décevoir à nouveau. Elle prit le livre à la couverture grise et aux pages jaunissantes et avança le long du couloir. Au moment où elle s'apprêtait à réclamer le linge à laver, la femme en peignoir de bain lui adressa un dernier regard navré. Elle alla chercher une enveloppe dans un tiroir de la commode. « Je suis désolée. C'est pour ta maman », dit-elle d'une voix rocailleuse à force de ne pas servir.

Liesel cessa de respirer.

Elle se sentit soudain mal à l'aise dans ses chaussures. Sa gorge se serra et elle se mit à trembler. Lorsqu'elle finit par prendre la lettre, elle entendit le bruit de l'horloge dans la bibliothèque et se rendit compte alors qu'il ne ressemblait pas à un tic-tac, mais plutôt aux coups réguliers d'un marteau frappant le sol par en dessous. Quelque chose comme un son venu du tombeau. Si seulement le mien était prêt, se dit-elle, car en ce moment même, Liesel Meminger aurait voulu mourir. Lorsque les autres clients avaient cessé de donner leur linge, cela n'avait pas été aussi douloureux. Il y avait toujours le maire, sa bibliothèque et la relation avec son épouse. Un dernier espoir s'enfuyait. Cette fois, c'était la trahison suprême.

Comment allait-elle pouvoir affronter sa maman ?

Pour Rosa, cette petite somme d'argent était un appoint utile. Cela représentait un supplément de farine, un peu de graisse.

Ilsa Hermann, pour sa part, mourait d'envie de se débarrasser de Liesel au plus vite. Cela se voyait à sa façon de resserrer son peignoir autour d'elle. Elle s'obligeait à rester là, pour montrer maladroitement ses regrets, mais elle avait hâte que ce soit fini. Elle ouvrit de nouveau la bouche. « Dis à ta maman... », commença-t-elle. Sa voix était maintenant plus assurée. « Dis-lui que nous sommes désolés. » Elle entraîna la fillette vers la sortie.

Liesel le sentait maintenant dans les épaules. La douleur, l'impact de l'ultime rejet.

Alors, c'est ainsi ? se dit-elle. Tu me jettes dehors comme ça ?

Lentement, elle prit son sac à linge vide et gagna la porte. Une fois à l'extérieur, elle se retourna. Pour la seconde fois de la journée, elle fit face à la femme du maire. Elle la regarda dans les yeux avec une fierté presque sauvage. « *Danke schön* », Ilsa Hermann lui adressa un pâle sourire.

« Si un jour tu as simplement envie de venir lire, dit-elle, tu es la bienvenue. » C'était un mensonge, ou plutôt c'est ainsi que le perçut Liesel, sous l'effet du choc et de la tristesse.

Elle était frappée par la largeur de la porte. Pourquoi donc avait-on besoin d'un tel espace pour franchir le seuil ? Si Rudy avait été présent, il l'aurait traitée d'idiote : c'était pour pouvoir faire entrer tous leurs meubles, voyons.

« Au revoir », dit-elle. Lentement, dans un mouvement morose, la porte se referma derrière elle.

Liesel ne s'éloigna pas.

* * *

Elle s'assit sur les marches et contempla longuement Molching. Il ne faisait ni chaud ni froid et l'on voyait clairement la petite ville tranquille. Molching était dans un bocal.

Liesel ouvrit le courrier. Le maire, Heinz Hermann, exposait en des termes diplomatiques les raisons qui l'obligeaient à se passer des services de Rosa Hubermann. Grosso modo, il expliquait qu'il se montrerait hypocrite s'il continuait à bénéficier de petits luxes de ce genre, alors qu'il conseillait à ses administrés de *se préparer à des temps plus difficiles.*

Un peu plus tard, elle se leva et se dirigea vers la rue Himmel, mais quand elle se retrouva dans la rue de Munich, au niveau de l'enseigne STEINER-SCHNEIDERMEISTER, sa tristesse céda la place à la colère. « Ce salopard de maire, chuchota-t-elle. Et sa *pathétique* bonne femme ! » S'il fallait s'attendre à des temps plus difficiles, c'était une bonne raison pour continuer à employer Rosa, non ? Au lieu de quoi, ils la viraient. Eh bien, ils n'avaient qu'à laver et repasser eux-mêmes leur fichu linge, décida-t-elle, comme tout le monde. Comme les pauvres.

Dans sa main, *Le Siffleur* se crispa.

« Du coup, elle m'a offert le bouquin par pitié, pour se donner bonne conscience », murmura-t-elle, sans tenir compte du fait que la femme du maire le lui avait proposé auparavant.

Elle revint sur ses pas, comme elle l'avait déjà fait une fois, et se dirigea vers le 8, Grande Strasse. Elle résista à la tentation de courir. Mieux valait garder son souffle pour les mots.

En arrivant, elle fut déçue de voir que le maire n'était pas là. Il n'y avait aucune voiture tranquillement garée dans la rue, ce qui était peut-être préférable, finalement, car Dieu sait ce qu'elle aurait pu lui faire en ce moment d'affrontement entre riches et pauvres.

Elle grimpa les marches deux par deux et frappa si fort à la porte qu'elle se fit mal. Ces petits fragments de douleur n'étaient pas désagréables.

L'épouse du maire recula en la voyant. Elle avait les cheveux légèrement humides et ses rides se creusèrent lorsqu'elle lut la fureur sur le visage habituellement pâle de Liesel. Elle ouvrit la bouche, mais aucun son n'en sortit. Tant mieux, car la fillette, elle, avait des choses à dire.

« Vous croyez que vous allez m'acheter avec ce livre ? » déclara-t-elle. Sa voix, quoique tremblante d'émotion, sauta à la gorge de la femme. La colère l'aveuglait, mais elle refusa de se laisser arrêter. Elle essuya les larmes qui lui venaient aux yeux. « Vous pensez tout arranger en me donnant ce *Saumensch* de bouquin, alors que je vais devoir dire à ma maman qu'on a perdu notre dernier client ? Et vous, pendant ce temps, vous êtes ici, bien installée dans votre belle maison. »

L'épouse du maire restait les bras ballants.

Son visage s'effondra.

Pour autant, Liesel ne se démonta pas. Elle pulvérisa les mots directement dans les yeux de la femme.

« Bien installée avec votre mari. Tous les deux. » Elle devint venimeuse. Plus venimeuse et plus méchante qu'elle ne s'en serait cru capable.

La blessure des mots.

Oui, la brutalité des mots.

Elle allait les chercher dans un tréfonds qu'elle découvrait seulement maintenant et les jetait à la tête d'Ilsa Hermann. « Eh bien, il est temps que vous vous occupiez vous-même de votre linge puant, lança-t-elle. Il est temps que vous admettiez que votre fils est mort. Il a été tué ! Il a été étranglé et haché menu il y a plus de vingt ans ! À moins qu'il ne soit mort de froid ? Mais de toute façon, il est mort ! Il est mort et, vous voulez que je vous dise, c'est pathétique que vous soyez là, à vous obliger à crever de froid dans votre maison pour souffrir. Vous croyez que vous êtes la seule ? »

Immédiatement.

Son frère fut à ses côtés.

Il lui murmura de se taire, mais lui aussi était mort et sa voix ne méritait pas d'être entendue.

Il était mort dans un train.

On l'avait enterré dans la neige.

Liesel lui jeta un coup d'œil, mais elle n'était pas capable de s'arrêter. Pas encore.

« Ce livre, poursuivit-elle en poussant le petit garçon sur les marches, ce qui le fit tomber, je n'en veux pas. » Les mots étaient plus calmes, mais toujours aussi brûlants. Elle lança *Le Siffleur* aux pieds de la femme, chaussés de pantoufles. Il heurta le ciment avec un son mat. « Je n'en veux pas, de votre bouquin minable... »

Cette fois, elle y parvint. Elle se tut.

Sa gorge était devenue un désert. Plus un seul mot sur des kilomètres.

Son frère disparut en se tenant le genou.

Après une pause avortée, la femme du maire fit un pas en avant et ramassa le livre. Elle était toute meurtrie, mais pas par son sourire, cette fois. Liesel le voyait sur son visage. Du sang coulait de son nez et venait lui lécher les lèvres. Ses paupières avaient noirci. Des coupures s'étaient ouvertes et des blessures apparaissaient à la surface de sa peau. Par l'effet des mots. Des mots de Liesel.

Le livre à la main, Ilsa Hermann se releva, toute voûtée, et voulut redire qu'elle était désolée, mais la phrase lui resta dans la gorge.

Gifle-moi, pensa Liesel. Allez, gifle-moi.

Ilsa Hermann ne la gifla pas. Elle se contenta de reculer, dans l'affreuse atmosphère de sa belle maison, et Liesel, une fois encore, se retrouva seule sur les marches. Elle avait peur de se retourner parce qu'elle savait que lorsqu'elle le ferait, le verre qui entourait Molching aurait volé en éclats, à sa grande joie.

Pour finir, elle relut la lettre et, arrivée près de la grille, elle en fit une boule serrée qu'elle jeta contre la porte, comme un caillou. Je ne sais ce que la voleuse de livres espérait, mais le papier heurta le solide panneau de bois, rebondit sur les marches et atterrit à ses pieds.

« Manqué », constata-t-elle en l'envoyant dans l'herbe d'un coup de pied.

Elle prit le chemin de la rue Himmel, en imaginant ce qu'il adviendrait de cette boule de papier à la prochaine averse, quand la serre de Molching, réparée, serait retournée. Elle voyait déjà les mots en train de se dissoudre, lettre après lettre, jusqu'à ce qu'il ne reste rien. Que le papier. Et la terre.

Manque de chance, lorsque Liesel arriva à la maison, Rosa était dans la cuisine. « Eh bien, où est le linge à laver ? demanda-t-elle.

— Il n'y en avait pas aujourd'hui. »

Rosa alla s'asseoir à la table. Elle avait compris. Soudain, elle eut l'air plus vieux. Liesel imagina à quoi elle ressemblerait si elle défaisait son chignon et le lâchait sur ses épaules. Une serviette grise de cheveux élastiques.

« Qu'est-ce que tu as fait là-bas, petite *Saumensch* ? » Le ton était morne. Son venin habituel était engourdi.

« C'est entièrement ma faute, répondit Liesel. J'ai insulté la femme du maire et je lui ai dit d'arrêter de pleurer la mort de son fils. Qu'elle était pathétique. Du coup, elle a décidé d'arrêter pour le linge. » Elle saisit un assortiment de cuillères en bois et les posa devant Rosa. « Tiens, choisis. »

Rosa en prit une, mais ne s'en servit pas. « Je ne te crois pas. »

Liesel était partagée entre le mensonge et la détresse. Pour une fois qu'elle réclamait une *Watschen*, elle n'y avait pas droit ! « C'est de ma faute, répéta-t-elle.

— Mais non », dit Maman. Elle alla jusqu'à se lever et caresser les cheveux de Liesel, qu'elle n'avait pas lavés. « Je sais que tu es incapable de dire des choses pareilles.

— Je l'ai fait !

— D'accord, tu l'as fait. »

En quittant la pièce, Liesel entendit le cliquetis des cuillères en bois qui étaient remises en place dans leur boîte métallique, suivi, lorsqu'elle entra dans sa chambre, du vacarme de l'ensemble, boîte et cuillères, jeté violemment à terre.

Un peu plus tard, elle descendit au sous-sol, où Max était debout dans l'obscurité, visiblement en train de boxer contre le Führer.

« Max ? » La lumière apparut, telle une pièce de monnaie rouge flottant dans un angle. « Est-ce que vous m'apprendriez à faire des pompes ? »

Max s'exécuta. De temps à autre, il lui soulevait le torse pour l'aider, mais malgré son aspect osseux, Liesel était forte et ses bras supportaient bien le poids de son corps. La voleuse de livres ne compta pas le nombre de répétitions qu'elle fit ce soir-là à la faible lueur de la lampe, mais cela suffirait à lui donner des courbatures pendant plusieurs jours. Max eut beau lui dire que c'était trop, elle continua.

Une fois couchée, elle lut avec Papa. Hans Hubermann se rendit compte que quelque chose n'allait pas. C'était la première fois depuis un mois qu'il venait s'asseoir auprès d'elle et cela la réconforta quelque peu. Il trouvait toujours les mots qu'il fallait et savait quand il devait intervenir ou au contraire la laisser tranquille. S'il y avait un domaine qu'il connaissait à la perfection, c'était la personnalité de Liesel.

« C'est le linge qui te tracasse ? » demanda-t-il.

Elle fit « non » de la tête.

Il ne s'était pas rasé depuis plusieurs jours et il se frottait sans cesse les joues et le menton. Son regard d'argent était paisible et chaleureux, comme toujours lorsqu'il s'agissait de la fillette qui lui avait été confiée.

Quand la lecture vint à son terme, il s'endormit. C'est le moment que Liesel choisit pour ouvrir son cœur.

« Papa, chuchota-t-elle, je crois que je vais aller en enfer. »

Ses jambes étaient tièdes, ses genoux froids.

Elle se rappela les nuits où elle mouillait son lit et où Papa lavait les draps et lui apprenait l'alphabet. Maintenant, elle sentait son souffle sur les couvertures. Elle embrassa ses joues rugueuses.

« Tu as besoin de te raser, dit-elle.

— Tu n'iras pas en enfer », répondit-il.

Elle contempla quelque temps son visage. Puis elle s'allongea, se blottit contre lui et, ensemble, ils s'endormirent, tout près de Munich, certes, mais aussi quelque part sur la septième face du dé de l'Allemagne.

LA JEUNESSE DE RUDY

À la fin, elle dut le lui donner.
Il savait s'y prendre.

UN PORTRAIT DE RUDY STEINER :
JUILLET 1941
Un filet de boue enserre son visage. Sa cravate est un balancier qui a cessé depuis longtemps d'osciller. Ses cheveux citron qu'éclaire la lampe sont ébouriffés et il arbore un sourire absurde et triste.

Il se tenait à quelques mètres de la marche et il parla avec joie et conviction.

« *Alles ist Schiesse* », dit-il.

Tout est de la merde.

Au cours du premier semestre 1941, pendant que Liesel était occupée à cacher Max Vandenburg, à voler des journaux et à dire leurs quatre vérités aux épouses de maires, Rudy affrontait de son côté une nouvelle vie, dans les Jeunesses hitlériennes. Depuis début février, il rentrait des réunions dans un état pire qu'avant. Souvent, il était accompagné de Tommy Müller, qui n'allait guère mieux. Il y avait à cela trois raisons.

UN PROBLÈME À TROIS COMPOSANTES
1. Les oreilles de Tommy Müller.

2. Franz Deutscher, le colérique chef des Jeunesses hitlériennes.
3. L'incapacité de Rudy à éviter d'intervenir.

Si seulement Tommy Müller n'avait pas disparu pendant sept heures, six ans plus tôt, lors d'une des journées les plus froides que Munich ait connues... Ses otites et ses tics nerveux continuaient à entraver le déroulement des défilés des Jeunesses hitlériennes, et je peux vous dire que ce n'était pas une bonne chose.

Au début, la situation se dégrada lentement, mais, au fil des mois, Tommy fut de plus en plus la cible de la colère des chefs des Jeunesses hitlériennes, surtout quand il s'agissait de défiler. Rappelez-vous l'anniversaire d'Hitler, l'année précédente. Pendant quelque temps, ses otites s'aggravèrent. Elles avaient atteint un stade où elles lui causaient de vrais problèmes d'audition. Il n'entendait pas les ordres qui étaient hurlés au groupe lorsqu'ils défilaient en rang. Que ce soit à l'intérieur ou à l'extérieur, dans la neige, la boue ou sous la pluie battante, c'était pareil.

Or tout le monde devait s'arrêter au même instant.

« Un seul claquement de pieds ! leur disait-on. Voilà ce que veut entendre le Führer. Tous unis comme un seul homme ! »

Et boum, Tommy.

Cela venait de son oreille gauche, je crois. C'était la plus atteinte des deux, et lorsqu'un « *Halte* » acide vrillait les oreilles de tous les autres, Tommy continuait à marcher, sans se rendre compte de rien. L'effet était comique. Le malheureux arrivait à changer en un clin d'œil un impeccable défilé en chaos.

Un samedi de début juillet, après une énième tentative de défilé ratée à cause de Tommy, Franz Deutscher (un nom parfait pour un parfait jeune nazi) en eut par-dessus la tête.

« Müller, *du Affe* ! » Son épaisse chevelure blonde lui massa le crâne et ses paroles malaxèrent le visage de Tommy. « Espèce de singe, qu'est-ce qui se passe ? »

Apeuré, Tommy se recroquevilla, mais sa joue gauche continua à tressauter d'un air joyeux, comme s'il riait, triomphant, et prenait la semonce du bon côté. Et cela ne plaisait pas du tout à Franz Deutscher. Il foudroya Tommy de son regard pâle.

« Eh bien ? interrogea-t-il. Qu'est-ce que tu réponds ? »

Les tics de Tommy ne firent que s'accentuer.

« Tu te moques de moi ?

— *Heil* », parvint à articuler Tommy dans une tentative désespérée pour se faire bien voir, mais il fut incapable de prononcer le « *Hitler* » qui aurait dû suivre.

C'est à ce moment-là que Rudy s'avança. Il se planta face à Franz Deutscher et leva les yeux vers lui. « Chef, il a un problème...

— Je m'en suis aperçu !

— Aux oreilles, poursuivit Rudy. Il ne peut pas...

— Très bien ! » Deutscher se frotta les mains. « Tous les deux, vous allez me faire six fois le tour du terrain. » Ils obtempérèrent, mais pas assez vite. « *Schnell !* » Sa voix les poursuivit.

Les six tours accomplis, ils eurent droit à quelques exercices, le genre où il faut courir, s'accroupir, se relever et recommencer. Puis, après quinze longues minutes, alors que tout devait être terminé, ils reçurent de nouveau l'ordre de s'aplatir au sol.

Rudy baissa les yeux.

Un cercle de boue lui souriait de travers.

Qu'est-ce que tu peux bien regarder ? semblait-il demander.

« Au sol ! » ordonna Franz.

Rudy se mit à plat ventre.

« Debout ! » Franz sourit. « Un pas en arrière ! » Ils obtempérèrent. « Au sol ! »

Le message était clair, et maintenant Rudy l'acceptait. Il plongea dans la boue et retint son souffle. À ce moment-là, alors qu'il était allongé l'oreille contre le sol détrempé, l'exercice prit fin.

« *Vielen Dank, meine Herren* », dit poliment Franz Deutscher. « Merci beaucoup, messieurs. »

Rudy se mit à genoux, fit un peu de jardinage dans son oreille et regarda Tommy.

Tommy ferma les yeux et un tic le secoua.

Ce jour-là, lorsqu'ils regagnèrent la rue Himmel, Liesel jouait à la marelle avec quelques enfants plus jeunes. Elle portait encore son uniforme de la BDM. Du coin de l'œil, elle aperçut leurs silhouettes mélancoliques qui se dirigeaient vers elle. L'un des deux la héla.

Ils se retrouvèrent devant les marches de la maisonnette de béton des Steiner et Rudy lui raconta ce qui s'était passé.

Au bout de dix minutes, Liesel s'assit.

Au bout de onze minutes, Tommy, qui s'était installé à côté d'elle, déclara : « C'est ma faute », mais Rudy balaya son affirmation avec un demi-sourire, tout en passant le doigt sur une traînée de boue. « C'est ma... » tenta à nouveau de dire Tommy, mais cette fois Rudy le coupa, l'index pointé sur lui.

« S'il te plaît, Tommy, tu arrêtes ! » Il arborait une étrange expression de satisfaction. Liesel n'avait jamais vu quelqu'un paraître à la fois si malheureux et si plein de vie. « Occupe-toi de tes tics », reprit-il, avant de poursuivre son récit.

Il faisait les cent pas.

Tout en se bagarrant avec sa cravate.

Ses paroles, lancées en direction de Liesel, atterrissaient sur la marche de béton.

« Ce Deutscher nous a bien eus, hein, Tommy ? » résuma-t-il avec entrain.

Tommy, entre deux tics, approuva de la tête. « C'était à cause de moi, commenta-t-il.

— Qu'est-ce que j'ai dit, Tommy ?

— Quand ça ?

— Maintenant ! Bon, maintenant, tu te tais.

— D'accord, Rudy. »

Quand Tommy rentra chez lui un peu plus tard, l'air morose, Rudy utilisa une nouvelle tactique, qui lui semblait avoir toutes les chances de réussir.

La pitié.

Devant sa porte, il considéra la boue qui avait séché sur son uniforme, puis regarda Liesel dans les yeux avec une expression désespérée. « Et si on en reparlait, *Saumensch* ?

— Si on reparlait de quoi ?

— Tu sais bien. »

Liesel répondit à sa manière habituelle.

« *Saukerl !* » s'exclama-t-elle en riant, et elle parcourut les quelques mètres qui la séparaient de chez elle. Un mélange déconcertant de boue et de pitié était une chose, mais cela n'avait rien à voir avec le fait d'embrasser Rudy Steiner.

Sur le pas de sa porte, Rudy passa la main dans ses cheveux avec un sourire triste. « Ça arrivera un jour, Liesel, la prévint-il. Un jour, tu verras ! »

Un peu plus de deux ans après, quand elle écrirait dans le sous-sol, il arriverait à Liesel d'avoir très envie d'aller le voir dans la maison d'à côté, même si c'était le petit matin. Elle se rendrait également compte que c'était vraisemblablement cette période des Jeunesses hitlériennes qui avait nourri chez Rudy, et donc chez elle, le désir de voler.

Après tout, malgré les habituels épisodes pluvieux, l'été commençait à s'installer. Les pommes Klar devaient avoir mûri. Il y avait d'autres larcins à commettre.

DES PERDANTS

Au début, en matière de vol, Liesel et Rudy préférèrent agir au sein d'un groupe, par sécurité. Andy Schmeikl les convia à une rencontre au bord de la rivière. Il serait question, entre autres sujets, d'un plan pour voler des fruits.

« C'est toi le chef, maintenant ? » demanda Rudy. Mais Andy secoua négativement la tête, plié sous le poids de la déception. Visiblement, il aurait aimé pouvoir dire le contraire.

« Non. » Son ton habituellement froid était enflammé. « Il y a quelqu'un d'autre. »

LE NOUVEL ARTHUR BERG
Il avait les cheveux et le regard flous, et c'était le genre de délinquant qui vole non pas par besoin, mais par plaisir. Il s'appelait Viktor Chemmel.

Au contraire de la plupart de ceux qui se livraient au vol sous ses différentes formes, Viktor Chemmel ne manquait de rien. Il vivait dans le meilleur quartier de Molching, dans une villa qu'on avait désinfectée quand on avait chassé les Juifs. Il avait de l'argent. Il avait des cigarettes. Mais il voulait plus encore.

« Ce n'est pas un crime de vouloir plus, proclama-t-il en s'allongeant dans l'herbe parmi les autres adolescents réunis autour de lui. En vouloir plus est un droit fondamental pour les Allemands. Que dit notre Führer ? » Il fournit lui-même la réponse. « Que nous devons prendre ce qui nous appartient de droit ! »

Au premier abord, Viktor Chemmel était un simple baratineur. Malheureusement, quand il le voulait, il possédait un charisme indéniable, une sorte de « suivez-moi ».

Lorsque Rudy et Liesel s'approchèrent du groupe au bord de la rivière, la fillette l'entendit poser une autre question. « Alors, où sont ces deux tordus dont vous m'avez rebattu les oreilles ? Il est déjà quatre heures dix.

— Pas à ma montre », dit Rudy.

Viktor Chemmel se redressa sur un coude. « Tu n'as pas de montre.

— Qu'est-ce que je ferais ici, si j'avais de quoi m'en acheter une ? »

Le nouveau chef se redressa et sourit, découvrant une dentition éblouissante. Il se tourna ensuite négligemment vers Liesel. « Et qui est la petite pute ? » Liesel, habituée aux injures, se contenta de fixer son regard embrumé.

« L'an dernier, dit-elle, j'ai volé au moins trois cents pommes et des dizaines de pommes de terre. Les barbelés ne me font pas peur et je vaux autant que tous les autres.

— C'est vrai ?

— Oui. » Elle ne cilla pas. « Je veux simplement ma part de ce qu'on fauche. Quelques pommes ici ou là. Quelques restes pour mon ami et moi.

— Bon, ça doit pouvoir se faire. » Viktor alluma une cigarette et la porta à ses lèvres. Il souffla ostensiblement la fumée au visage de Liesel.

Elle ne toussa pas.

À part son chef, la bande était la même que l'année passée. Liesel se demandait pourquoi l'un des autres garçons n'avait pas pris la relève, mais, en les observant tour à tour, elle comprit qu'ils en étaient incapables. Ils n'avaient aucun scrupule à voler, mais il fallait qu'on leur dise quoi. Ils aimaient que quelqu'un le leur dise et Viktor Chemmel aimait être ce quelqu'un. C'était un chouette microcosme.

Pendant un moment, Liesel regretta Arthur Berg. Ou bien celui-ci serait-il tombé, lui aussi, sous l'influence de Chemmel ?

Aucune importance, après tout. Liesel savait simplement que le nouveau chef de la bande avait la fibre d'un tyran, au contraire d'Arthur Berg. L'an passé, si elle était restée coincée dans un arbre, Arthur serait revenu la chercher, même s'il affirmait le contraire. Viktor Chemmel, lui, ne prendrait même pas la peine de se retourner. Ça, elle l'avait tout de suite compris.

Viktor s'était levé et considérait le garçon dégingandé et la fillette à l'air mal nourri. « Alors, vous avez envie de voler avec moi ? » demanda-t-il.

Qu'avaient-ils à perdre ? Ils hochèrent affirmativement la tête.

Viktor s'approcha de Rudy et l'empoigna par les cheveux. « Je veux te l'entendre dire.

— Absolument, dit Rudy, avant d'être repoussé sèchement, frange en premier.

— Et toi ?

— Moi aussi, bien sûr. » Liesel fut assez rapide pour s'éviter le même traitement.

Viktor sourit. Il écrasa sa cigarette, prit une profonde inspiration et se gratta le torse. « Messieurs, petite pute, il me semble qu'il est temps d'aller faire nos courses. »

Tandis que le groupe s'ébranlait, Liesel et Rudy fermèrent la marche, selon leur habitude.

« Il te plaît ? chuchota Rudy.

— Et à toi ? »

Il se tut un instant. « Pour moi, c'est un vrai salopard.

— Pour moi aussi. »

La distance commençait à se creuser entre les autres et eux.

« Dépêchons-nous, on prend du retard », dit Rudy.

Ils atteignirent la première ferme au bout de quelques kilomètres. En arrivant, ils reçurent un choc. Les arbres qu'ils imaginaient chargés de fruits étaient maigres et souffreteux, avec à peine quelques malheureuses pommes sur chaque branche. La ferme suivante offrait le même spectacle. Peut-être la saison était-elle mauvaise. Ou alors ils arrivaient trop tard.

À la fin de la journée, au moment du partage, Liesel et Rudy reçurent une minuscule pomme pour eux deux. Il faut reconnaître que le butin était incroyablement pauvre et Viktor Chemmel ne laissait rien au hasard.

« Comment t'appelles ça ? » demanda Rudy, le fruit au creux de la main.

Viktor ne prit même pas la peine de se retourner. « À quoi ça ressemble ? » Il lançait les paroles par-dessus son épaule.

« Une seule mocheté de pomme ?

— Tiens ! » Une pomme à demi mangée leur fut lancée. Elle atterrit par terre, sur le côté entamé. « Vous pouvez avoir celle-ci aussi. »

Rudy était furieux. « Va te faire voir. On n'a pas fait quinze kilomètres à pied pour une minable pomme et demie, n'est-ce pas, Liesel ? »

Liesel ne répondit pas.

Elle n'en eut pas le temps. Avant même qu'elle ait pu ouvrir la bouche, Rudy se retrouvait par terre, les bras en croix, Viktor Chemmel à califourchon sur lui, les mains autour de sa gorge. À la demande de son chef, Andy Schmeikl récupéra les pommes.

« Tu lui fais mal, dit Liesel.

— Tu crois ? » Viktor souriait de nouveau. Elle avait horreur de ce sourire.

« Il ne me fait *pas* mal. » Les mots sortaient difficilement de la bouche de Rudy, devenu écarlate. Son nez se mit à saigner.

Viktor lui serra encore un peu le cou, puis le lâcha. Il se releva, fit négligemment quelques pas et déclara : « Debout, mon vieux. » Rudy choisit la voie de la sagesse et obtempéra.

Viktor s'approcha de lui et lui tapota le bras. Puis il chuchota : « Je te suggère de dégager, petit, sauf si tu préfères que je transforme ce filet de sang en fontaine. » Il se tourna vers Liesel. « Et emmène ta petite salope avec toi. »

Personne ne remua le petit doigt.

« Alors, qu'est-ce que tu attends ? »

Liesel prit la main de Rudy et ils s'en allèrent, non sans que Rudy se soit retourné une dernière fois pour cracher un jet de salive mêlée de sang aux pieds de Viktor Chemmel. Ce qui suscita une dernière remarque.

UNE PETITE MENACE DE VIKTOR CHEMMEL À L'INTENTION DE RUDY STEINER
« Tu me le paieras un jour, mon pote. »

On peut dire ce qu'on veut de Viktor Chemmel, mais il ne manquait ni de patience ni de mémoire. Il lui fallut environ cinq mois pour mettre sa menace à exécution.

CROQUIS

Si l'été de 1941 commençait à se dresser comme une muraille autour de Rudy et de Liesel, il se déroulait sous forme d'écriture et de peinture pour Max Vandenburg. Dans ses pires moments de solitude au fond de son sous-sol, les mots s'accumulaient peu à peu autour de lui. Les visions se mirent à pleuvoir et, de temps à autre, elles lui échappaient des mains.

Il avait ce qu'il appelait sa petite ration d'outils :

Un livre peint.

Une poignée de crayons.

Des idées plein la tête.

Et il les assemblait comme un simple puzzle.

Au départ, il avait eu l'intention d'écrire sa propre histoire.

Il avait décidé de coucher sur le papier ce qui lui était arrivé – les événements qui l'avaient conduit dans un sous-sol de la rue Himmel –, mais le résultat fut tout autre. L'exil de Max donna naissance à quelque chose de complètement différent, des pensées qui lui traversaient l'esprit et qu'il choisit de retenir, car elles sonnaient *juste*. Elles étaient plus réelles que les lettres qu'il écrivait à sa famille et à son ami Walter Kugler, en sachant pertinemment qu'il ne pouvait les envoyer. L'une après l'autre, les pages profanées de *Mein Kampf* devenaient une série de croquis, qui résumaient à ses yeux les faits à l'origine de son changement de vie. Certains prenaient quelques minutes. D'autres des heures. Il résolut de donner à Liesel le livre une fois achevé lorsqu'elle aurait l'âge de le lire et, espérait-il, que toute cette absurdité aurait pris fin.

Dès l'instant où il posa son crayon sur la première page peinte, il garda le livre en permanence auprès de lui. Parfois, il dormait avec.

Une après-midi, après ses pompes et ses abdominaux, il s'endormit, assis contre le mur du sous-sol. Quand elle descendit, Liesel découvrit le livre posé près de lui, en appui sur sa cuisse, et elle ne put résister à la curiosité. Elle se pencha et le ramassa, pensant que Max allait se réveiller. Mais il ne bougea pas. Elle entendait à peine le bruit léger de son souffle, tandis qu'elle ouvrait le livre et regardait quelques pages au hasard...

* * *

Effrayée, elle remit le livre à sa place, contre la cuisse de Max.

Elle sursauta en entendant une voix.

« *Danke schön* », disait-elle. Liesel se tourna vers le propriétaire de cette voix et vit qu'un petit sourire de satisfaction flottait sur ses lèvres.

« Seigneur ! s'exclama-t-elle, vous m'avez fait peur, Max ! »

Il se rendormit et Liesel remonta l'escalier en emportant cette pensée avec elle.

Vous m'avez fait peur, Max.

Not the Führer- the conductor!

Pas le Führer – le chef d'orchestre !

Belle journée, n'est-ce pas ?

LE SIFFLEUR ET LES CHAUSSURES

Le même schéma se poursuivit jusqu'au milieu de l'automne. Rudy essayait de son mieux de survivre aux Jeunesses hitlériennes. Max faisait ses pompes et ses croquis. Liesel trouvait des journaux et écrivait des mots sur le mur du sous-sol.

Il faut signaler néanmoins que tout schéma présente au moins un petit défaut, qui va un jour le faire trébucher ou basculer d'une page à l'autre. Ici, en l'occurrence, le facteur principal fut Rudy. Ou du moins, Rudy et un terrain de sport fraîchement recouvert d'engrais.

Fin octobre, les choses suivaient apparemment leur cours. Un gamin affreusement sale descendait la rue Himmel. Dans quelques minutes, il retrouverait sa famille et leur raconterait un mensonge, à savoir que les membres de sa section des Jeunesses hitlériennes s'étaient vu donner un supplément d'exercices sur le terrain. Ses parents s'attendraient même à quelques éclats de rire. Mais il n'y en aurait pas.

Aujourd'hui, Rudy n'avait pas le cœur à rire, ni à mentir.

Ce mercredi-là, Liesel s'aperçut que Rudy Steiner n'avait pas de chemise. Et qu'il était furieux.

« Qu'est-il arrivé ? » demanda-t-elle en le voyant passer devant elle.

Il fit machine arrière et lui tendit la chemise. « Sens ! dit-il.

— Comment ?

— Tu es sourde ? Sens ! »

À contrecœur, Liesel se pencha et huma la chemise brune. « Jésus, Marie, Joseph ! C'est de la… ? »

Rudy hocha affirmativement la tête. « J'en ai sur le menton, aussi. Sur le menton ! Une chance que je n'en aie pas avalé !

— Jésus, Marie, Joseph !

— Aux Jeunesses hitlériennes, ils venaient juste de fertiliser le terrain. » Il jeta à nouveau un œil dégoûté à sa chemise. « C'est de la bouse de vache, je crois.

— Est-ce que, comment s'appelle-t-il déjà, Deutscher, était au courant ?

— Il dit que non, mais il avait un sourire jusqu'aux oreilles.

— Jésus, Marie…

— Tu pourrais arrêter de répéter ça ? »

Ce dont Rudy avait besoin, à ce moment précis, c'était une victoire. Il avait perdu dans son affrontement avec Viktor Chemmel. Il avait eu problème sur problème aux Jeunesses hitlériennes. Il ne demandait rien de plus qu'une petite part de triomphe et il avait bien l'intention de l'obtenir.

Il poursuivit son chemin mais, en arrivant devant sa porte, il changea d'avis et revint lentement vers Liesel.

D'une voix calme, il déclara : « Tu sais ce qui me remonterait le moral ? »

Liesel se contracta. « Si tu crois que je vais te… dans cet état… »

Il eut l'air déçu de sa réponse. « Non, pas ça. » Avec un sourire, il se rapprocha d'elle. « Autre chose. » Il réfléchit quelques instants, puis leva la tête. « Regarde-moi, je suis dégoûtant. Je pue la bouse de vache, ou la crotte de chien, si tu préfères, et comme d'habitude, je meurs de faim. » Il s'interrompit, puis reprit : « Franchement, j'ai besoin d'être gagnant à un moment, Liesel. »

Elle le savait.

Elle se serait rapprochée de lui s'il n'y avait eu cette odeur.

Voler.

Il fallait qu'ils volent quelque chose.

Non.

Il fallait qu'ils *récupèrent* quelque chose. N'importe quoi. Mais sans attendre.

« Juste toi et moi, cette fois, suggéra Rudy. Sans un Chemmel ou un Schmeikl. Juste nous deux. »

Malgré elle, elle sentit ses mains la démanger, son pouls s'accélérer et sa bouche sourire. Tout ça en même temps. « Super.

— Au poil. » Rudy ne put retenir un sourire fertilisé. « On dit demain ? »

Liesel hocha affirmativement la tête. « Demain. »

Leur plan était parfait, à un détail près :

Ils ne savaient par quoi commencer.

Il n'y avait plus de fruits. Rudy tordit le nez à l'idée de dérober des pommes de terre et des oignons, et d'un commun accord ils décidèrent de ne pas s'attaquer de nouveau à Otto Sturm et à sa bicyclette chargée de produits de la ferme. Une fois, c'était immoral. Deux fois, c'était dégueulasse.

« Où va-t-on ? demanda Rudy.

— Comment le saurais-je ? C'était ton idée, n'est-ce pas ?

— Cela ne t'empêche pas de réfléchir de ton côté. Je ne peux penser à tout.

— Tu es incapable de penser à quelque chose… »

Ils continuèrent à se disputer tout en traversant Molching. Une fois sortis de la ville, ils aperçurent les premières fermes et les arbres qui se dressaient comme des statues émaciées. Les branches étaient grises et, quand ils levèrent les yeux, ils ne virent que des branches dépouillées et un ciel vide.

Rudy cracha par terre.

Ils traversèrent à nouveau Molching, tout en émettant des suggestions.

« Et Frau Diller ?

— Frau Diller ?

— Peut-être que si l'on disait "*Heil Hitler*" avant de faucher quelque chose, ça marcherait. »

Après avoir arpenté la rue de Munich pendant une heure ou deux, ils furent sur le point d'abandonner. La nuit tombait. « Ça ne rime à rien, dit Rudy, et je n'ai jamais eu aussi faim. Bon sang, j'ai les crocs. » Il fit encore quelques pas et se retourna. « Qu'est-ce qui se passe ? » demanda-t-il. Liesel s'était en effet figée sur place, comme frappée par une révélation soudaine.

Pourquoi n'y avait-elle pas pensé plus tôt ?

« Eh bien ? » Rudy commençait à s'impatienter. « Qu'est-ce qu'il y a, *Saumensch* ? »

Liesel s'interrogeait. Devait-elle vraiment mettre son plan à exécution ? Pouvait-elle vraiment se venger de quelqu'un de cette manière ? Pouvait-elle mépriser quelqu'un à ce point ?

Elle se mit à marcher en sens inverse. Quand Rudy la rattrapa, elle ralentit légèrement, dans l'espoir de s'éclaircir un peu les idées. Après tout, la culpabilité était déjà là. La graine avait germé et formait une fleur aux sombres feuilles. Liesel réfléchit encore un peu. Au carrefour, elle s'arrêta.

« Je connais un endroit », dit-elle.

Ils franchirent la rivière et montèrent la colline.

Sur Grande Strasse, ils furent frappés par la splendeur des demeures. Les portes d'entrée cirées brillaient comme des miroirs, et les tuiles des toits, parfaitement incurvées, ressemblaient à des postiches. Murs et fenêtres étaient impeccables et c'est tout juste si les cheminées n'exhalaient pas des ronds de fumée.

Rudy freina des quatre fers. « La maison du maire ? »

Liesel approuva d'un signe de tête, l'air sérieux. Un silence, puis : « Ils ont viré Rosa. »

Au moment où ils tournaient en direction de la demeure des Hermann, Rudy se borna à demander comment ils allaient bien pouvoir y pénétrer. Liesel savait. « Je connais les lieux », répondit-elle. Pourtant, quand ils aperçurent la fenêtre de la bibliothèque, à l'arrière du bâtiment, elle reçut un choc. La fenêtre était fermée.

« Eh bien ? » dit Rudy.

Liesel fit demi-tour. « Pas aujourd'hui », répondit-elle en pressant le pas. Rudy se mit à rire et la rattrapa.

« J'en étais sûr ! s'exclama-t-il, je te connais, sale petite *Saumensch.* Tu serais incapable de rentrer là-dedans même si tu avais la clé. »

Liesel préféra ignorer le commentaire de Rudy. Elle accéléra encore l'allure. « Ça t'ennuie ? Il suffit d'attendre l'occasion. » Au fond d'elle-même, elle éprouvait une vague satisfaction de n'avoir pu pénétrer dans la maison, mais elle refusait de l'admettre. Elle se faisait des reproches. Pourquoi, Liesel, as-tu explosé lorsqu'ils ont décidé de se passer des services de Rosa ? se demandait-elle. Pourquoi n'as-tu pas fermé ton clapet ? Si ça se trouve, la femme du maire va mieux depuis que tu lui as hurlé dessus. Peut-être qu'elle s'est reprise et qu'elle va arrêter de se geler dans cette maison et laisser la fenêtre fermée, maintenant... Tu n'es qu'une stupide *Saumensch*, ma pauvre !

Toutefois, la semaine suivante, lors de leur cinquième visite sur les hauts de Molching, la situation avait changé.

La fenêtre ouverte laissait entrer un souffle d'air.

Ce qui suffisait.

Rudy s'arrêta le premier. Il donna un petit coup dans les côtes de Liesel avec le plat de la main. « La fenêtre est ouverte, non ? » chuchota-t-il. Son impatience était tangible, comme un avant-bras qui serait venu se poser sur l'épaule de la fillette.

« *Jawohl*, répondit-elle. Elle l'est. »

Et cela lui réchauffa le cœur.

* * *

Les fois précédentes, quand ils avaient trouvé la fenêtre hermétiquement fermée, la déception apparente de Liesel cachait un soulagement intense. Aurait-elle le culot d'entrer ? Et pour qui, ou pour quoi, en fait, allait-elle s'introduire dans la maison ? Pour Rudy ? Pour trouver de quoi manger ?

Non. L'horrible vérité était qu'elle se moquait de la nourriture et que Rudy, même si elle s'en défendait, ne jouait qu'un rôle de second plan dans son projet. Ce qu'elle voulait, c'était le livre. *Le Siffleur*. Elle n'aurait pas voulu le recevoir des mains d'une vieille femme pathétique et solitaire. Cela paraissait un peu plus acceptable de le voler. Bizarrement, elle considérait que voler ce livre était un peu comme le mériter.

L'ombre gagnait.

Tous deux se dirigèrent vers la demeure massive et immaculée. Ils rassemblèrent leurs idées.

« Tu as faim ? chuchota Rudy.

— Je suis affamée. » De lecture.

« Regarde, une lumière vient de s'allumer à l'étage.

— J'ai vu.

— T'as toujours faim, *Saumensch* ? »

Un petit rire nerveux les secoua. Ils devaient maintenant décider lequel des deux pénétrerait dans la maison et lequel monterait la garde. En tant que garçon, Rudy estimait devoir être l'agresseur, mais visiblement Liesel connaissait bien les lieux. C'était à elle de s'y introduire. Elle savait à quoi cela ressemblait de l'autre côté de la fenêtre.

Elle le dit à haute voix. « C'est moi qui y vais. »

Liesel ferma les yeux. Hermétiquement.

Elle s'obligea à se souvenir, à revoir en imagination le maire et sa femme. Elle visualisa l'amitié qui était née entre Ilsa Hermann et elle, et veilla à ce qu'elle soit repoussée à coups de pied dans les tibias. Le système fonctionna. Elle les détesta.

Après avoir observé la rue, ils traversèrent la cour en silence.

Ils s'accroupirent sous la fenêtre entrouverte. Le bruit de leur respiration s'amplifia.

« Donne-moi tes chaussures, dit Rudy. Tu feras moins de bruit. »

Sans protester, elle défit ses vieux lacets noirs et abandonna ses souliers sur le sol. Puis elle se redressa et Rudy ouvrit suffisamment la fenêtre pour qu'elle puisse entrer. Le bruit passa au-dessus de leur tête comme un avion volant à basse altitude.

Liesel se hissa sur le rebord et s'insinua à l'intérieur. Rudy avait eu raison de lui faire ôter ses chaussures, car elle atterrit plus lourdement sur le plancher qu'elle ne l'aurait pensé. L'impact fut douloureux pour la plante de ses pieds.

La pièce n'avait pas changé.

Liesel évacua le sentiment de nostalgie qui la gagnait. Elle s'avança en rampant, puis laissa ses yeux s'habituer à la pénombre poussiéreuse.

« Que se passe-t-il ? » chuchota au-dehors Rudy. Elle le fit taire d'un geste de la main qui signifiait : « *Halt's Maul* – Tiens-toi tranquille. »

« De la nourriture, lui rappela-t-il. Trouve de la *nourriture*. Et des cigarettes, si tu peux. »

Ce n'était toutefois pas ce que Liesel avait à l'esprit. Elle était dans son élément, parmi les livres du maire aux couvertures de toutes les couleurs, avec leurs titres gravés en lettres dorées ou argentées. Elle sentait l'odeur des pages. C'est tout juste si elle n'avait pas sur la langue le goût des mots qui s'accumulaient autour d'elle. Ses pas la conduisirent vers le mur de droite. Elle savait où trouver le livre qu'elle cherchait, mais, lorsqu'elle parvint à l'endroit où était habituellement rangé *Le Siffleur*, il n'était pas là. À sa place, sur l'étagère, il y avait un petit espace vide.

Elle entendit des pas résonner au-dessus de sa tête.

« La lumière ! Elle s'est éteinte ! » chuchota Rudy par la fenêtre ouverte.

« *Scheisse !* »

« Ils descendent ! »

Une éternité s'écoula, les quelques secondes nécessaires à Liesel pour se décider. Elle fit le tour de la pièce du regard et aperçut *Le Siffleur*, qui attendait patiemment sur le bureau du maire.

« Grouille-toi ! » lança Rudy. Mais Liesel ne se pressa pas. Elle alla tranquillement prendre le livre. Puis elle traversa la pièce jusqu'à la fenêtre, se hissa sur le rebord, et retomba sur ses pieds de l'autre côté. Cela lui fit à nouveau mal, mais aux chevilles, cette fois.

« Cours, cours ! implora Rudy. *Schnell !* »

Lorsqu'ils se retrouvèrent sur la route de la rivière, en direction de la rue de Munich, elle s'arrêta pour récupérer, pliée en deux. L'air se figeait dans sa gorge et son sang battait à ses oreilles.

Rudy était dans le même état.

Lorsqu'il leva les yeux, il vit le livre glissé sous son bras. Il resta bouche bée. « Qu'est-ce que… » Il ne trouvait pas les mots. « Tu as pris un livre ? »

Liesel haletait, maintenant. « C'est tout ce que j'ai trouvé. »

Malheureusement, Rudy flaira le mensonge. Il la considéra, tête penchée. « Tu n'es pas allée chercher à manger, hein ? Tu as eu ce que tu voulais… » C'était plus une affirmation qu'une question.

Liesel se redressa. Elle venait de penser à quelque chose. Quelque chose d'atterrant.

Les chaussures.

Elle regarda les pieds de Rudy, puis ses mains, puis le sol autour de lui.

« Quoi ? interrogea-t-il. Qu'est-ce qu'il y a ?

— *Saukerl !* Où sont mes chaussures ? » Rudy pâlit, ce qui confirma les doutes de Liesel. « Tu les as laissées là-bas, n'est-ce pas ? » suggéra-t-elle.

Rudy jeta des regards désespérés autour de lui, comme pour nier la réalité. Il eut beau s'imaginer en train de ramasser les chaussures, il savait que ce n'était pas le cas. Elles n'étaient pas là. Elles se trouvaient près du mur, au 8, Grande Strasse. Une présence inutile. Pire, dénonciatrice.

« *Dummkopf !* » lança-t-il en se donnant une tape sur l'oreille. Catastrophé, il contempla les pieds chaussés de socquettes de Liesel. « Imbécile que je suis ! » Il ne lui fallut pas longtemps pour décider de réparer sa bêtise. « Attends-moi ! » dit-il en retournant sur ses pas.

« Ne te fais pas prendre ! » cria Liesel. Mais il ne l'entendit pas.

Pendant son absence, les minutes furent longues.

La nuit était maintenant complètement tombée et Liesel s'attendit à recevoir une bonne *Watschen* en rentrant. « Dépêche-toi ! » murmura-t-elle, mais Rudy n'arrivait toujours pas. Elle s'imagina entendre les hurlements d'une sirène de police qui déroulait ses volutes.

Toujours rien.

C'est seulement au moment où elle retournait vers l'intersection des deux rues, chaussée de ses socquettes humides et sales, qu'elle l'aperçut. Il trottait tranquillement dans sa direction, tête haute, une expression triomphante sur le visage. Un sourire découvrait ses dents et il tenait les chaussures à la main. « J'ai failli y laisser la peau, dit-il, mais j'y suis arrivé. » Lorsqu'ils eurent franchi la rivière, il lui tendit les chaussures.

Assise par terre, elle leva les yeux vers son meilleur ami. « *Danke*, dit-elle. Merci. »

Rudy s'inclina légèrement. « De rien. » Il ne put s'empêcher de tenter à nouveau sa chance. « Ce n'est pas la peine de demander si j'ai droit à un baiser pour ça ?

— Pour avoir rapporté mes chaussures, que *tu* as oubliées ?

— D'accord. » Il leva les mains pour manifester son accord et continua à parler tout en marchant à ses côtés. Liesel refusa de l'écouter. Elle entendit seulement la fin. « De toute façon, si ton haleine est aussi fraîche que tes chaussures, j'aurais pas eu envie de t'embrasser.

— Tu m'écœures », dit-elle, en espérant qu'il ne pouvait pas voir le petit sourire qui lui avait échappé.

En arrivant rue Himmel, Rudy s'empara du livre. Il s'arrêta sous un lampadaire pour lire le titre et demanda à Liesel de quoi il parlait.

« C'est l'histoire d'un meurtrier, dit-elle d'un ton rêveur.

— Rien d'autre ?

— Il y a aussi un policier qui essaie de le capturer. »

Rudy lui rendit le volume. « À propos, je pense qu'on va se faire sonner les cloches en rentrant. Surtout toi.

— Pourquoi ?

— Tu sais bien. Ta maman.

— Qu'est-ce qu'elle a, ma maman ? » Comme tous les gens qui font partie d'une famille, Liesel se permettait de critiquer les membres de la sienne, mais refusait que quelqu'un d'autre le fasse et réagissait en prenant leur défense. « Qu'est-ce que tu lui reproches ? »

Rudy battit en retraite. « Mille excuses, *Saumensch.* Je ne voulais pas t'offenser. »

Même dans l'obscurité, Liesel s'apercevait que Rudy changeait. Il grandissait. Son visage s'allongeait. Sa mèche de cheveux blonds fonçait légèrement et ses traits semblaient se modifier. Ce qui ne changerait jamais, en revanche, c'était qu'on ne pouvait jamais lui en vouloir longtemps.

« Il y a quelque chose de bon à se mettre sous la dent chez toi ce soir ? interrogea-t-il.

— Ça m'étonnerait.

— Pareil pour moi. Dommage qu'on ne puisse pas manger des bouquins. Arthur Berg nous a dit quelque chose dans ce genre un jour. Tu t'en souviens ? »

Ils évoquèrent le bon vieux temps en effectuant les quelques mètres qui les séparaient de leurs maisons respectives. Liesel jetait des coups d'œil fréquents au *Siffleur* et au titre imprimé en noir sur sa couverture grise.

Avant de rentrer chez lui, Rudy s'arrêta quelques instants. « Bonsoir, *Saumensch*, dit-il en riant. Bonsoir, voleuse de livres. »

C'était la première fois que Liesel était appelée ainsi et elle ne pouvait dissimuler que cela lui plaisait beaucoup. Comme nous le savons, vous et moi, elle avait déjà volé des livres, mais, en cette fin d'octobre 1941, cela devenait officiel. Ce soir-là, Liesel Meminger devint vraiment la voleuse de livres.

TROIS ACTES STUPIDES DE RUDY STEINER

RUDY STEINER, UN PUR GÉNIE

1. Il vola la plus grosse pomme de terre chez Mamer, l'épicier du coin.
2. Accepta le défi de Franz Deutscher rue de Munich.
3. Tout en séchant les réunions des Jeunesses hitlériennes.

Le premier de ces actes était mû par l'avidité. Cela se passa par une après-midi morose, typique de la mi-novembre 1941.

Un peu plus tôt, il avait réussi à s'insinuer parmi les femmes qui faisaient la queue, munies de leurs tickets de rationnement, et ce avec une sorte de génie criminel, si je puis oser cette formule. Personne ou presque ne le remarqua.

Il parvint cependant à s'emparer de la plus grosse pomme de terre du lot, celle-là même que plusieurs personnes guignaient. Sous leurs yeux, le poing d'un gamin de treize ans se tendit vers elle et s'en saisit prestement. Un chœur d'imposantes ménagères allemandes s'éleva, indigné, tandis que Thomas Mamer sortait en trombe de son magasin et se précipitait sur Rudy.

« *Meine Erdäpfel !* s'exclama-t-il. Mes pommes de terre ! »

Rudy tenait encore le tubercule terreux, si gros qu'il devait s'y prendre à deux mains, et les femmes se rassemblèrent autour de lui comme une bande de lutteuses. Il fallait qu'il trouve une excuse de toute urgence.

« Ma famille... » commença-t-il. Un liquide clair se mit opportunément à couler de son nez et il ne fit rien pour l'essuyer. « Nous mourons de faim. Ma sœur avait besoin d'un manteau neuf. On lui a volé l'ancien. »

Mamer, qui avait saisi Rudy par le col, ne tomba pas dans le panneau. « Et tu comptes l'habiller avec une pomme de terre ? demanda-t-il.

— Non, monsieur. » Rudy se dévissa le cou pour tenter de lui faire face. L'épicier était taillé comme un tonneau, avec deux trous de balle en guise d'yeux. Ses dents étaient serrées dans sa bouche, comme les spectateurs d'un match de foot sur des gradins. « On a échangé tous nos points contre un manteau il y a trois semaines et maintenant on n'a plus rien à manger. »

L'épicier tenait toujours Rudy d'une main et la pomme de terre de l'autre. S'adressant à son épouse, il lança le mot que redoutait Rudy. « *Polizei !* »

« Oh, non ! supplia Rudy. Par pitié ! » Plus tard, il expliquerait à Liesel qu'il n'avait pas eu peur, mais j'ai la certitude que son cœur battait à tout rompre. « Pas la police, s'il vous plaît, pas la police !

— *Polizei.* » Mamer resta inébranlable, tandis que le garçon gesticulait en vain.

Un professeur se trouvait dans la file, cette après-midi-là. Herr Link faisait partie des enseignants de l'école qui n'étaient pas des prêtres ou des bonnes sœurs. Rudy capta son attention.

« Herr Link ! » C'était sa dernière chance. « Herr Link, dites-lui, s'il vous plaît. Dites-lui à quel point je suis pauvre. »

L'épicier jeta un regard interrogateur au professeur.

Herr Link s'avança. « C'est vrai, Herr Mamer. Ce garçon est pauvre. Il habite la rue Himmel. » La foule, en majorité composée de femmes, se consulta. Tout le monde savait que la rue Himmel n'était pas exactement l'endroit le plus huppé de Molching. Les gens qui y vivaient étaient très modestes. « Il a huit frères et sœurs. »

Huit !

Rudy dut réprimer un sourire, même s'il n'était pas encore tiré d'affaire. Car le professeur faisait un mensonge en sa faveur. Il avait ajouté trois enfants à la famille Steiner.

« Il lui arrive souvent de venir en classe le ventre vide », poursuivit Herr Link. Les femmes se consultèrent de nouveau. Les paroles de l'enseignant, telle une couche de peinture, créaient une atmosphère.

« Et ça lui donne le droit de voler mes pommes de terre ? rétorqua l'épicier.

— La plus grosse ! lança une des femmes.

— Taisez-vous, Frau Metzing », lui intima Mamer, et elle obéit sur-le-champ.

Au début, tous les regards étaient fixés sur la nuque de Rudy, puis ils allèrent de celui-ci à Mamer, en passant par la pomme de terre, et l'on ne saura jamais ce qui décida l'épicier à épargner le garçon.

Était-ce son côté pathétique ?

La dignité de Herr Link ?

L'intrusion de Frau Metzing ?

Toujours est-il que Mamer reposa la pomme de terre sur le tas et traîna Rudy hors du périmètre de son magasin. « Ne t'avise pas de revenir ! » dit-il en lui donnant un coup de pied aux fesses.

Du dehors, Rudy regarda l'épicier qui regagnait son comptoir et s'apprêtait à servir la cliente suivante sans ménager ses sarcasmes. « Je me demande quelle pomme de terre vous allez me demander », dit l'épicier tout en surveillant le garçon d'un œil.

Pour Rudy, c'était un échec supplémentaire.

* * *

Le second acte stupide s'avéra tout aussi dangereux, mais pour des raisons différentes.

Rudy sortirait de cette altercation avec un œil au beurre noir, des côtes fêlées et une coupe de cheveux.

Lors des réunions des Jeunesses hitlériennes, Tommy Müller continuait à avoir des problèmes, et Franz Deutscher attendait que Rudy s'en mêle. Ce qui ne tarda pas.

Rudy et Tommy durent se livrer à toute une série d'exercices sur le terrain, tandis que les autres rentraient à l'intérieur pour recevoir une leçon de tactique. Tout en courant dans le froid, les deux garçons pouvaient voir les têtes et les épaules de leurs camarades, bien au chaud derrière les fenêtres. Leur retour auprès du reste du groupe ne mit pas fin à l'exercice. Au moment où Rudy s'installait dans un coin, près de la fenêtre, et ôtait la boue de sa manche, Franz lui posa la question préférée des Jeunesses hitlériennes.

« Quelle est la date de naissance de notre Führer, Adolf Hitler ? »

Rudy leva la tête. « Pardon ? »

Franz Deutscher répéta la question et Rudy Steiner, cet idiot, qui savait parfaitement que c'était le 20 avril 1889, répondit en donnant la date de naissance du Christ, et en ajoutant le lieu, Bethléem, pour faire bonne mesure.

Franz se frotta les mains.

Ce qui était très mauvais signe.

Il marcha sur Rudy et lui ordonna d'aller faire quelques tours de terrain supplémentaires.

Rudy s'exécuta. À la fin de chaque tour, Franz lui demanda à nouveau à quelle date était né le Führer. Il fallut attendre qu'il ait fait le septième pour qu'il réponde correctement.

Le pire se produisit quelques jours après cette réunion.

Rue de Munich, Rudy aperçut Deutscher qui marchait sur le trottoir avec des copains et il fut pris d'une envie soudaine de lui lancer un caillou. On peut légitimement se demander ce qu'il avait en tête à ce moment-là. Rien, sans doute. Interrogé, il répondrait probablement qu'il avait le droit de se conduire de manière stupide si cela le tentait. À moins qu'il n'ait été pris d'une sorte de pulsion suicidaire en voyant Franz Deutscher.

Le caillou atteignit sa cible au niveau de l'épine dorsale, mais moins violemment que Rudy ne l'aurait souhaité. Franz Deutscher se retourna et parut ravi de se trouver face à Rudy Steiner, qui était accompagné de Liesel, de Tommy et de la petite sœur de celui-ci, Kristina.

« Filons ! » lança Liesel, mais Rudy ne bougea pas.

« On n'est pas aux Jeunesses hitlériennes », lui dit-il. Deutscher et ses copains, plus âgés, étaient déjà sur eux. Liesel resta auprès de son ami, tout comme Tommy, toujours agité de tics, et la fragile Kristina.

« Monsieur Steiner ! » Franz se saisit de lui et le projeta sur la chaussée.

Rudy se releva, ce qui énerva encore plus son adversaire. Deutscher le fit tomber de nouveau et le maintint quelques instants au sol en posant un genou sur sa poitrine.

Dès que Rudy se remit sur ses pieds, le groupe de garçons se moqua de Deutscher, ce qui n'arrangea rien. « Tu n'es pas capable de lui mettre une bonne trempe, Franz ? » demanda le plus grand. Il avait des yeux aussi bleus et aussi froids que le ciel, et sa question décida Deutscher à envoyer une fois pour toutes Rudy au tapis.

Des curieux se rassemblèrent autour d'eux. Rudy lança un direct à l'estomac de son adversaire, mais il manqua son coup. Au même moment, le poing de Deutscher s'écrasait sur son orbite gauche. Il vit trente-six chandelles et se retrouva à terre sans même s'en rendre compte. Dans la foulée, Deutscher le frappa au même endroit. Rudy eut l'impression que son œil passait au jaune, puis au bleu et au noir pratiquement en même temps. Trois couches de douleur.

Les spectateurs étaient curieux de savoir s'il allait se remettre sur ses jambes. Cette fois, pourtant, il resta étendu sur le sol froid, dont l'humidité se communiquait peu à peu à ses vêtements.

Il avait toujours des étoiles devant les yeux et il ne s'aperçut que trop tard de la présence de Franz au-dessus de sa tête, armé d'un couteau de poche tout neuf et prêt à s'en servir contre lui.

« Non ! » s'écria Liesel, mais le garçon de haute taille la retint. Sa voix grave chuchota à son oreille.

« Ne t'inquiète pas, lui dit-il. Il ne va pas s'en servir. Il n'a pas assez de cran. »

Il se trompait.

Franz s'agenouilla auprès de Rudy, se pencha sur lui et murmura :

« Quelle est la date de naissance de notre Führer ? » Chaque mot était soigneusement articulé. « Alors, Rudy, quand est-il né ? Tu peux me le dire, tout va bien, n'aie pas peur. »

Et Rudy ?

Comment réagit-il ?

Manifesta-t-il un peu de prudence, ou bien laissa-t-il sa stupidité l'enfoncer un peu plus dans la boue ?

Il se fit un plaisir de plonger son regard dans les yeux bleu pâle de Franz Deutscher. « Le lundi de Pâques », dit-il à mi-voix.

Un instant plus tard, le couteau était appliqué contre sa chevelure. C'était la seconde coupe de cheveux à laquelle assistait Liesel à cette période de sa vie. Les cheveux d'un Juif avaient été coupés avec des ciseaux rouillés. Un couteau étincelant s'attaquait à ceux de son meilleur ami. Personne de sa connaissance n'avait payé pour se faire couper les cheveux, en fait.

Quant à Rudy, il avait cette année-là avalé de la boue, roulé dans du fumier, été à demi étranglé par un criminel en herbe, et maintenant, cerise sur le gâteau, il était publiquement humilié dans la rue de Munich.

Sa frange cédait facilement sous la lame, mais quelques cheveux étaient arrachés, car ils faisaient de la résistance. À chaque fois, Rudy grimaçait, ce qui envoyait une décharge douloureuse dans son œil au beurre noir. Ses côtes aussi le faisaient souffrir.

« Le 20 avril mille huit cent quatre-vingt-neuf ! » martela Franz, avant de disparaître en compagnie de sa bande. Les spectateurs se dispersèrent et il ne resta plus que Liesel, Tommy, Kristina et leur ami.

Rudy restait allongé sur le sol humide.

Ce qui nous amène à son troisième acte stupide : son absence aux réunions des Jeunesses hitlériennes.

Il ne cessa pas tout de suite d'y assister, uniquement pour montrer à Franz Deutscher qu'il n'avait pas peur de lui. Au bout de quelques semaines, néanmoins, il ne s'y présenta plus.

Fièrement revêtu de son uniforme, il quittait la rue Himmel et continuait sa route avec à ses côtés Tommy, son loyal sujet.

Mais au lieu de rejoindre les Jeunesses hitlériennes, les deux garçons sortaient de la ville et longeaient la rivière Amper en faisant des ricochets avec des cailloux, en basculant d'énormes rochers dans l'eau et en se livrant à des âneries de ce genre. Rudy veillait à salir suffisamment son uniforme pour tromper sa mère, du moins jusqu'à ce qu'arrive la première lettre et qu'il entende l'appel redouté depuis la cuisine.

Au début, ses parents le menacèrent. Mais il continua à ne pas se rendre aux réunions.

Ensuite, ils le supplièrent. Il refusa.

Ce qui remit finalement Rudy sur le droit chemin, c'est qu'il eut l'occasion de changer de section. Heureusement, d'ailleurs, car s'il ne s'était pas présenté rapidement aux réunions, ses parents auraient écopé d'une amende. Son frère aîné, Kurt, proposa qu'il intègre la section Flieger, spécialisée dans l'aviation. On y construisait surtout des avions en modèles réduits et il n'y avait pas de Franz Deutscher. Rudy accepta et Tommy vint également. C'était la première fois que le comportement stupide de Rudy avait des conséquences positives.

Dans la nouvelle section, à chaque fois qu'on l'interrogeait sur la date de naissance du Führer, il répondait en souriant « le 20 avril 1889 », puis il chuchotait une autre date à l'intention de Tommy, par exemple celle de la naissance de Beethoven, ou de Mozart, ou de Strauss. Ils avaient étudié la vie de ces musiciens à l'école où, malgré sa stupidité évidente, Rudy se montrait brillant.

LE LIVRE FLOTTANT
(Deuxième partie)

Début décembre, Rudy Steiner connut enfin le succès, mais d'une manière atypique.

C'était une journée froide et calme. On aurait pu croire qu'il allait neiger.

Après l'école, Rudy et Liesel s'arrêtèrent au magasin d'Alex Steiner. Au moment où ils rentraient chez eux, ils virent Franz Deutscher, le vieux copain de Rudy, qui tournait à l'angle de la rue. Comme elle en avait l'habitude à cette période, Liesel portait *Le Siffleur*. Elle aimait sentir dans sa main le contact du livre, sa tranche rêche, son dos souple. C'est elle qui aperçut Deutscher la première.

« Regarde ! » dit-elle en le désignant du doigt. Deutscher se dirigeait vers eux à grandes enjambées en compagnie d'un autre chef des Jeunesses hitlériennes.

Rudy se recroquevilla. Il toucha son œil encore endolori. « Pas cette fois. » Il regarda autour de lui. « Si l'on passe devant l'église, on peut longer la rivière et couper par là. »

Liesel le suivit sans discuter et ils réussirent à éviter son tourmenteur – pour se précipiter à la rencontre d'un autre.

Au début, ils ne se méfièrent pas du groupe de garçons qui passaient le pont, cigarette au bec.

Lorsqu'ils les reconnurent, il était trop tard pour faire demi-tour.

« Flûte ! Ils nous ont vus. »

Viktor Chemmel sourit.

Il parla d'une voix suave, ce qui signifiait qu'il était particulièrement dangereux à ce moment-là. « Tiens, tiens, mais c'est Rudy Steiner et sa petite pute ! » Il s'approcha tranquillement et arracha *Le Siffleur* des mains de Liesel. « Voyons ce que nous sommes en train de lire », dit-il.

Rudy tenta de discuter. « C'est une affaire entre nous. Ça ne la concerne pas. Rends-lui son livre.

— *Le Siffleur.* » Chemmel s'adressait maintenant à Liesel. « C'est bien ? »

Elle s'éclaircit la voix. « Pas mal. » Malheureusement, elle se trahit. Par son regard. Inquiet. Elle sut à quel moment exact Viktor Chemmel avait décidé que le livre lui appartenait désormais.

« Écoute bien, dit-il. Cinquante marks et je te le rends.

— Cinquante marks ! » C'était Andy Schmeikl. « Voyons, Viktor, on peut s'acheter mille bouquins avec une somme pareille.

— Toi, je ne t'ai pas sonné. »

Andy se tut. Sa bouche se referma d'un seul coup.

Liesel prit un air imperturbable. « Dans ce cas, tu peux le garder. Je l'ai déjà lu.

— Alors, dis-moi ce qui se passe à la fin. »

Malheur de malheur !

Elle n'était pas allée si loin.

Elle marqua un temps d'hésitation et Viktor Chemmel comprit tout de suite.

Rudy monta au créneau. « Ne l'embête pas, Viktor. C'est moi que tu cherches, pas elle. Je ferai ce que tu voudras. »

Viktor le chassa comme une mouche en brandissant le livre, puis il le reprit.

« Non, dit-il, *je* ferai ce que *je* voudrai. » Sur ces mots, il se dirigea vers la rivière. Tout le monde se précipita à sa suite. Certains en protestant, d'autres en l'encourageant.

Cela se passa très vite, et d'une manière très décontractée. Une question fut posée, d'une voix moqueuse et amicale.

« Dites-moi, qui était le champion de lancement du disque aux jeux Olympiques de Berlin ? » Il se retourna, leur fit face et échauffa son bras. « Qui était-ce ? Bon sang, je l'ai sur le bout de la langue. C'était cet Américain, non ? Carpenter, ou quelque chose comme ça...

— S'il te plaît ! » C'était Rudy.

Viktor Chemmel tourna sur lui-même.

Sa main lâcha le livre, qui s'envola gracieusement. Il s'ouvrit et les pages battirent au vent tandis qu'il décrivait une trajectoire dans les airs. Puis, plus tôt qu'on ne l'aurait cru, il s'immobilisa et parut aspiré par la rivière. Il heurta la surface et se mit à flotter au fil de l'eau.

Viktor secoua la tête. « Pas assez haut. Un lancer médiocre. » Il sourit de nouveau. « Suffisant tout de même pour gagner, hein ? »

Des rires accueillirent ces paroles, mais Liesel et Rudy n'étaient déjà plus là.

Rudy avait dévalé la rive, cherchant à repérer le livre.

« Tu le vois ? » s'écria Liesel.

Il se mit à courir.

Il continua sa course le long de la rivière. « Là-bas ! » Il s'arrêta, l'index tendu pour montrer le livre à Liesel, puis accéléra pour le prendre de vitesse. Quelques instants plus tard, il ôtait son manteau et entrait dans l'eau.

Liesel ralentit. Elle percevait la douleur de chaque enjambée de Rudy. La morsure du froid.

Lorsqu'elle fut suffisamment proche, elle vit le livre passer à côté de son ami, mais Rudy le rattrapa. Il tendit la main et parvint à saisir ce qui n'était plus qu'une masse détrempée de carton et de papier. « *Le Siffleur !* » lança-t-il. C'était le seul livre qui flottait sur l'Amper ce jour-là, mais il éprouvait tout de même le besoin de l'annoncer.

Notons aussi que Rudy ne décida pas de sortir de l'eau glacée dès qu'il eut le livre en main. Il y resta une ou deux minutes. Il n'expliqua jamais pourquoi à Liesel, mais, pour moi, elle savait parfaitement qu'il y avait à cela une double raison.

LES MOTIVATIONS FRIGORIFIÉES DE RUDY STEINER
1. Après des mois d'échec, c'était le seul moment où il pouvait enfin profiter d'une forme de victoire.
2. À partir de cette attitude altruiste, il n'avait pas de mal à réclamer à Liesel sa faveur habituelle. Comment aurait-elle pu la lui refuser ?

« Tu me donnes un baiser, *Saumensch* ? »

Il attendit encore un peu avec de l'eau jusqu'à la taille, avant de remonter sur la rive et de lui tendre le livre. Son pantalon lui collait à la peau. Il ne s'arrêta pas, mais continua à marcher. Pour moi, il avait peur. Rudy Steiner avait peur d'embrasser la voleuse de livres. Il en avait tellement envie. Il devait tellement aimer Liesel. Au point qu'il ne lui réclamerait plus jamais un baiser et qu'il mourrait sans avoir connu le goût de ses lèvres.

SIXIÈME PARTIE

Le porteur de rêves

Avec :
le journal de la Mort – le bonhomme de neige –
treize cadeaux –
le livre suivant – le cauchemar du cadavre juif –
un ciel de papier journal –
un visiteur – un *schmunzeler* – et un dernier baiser
sur des joues empoisonnées

JOURNAL DE LA MORT : 1942

C'était une année mémorable, comme l'an 79, ou l'année 1346, pour n'en citer que deux. Par pitié, oublions la faux, c'est d'un balai ou d'une serpillière dont j'avais besoin. Et de vacances.

QUELQUES PETITES VÉRITÉS

Je n'ai pas de faux, ni de faucille.

Je ne porte une robe noire à capuche que lorsqu'il fait froid.

Et je n'ai pas cette tête de squelette que vous semblez prendre plaisir à m'attribuer. Vous voulez savoir à quoi je ressemble vraiment ? Je vais vous aider. Allez vous chercher un miroir pendant que je poursuis.

J'ai l'impression de tout centrer sur ma personne en ce moment et de ne parler que de moi, moi et moi. Mes voyages, ce que j'ai vu en 1942. D'un autre côté, en tant qu'être humain, vous devez savoir ce que c'est que d'être tourné vers soi. En fait, ce n'est pas sans raison que j'explique ce que j'ai vu à cette époque-là. Car la plupart de ces événements vont avoir des conséquences pour Liesel Meminger. Ils rapprocheront la guerre de la rue Himmel, avec *moi* dans leur sillage.

J'ai eu nombre de tournées à faire, cette année-là, de la Pologne à l'Afrique et retour, en passant par la Russie. Vous me direz que je fais mes tournées de toute façon, quelle que soit l'année, mais parfois l'espèce humaine aime accélérer les choses.

Elle augmente la production de cadavres et des âmes qui s'en échappent. Quant aux survivants, ils se retrouvent sans maison et je vois partout des sans-abri. Ils me poursuivent souvent pendant que j'erre dans les rues des villes dévastées. Ils me supplient de les emporter, sans se rendre compte que j'ai trop de travail pour cela. « Votre heure viendra », leur dis-je, et j'essaie de ne pas regarder en arrière. Parfois, j'aimerais pouvoir leur répondre : « Vous ne voyez pas tout ce que j'ai déjà sur les bras ? », mais je ne le fais pas. Je me plains intérieurement tout en vaquant à mes tâches, et, certaines années, les âmes et les corps ne s'additionnent pas ; ils se multiplient.

ÉTAT NOMINATIF ABRÉGÉ DE 1942

1. Les Juifs désespérés – leur âme dans mon giron, tandis que nous nous tenions sur le toit, près des cheminées fumantes.

2. Les soldats russes – n'emportant que peu de munitions et comptant sur celles des morts et des blessés.

3. Les cadavres détrempés échoués sur le sable et les galets d'une côte française.

* * *

La liste est encore longue, mais j'estime pour le moment que trois exemples suffisent. Avec ces trois exemples, vous avez déjà dans la bouche le goût de cendres qui définissait mon existence cette année-là.

Tant d'êtres humains.
Tant de couleurs.

Ils continuent à m'habiter. Ils harcèlent ma mémoire. Je vois les tas immenses qu'ils forment, empilés les uns sur les autres. L'air est comme du plastique, l'horizon comme de la colle en train de prendre. Le ciel est fait de gens, un ciel percé et qui goutte, tandis que des nuages cotonneux couleur de charbon battent comme des cœurs noirs.

Et puis…

Et puis il y a la Mort.
Moi, la narratrice.
Qui me fraie un chemin dans tout cela.
En surface : imperturbable, impassible.
En dessous : défaite, déconcertée, déboussolée.

En toute honnêteté (et je sais que j'ai tendance à trop me plaindre, actuellement), je ne m'étais pas encore remise de Staline, en Russie. La prétendue « seconde révolution » – l'assassinat de son propre peuple.

Et puis Hitler est arrivé.

On dit que la guerre est la meilleure amie de la mort, mais j'ai une autre opinion là-dessus. À mes yeux, la guerre est comparable à un nouveau patron qui attend de vous l'impossible. Il est là, sur votre dos, à répéter sans arrêt : « Il faut que ce soit fait, il faut que ce soit fait. » Alors, vous mettez les bouchées doubles. Et le travail est fait. Pour autant, le patron ne vous remercie pas. Il vous en demande plus encore.

Souvent, j'essaie de me remémorer ce que j'ai vu de beau à cette époque. J'explore ma bibliothèque d'histoires.

Je tends la main vers l'une d'elles.

Je crois que vous la connaissez déjà à moitié, et, si vous me suivez, je vous montrerai le reste. Je vous montrerai la seconde moitié de la voleuse de livres.

Sans le savoir, celle-ci attend un certain nombre d'événements auxquels je viens de faire allusion, mais elle vous attend aussi, vous.

Elle est en train de transporter un peu de neige dans un sous-sol.

Quelques poignées d'eau gelée peuvent certes faire sourire quelqu'un, mais elles ne lui permettront pas d'oublier.

Retrouvons-la maintenant.

LE BONHOMME DE NEIGE

Pour Liesel Meminger, le début de l'année 1942 pourrait se résumer à ceci :

Elle fêta ses treize ans. Elle n'avait toujours pas de poitrine. Elle n'avait pas encore ses règles. Le jeune homme du sous-sol était maintenant dans son lit.

Q/R
Comment Max Vandenburg
arriva-t-il dans le lit de Liesel ?
En s'effondrant.

Les opinions divergeaient, mais pour Rosa Hubermann, c'est à la Noël précédente que tout avait commencé.

Le 24 décembre avait été marqué par la faim et le froid, mais il y avait un bonus en ceci que personne n'était venu séjourner chez eux. Hans junior était sur le front russe et continuait de toute façon à refuser de voir sa famille. Trudy n'avait pu se libérer que quelques heures et était passée le week-end précédant Noël. Elle partait avec la famille qui l'employait. Les vacances d'une tout autre classe d'Allemands.

La veille de Noël, Liesel apporta à Max une grosse poignée de neige en guise de cadeau. « Fermez les yeux et tendez les mains », dit-elle. Quand elle déposa la neige au creux de ses paumes, Max frissonna et se mit à rire. Les yeux clos, il la goûta.

« C'est le bulletin météo du jour ? » demanda-t-il.

Liesel se tenait debout à côté de lui.

Elle lui toucha doucement le bras.

Il porta de nouveau un peu de neige à ses lèvres. « Merci, Liesel. »

Ce fut le début d'un merveilleux Noël. Pas grand-chose à manger. Pas de cadeaux. Mais un bonhomme de neige dans leur sous-sol.

Après avoir apporté à Max les premières poignées de neige, Liesel vérifia qu'il n'y avait personne au-dehors, puis elle rassembla tous les seaux et les récipients qu'elle put trouver. Elle les remplit avec la glace et la neige qui recouvraient la petite portion d'univers qu'était la rue Himmel. Ceci fait, elle les transporta dans le sous-sol.

Il faut être juste : c'est elle qui, la première, lança une boule de neige à Max. Lequel répliqua en lui en envoyant une dans l'estomac. Il prit même pour cible Hans Hubermann qui descendait les marches du sous-sol.

« *Arschloch !* s'exclama Hans. Liesel, donne-moi des munitions. Un seau plein, s'il te plaît ! » Pendant quelques minutes, ils oublièrent tout. Ils se retinrent de crier ou de s'interpeller, mais ils ne purent réprimer de petits éclats de rire. Après tout, ils n'étaient que des êtres humains qui jouaient avec de la neige dans un sous-sol.

Papa contempla les récipients encore pleins. « Que fait-on du reste ?

— Un bonhomme de neige, répondit Liesel, faisons un bonhomme de neige. »

Papa appela Rosa.

De là-haut, la voix familière dégringola : « Qu'est-ce qu'il y a encore, *Saukerl* ?

— Tu peux venir, s'il te plaît ? »

Lorsque sa femme apparut en haut des marches, Hans Hubermann mit sa vie en péril en lui envoyant une boule de neige parfaitement constituée. Le projectile manqua sa cible et se désintégra en heurtant le mur. Du coup, Maman eut une excuse pour dévider un chapelet de jurons. Elle descendit ensuite l'escalier et vint leur prêter main-forte. Elle alla même chercher des boutons pour les yeux et le nez de ce qui était maintenant un bonhomme de neige d'une cinquantaine de centimètres de haut, plus un bout de ficelle pour la bouche, ainsi qu'une écharpe et un chapeau.

« Un nain », avait dit Max.

« Que va-t-on faire quand il fondra ? » demanda Liesel.

Rosa connaissait la réponse. « Tu passeras la serpillière, *Saumensch*, et en vitesse.

— Il ne va pas fondre », dit Papa. Il se frotta les mains et souffla dedans. « Il gèle, ici. »

Le bonhomme de neige fondit pourtant, mais il continuait à exister dans le souvenir de chacun. C'est sans doute la dernière vision qu'ils eurent au moment de s'endormir en cette veille de Noël. Les notes d'un accordéon résonnaient à leurs oreilles, un bonhomme de neige dansait devant leurs yeux, et Liesel entendait l'écho des dernières paroles qu'avait prononcées Max près du feu avant qu'elle n'aille se coucher.

LES SOUHAITS DE NOËL DE MAX VANDENBURG

« Souvent, je souhaite que tout cela soit terminé, Liesel, et puis voilà que tu fais quelque chose du genre descendre au sous-sol avec un bonhomme de neige entre les mains. »

Malheureusement, cette nuit-là fut aussi celle où la santé de Max commença à décliner sérieusement. Les premiers symptômes, bénins en apparence, étaient caractéristiques. Il avait toujours froid et les mains moites. Il se voyait de plus en plus souvent en train de boxer avec le Führer. Il commença à s'inquiéter vraiment lorsqu'il s'aperçut qu'il ne parvenait pas à se réchauffer après avoir fait ses pompes et ses abdominaux. Il avait beau rester auprès du feu, il se sentait mal. Jour après jour, il perdait du poids. Son entraînement ralentit et il s'effondra, la joue contre le sol dur du sous-sol.

Tout au long du mois de janvier, il parvint à tenir le coup, mais, début février, son état devint préoccupant. Il avait du mal à se réveiller et dormait tard dans la matinée près du feu, la bouche tordue et les pommettes enflées. Quand on lui demandait s'il allait bien, il répondait par l'affirmative.

Vers la mi-février, quelques jours avant que Liesel ne fête ses treize ans, il arriva devant la cheminée au bord de l'évanouissement et manqua tomber dans les flammes.

« Hans ! » chuchota-t-il. Son visage se contracta, ses jambes se dérobèrent sous lui et sa tête heurta l'étui de l'accordéon.

Aussitôt, Rosa Hubermann abandonna la préparation de la soupe et se précipita auprès de lui. Tout en lui soutenant la tête, elle aboya : « Liesel, ne reste pas les bras ballants. Va prendre des couvertures supplémentaires et mets-les sur ton lit. Quant à toi... » Papa arrivait. « Aide-moi à le relever et à le transporter dans la chambre de Liesel. *Schnell !* »

Le visage de Hans Hubermann était creusé par l'inquiétude. Ses yeux gris prirent un éclat métallique et il releva Max tout seul. Le jeune Juif était aussi léger qu'un enfant. « Ne peut-on le mettre ici, dans notre lit ? »

Rosa avait déjà envisagé la question. « Non. Il faut garder les rideaux ouverts dans la journée, sinon, cela aurait l'air suspect.

— Très juste. »

Ses couvertures sur les bras, Liesel regarda Hans emporter Max dans le couloir.

Pieds inertes et tête renversée en arrière. Il avait perdu une chaussure en route.

« Avance. »

Maman leur emboîta le pas en se dandinant.

Une fois Max dans le lit de Liesel, il fut recouvert de couvertures et soigneusement bordé.

« Maman ? »

Liesel ne savait que dire d'autre.

« Qu'est-ce qu'il y a ? » Vu de derrière, le chignon serré de Rosa Hubermann était impressionnant. Il sembla se rétracter un peu plus lorsque sa propriétaire répéta la question. « Qu'est-ce qu'il y a, Liesel ? »

Liesel se rapprocha de Rosa, redoutant la réponse. « Il est vivant ? » Le chignon acquiesça.

Rosa se retourna. « Dis-toi bien que je n'ai pas pris cet homme chez moi pour le voir mourir, affirma-t-elle avec force. Compris ? »

Liesel hocha affirmativement la tête.

« Et maintenant, file. »

Dans le couloir, Papa la serra dans ses bras.

Elle en avait terriblement besoin.

Plus tard, elle entendit Hans et Rosa qui parlaient dans le noir. Rosa l'avait installée dans leur chambre et elle dormait par terre près de leur lit, sur le matelas qu'ils avaient remonté du sous-sol. (Ils avaient craint un moment qu'il ne soit contaminé, mais ils en étaient venus à la conclusion que tel n'était pas le cas. Max n'avait pas attrapé de virus. Ils se bornèrent donc à mettre des draps propres.)

Pensant Liesel endormie, Maman exprima son opinion.

« C'est ce foutu bonhomme de neige, chuchota-t-elle. Je suis sûre que tout est venu de là. Quelle idée de s'amuser avec de la glace et de la neige dans ce sous-sol glacial ! »

Papa avait une approche plus philosophique. « Rosa, tout est venu d'Adolf Hitler. » Il se redressa. « Allons voir comment il va. »

Cette nuit-là, il y eut sept visites dans la chambre de Max.

FEUILLE DE PASSAGE DES VISITEURS DE MAX VANDENBURG

Hans Hubermann : 2 fois

Rosa Hubermann : 2 fois

Liesel Meminger : 3 fois

* * *

Au matin, Liesel alla chercher le carnet de croquis de Max au sous-sol et le déposa sur sa table de nuit. Elle avait honte d'y avoir jeté un œil l'an passé, et, cette fois, elle le garda hermétiquement fermé, par respect.

Lorsque Hans Hubermann entra, elle ne se retourna pas vers lui, mais s'adressa au mur, par-dessus Max Vandenburg. « Pourquoi ai-je apporté toute cette neige ? interrogea-t-elle. Tout est venu de là, n'est-ce pas, Papa ? » Elle joignit les mains, comme dans une prière. « Pourquoi ai-je eu besoin de construire ce bonhomme de neige ? »

Papa resta sur ses positions. « Liesel, tu en as eu besoin », dit-il.

Pendant des heures, elle resta auprès de Max, qui dormait, parcouru de frissons.

« Ne mourez pas, murmura-t-elle, s'il vous plaît, Max, ne mourez pas. »

C'était le second bonhomme de neige qu'elle voyait fondre sous ses yeux. Sauf que celui-ci était différent. C'était un paradoxe.

Plus il se refroidissait, plus il fondait.

TREIZE CADEAUX

C'était l'arrivée de Max, revisitée.

Les plumes redevenues brindilles. Le visage lisse redevenu rugueux. La preuve qu'elle attendait était là. Il était vivant.

Les premiers jours, elle lui parla, assise auprès de lui. Le jour de son anniversaire, elle lui dit qu'il devait se réveiller, car il y avait un énorme gâteau dans la cuisine.

Il n'y eut pas de réveil.

Il n'y avait pas de gâteau non plus.

UN EXTRAIT NOCTURNE

Bien plus tard, j'ai pris conscience que je m'étais rendue à cette époque au 33, rue Himmel. Ce devait être à l'un des rares moments où la fillette n'était pas auprès de lui, car je n'ai vu qu'un homme allongé dans un lit. Je me suis agenouillée. Au moment où j'allais glisser mes mains à travers les couvertures, j'ai senti un renouveau, une force contraire qui repoussait mon poids. Je me suis retirée. Avec tout le travail qui m'attendait, c'était bon d'être combattue dans cette petite pièce obscure. Je me suis même offert un petit moment de sérénité, les yeux clos, avant de sortir.

Le cinquième jour, il y eut pas mal d'agitation, car Max ouvrit les yeux, quoique brièvement. Ce qu'il vit surtout (et quelle vision effrayante ce dut être de près !), ce fut Rosa Hubermann qui tentait de lui enfourner une cuillerée de soupe dans la bouche. « Avalez, lui conseilla-t-elle. Ne pensez à rien, avalez. » Dès qu'elle repassa le bol à Liesel, la fillette tenta d'apercevoir de nouveau le visage de Max, mais la croupe de Maman bouchait la vue.

« Il est toujours éveillé ? »

Lorsqu'elle se retourna, Rosa n'eut pas à répondre.

Après pratiquement une semaine, Max se réveilla à nouveau. Cette fois, Liesel et Papa étaient à son chevet lorsqu'il émit un grognement. Hans Hubermann se pencha en avant et faillit tomber de sa chaise.

Liesel poussa une exclamation. « Restez éveillé, Max, restez éveillé », dit-elle.

Il la regarda sans la reconnaître. Ses yeux la considéraient comme si elle était une énigme. Puis ils se refermèrent.

« Papa, que s'est-il passé ? »

Hans s'adossa de nouveau à son siège.

Plus tard, il lui suggéra de lire quelque chose à Max. « Tu lis beaucoup, ces temps-ci, même si l'on se demande d'où vient ce bouquin.

— Je te l'ai dit, Papa. C'est l'une des bonnes sœurs de l'école qui me l'a donné. »

Hans leva les mains. « Je sais, je sais. » Un soupir. « Simplement... » Il choisit soigneusement ses mots « Ne te fais pas prendre. »

À dater de ce jour, Liesel lut à haute voix *Le Siffleur* à Max tandis qu'il occupait son propre lit. Malheureusement, elle devait sauter des chapitres entiers, car le livre avait mal séché et des pages restaient collées. Elle s'obstina pourtant, et, bientôt, elle parvint aux trois quarts du volume, qui comportait trois cent quatre-vingt-seize pages.

Chaque jour, elle se hâtait de rentrer à la maison après l'école, dans l'espoir que l'état de Max se soit amélioré.

« Est-ce qu'il s'est réveillé ? Est-ce qu'il a mangé ?

— Retourne dehors, la supplia Maman. Tu es un moulin à paroles et ça me tourne la tête. Va jouer au football dans la rue, au nom du ciel !

— Entendu. » Liesel resta sur le seuil. « Mais viens me chercher s'il se réveille, hein ? Fais comme si tu avais découvert que j'avais fait une bêtise et hurle-moi après. Tout le monde croira que c'est vrai, je t'assure. »

Rosa elle-même ne pouvait que sourire en l'entendant. Les mains sur les hanches, elle déclara à Liesel qu'elle avait encore l'âge de recevoir une bonne *Watschen* pour son insolence. « Et marque un but, ajouta-t-elle, sinon, ce n'est pas la peine de rentrer !

— Bien sûr, Maman.

— Disons deux buts, *Saumensch* !

— Oui, Maman.

— Et arrête de répondre ! »

Liesel faillit répliquer, mais elle préféra se précipiter dans la rue boueuse pour jouer contre Rudy.

Celui-ci l'accueillit comme à l'accoutumée tandis qu'ils se disputaient le ballon. « Ben, il était temps, pauvre pomme. Où t'étais passée ? »

Une demi-heure plus tard, lorsque l'une des rares voitures qui circulaient dans la rue Himmel roula sur le ballon, Liesel eut l'idée d'un premier cadeau pour Max Vandenburg. Jugeant le dommage irréparable, les enfants rentrèrent chez eux et le ballon resta sur la chaussée glacée. Liesel et Rudy se penchèrent sur son cadavre. Un trou semblable à une bouche s'ouvrait sur son côté.

« Tu le veux ? » demanda Liesel.

Rudy haussa les épaules. « Que veux-tu que je fasse de cette merde de ballon crevé ? On ne pourra plus le gonfler, hein ?

— Tu le veux ou non ?

— Non, merci. » Rudy le poussa d'un pied précautionneux, comme un animal mort. Ou qui *pouvait* l'être.

Tandis qu'il rentrait chez lui, Liesel ramassa le ballon et le mit sous son bras. Rudy l'interpella : « Hé, *Saumensch* ! » Elle attendit. « *Saumensch !* »

Elle s'adoucit. « Quoi ?

— J'ai un vélo qui n'a plus de roues, si ça t'intéresse.

— Mets-le-toi où je pense. »

La dernière chose qu'elle entendit fut le rire de ce *Saukerl* de Rudy Steiner.

Dans la maison, elle se dirigea vers la chambre et alla déposer le ballon au pied du lit de Max.

« Je suis désolée, dit-elle, ce n'est pas grand-chose. Mais quand vous vous réveillerez, je vous dirai comment ça s'est passé. Vous ne pouvez pas imaginer comme le temps était gris. La voiture n'avait pas allumé ses phares et elle a écrasé le ballon. Là-dessus, le conducteur est sorti et il nous a hurlé dessus. Et *ensuite*, il nous a demandé son chemin. Quel culot ! »

Elle avait envie de crier : « Réveillez-vous ! »

Ou de le secouer.

Elle n'en fit rien.

Elle se contenta de contempler le ballon et son cuir tout aplati. Ce fut le premier d'une série de cadeaux.

CADEAUX 2 À 5
Un ruban, une pomme de pin.
Un bouton, un galet.

Le ballon de foot lui avait donné une idée.

Désormais, à chaque fois qu'elle allait à l'école ou qu'elle en revenait, elle regardait autour d'elle, en quête d'un objet qui puisse avoir un intérêt pour un homme en train de mourir. Au début, elle se demanda pourquoi cela avait une telle importance. Comment quelque chose d'aussi insignifiant pouvait-il réconforter quelqu'un ? Un ruban dans le caniveau. Une pomme de pin dans la rue. Un bouton négligemment posé contre le mur d'une salle de classe. Un galet du bord de l'eau. Tout cela, au fond, était la preuve qu'elle tenait à Max et ces objets leur fourniraient un sujet de conversation lorsqu'il sortirait de l'inconscience.

Quand elle était seule, elle inventait ces conversations.

« Qu'est-ce que c'est que ces babioles ? disait Max.

— Des babioles ? » Dans son imagination, elle était assise sur le bord du lit. « Ce ne sont pas des babioles, Max. C'est ce qui a fait que vous vous êtes réveillé. »

CADEAUX 6 À 9
Une plume, deux journaux.
Une enveloppe de bonbon. Un nuage.

La plume, ravissante, était coincée dans les gonds de la porte de l'église, rue de Munich. Elle pointait son nez de guingois et Liesel se précipita à son secours. Sur la gauche, les fibres étaient lisses, mais la partie droite était faite de bords délicats et de sections de triangles déchiquetés. Impossible de la décrire autrement.

Les journaux sortaient du fond glacé d'une poubelle (inutile d'en dire plus) et l'emballage du bonbon était aplati et fané, marqué par des traces de pas.

Quant au nuage...

Comment offrir à quelqu'un un morceau de ciel ?

Vers la fin février, elle se trouvait dans la rue de Munich quand un énorme nuage apparut au-dessus des collines, tel un monstre blanc. Il escaladait les montagnes. Le soleil fut éclipsé et, à sa place, une bête blanche au cœur gris observa la ville.

« Tu as vu, Papa ? » demanda-t-elle.

Hans pencha la tête et lui dit le fond de sa pensée. « Tu devrais le donner à Max, Liesel. Vois si tu peux le déposer sur la table de nuit avec le reste. »

Liesel le regarda comme s'il était devenu fou. « Mais comment ? »

D'un doigt léger, il lui tapota le crâne. « Mémorise-le. Puis mets-le par écrit pour lui. »

« ... C'était comme une grande bête blanche, dit-elle lorsqu'elle le veilla à nouveau, et elle venait de l'autre côté de la montagne. »

Une fois qu'elle eut complété et modifié sa phrase, Liesel sentit qu'elle l'avait mise au point. Elle l'imagina en train de passer de sa main à celle de Max, à travers les couvertures, et elle l'inscrivit sur un bout de papier, qu'elle fixa à l'aide du galet.

CADEAUX 10 À 13
Un soldat de plomb.
Une feuille miraculeuse.
Un siffleur achevé.
Une tranche de chagrin.

* * *

Le soldat était enfoui dans la terre, non loin de chez Tommy Müller. Il était éraflé et l'on avait marché dessus. Mais Liesel constata que, même blessé, il tenait encore debout.

La feuille était une feuille d'érable. Elle la trouva dans le placard à balais de l'école, parmi les seaux et les plumeaux. La porte était entrouverte. La feuille était sèche et rêche, comme du pain grillé, et sa surface était parsemée de collines et de vallées. D'une manière ou d'une autre, elle avait réussi à franchir le couloir de l'école et à entrer dans le placard. Telle une moitié d'étoile avec une tige. Liesel la prit et la fit tourner entre ses doigts.

Elle ne la déposa pas sur la table de nuit avec les autres objets. Elle l'épingla sur le rideau tiré, juste avant de lire les trente-quatre dernières pages du *Siffleur*.

Elle ne prit pas le temps de souper, de boire, ni même d'aller aux toilettes. Toute la journée à l'école, elle s'était promise qu'elle finirait son livre aujourd'hui, et Max Vandenburg écouterait. Il allait se réveiller.

Papa était assis dans un coin sur le sol. Comme d'habitude, il n'avait pas de travail. Heureusement, il s'en irait bientôt jouer de l'accordéon au Knoller. Le menton posé sur les genoux, il écoutait la fillette à qui il s'était donné le mal d'apprendre l'alphabet. D'une voix empreinte de fierté, elle livra à Max Vandenburg les derniers mots terrifiants du texte.

LE DERNIER PASSAGE
DU *SIFFLEUR*

Ce matin-là, à Vienne, les fenêtres du train s'embrumaient, et tandis que les gens se rendaient innocemment à leur travail, un meurtrier sifflait son air joyeux. Il acheta son billet, salua poliment le conducteur et les autres passagers. Il laissa même sa place à une dame âgée et échangea des propos polis avec un turfiste qui parlait de chevaux américains. Après tout, le siffleur aimait parler. Il parlait aux gens et les amenait ainsi à l'apprécier et à lui faire confiance. Il leur parlait au moment où il les assassinait en les torturant et en retournant son couteau dans la plaie. C'est seulement lorsqu'il n'avait personne à qui parler qu'il se mettait à siffler et c'est pourquoi il sifflait après un meurtre...

« Alors, vous pensez que le terrain est favorable au sept, n'est-ce pas ?

— Absolument. » Le turfiste sourit. La confiance s'était déjà installée. « Il va remonter tous ses concurrents et les écrabouiller ! » Il hurla pour se faire entendre par-dessus le bruit du train.

« Si vous insistez. » Le siffleur eut un sourire affecté et il se demanda quand ils allaient retrouver le corps de l'inspecteur dans cette BMW flambant neuve.

« Jésus, Marie, Joseph ! » Hans Hubermann ne put cacher son incrédulité. « C'est une bonne sœur qui t'a donné *ça* ? » Il se leva et vint l'embrasser sur le front. « Bonsoir, Liesel, le Knoller m'attend.

— Bonsoir, Papa.

— Liesel ! »

Elle ignora l'appel.

« Liesel, viens manger quelque chose ! »

Cette fois, elle répondit : « J'arrive, Maman. » En fait, elle s'adressait à Max. Elle s'approcha de lui et déposa le livre qu'elle venait de terminer sur la table de nuit avec tout le reste. Tandis qu'elle se penchait au-dessus du lit, elle chuchota : « Max, réveillez-vous ! » Elle fondit en larmes et ne put s'arrêter de pleurer en silence, même lorsqu'elle entendit Rosa arriver derrière elle. Un peu d'eau salée tomba de ses yeux sur le visage de Max Vandenburg.

Maman l'étreignit.

Ses bras la happèrent.

« Je sais », dit-elle.

Elle savait.

DE L'AIR FRAIS, UN VIEUX CAUCHEMAR ET QUE FAIRE D'UN CADAVRE JUIF

Ils étaient au bord de l'Amper et Liesel venait de dire à Rudy qu'elle envisageait d'aller subtiliser un autre livre chez le maire Après *Le Siffleur*, elle avait lu à plusieurs reprises *L'Homme qui se penchait*, quelques minutes à chaque fois, au chevet de Max. Elle avait aussi essayé *Le Haussement d'épaules* et même *Le Manuel du fossoyeur*, mais rien n'y faisait. J'ai besoin de quelque chose de nouveau, se dit-elle.

« Tu as même lu le dernier ?

— Évidemment. »

Rudy lança une pierre dans l'eau. « C'était bien ?

— Évidemment.

— *Évidemment, évidemment.* » Il tenta d'extraire une autre pierre du sol, mais s'écorcha le doigt.

« Ça t'apprendra.

— *Saumensch.* »

Quand votre interlocuteur répondait par *Saumensch*, ou *Saukerl*, ou *Arschloch*, c'était signe que vous lui aviez cloué le bec.

* * *

Toutes les conditions étaient réunies pour commettre un vol. C'était une après-midi maussade de début mars et il faisait à peine quelques degrés au-dessus de zéro, ce qui est toujours plus pénible qu'un bon – 10 °C. De rares passants. Une pluie semblable aux copeaux gris sortant d'un taille-crayon.

« On y va ?

— Prenons un vélo, dit Rudy, je peux te passer l'un des nôtres. »

Cette fois, Rudy tenait à entrer lui-même dans la maison. « Aujourd'hui, c'est mon tour », dit-il tandis qu'ils se gelaient les doigts sur le guidon.

Liesel réfléchit à toute vitesse. « Il vaut mieux pas, Rudy. C'est très encombré, là-dedans. En plus, il fait sombre. Bête comme tu es, tu vas tout de suite buter sur quelque chose ou te cogner.

— Merci ! » Quand il était dans cet état d'esprit, Rudy ne se laissait pas facilement manipuler.

« Et puis il faut sauter. C'est plus haut que tu ne le crois.

— Est-ce que par hasard tu sous-entendrais que j'en suis incapable ? »

Liesel se mit debout sur les pédales. « Pas du tout. »

Ils passèrent le pont et montèrent la colline jusqu'à Grande Strasse. La fenêtre était ouverte.

Comme la fois précédente, ils examinèrent la maison. Ils apercevaient vaguement l'intérieur. Une lumière était allumée au rez-de-chaussée, à l'emplacement de ce qui devait être la cuisine. Une ombre allait et venait.

« On va faire quelques tours du pâté de maisons, dit Rudy. Une chance qu'on ait pris les vélos, hein ?

— N'oublie pas de rapporter le tien chez toi.

— Très drôle, *Saumensch.* Pas de risque. Il est un peu plus volumineux que tes chaussures crasseuses. »

Ils tournèrent pendant un quart d'heure, mais la femme du maire était visiblement toujours au rez-de-chaussée, ce qui rendait l'opération périlleuse. Comment osait-elle rester scotchée à sa cuisine ? Pour Rudy, la cuisine était à l'évidence le but visé. Il s'agissait d'entrer, de rafler toute la nourriture qu'il pourrait transporter, et alors seulement, s'il avait le temps, il glisserait un livre dans son pantalon en sortant. N'importe quel livre.

Le point faible de Rudy, néanmoins, c'était l'impatience. « Il se fait tard, dit-il en commençant à s'éloigner de la maison. Tu viens ? »

Pas question.

Liesel ne s'était pas traînée jusque-là sur un vélo rouillé pour repartir sans un livre. Elle cala l'engin dans le caniveau, vérifia qu'il n'y avait personne aux alentours, et se dirigea vers la fenêtre d'une allure décidée, mais sans hâte. Puis elle ôta ses chaussures et se hissa pieds nus sur le rebord.

Elle referma ses doigts sur le bois et s'introduisit à l'intérieur.

Cette fois, elle se sentit un peu plus à l'aise. Pendant quelques précieux instants, elle fit le tour de la pièce, à la recherche d'un titre attirant. À deux ou trois reprises, elle faillit tendre la main vers un volume. Elle envisagea même d'en prendre plus d'un, mais elle ne voulait pas abuser de ce qui était une sorte de système. Pour le moment, elle n'avait besoin que d'un livre. Elle poursuivit son examen des étagères.

Derrière elle, un surcroît d'obscurité entrait par la fenêtre. Une odeur de poussière et de larcin s'attardait dans le décor. C'est alors qu'elle l'aperçut.

Le livre était rouge, avec le titre écrit en noir sur le dos. *Der Traumträger. Le Porteur de rêves.* Elle pensa à Max Vandenburg et à ses rêves. À la culpabilité. À la survie. Au fait de quitter sa famille. De combattre le Führer. Elle pensa aussi à son propre rêve – son frère, mort dans le train, et son apparition sur les marches, à deux pas de cette pièce où elle se trouvait maintenant. La voleuse de livres avait vu son genou ensanglanté après l'avoir poussé.

Elle prit le livre sur l'étagère, le glissa sous son bras, et, dans un mouvement fluide, enjamba le rebord de la fenêtre et sauta au-dehors.

Rudy tenait son vélo prêt. Et il avait ses chaussures. Dès qu'elle les eut enfilées, ils se sauvèrent.

« Jésus, Marie, Joseph, Meminger ! » C'était la première fois qu'il l'appelait *Meminger*. « Tu es vraiment cinglée, tu sais ! »

Tout en appuyant à fond sur les pédales, Liesel approuva. « Je sais. »

Au niveau du pont, Rudy dressa le bilan de l'après-midi. « Ou bien ces gens sont complètement givrés, conclut-il, ou bien ils aiment avoir de l'air frais chez eux. »

UNE PETITE SUGGESTION
Ou alors, il y avait dans Grande Strasse une femme qui laissait maintenant ouverte la fenêtre de sa bibliothèque pour une autre raison – mais là, je fais preuve de cynisme, ou d'espoir. Ou des deux.

Liesel cacha *Le Porteur de rêves* sous sa veste et se plongea dans sa lecture dès qu'elle fut rentrée chez elle. Assise sur la chaise près de son lit, elle murmura : « C'est un nouveau, Max, juste pour vous. » Elle commença à lire. « Chapitre un : Comme il se doit, toute la ville était plongée dans le sommeil au moment où le porteur de rêves vint au monde... »

Chaque jour, Liesel lisait deux chapitres, un le matin avant d'aller à l'école et un autre dès son retour. Parfois, le soir, lorsqu'elle ne trouvait pas le sommeil, elle lisait aussi la moitié d'un troisième, et il lui arrivait de s'endormir, le nez sur son livre.

Elle fit de cette lecture une mission.

Elle offrait *Le Porteur de rêves* à Max, comme si les mots seuls pouvaient le nourrir. Un mardi, elle eut conscience d'un mouvement. Elle aurait juré qu'il avait ouvert les yeux. Dans ce cas, cela aurait été très fugitif. À vrai dire, c'était plutôt le fruit de son imagination et de son désir de le voir s'éveiller.

Vers la mi-mars, les premières failles apparurent.

Rosa Hubermann faillit craquer une après-midi dans la cuisine. Elle éleva la voix, puis baissa aussitôt le ton. Liesel abandonna sa lecture et se dirigea tranquillement vers le couloir. Bien qu'elle fût tout près de Maman, elle avait du mal à distinguer ses paroles. Lorsqu'elle les comprit, elle le regretta, car ce qu'elle entendait était terrible. C'était la réalité.

CE QUE DISAIT LA VOIX DE MAMAN
« Qu'est-ce qui va se passer s'il ne se réveille pas ?
Qu'est-ce qui va se passer s'il meurt ici, dis-moi, Hansi ?
Qu'allons-nous faire du cadavre, au nom du ciel ? On ne pourra
pas le laisser là, l'odeur sera insupportable… Et on ne pourra
pas non plus le transporter jusqu'à la porte et le traîner dans la
rue. Impossible de dire : "Vous ne devinerez jamais ce que nous
avons trouvé ce matin dans notre sous-sol…"
Ils nous le feront payer cher. »

Elle avait parfaitement raison.

Un cadavre juif posait un énorme problème. Les Hubermann avaient besoin de remettre Max Vandenburg sur pied, non seulement pour son bien, mais pour le leur. Même Papa, qui apportait toujours une note apaisante, sentait maintenant la pression.

« Écoute. » Il parlait d'une voix calme, mais rauque. « Si ça arrive, s'il meurt, il faudra trouver une solution. » Liesel aurait juré qu'elle l'avait entendu déglutir. Comme s'il avait reçu un coup sur la trachée-artère. « On prendra ma charrette, quelques bâches et… »

Liesel entra dans la cuisine.

« Pas maintenant, Liesel. » C'était Hans qui s'adressait à elle, mais sans la regarder. Il contemplait le reflet déformé de son visage dans une cuillère retournée, les coudes posés sur la table.

La voleuse de livres ne battit pas en retraite. Elle fit quelques pas et s'assit. Ses mains froides cherchèrent à se réfugier dans ses manches et une phrase sortit de sa bouche. « Il n'est pas encore mort. » Les mots atterrirent sur la table et s'installèrent au beau milieu. Tous trois les contemplèrent. Ils ne pouvaient aller au-delà dans l'espoir. Il n'est pas encore mort. Il n'est pas encore mort. C'est Rosa qui rompit le silence.

« Quelqu'un a faim ? »

Peut-être le dîner était-il le seul moment de répit par rapport à la maladie de Max. Nul ne le niait tandis qu'ils étaient tous trois installés devant leurs tranches de pain et leurs assiettes de soupe ou de pommes de terre. Tous le pensaient, mais personne ne parlait.

Quelques heures plus tard, dans la nuit, Liesel se réveilla et s'émerveilla de la *force d'âme* de Rosa (elle avait appris l'expression dans *Le Porteur de rêves*, qui était l'exacte antithèse du *Siffleur* : un livre sur un enfant abandonné qui voulait devenir prêtre). Elle s'assit sur son matelas et inspira profondément.

« Liesel ? » Papa se tourna sur le côté. « Que se passe-t-il ?

— Rien, Papa, tout va bien. » Mais à peine avait-elle terminé sa phrase qu'elle se souvint précisément de son rêve.

UNE PETITE IMAGE

Dans l'ensemble, le rêve est identique.
Le train avance à la même vitesse.
Son frère tousse beaucoup. Seulement, cette fois, Liesel ne peut voir son visage qui contemple le sol. Lentement, elle se penche et le prend par le menton. C'est alors qu'elle se trouve face au visage de Max Vandenburg, dont les yeux grands ouverts la fixent. Une plume tombe au sol. Le corps est maintenant plus grand, proportionnel au visage. Le train hurle.

« Liesel ?

— Tout va bien, ne t'inquiète pas. »

Frissonnante, elle quitta le matelas et, tétanisée par la peur, elle emprunta le couloir et se rendit au chevet de Max. Au bout de quelques minutes, quand elle retrouva un peu de calme, elle essaya d'interpréter son rêve. Était-ce la prémonition de la mort de Max ? Une simple réaction à la conversation dans la cuisine ? Max avait-il maintenant remplacé son frère pour elle ? Et si tel était le cas, comment pouvait-elle se débarrasser de cette manière de quelqu'un avec qui elle était unie par les liens du sang ? Peut-être même était-ce l'expression d'un désir profondément enfoui de voir mourir Max. Après tout, si c'était valable pour son frère, ce pouvait l'être aussi pour ce Juif.

« C'est ce que tu penses ? » murmura-t-elle, debout à côté du lit. « Non. » Elle ne le croyait pas. Elle maintint sa réponse tandis qu'elle s'habituait à l'obscurité et distinguait les formes diverses posées sur la table de nuit. Les cadeaux.

« Réveillez-vous, Max », dit-elle.

Il resta inconscient.

Pendant huit jours encore.

À l'école, on entendit frapper à la porte.

« Entrez ! » dit Frau Olendrich.

La porte s'ouvrit et toute la classe se retourna. Rosa Hubermann se tenait sur le seuil. Un ou deux élèves eurent un hoquet en la voyant – une petite armoire avec un ricanement peint au rouge à lèvres et des yeux comme du chlore. Une légende. Elle avait mis ses plus beaux habits, mais ses cheveux étaient dans un état épouvantable. Les mèches élastiques ressemblaient vraiment à une serviette grise.

L'enseignante eut l'air affolé. « Frau *Hu*bermann… » Ses gestes étaient maladroits. Elle fouilla la salle de classe du regard. « Liesel ? »

Liesel jeta un coup d'œil à Rudy, puis elle se leva et se dirigea rapidement vers la porte afin de mettre le plus tôt possible un terme à la gêne. Elle la referma sur elle et se retrouva seule dans le couloir avec Rosa.

Qui regardait de l'autre côté.

« Que se passe-t-il, Maman ? »

Rosa se retourna. « Ne me fais pas le coup des "Que se passe-t-il, Maman", espèce de petite *Saumensch* ! » Elle crachait les mots comme une mitraillette. « Ma brosse à cheveux ! » Des rires filtrèrent par-dessous la porte de la salle de classe, mais furent rapidement étouffés.

« Maman ? »

Le visage de Rosa avait une expression sévère, et pourtant ses yeux souriaient. « Bon sang, qu'as-tu fait de ma brosse à cheveux, petite voleuse ? Stupide *Saumensch*, je t'ai dit cent fois de ne pas y toucher, mais tu ne m'écoutes pas, bien sûr ! »

La tirade se poursuivit pendant une minute encore. Liesel tenta désespérément de suggérer un ou deux endroits où pouvait se trouver la fameuse brosse. Soudain, Rosa attira Liesel à elle durant quelques secondes et chuchota quelques mots, si bas que Liesel eut du mal à les comprendre. « Tu m'as dit de venir te crier dessus. Que tout le monde le croirait. » Elle jeta des regards autour d'elle. « Il s'est réveillé, Liesel, il s'est réveillé. » Elle sortit de sa poche le soldat de plomb tout éraflé. « Il a dit de te donner ça. C'était son préféré. » Elle le tendit à Liesel en souriant, mais, avant que la fillette ait pu répondre, elle reprit son discours courroucé. « Alors, réponds ! As-tu une idée de l'endroit où tu as pu la laisser ? »

Il est vivant, pensait Liesel. « ... Non, Maman, je suis désolée, je ne...

— Je me demande bien à quoi tu sers, dans ce cas. » Rosa la lâcha, lui fit un petit signe de tête et s'éloigna.

Pendant un moment, Liesel resta immobile. Le couloir était immense. Elle examina le soldat dans sa paume. Son instinct lui disait de se précipiter à la maison, mais le bon sens le lui interdisait. Elle rangea le soldat abîmé dans sa poche et regagna la salle de classe.

Tout le monde attendait.

« Vieille bique ! » dit-elle entre ses dents.

Les autres élèves rirent de nouveau. Pas Frau Olendrich.

« Qu'est-ce que j'ai entendu ? »

Liesel flottait sur un petit nuage. Elle se sentait indestructible. « J'ai dit "Vieille bique" », répondit-elle, hilare, et elle reçut sur-le-champ la main du professeur sur la figure.

« Ne parle pas comme ça de ta mère », lança Frau Olendrich. Mais cela ne fit guère d'effet à Liesel, qui essaya simplement de réprimer son sourire. Après tout, elle pouvait bien recevoir une *Watschen*, elle aussi. « Maintenant, retourne à ta place.

— Bien, Frau Olendrich. »

Près d'elle, Rudy osa prendre la parole.

« Jésus, Marie, Joseph, chuchota-t-il. Tu as les cinq doigts de sa main imprimés sur la figure !

— Ça va », dit Liesel. Max était vivant.

Lorsqu'elle rentra chez elle, cette après-midi-là, Max était assis sur le lit, le ballon crevé sur les genoux. Sa barbe le démangeait et ses yeux larmoyants luttaient pour rester ouverts. Un bol à soupe vide était posé près des cadeaux.

Ils ne se dirent pas bonjour.

Ce fut plus abrupt.

La porte s'ouvrit en grinçant, Liesel entra et se tint devant lui. « Est-ce que Maman vous a forcé à avaler ça ? » demanda-t-elle.

Il fit « oui » de la tête. Satisfait et épuisé. « Mais c'était très bon.

— Vraiment ? La soupe de Maman ? »

La bouche de Max s'étira. Ce n'était pas vraiment un sourire. « Merci pour les cadeaux, dit-il, merci pour le nuage. Pour celui-ci, ton papa m'a expliqué. »

Au bout d'une heure, Liesel décida de lui parler franchement. « On se demandait ce qu'on ferait si vous mouriez, Max. On... »

Il comprit tout de suite. « Tu veux dire, comment vous débarrasser de moi ?

— Je suis désolée.

— Tu n'as pas à l'être. » Il n'était pas offensé. « Vous aviez raison. » Il jouait doucement avec le ballon. « Vous aviez raison d'y penser. Dans votre situation, un Juif mort est aussi dangereux qu'un Juif vivant, si ce n'est plus.

— J'ai fait un rêve, aussi. » Elle entreprit de le décrire en détail, le soldat de plomb à la main. Elle allait s'excuser de nouveau lorsque Max intervint.

« Liesel. » Il plongea son regard dans le sien. « Ne me fais jamais d'excuses. C'est moi qui t'en dois. » Il se tourna vers les objets qu'elle lui avait apportés. « Regarde tous ces cadeaux. » Il prit le bouton et le garda dans sa main. « Et Rosa m'a dit que tu étais venue me faire la lecture deux fois par jour, quelquefois trois. » Il contemplait maintenant les rideaux comme s'il pouvait voir à travers. Il se redressa un peu et se tut, le temps de quelques phrases muettes. Puis un frémissement gagna son visage. « Liesel ? » Max se déplaça légèrement vers la droite. « J'ai peur de me rendormir, lui confia-t-il.

— Dans ce cas, je vais vous lire quelque chose, dit Liesel d'un ton décidé. Et si vous vous rendormez, je vous gifle. Je ferme le livre et je vous secoue comme un prunier jusqu'à ce que vous vous réveilliez. »

L'après-midi et une grande partie de la soirée, Liesel fit la lecture à Max Vandenburg qui, assis dans le lit, s'imprégnait des mots. Un peu après vingt-deux heures, lorsque Liesel leva les yeux du *Porteur de rêves*, elle s'aperçut qu'il s'était endormi. Inquiète, elle lui donna un petit coup sec avec le volume. Il s'éveilla.

Il se rendormit encore trois fois. Par deux fois, elle le réveilla.

Les quatre jours suivants, il s'éveilla chaque matin dans le lit de Liesel. Ensuite, il retourna dormir près du feu, puis, vers la mi-avril, au sous-sol. Il allait beaucoup mieux, sa barbe avait disparu et il commençait à se remplumer.

Dans le monde intérieur de Liesel, ce fut un moment de grand soulagement. Au-dehors, les choses commençaient à se gâter. Fin mars, la ville de Lübeck fut bombardée. Ce serait ensuite le tour de Cologne, puis d'autres villes allemandes, dont Munich.

Oui, j'avais le patron sur le dos.

« Il faut que ce soit fait, il faut que ce soit fait. »

Les bombes arrivaient – et moi aussi.

JOURNAL DE LA MORT : COLOGNE

Ce 30 mai-là…

Je suis persuadée que Liesel Meminger dormait à poings fermés lorsque plus d'un millier de bombardiers se dirigèrent vers la ville de Cologne. Résultat pour moi : à peu près cinq cents personnes. Cinquante mille autres, privées d'abri, errèrent parmi les décombres, tentant de s'y retrouver et de deviner quel pan de mur effondré avait été leur domicile.

Cinq cents âmes.

Je les portais à la main, comme des valises. Ou bien je les jetais sur mon épaule. C'est seulement les enfants que j'ai emportés dans mes bras.

Quand j'ai eu fini ma tâche, le ciel était jaune, comme un journal en train de brûler. En le regardant attentivement, je distinguais les mots, ceux des gros titres qui commentaient l'évolution du conflit. Comme j'aurais aimé arracher tout ça, rouler en boule ce ciel de papier journal et le jeter au loin ! Mais j'avais mal aux bras et je ne pouvais me permettre de me brûler les doigts. C'est que mon travail était loin d'être terminé.

Comme vous pouvez l'imaginer, beaucoup de gens sont morts sur le coup. Pour d'autres, ce fut plus long. Je devais me rendre dans d'autres endroits encore, vers d'autres cieux, pour recueillir d'autres âmes. Lorsqu'un peu plus tard, je suis revenue à Cologne, peu après le passage des derniers avions, j'ai pu remarquer quelque chose d'étonnant.

Je transportais l'âme calcinée d'une adolescente, lorsque j'ai levé les yeux vers le ciel, maintenant couleur de soufre. Non loin de moi, il y avait un groupe de fillettes d'une dizaine d'années. L'une d'elles poussa une exclamation.

« Qu'est-ce que c'est ? »

Elle pointa l'index en direction d'un objet noir qui tombait du ciel. Au début, cela ressemblait à une plume noire descendant doucement. Ou à un peu de cendre. Puis l'objet grossit. La même fillette, une rouquine avec des taches de rousseur, répéta sa question, sur un ton plus insistant encore. « Qu'est-ce que c'est donc ?

— C'est un corps », suggéra une autre. Un corps tordu avec des cheveux noirs.

« C'est encore une bombe ! »

Mais cela allait trop lentement pour être une bombe.

Tandis que l'âme de l'adolescente continuait à se consumer doucement entre mes bras, je les accompagnai sur une centaine de mètres. Comme elles, je gardais les yeux fixés sur le ciel. Je ne voulais surtout pas regarder le visage abandonné de mon adolescente. Une jolie jeune fille. Elle avait désormais toute la mort devant elle.

Une voix nous surprit. C'était celle d'un père mécontent qui ordonnait à sa progéniture de rentrer. La rouquine réagit. Les petits points de ses taches de rousseur prirent la forme de virgules. « Mais, Papa, regarde ! »

L'homme fit quelques pas et identifia très vite l'objet. « C'est le carburant, dit-il.

— Qu'est-ce que tu veux dire ?

— Le carburant, répéta-t-il. Enfin, le réservoir. » Il était chauve, enveloppé dans des couvertures. « Dans celui-ci, ils ont utilisé tout le carburant et ils se débarrassent du réservoir vide. Regardez, il y en a un autre là-bas !

— Et là aussi ! »

Avec un enthousiasme juvénile, toutes les fillettes scrutèrent le ciel, à la recherche de réservoirs vides.

Le premier atterrit avec un bruit mat.

« On peut le garder, Papa ?

— Non. » Le papa, qui venait d'être bombardé et était encore sous le choc, n'avait pas l'esprit à ça. « Non, on ne peut pas le garder.

— Pourquoi ?

— Je vais demander à mon père si je peux l'avoir, moi, dit une autre fillette.

— Moi aussi. »

Non loin des décombres de Cologne, un groupe de gamines ramassaient des réservoirs de carburant vides dont leurs ennemis s'étaient débarrassés. Moi, comme d'habitude, je ramassais des êtres humains. Je n'en pouvais plus. Et l'on était à peine à la moitié de l'année.

LE VISITEUR

Ils avaient trouvé un autre ballon pour jouer au foot rue Himmel. Ça, c'était la bonne nouvelle. La moins bonne, c'était que des membres du parti nazi, le NSDAP, venaient dans leur direction.

Le groupe avait quadrillé Molching, rue par rue, maison par maison. Maintenant, ils étaient devant la boutique de Frau Diller et fumaient une cigarette avant de poursuivre leur tâche.

Il y avait à Molching un certain nombre d'abris antiaériens, mais, après le bombardement de Cologne, il fut décidé d'en installer quelques autres. Une inspection de toutes les maisons était donc en cours afin de déterminer quels sous-sols feraient l'affaire.

Les enfants observaient de loin la scène.

Ils pouvaient voir la fumée qui s'élevait au-dessus du groupe.

Liesel venait juste d'arriver et elle avait rejoint Rudy et Tommy. Harald Mollenhauer était allé récupérer le ballon. « Qu'est-ce qui se passe ? »

Rudy enfonça ses mains dans ses poches. « Les gens du parti. » Il observa la progression de son ami avec le ballon dans la haie de Frau Holtzapfel. « Ils vérifient les maisons et les immeubles. »

Liesel sentit sa bouche se dessécher. « Qu'est-ce qu'ils veulent ?

— Il faut tout te dire ! Explique-lui, Tommy. »

Tommy plissa le front. « Ma foi, j'en sais rien.

— Vraiment, vous êtes nuls, tous les deux. Ils cherchent d'autres abris antiaériens.

— Quoi, des sous-sols ?

— Non, des greniers ! Enfin, Liesel, réfléchis ! Des sous-sols, bien sûr. »

Le ballon revenait.

« Rudy, à toi ! »

Il donna un coup de pied dedans. Liesel n'avait pas bougé. Elle se demandait comment rentrer chez elle sans attirer les soupçons. Du côté de la boutique de Frau Diller, la fumée disparaissait et le petit groupe d'hommes commençait à se disperser. La panique la gagna. Gorge serrée, l'impression de respirer du sable. Réfléchis, se dit-elle, réfléchis.

Rudy marqua.

Des voix lointaines le félicitèrent.

Réfléchis, Liesel.

Elle avait trouvé.

J'ai trouvé, se dit-elle, mais il faut que ça fasse vrai.

Tandis que les nazis progressaient dans la rue et peignaient les lettres LSR sur certaines portes, le ballon fut lancé à l'un des garçons les plus âgés, Klaus Behrig.

LSR
***Luft Schutz Raum* :**
abri antiaérien

Klaus se retourna avec le ballon juste au moment où Liesel arrivait et la collision fut si violente que le match s'arrêta automatiquement. Le ballon alla rouler un peu plus loin et les joueurs se précipitèrent. Liesel tenait son genou écorché d'une main et sa tête de l'autre. Klaus Behrig se tenait seulement l'avant du tibia en grimaçant et en jurant. « Où est-elle ? cracha-t-il. Je vais la réduire en bouillie ! »

Il n'en fit rien.

Mais ce fut pire.

Car un membre du parti avait vu l'incident et venait gentiment à la rescousse. « Qu'est-il arrivé ? demanda-t-il.

— Elle est complètement dingo ! » Klaus désigna Liesel du doigt, et l'homme se précipita pour la relever, lui soufflant son haleine de fumeur au visage.

« Je ne crois pas que tu sois en état de continuer à jouer, petite, dit-il. Où habites-tu ?

— Ça va aller, je vous assure », répondit-elle. Qu'il me laisse tranquille ! Qu'il me laisse tranquille !

À ce moment-là, selon ses bonnes habitudes, Rudy intervint. « Je vais t'aider à rentrer », dit-il. Pourquoi ne s'occupait-il pas de ce qui le regardait, pour une fois ?

« Sincèrement, ça va, répondit-elle. Continue à jouer, Rudy. Je n'ai pas besoin d'aide.

— Mais si, mais si ! » Il n'allait pas en démordre. Quel têtu, ce garçon ! « Ça ne me prendra qu'une ou deux minutes, Liesel. »

Elle dut réfléchir à nouveau, et à nouveau elle trouva la solution. Tandis que Rudy la soutenait, elle se laissa à nouveau tomber à terre, sur le dos. « Mon papa », dit-elle. Au passage, elle remarqua que le ciel était bleu, sans un nuage. « Tu peux aller le chercher, Rudy ?

— Ne bouge pas. » Il se tourna vers sa droite et cria : « Tommy, surveille-la, tu veux ? Qu'elle ne bouge pas ! »

Tommy obéit aussitôt. « Je m'en occupe, Rudy ! » Il resta debout au-dessus d'elle, le visage parcouru de tics, en essayant de ne pas sourire. Liesel gardait un œil sur l'homme du parti.

Une minute plus tard, Hans Hubermann arrivait, très calme.

« Merci d'être venu, Papa ! »

Un sourire désolé joua sur les lèvres de Hans Hubermann. « Je me disais que ça finirait bien par arriver. »

Il la releva et l'aida à regagner la maison. Le match reprit. Le nazi frappait déjà à la porte d'un voisin à quelques numéros du leur. Personne ne répondit.

« Vous avez besoin d'un coup de main, Herr Hubermann ? lança Rudy.

— Non, merci, continuez à jouer, Herr Steiner. » Herr Steiner. Quel homme adorable que le papa de Liesel !

Une fois à l'intérieur, Liesel prévint Hans. Elle tenta de trouver un moyen terme entre silence et désespoir. « Papa.

— Ne dis rien.

— Les gens du parti », chuchota-t-elle. Hans Hubermann se figea. Il résista à l'envie d'ouvrir la porte et de regarder dans la rue. « Ils cherchent des sous-sols pour faire des abris anti-aériens. »

Il la fit asseoir. « Petite maligne », dit-il. Puis il appela Rosa.

Ils avaient une minute pour mettre au point une stratégie. Ce fut l'affolement.

« On va loger Max dans la chambre de Liesel, suggéra Rosa. Sous le lit.

— C'est tout ce que tu as trouvé ? Et s'ils décident de fouiller le reste de la maison ?

— Tu as un meilleur plan ? »

Précision : ils n'avaient pas un instant.

Un poing martela la porte du 33, rue Himmel. Trop tard pour changer Max de place.

Puis la voix.

« Ouvrez ! »

Leurs cœurs battaient à tout rompre. Une vraie cacophonie. Liesel essaya, en vain, de faire taire le sien.

« Jésus, Marie… » chuchota Rosa.

Cette fois, c'est Papa qui prit l'initiative. Il se précipita vers la porte du sous-sol et lança un avertissement dans l'escalier. Lorsqu'il revint, il parla d'un ton rapide et clair. « Bon, on n'a pas le temps. On pourrait détourner son attention de mille manières, mais il n'y a qu'une solution. » Il jeta un œil à la porte et résuma. « Ne rien faire. »

Ce n'était pas la réponse que Rosa attendait. Elle écarquilla les yeux. « Rien ? Tu es fou, ou quoi ? »

On frappa de nouveau à la porte.

Papa était formel. « Rien du tout. On ne descend même pas. Comme si ça ne nous concernait pas. »

Le tourbillon se ralentit.

Rosa s'inclina.

Elle secoua la tête, raide d'inquiétude, et alla ouvrir la porte.

« Liesel. » La voix de Hans transperça la fillette. « Tu restes calme, *verstehst* ?

— Oui, Papa. »

Elle tenta de concentrer son attention sur son genou ensanglanté.

« Tiens, tiens ! »

Pendant que Rosa l'accueillait, le membre du parti remarqua la présence de Liesel.

« Mais c'est la petite footballeuse dingo ! s'exclama-t-il avec un grand sourire. Comment va le genou ? »

On a du mal à imaginer un nazi jovial. C'était pourtant le cas de celui-ci. Il s'approcha d'elle et fit mine de se pencher pour examiner la plaie.

Est-ce qu'il sait ? se demanda Liesel. Est-ce qu'il peut sentir que nous cachons un Juif ?

Papa, qui était allé humidifier un linge dans l'évier, revint nettoyer son genou. « Ça pique ? » Son regard d'argent était calme et affectueux. La peur qu'on y lisait pouvait être aisément confondue avec l'inquiétude suscitée par la blessure.

De la cuisine, Rosa lança : « Il faut que ça pique pour lui apprendre ! »

Le membre du parti se releva en éclatant de rire. « Je ne crois pas que cette jeune personne apprenne quoi que ce soit au foot, Frau… ?

— Hubermann. » Le visage de carton se tordit.

« Je pense qu'elle *donne* plutôt des leçons, Frau Hubermann. » Il sourit à Liesel. « Des leçons à tous ces garçons. Je me trompe, jeune fille ? »

En guise de réponse, Liesel fit une grimace, car Hans appuyait le linge sur l'écorchure. C'est lui qui parla. Un « Excuse-moi » prononcé à mi-voix.

Il y eut un silence gêné, puis le nazi revint au motif de sa visite. « Si vous permettez, dit-il, j'aimerais examiner votre sous-sol, juste une minute ou deux, histoire de voir s'il conviendrait pour un abri. »

Papa tapota une dernière fois le genou de Liesel. « Tu vas aussi avoir un superbe bleu », lui dit-il. Puis il se tourna vers l'homme. « Bien sûr. La première porte à droite. Excusez le désordre, s'il vous plaît.

— Aucune importance. Ça ne peut être pire que ce que j'ai vu chez certains aujourd'hui... Cette porte-ci ?

— Exactement. »

LES TROIS MINUTES LES PLUS LONGUES DANS LA VIE DES HUBERMANN

Papa était assis à la table. Rosa priait en silence dans un coin. Liesel avait mal un peu partout : au genou, dans le torse, dans les muscles des bras. Je crois qu'aucun des trois n'osait envisager ce qu'ils feraient si leur sous-sol devenait un abri antiaérien. Ils devaient d'abord passer le cap de l'inspection.

Ils écoutèrent les pas du nazi qui résonnaient dans le sous-sol. Il y eut aussi le bruit d'un mètre ruban que l'on manipule. Liesel ne pouvait s'empêcher de penser à Max, terré sous l'escalier, son carnet de croquis serré contre sa poitrine.

Papa se leva. Une autre idée.

Il se dirigea vers le couloir et lança : « Tout va bien en bas ? »

La réponse monta l'escalier, par-dessus la tête de Max Vandenburg. « Encore une minute et j'ai terminé !

— Vous voulez une tasse de thé ou de café ?

— Non, merci ! »

Lorsqu'il revint, il ordonna à Liesel de prendre un livre et à Rosa de se mettre à cuisiner. Rester tous assis, l'air inquiet, était certainement la dernière chose à faire. « Allons, remue-toi, Liesel, fit-il d'une voix forte. Je me fiche que tu aies mal au genou. Tu dois terminer ce bouquin, comme tu l'as dit. »

Liesel essaya de ne pas craquer. « Oui, Papa.

— Eh bien, qu'est-ce que tu attends ? » Il dut faire un effort pour lui adresser un clin d'œil.

Dans le corridor, elle faillit percuter le nazi.

« Des problèmes avec ton papa, hein ? Ne t'inquiète pas. Je suis comme ça avec mes gamins. »

Chacun poursuivit son chemin. Lorsque Liesel se retrouva dans sa chambre, elle referma la porte et tomba à genoux, malgré le regain de douleur. Elle entendit l'homme déclarer que le sous-sol n'était pas assez profond, puis il prit congé. Avant de partir, il lui lança du bout du couloir : « Au revoir, petite footballeuse dingo ! »

Elle se reprit. « *Auf Wiedersehen !* Au revoir ! »

Le Porteur de rêves frémissait entre ses mains.

Rosa, qui se tenait près du fourneau, se détendit dès que l'homme eut disparu. Hans et elle allèrent chercher Liesel, et tous trois descendirent au sous-sol. Ils ôtèrent les bâches et les pots de peinture disposés stratégiquement. Max Vandenburg était sous les marches. Il tenait ses ciseaux rouillés comme un couteau et il avait des auréoles de sueur sous les aisselles. Les mots sortirent de sa bouche comme des blessures.

« Je ne m'en serais pas servi, dit-il d'un ton calme. Je… » Il appuya les lames des ciseaux rouillés contre son front. « Je suis terriblement désolé de vous avoir mis dans cette situation. »

Papa alluma une cigarette. Rosa prit les ciseaux.

« Vous êtes en vie, dit-elle, nous sommes tous en vie. »

Le temps des excuses était dépassé, maintenant.

LE SCHMUNZELER

Quelques minutes plus tard, on frappa de nouveau à la porte. « Encore un, Seigneur ! »

L'inquiétude les reprit aussitôt.

Ils dissimulèrent de nouveau Max derrière les bâches et les pots de peinture.

Rosa monta lourdement l'escalier, mais, lorsqu'elle ouvrit, elle ne se trouva pas face à un nazi. Le visiteur n'était autre que Rudy Steiner. Il se tenait sur le seuil avec ses cheveux jaunes et des tonnes de bonnes intentions. « Je suis juste venu voir comment va Liesel. »

En entendant sa voix, Liesel se dirigea vers l'escalier. « Celui-ci, j'en fais mon affaire.

— Son petit copain », dit Papa en direction des pots de peinture. Il exhala une bouffée de fumée.

« Ce n'est *pas* mon petit copain », corrigea Liesel. Pour autant, elle n'était pas irritée. C'était impossible, après une pareille alerte. « Si j'y vais, c'est parce que d'une seconde à l'autre, Maman va hurler pour que je monte.

— Liesel ! »

Elle était déjà sur la cinquième marche. « Qu'est-ce que je disais ? »

* * *

À la porte d'entrée, Rudy se balançait d'un pied sur l'autre. « Je suis venu voir si… » Il s'interrompit et renifla. « C'est quoi, cette odeur ? Tu as fumé, ici ?

— Oh, j'étais avec Papa.

— Tu as des cigarettes ? On pourrait peut-être en vendre. »

Liesel n'était pas d'humeur à écouter ce genre de propos. « Je ne vole pas mon papa », répondit-elle, à voix suffisamment basse pour ne pas être entendue de Rosa.

« Mais tu vas voler ailleurs.

— Parle plus fort, tant que tu y es ! »

Rudy *schmunzel*a. « Tu vois à quoi ça mène, la fauche ? Tu es toute retournée.

— On dirait que tu n'as rien fauché, toi.

— Si, mais chez toi, ça se sent à plein nez. » Rudy commençait à s'échauffer. « Après tout, cette odeur, ce n'est peut-être pas la fumée de cigarette. » Il se pencha vers elle et sourit. « C'est celle d'une délinquante. Tu devrais aller prendre un bain. » Puis il se retourna et lança à l'intention de Tommy Müller : « Hé, Tommy, viens sentir !

— Comment ? J'entends rien ! » Du Tommy Müller tout craché.

Rudy hocha la tête d'un air navré. « Le cas est désespéré. »

Liesel commença à refermer la porte. « Va voir ailleurs si j'y suis, *Saukerl*. Je n'ai surtout pas besoin de toi en ce moment. »

Rudy se dirigea vers la rue, très content de lui. Arrivé au niveau de la boîte aux lettres, il fit semblant de se rappeler ce pour quoi il était venu et revint sur ses pas. *« Alles gut, Saumensch ?* Ta blessure, je veux dire. »

On était au mois de juin, en Allemagne.

La situation n'allait pas tarder à se détériorer.

Liesel n'en avait pas conscience. Ce qu'elle voyait, c'était que la présence du Juif dans le sous-sol de la maison n'avait pas été détectée. On n'allait pas emmener ses parents nourriciers. Et elle y était pour quelque chose.

« Tout va bien », répondit-elle à Rudy, et elle ne parlait pas d'une quelconque blessure au foot.

Elle allait bien.

JOURNAL DE LA MORT : LES PARISIENS

L'été arriva.

Pour la voleuse de livres, la vie se déroulait gentiment.

Pour moi, le ciel était couleur Juifs.

Quand leurs corps s'étaient en vain rués sur la porte pour trouver une issue, leurs âmes s'élevaient. Quand leurs ongles avaient griffé le bois et parfois même y étaient restés plantés par la force du désespoir, leurs âmes venaient vers moi, je les accueillais dans mes bras et nous quittions ces douches par le toit pour gagner l'immensité de l'éternité. Je n'arrêtais pas. Minute après minute. Douche après douche.

Je n'oublierai jamais le premier jour à Auschwitz, ni la première fois à Mauthausen. À Mauthausen, au fil du temps, je les ai aussi recueillis au bas de cette grande falaise, quand les âmes s'échappaient avec tant de mal. Il y avait des corps brisés et des cœurs tendres arrêtés. Pourtant, c'était mieux que les gaz. J'en ai saisi certains avant la fin de leur chute. Je vous ai sauvés, pensais-je en tenant leur âme à mi-chemin, tandis que le reste de leur personne – leur enveloppe charnelle – allait s'écraser au sol. Tous étaient légers comme des coquilles de noix vides. Là-bas, il y avait un ciel de fumée.

Je frissonne à ce souvenir, tandis que j'essaie de m'en abstraire.

Je souffle dans mes mains pour les réchauffer.

Mais comment ne seraient-elles pas glacées quand les âmes frissonnent encore ?

Dieu !

Quand j'y pense, c'est toujours le nom qui me vient.

Dieu !

Deux fois.

Je prononce Son nom dans une vaine tentative pour comprendre. « Mais ton rôle n'est pas de comprendre. » C'est moi qui fais la réponse, car Dieu ne dit jamais rien. Vous croyez être la seule personne à qui Il ne répond pas ? « Ton rôle est de... » Là-dessus, j'arrête de m'écouter, parce que, pour parler franchement, ça me fatigue. Quand je me mets à réfléchir de la sorte, c'est l'épuisement garanti et je ne peux pas me le permettre. Je dois à tout prix continuer car, pour la grande majorité des gens, la mort n'attend pas et, si elle attend, ce n'est généralement pas longtemps.

Le 23 juin 1942, un groupe de Juifs français se trouvaient dans une prison allemande en territoire polonais. Le premier que j'ai emporté était près de la porte, l'esprit cherchant à s'évader, puis réduit à tourner en rond et à ralentir, à ralentir...

Vous devez me croire si je vous dis que ce jour-là, j'ai recueilli chaque âme comme si elle venait de naître. J'ai même embrassé les joues lasses et empoisonnées de quelques-uns. J'ai écouté leurs derniers hoquets. Les derniers mots sur leurs lèvres. J'ai contemplé leurs visions d'amour et je les ai libérés de leur peur.

Je les ai tous emmenés et, s'il y a eu un moment où j'ai eu besoin de me changer les idées, c'est bien celui-ci. Dans la plus grande affliction, j'ai regardé le monde au-dessus de moi. J'ai vu le ciel passer de l'argent au gris, puis à la couleur de la pluie. Même les nuages essayaient de s'en aller.

Parfois, j'essayais de m'imaginer à quoi cela ressemblait au-dessus des nuages, sachant de façon certaine que le soleil était blond et que l'atmosphère infinie était un œil bleu gigantesque.

Ils étaient français, ils étaient juifs et ils étaient vous.

SEPTIÈME PARTIE

Le dictionnaire universel Duden

Avec :
champagne et accordéons – une trilogie –
des sirènes – un voleur de ciel – une proposition –
la longue marche vers Dachau –
la paix – un idiot et quelques hommes en manteau

CHAMPAGNE ET ACCORDÉONS

Au cours de l'été 1942, Molching se préparait à l'inévitable. Si certains se refusaient encore à croire qu'une petite ville des environs de Munich pût constituer une cible, pour l'ensemble de la population, la question n'était pas de savoir si cela aurait lieu, mais quand. Les abris étaient indiqués de manière plus évidente, on avait commencé à noircir les fenêtres pour la nuit et chacun savait où se trouvaient le sous-sol ou la cave les plus proches.

La situation offrait à vrai dire un petit répit à Hans Hubermann, car, en ces temps de malheur, la clientèle revenait. Les gens qui possédaient des stores voulaient tous qu'il les peigne. Le seul problème, c'était que la peinture noire était généralement utilisée en mélange, pour foncer d'autres couleurs, et que les stocks s'épuisèrent rapidement. En revanche, Hans Hubermann était un bon commerçant, et un bon commerçant a plus d'un tour dans son sac. Il utilisait de la poussière de charbon, et par-dessus le marché, il n'était pas cher. Ainsi, nombreuses furent les maisons de Molching dont il obscurcit les fenêtres pour dérober la lumière aux regards de l'ennemi.

Parfois, Liesel l'accompagnait à son travail.

Ils traversaient la ville en transportant les pots de peinture sur la charrette. Certaines rues respiraient la faim. Dans d'autres, la richesse étalée leur faisait hocher la tête. Souvent, sur le chemin du retour, des femmes qui n'avaient rien, sauf leurs enfants et la pauvreté, sortaient en courant de leur maison pour le supplier de peindre leurs stores.

« Frau Hallah, je suis navré, mais je n'ai plus de peinture noire », disait Hans, et, un peu plus loin sur la route, il craquait toujours. « Demain, à la première heure », promettait-il. Et le lendemain dès l'aube, il allait peindre les stores pour rien, ou contre un biscuit ou une tasse de thé chaud. La veille au soir, il aurait trouvé un autre moyen de noicir de la peinture beige, verte ou bleue. Il ne conseillait jamais à ces gens d'obturer leurs fenêtres avec des couvertures, car il n'ignorait pas qu'ils en auraient besoin, l'hiver venu. On savait même qu'il acceptait de travailler contre une cigarette, qu'il partageait avec l'occupant de la maison, assis sur les marches de l'entrée. Des rires et de la fumée s'élevaient, puis il repartait vers d'autres tâches.

Lorsque vint le moment d'écrire, je me souviens parfaitement de ce que Liesel Meminger avait à raconter sur cet été-là. La plupart des mots se sont effacés au fil des décennies, le papier a souffert dans ma poche à force d'être frotté sur le tissu, mais nombre de ses phrases sont restées inoubliables.

UN PETIT ÉCHANTILLON DES MOTS
ÉCRITS PAR LIESEL

Cet été fut un nouveau début, une nouvelle fin. Quand j'y repense, je me souviens de mes mains collantes de peinture et du bruit des pas de Papa dans la rue de Munich, et je sais qu'une petite partie de l'été 1942 appartient à lui seul. Qui d'autre aurait fait des travaux de peinture pour la moitié d'une cigarette ? Il était comme ça, Papa, et je l'aimais.

Quand ils travaillaient ensemble, Hans Hubermann racontait à Liesel des épisodes de sa vie. Il lui parlait de la Grande Guerre et de la manière dont sa médiocre calligraphie l'avait sauvé. Il lui parlait aussi de sa rencontre avec Maman. À l'époque, elle était belle et s'exprimait de manière beaucoup plus posée. « C'est difficile à croire, je sais, mais c'est vrai, je te le jure. » Chaque jour, il y avait une histoire, et Liesel ne lui en voulait pas s'il racontait plusieurs fois la même.

À d'autres moments, quand elle rêvassait, Hans lui donnait un petit coup de pinceau entre les yeux. S'il calculait mal son coup et que le pinceau était trop chargé, une fine traînée de peinture se frayait un chemin le long du nez de la fillette. Elle se mettait à rire et essayait de lui rendre la pareille, mais, quand il travaillait, Hans Hubermann ne se laissait pas surprendre. Il avait l'œil à tout.

Lorsqu'ils faisaient une pause, pour manger ou boire quelque chose, il jouait de l'accordéon et ce sont ces instants dont Liesel se souvenait le plus nettement. Le matin, pendant qu'il tirait ou poussait sa petite charrette, elle portait l'instrument. « Mieux vaut oublier d'emporter la peinture que la musique », disait-il. Leur collation consistait en une tartine de pain, qu'il recouvrait du peu de confiture qui restait du ticket de rationnement ou d'une mince tranche de viande. Ils mangeaient côte à côte, chacun assis sur un pot de peinture, et ils avaient encore la bouche pleine que Papa s'essuyait les doigts et tirait l'accordéon de son étui.

Quelques miettes restaient dans les plis de sa salopette. Ses mains constellées de taches de peinture voletaient sur les touches ou tenaient longuement une note. Ses bras donnaient à l'instrument l'air dont il avait besoin pour respirer.

Liesel était assise, les mains entre les genoux, dans la lumière du jour. Elle aurait voulu que ces journées ne se terminent jamais et elle était toujours déçue de voir la pénombre gagner.

Sur le plan de la peinture elle-même, l'un des aspects qui intéressait le plus Liesel était le mélange. Comme la plupart des gens, elle croyait qu'il suffisait d'aller chez le marchand et de demander la couleur souhaitée. Elle ignorait que la peinture était majoritairement fournie sous forme solide, en bâtons que Hans écrasait avec une bouteille de champagne vide. (Les bouteilles de champagne étaient idéales pour cela, lui expliqua-t-il, car le verre était plus épais que celui des autres bouteilles de vin.) Une fois le processus terminé, il fallait ajouter de l'eau, du blanc d'Espagne et de la colle, sans parler de la difficulté d'obtenir la bonne teinte.

Le savoir technique de Papa ajoutait encore au respect que Liesel éprouvait à son égard. C'était formidable de partager le pain et la musique avec lui, mais Liesel aimait aussi l'idée qu'il était un excellent professionnel. Il y avait quelque chose de séduisant dans la notion de compétence.

Une après-midi, quelques jours après que Hans lui avait expliqué le procédé du mélange, ils étaient en train de terminer le travail sur l'une des plus belles demeures de la ville, non loin de la rue de Munich. Il était à l'intérieur et Liesel entendit qu'il l'appelait pour qu'elle le rejoigne.

Quand elle entra, on la conduisit à la cuisine, où deux femmes d'un certain âge et un homme étaient assis sur des sièges raffinés. Les femmes étaient élégamment vêtues. L'homme avait les cheveux blancs et des favoris touffus comme des haies. De longs verres à pied étaient posés sur la table, remplis d'un liquide pétillant.

« Eh bien, buvons », dit l'homme.

Il prit une flûte et incita tout le monde à l'imiter.

Il avait fait assez chaud et, quand Liesel en saisit une, elle fut étonnée de sa fraîcheur. Elle quêta du regard l'approbation de Hans. « *Prost, Mädel* – À ta santé, jeune fille ! » lui dit-il avec un sourire en choquant son verre. À la première gorgée, elle fut surprise par la douceur pétillante et un peu écœurante du champagne. Par réflexe, elle la recracha sur la salopette de son papa, où une mousse se forma et se mit à dégouliner. Son geste fut accueilli par un éclat de rire unanime et Hans l'encouragea à essayer à nouveau. Cette fois, elle put avaler la gorgée et apprécier le goût d'un plaisir défendu. Finalement, c'était délicieux. Les bulles lui piquaient la langue et lui chatouillaient l'estomac.

Elle sentait encore ce picotement un peu plus tard, tandis qu'ils se rendaient chez les clients suivants.

Tout en tirant sa charrette, Hans lui expliqua que ces gens prétendaient ne pas avoir d'argent.

« C'est pour ça que tu as réclamé du champagne ?

— Et pourquoi pas ? » Il lui jeta un regard de biais, l'éclat argenté de ses yeux plus intense que jamais. « Je ne voulais pas que tu croies que les bouteilles de champagne servent uniquement à écraser les bâtons de peinture. » Puis il ajouta : « Bien sûr, tu ne dis rien à Maman, n'est-ce pas ?

— Je peux le raconter à Max ?

— À Max, oui, bien sûr. »

Dans le sous-sol, quand elle rédigea son histoire, Liesel se jura de ne plus jamais boire de champagne, car il n'aurait jamais aussi bon goût qu'en cette chaude après-midi de juillet.

De même pour l'accordéon.

À plusieurs reprises, elle avait eu envie de demander à Hans de lui apprendre à en jouer, mais quelque chose l'en avait toujours empêchée. Peut-être avait-elle l'intuition qu'elle ne saurait jamais en jouer comme lui. Sûrement, les plus grands accordéonistes du monde n'arrivaient pas à la cheville de son papa. Ils n'arboreraient jamais la même expression paisible et concentrée. Ils n'auraient jamais au coin des lèvres une cigarette échangée contre des travaux de peinture. Et ils n'auraient jamais un petit rire musical en s'entendant faire une fausse note. Pas comme lui.

De temps à autre, dans ce sous-sol, elle s'éveillait avec le son de l'accordéon dans l'oreille. Elle sentait la douce brûlure du champagne sur sa langue.

Et parfois, assise contre le mur, elle avait envie de sentir de nouveau un doigt de peinture tiède descendre le long de son nez ou de contempler la main râpeuse de Hans.

Si seulement elle pouvait être à nouveau aussi insouciante, éprouver pareil amour sans en avoir conscience, en le confondant avec des rires et du pain juste tartiné d'un arôme de confiture...

C'était la plus belle période de sa vie.

Mais c'était un tapis de bombes.

Il ne faut pas croire.

L'éclatante trilogie du bonheur allait perdurer durant l'été et au cours de l'automne. Elle serait ensuite brutalement interrompue, car son éclat aurait éclairé le chemin de la souffrance.

Des temps difficiles s'annonçaient.
Comme un défilé.

DÉFINITION N° 1 DU *DICTIONNAIRE DUDEN*
Zufriedenheit – Bonheur :
État de plaisir et de satisfaction.
Synonymes : *béatitude, bien-être, sentiment de contentement ou de prospérité.*

LA TRILOGIE

Pendant que Liesel travaillait, Rudy courait.

Il faisait le tour du stade Hubert, tournait autour du pâté de maisons et luttait de vitesse avec pratiquement tout le monde entre le bas de la rue Himmel et le magasin de Frau Diller, non sans quelques faux départs à la clé.

De temps à autre, quand Liesel aidait Rosa à la cuisine, celle-ci jetait un coup d'œil par la fenêtre et disait : « Qu'est-ce que ce petit *Saukerl* peut bien fabriquer encore ? Il passe son temps à courir. »

Liesel allait voir à son tour. « Au moins, il ne s'est pas à nouveau peinturluré en noir.

— Effectivement, c'est un progrès ! »

LES RAISONS DE RUDY
À la mi-août aurait lieu une fête des Jeunesses hitlériennes
et Rudy avait l'intention de remporter quatre épreuves :
le 1 500 mètres, le 400 mètres, le 200 mètres et naturellement
le 100 mètres. Il appréciait ses nouveaux chefs des Jeunesses
hitlériennes et il voulait leur plaire. En outre, il comptait
bien démontrer une ou deux choses à son vieux copain
Franz Deutscher.

* * *

« Quatre médailles d'or, dit-il une après-midi à Liesel qui faisait avec lui quelques tours de piste. Comme Jesse Owens en 1936.

— Tu ne serais pas encore obsédé par lui, par hasard ? »

Rudy respirait au rythme de ses foulées. « Pas exactement, mais ce serait chouette, non ? Ça ferait les pieds à tous ces fumiers qui ont dit que j'étais givré. Ils verraient que je n'étais pas si idiot.

— Mais tu peux vraiment remporter quatre épreuves ? »

Ils ralentirent à la fin de la piste et Rudy posa ses mains sur ses hanches. « Il le faut. »

Il s'entraîna pendant six semaines. Le jour de la fête des Jeunesses hitlériennes, le ciel était bleu, sans un nuage. Les jeunes membres, leurs parents et une pléthore de chefs en chemise brune envahissaient la pelouse. Rudy Steiner était au sommet de sa forme.

« Regarde, dit-il à Liesel, voilà Deutscher. »

Parmi la foule, l'incarnation de l'idéal blond des Jeunesses hitlériennes donnait ses instructions à deux membres de sa section, qui approuvaient de temps en temps de la tête et faisaient quelques étirements. L'un d'eux avait mis sa main en visière pour se protéger du soleil. On aurait dit qu'il saluait.

« Tu veux leur dire bonjour ? demanda Liesel.

— Non, merci. Plus tard. »

Quand j'aurai gagné.

Il ne prononça pas cette phrase, mais elle était présente, quelque part entre les yeux bleus de Rudy et les mains donneuses de conseils de Deutscher.

Il y eut l'incontournable défilé dans le stade.

L'hymne.

Les « *Heil Hitler* ».

Ensuite, seulement, la compétition put débuter

* * *

Lorsqu'on appela les jeunes de la tranche d'âge de Rudy pour le 1 500 mètres, Liesel lui souhaita bonne chance à la manière allemande.

« *Hals und Beinbruch, Saukerl.* »
C'est-à-dire, qu'il se rompe le cou et la jambe.

Les garçons se rassemblèrent de l'autre côté du terrain circulaire. Certains s'étiraient, d'autres se concentraient et les autres étaient là parce qu'ils n'avaient pas le choix.

Près de Liesel, Barbara, la mère de Rudy, était assise avec ses plus jeunes enfants sur une mince couverture. « Vous voyez Rudy ? demanda-t-elle à la ronde. Il est tout à fait sur la gauche. » Barbara Steiner était une femme affable, impeccablement coiffée.

« Où ça ? » demanda l'une des filles. Sans doute Bettina, la plus jeune. « Je ne le vois pas !

— Là-bas, le dernier. Non pas là, *là* ! »

Le coup de revolver du starter les interrompit. Les petites Steiner se précipitèrent vers la clôture.

Lors du premier tour, un groupe de sept garçons mena la course. Au second, ils ne furent plus que cinq, et quatre au troisième. Jusqu'au dernier tour, Rudy occupa la quatrième place. À la droite de Liesel, un homme faisait remarquer que le deuxième coureur semblait avoir le plus de chances de gagner, car il était le plus grand. « Il ne reste plus que deux cents mètres, disait-il à sa femme qui était perplexe. Tu vas voir, il va se détacher. » Il se trompait.

Un officiel gargantuesque en chemise brune informa les coureurs qu'il ne restait plus qu'un tour. Lui, au moins, ne souffrait pas du rationnement. Il donna l'information au moment où le groupe de tête passait sur la ligne d'arrivée, et ce n'est pas le deuxième concurrent qui accéléra, mais le quatrième. Avec deux cents mètres d'avance.

Rudy courait.

Il ne se retourna à aucun moment.

Il creusa l'écart jusqu'à ce que l'éventualité qu'un autre que lui puisse gagner casse net comme un élastique. Il ne restait plus aux trois garçons qui le suivaient qu'à se battre pour les miettes. Dans les derniers mètres, il n'y eut plus que des cheveux blonds et de l'espace et, lorsqu'il franchit la ligne d'arrivée, Rudy ne s'arrêta pas. Il ne leva pas le bras. Il ne se plia même pas en deux pour reprendre son souffle. Il continua à courir sur une vingtaine de mètres avant de jeter un coup d'œil par-dessus son épaule pour voir les autres passer la ligne.

Avant de rejoindre sa famille, il s'arrêta près de ses chefs, puis de Franz Deutscher. Tous deux se saluèrent.

« Steiner.

— Deutscher.

— Les tours que je t'ai fait faire t'ont servi, on dirait ?

— On dirait. »

Il ne sourirait pas avant d'avoir remporté les autres courses.

UN ÉLÉMENT À NOTER POUR PLUS TARD
Non seulement Rudy était désormais reconnu comme un bon élève, mais il était aussi un athlète doué.

Liesel, pour sa part, devait d'abord courir le 400 mètres. Elle termina septième. Elle finit ensuite quatrième dans la série éliminatoire du 200 mètres. Tout ce qu'elle voyait devant elle, c'étaient les mollets et les queues-de-cheval des filles qui la précédaient. Au saut en longueur, elle ne fit pas non plus des étincelles. Ce n'était pas son jour, mais c'était celui de Rudy.

À la finale du 400 mètres, il mena de la ligne droite jusqu'à l'arrivée. Quant au 200 mètres, il le remporta de justesse.

« Tu es fatigué ? » interrogea Liesel. C'était le début de l'après-midi.

« Pas du tout. » Il haletait et étirait ses mollets. « De quoi tu parles, *Saumensch* ? Qu'est-ce que tu en sais ? »

Quand on appela les concurrents pour les éliminatoires du 100 mètres, il se leva lentement et suivit les autres adolescents qui se dirigeaient vers la piste. Liesel lui courut après. « Hé, Rudy ! » Elle le tira par la manche. « Bonne chance ! »

« Je ne suis pas fatigué, dit-il.

— Je sais. »

Il lui fit un petit clin d'œil.

Il était fatigué.

Lors de la série éliminatoire, il ralentit de manière à finir deuxième. Dix minutes plus tard, on appela les concurrents pour la finale. Deux autres garçons avaient fait une démonstration impressionnante et Liesel avait l'intuition que Rudy ne pourrait pas remporter cette épreuve. Tommy Müller, qui avait terminé avant-dernier de sa série, se tenait à ses côtés devant la clôture.

« Il va gagner, dit-il.

— Je sais. »

Non, il ne va pas gagner.

Lorsque les finalistes s'alignèrent au départ, Rudy s'agenouilla et prit ses marques en creusant avec ses mains. Un adulte en chemise brune se précipita pour lui dire d'arrêter. Liesel pouvait voir le doigt tendu de l'homme au crâne dégarni et la terre qui tombait des doigts de Rudy.

Liesel serra fort la clôture au moment où le signal fut donné. Le revolver retentit à deux reprises. L'un des concurrents avait fait un faux départ. Rudy. L'officiel revint lui parler et il approuva de la tête. S'il recommençait, il serait éliminé.

Pour la seconde fois, Liesel se concentra sur le départ et, pendant quelques instants, elle n'en crut pas ses yeux. Un concurrent avait à nouveau fait un faux départ et c'était le même que précédemment. Elle imagina une course idéale, dans laquelle son ami gagnait dans les dix derniers mètres. Mais la réalité était tout autre. Rudy était en train d'être disqualifié. On le conduisait sur le bord de la piste où il allait regarder, seul, les autres athlètes disputer la course.

Ils s'alignèrent et s'élancèrent en avant.

Un garçon aux cheveux brun-roux et à la foulée puissante gagna avec au moins cinq mètres d'avance.

Sans Rudy.

* * *

À la fin de la journée, lorsque le soleil disparut de la rue Himmel, Liesel s'assit sur le trottoir avec son ami.

Ils parlèrent ensemble d'une quantité de choses, comme la tête qu'avait faite Franz Deutscher après le 1 500 mètres ou la crise de nerfs d'une fille de onze ans qui avait échoué au lancement du disque, mais ils évitèrent soigneusement le sujet.

Au moment où ils allaient regagner leurs domiciles respectifs, la voix de Rudy rattrapa Liesel et lui exposa la vérité. Une vérité qui demeura quelques instants sur son épaule avant de trouver le chemin de son oreille.

VOIX DE RUDY
« Je l'ai fait exprès. »

Lorsqu'elle enregistra cette confession, Liesel posa la seule question valable. « Mais pourquoi, Rudy ? Pourquoi as-tu fait ça ? »

Il ne répondit pas, une main posée sur la hanche. Avec un sourire entendu, il rentra chez lui d'un pas nonchalant. Par la suite, ils n'abordèrent plus jamais cette question.

Liesel allait se demander souvent quelle réponse lui aurait donnée Rudy si elle avait insisté. Peut-être considérait-il que trois médailles constituaient une démonstration suffisante. Ou alors, il craignait de perdre cette dernière course. Finalement, elle s'en tint à l'explication que lui soufflait une voix intérieure.

« Parce qu'il n'est pas Jesse Owens. »

C'est seulement au moment où elle se levait qu'elle remarqua les trois médailles en plaqué or posées à côté d'elle. Elle alla frapper à la porte des Steiner et les lui tendit. « Tu as oublié ça.

— Non, je ne les ai pas oubliées. » Il referma la porte et Liesel emporta les médailles chez elle. Elle les descendit au sous-sol et parla à Max de son ami Rudy Steiner.

« C'est vraiment un abruti, conclut-elle.

— Visiblement », approuva Max. Mais je ne crois pas qu'il ait été dupe.

Chacun se mit alors au travail. Max se plongea dans son carnet de croquis, Liesel dans *Le Porteur de rêves*. Elle était parvenue à la dernière partie, au moment où le jeune prêtre doute de son engagement après sa rencontre avec une femme étrange et élégante.

Lorsqu'elle posa le volume sur ses genoux, Max demanda quand elle pensait l'avoir terminé.

« Dans quelques jours.

— Et tu en attaqueras un nouveau ? »

La voleuse de livres contempla le plafond. « Peut-être, Max. » Elle referma le livre et s'appuya au mur. « Avec un peu de chance. »

LE LIVRE SUIVANT

Au contraire de ce que vous croyez, ce n'est pas le *Dictionnaire universel Duden.*

Non, le dictionnaire intervient à la fin de cette petite trilogie, et nous n'en sommes qu'au deuxième volet. Liesel y termine *Le Porteur de rêves* et dérobe un livre intitulé *Un chant dans la nuit.* Comme d'habitude, elle le prend dans la maison des Hermann. La différence, c'est qu'elle s'est rendue seule sur les hauteurs de la ville, sans Rudy.

C'était une matinée où le soleil brillait dans un ciel parsemé de nuages légers comme de l'écume.

Liesel se tenait dans la bibliothèque du maire, les doigts vibrants de désir. Elle était suffisamment en confiance, cette fois, pour promener ses doigts le long des rayonnages – une brève répétition de sa première visite dans cette pièce – et elle chuchotait les titres au fur et à mesure de sa progression.

Sous le cerisier.

Le Dixième Lieutenant.

Tous les titres ou presque la tentaient, mais, après une ou deux minutes, elle se décida pour *Un chant dans la nuit,* vraisemblablement parce que le volume était vert et qu'elle n'avait encore aucun livre de cette couleur. Le texte gravé sur la couverture était blanc et, entre le titre et le nom de l'auteur, il y avait une petite vignette représentant une flûte. Elle ressortit par la fenêtre, pleine de gratitude.

En l'absence de Rudy, elle avait un sentiment de vide, mais ce jour-là, précisément, la voleuse de livres préférait être seule. Elle alla entamer sa lecture sur les bords de l'Amper, suffisamment loin du Q.G. occasionnel de Viktor Chemmel et de l'ex-bande d'Arthur Berg.

Personne ne vint la déranger et elle put lire quatre des courts chapitres d'*Un chant dans la nuit*. Heureuse.

C'était le plaisir et la satisfaction.

D'un vol réussi.

La trilogie du bonheur fut complétée une semaine plus tard.

À la fin août, un cadeau arriva. Ou, plus exactement, il fut remarqué.

C'était la fin de la journée. Liesel regardait Kristina Müller qui sautait à la corde dans la rue Himmel. Rudy Steiner débarqua, juché sur le vélo de son frère, et freina en catastrophe devant elle. « Tu as du temps ? » interrogea-t-il.

Elle haussa les épaules. « Pour faire quoi ?

— Tu devrais venir, je t'assure. » Il abandonna brutalement sa bicyclette et alla chez lui chercher l'autre vélo. Liesel resta là, regardant le pédalier tourner dans le vide.

Ils se dirigèrent vers Grande Strasse, où Rudy mit pied à terre et l'attendit.

« Eh bien, qu'y a-t-il ? » demanda Liesel.

Rudy pointa l'index. « Regarde bien. »

Ils avancèrent vers un endroit où ils pourraient mieux voir, derrière un épicéa. À travers les branches épineuses, Liesel découvrit la fenêtre fermée, puis l'objet appuyé contre la vitre.

« C'est un... ? »

Rudy fit « oui » de la tête.

Ils discutèrent plusieurs minutes avant de décider qu'ils devaient tenter le coup. Visiblement, l'objet avait été placé là de manière intentionnelle et, si c'était un piège, cela valait la peine d'essayer.

« Une voleuse de livres se doit d'y aller », déclara Liesel.

Elle déposa sa bicyclette sur le sol, observa la rue et traversa le jardin. Les ombres des nuages étaient enfouies parmi les herbes assombries. Étaient-elles des trous où l'on pouvait tomber, ou bien des parcelles d'obscurité où se cacher ? En imagination, elle se vit en train de glisser le long d'un de ces trous jusque dans les griffes du maire en personne. Cela l'affola un peu et elle se retrouva au bord de la fenêtre plus vite qu'elle ne l'aurait souhaité.

L'histoire du *Siffleur* se reproduisait.

Elle avait des picotements dans les paumes.

De petites ondes de sueur venaient baigner ses aisselles.

Lorsqu'elle leva la tête, elle put lire le titre. *Dictionnaire universel Duden*. Elle se tourna brièvement vers Rudy. « C'est un dictionnaire. » Ses lèvres avaient formé les mots en silence. Il leva les mains en signe d'impuissance.

Elle agit méthodiquement, en remontant la fenêtre. Elle se demandait à quoi pouvait ressembler la scène vue de l'intérieur de la maison, avec sa main qui se tendait et soulevait la fenêtre jusqu'à ce que le livre tombe. Il céda lentement, comme un arbre abattu.

Ça y était.

Tout se passa en douceur et en silence.

Le volume s'inclina simplement vers elle et elle s'en saisit avec sa main libre. Elle referma même la fenêtre en douceur, puis fit demi-tour et retraversa le jardin parmi les nids-de-poule de nuages.

« Impec' ! dit Rudy en lui tendant le vélo.

— Merci. »

Ils reprirent les bicyclettes et gagnèrent le coin de la rue. Là, Liesel eut à nouveau le sentiment d'être observée. Une voix intérieure pédalait dans son esprit. Un tour, deux tours.

Regarde la fenêtre. Regarde la fenêtre.

C'était un appel irrésistible.

Elle éprouvait le désir de s'arrêter, aussi intense qu'un besoin de se gratter.

Elle mit pied à terre et se tourna vers la bibliothèque de la maison du maire. Elle aurait dû s'en douter, mais elle ne put dissimuler l'onde de choc qu'elle éprouva en apercevant Ilsa Hermann, debout derrière la vitre. Elle était transparente, mais bien présente. Ses cheveux flous n'avaient pas changé et son regard, sa bouche et son expression meurtris étaient attentifs.

Très lentement, elle leva la main à l'attention de la voleuse de livres. Un signe immobile.

Liesel était trop émue pour penser ou pour dire quoi que ce soit à Rudy. Elle se reprit suffisamment pour rendre son salut à la femme du maire.

DÉFINITION N° 2 DU *DICTIONNAIRE DUDEN*
Verzeihung – Pardon :
Action de cesser tout sentiment de colère, d'animosité
ou de ressentiment.
Synonymes : *absolution, grâce, miséricorde.*

Sur le chemin du retour, ils s'arrêtèrent au niveau du pont et examinèrent le lourd volume noir. En le feuilletant, Rudy tomba sur une lettre glissée entre deux pages. Il la prit et se tourna vers Liesel. « Il y a ton nom inscrit dessus. »

L'eau de la rivière coulait.

Liesel prit la feuille de papier.

LA LETTRE
Chère Liesel,
Je sais que tu me trouves pathétique et exécrable
(si tu ne connais pas ce terme, regarde la définition),
mais je ne suis tout de même pas sotte au point de ne pas
remarquer tes traces de pas dans la bibliothèque. La première
fois, quand j'ai vu qu'un livre manquait, j'ai cru que je l'avais
mal rangé. Et puis j'ai vu les empreintes de pieds sur le sol
à certains endroits, quand la lumière donne dessus.
Ça m'a fait sourire.
J'étais heureuse que tu aies pris ce que tu estimais t'appartenir.
J'ai alors commis l'erreur de croire que cela
ne se reproduirait pas.
Quand tu es revenue, j'aurais dû être furieuse, et pourtant cela
n'a pas été le cas. La dernière fois, je t'ai entendue, mais j'ai
préféré ne pas bouger. Tu prends un seul livre à chacune de tes
venues, et il faudra compter un bon millier de visites avant qu'il
n'en reste plus. J'espère seulement qu'un jour, tu frapperas à la

porte et que tu pénétreras dans la bibliothèque d'une manière plus civilisée.
Je tiens à te redire combien je suis désolée que nous n'ayons pas pu continuer à employer ta mère nourricière.
Enfin, j'espère que ce dictionnaire universel te sera utile pour lire tes livres volés.
Bien à toi,
Ilsa Hermann

« On ferait mieux de rentrer, suggéra Rudy, mais Liesel ne bougea pas.

— Pourrais-tu m'attendre dix minutes ? demanda-t-elle.

— Bien sûr. »

* * *

Liesel se força à retourner au 8, Grande Strasse et s'assit sur le territoire familier de l'entrée principale. Elle avait laissé le dictionnaire à Rudy, mais elle tenait la lettre pliée à la main et frottait ses doigts sur le papier, tandis qu'elle sentait de plus en plus le poids des marches autour d'elle. Elle essaya à quatre reprises de cogner sur la surface impressionnante de la porte, mais elle ne put s'y décider. Elle réussit tout juste à effleurer le bois tiède avec ses phalanges.

À nouveau, son frère vint la trouver.

Son genou cicatrisait gentiment. Du bas des marches, il lui lança : « Vas-y, Liesel, frappe. »

C'était la seconde fois qu'elle prenait la fuite. Elle aperçut bientôt la silhouette de Rudy au loin, près du pont. Elle sentait le vent dans ses cheveux. Ses pieds appuyaient sur les pédales.

Liesel Meminger était une criminelle.

Mais pas parce qu'elle avait dérobé quelques livres par une fenêtre ouverte.

Tu aurais dû frapper, pensa-t-elle. Elle se sentait coupable, et pourtant elle ne put retenir un petit rire juvénile.

Tout en pédalant, elle essaya de se tenir un discours.

Tu ne mérites pas d'être aussi heureuse, Liesel. Vraiment pas.

Peut-on voler le bonheur ? Ou est-ce une supercherie humaine de plus ?

Liesel repoussa ces pensées. Elle franchit le pont et dit à Rudy de se dépêcher en faisant attention à ne pas oublier le livre.

Ils filèrent sur leurs vélos rouillés.

Ils filaient vers leurs maisons, vers l'automne qui succéderait à cet été-là, et vers le souffle assourdissant du bombardement de Munich.

LE SON DES SIRÈNES

Avec les quelques sous que Hans avait gagnés au cours de l'été, il acheta un poste de radio d'occasion. « Comme ça, dit-il, nous serons au courant des raids aériens avant même que les sirènes ne se déclenchent. Il y a une espèce de bruit de *coucou* et ensuite ils disent quelles sont les zones qui risquent d'être touchées. »

Il posa le poste sur la table et l'alluma. Ils essayèrent de le faire marcher également dans le sous-sol, pour Max, mais il n'émit que des grésillements et des bribes de voix.

En septembre, ils ne l'entendirent pas. Ils dormaient.

Soit le poste était déjà à moitié cassé, soit l'avertissement fut aussitôt couvert par les hurlements des sirènes.

Une main secoua doucement l'épaule de Liesel endormie.

Puis la voix effrayée de Papa s'éleva.

« Réveille-toi, Liesel, il faut partir. »

Complètement désorientée par ce réveil brutal, Liesel avait peine à distinguer les contours du visage de Hans Hubermann. La seule chose visible, à vrai dire, était sa voix.

* * *

Une fois dans le couloir, ils s'arrêtèrent.

« Attendez », dit Rosa.

Ils se précipitèrent au sous-sol dans le noir.

La lampe à pétrole était allumée.

Max émergea de derrière les bâches et les pots de peinture, les traits tirés. Il glissa nerveusement ses pouces dans la ceinture de son pantalon. « Il est temps d'y aller, n'est-ce pas ? »

Hans se dirigea vers lui. « Oui, il est temps. » Il lui serra la main et lui donna une tape sur le bras. « On viendra vous voir à notre retour.

— Bien sûr. »

Rosa et Liesel l'étreignirent.

« Au revoir, Max. »

Quelques semaines auparavant, ils avaient envisagé la question ensemble : en cas d'alerte, devaient-ils demeurer dans leur propre sous-sol ou aller s'abriter tous les trois un peu plus loin, chez les Fiedler ? C'est Max qui les avait convaincus. « Ils ont jugé que ce n'était pas assez profond ici. Je vous ai déjà mis suffisamment en danger comme ça. »

Hans avait hoché affirmativement la tête. « Quel malheur que nous ne puissions pas vous emmener ! C'est une honte.

— C'est ainsi. »

Au-dehors, les sirènes rugissaient. Les habitants sortaient de chez eux en courant, en claudiquant ou en traînant les pieds. Certains fouillaient la nuit du regard, cherchant à repérer les avions en fer-blanc dans le ciel.

La rue Himmel était encombrée de gens, chacun portant ce qu'il avait de plus précieux, un bébé, un coffret ou une pile d'albums de photos. Liesel tenait ses livres serrés contre elle. Frau Holtzapfel, les yeux exorbités, avançait à petits pas sur le trottoir, chargée d'une lourde valise.

Papa, qui n'avait pas pensé à prendre quoi que ce soit, même pas son accordéon, revint sur ses pas et s'empara de son bagage. « Jésus, Marie, Joseph, qu'avez-vous mis là-dedans ? demanda-t-il. Une enclume ? »

Frau Holtzapfel trottina à ses côtés. « Juste le nécessaire. »

Les Fiedler habitaient six maisons plus loin. La famille était composée de quatre personnes, toutes avec des cheveux blonds comme les blés et la bonne couleur d'yeux pour l'Allemagne. Et surtout, ils disposaient d'un sous-sol profond. Vingt-deux personnes s'y entassèrent, dont les Steiner au grand complet, Frau Holtzapfel, Pfiffikus, un jeune homme et une autre famille, les Jenson. Afin de préserver un climat de bonne entente, on évita de placer côte à côte Frau Holtzapfel et Rosa Hubermann, même si, dans certaines circonstances, les chicaneries n'étaient pas de mise.

La pièce, éclairée par un simple globe, était humide et froide. Les aspérités des murs rentraient dans le dos des gens qui s'y appuyaient en parlant. Le son assourdi et déformé des sirènes filtrait d'on ne sait où. Cela n'était pas rassurant quant à la qualité de l'abri, mais au moins ils pourraient entendre les trois sirènes annonciatrices de la fin de l'alerte. Pas besoin d'un *Luftschutzwart* – un surveillant de raid aérien.

Sans perdre de temps, Rudy vint retrouver Liesel et s'installa près d'elle. Ses cheveux pointaient vers le plafond. « C'est pas formidable ? »

Elle ne put éviter de prendre un ton sarcastique. « Charmant.

— Allons, Liesel, ne sois pas comme ça. Qu'est-ce qui peut nous arriver, à part être rôtis, aplatis comme des crêpes ou je ne sais quoi par les bombes ? »

Liesel regarda les visages autour d'elle et se mit à établir une liste des personnes les plus effrayées.

LA HIT LIST
1. Frau Holtzapfel
2. M. Fiedler
3. Le jeune homme
4. Rosa Hubermann

Frau Holtzapfel avait les yeux écarquillés. Sa silhouette sèche était voûtée et sa bouche formait un cercle. Herr Fiedler demandait aux gens comment ils allaient, parfois de manière répétitive. Le jeune homme, Rolf Schultz, restait dans son coin et murmurait des paroles muettes, les mains cimentées dans ses poches. Rosa se balançait doucement d'avant en arrière. « Liesel, chuchota-t-elle, approche-toi. » Elle l'étreignit par-derrière, en chantant une chanson, mais d'une voix si basse que Liesel ne parvint pas à l'identifier. Son souffle faisait naître des notes qui mouraient sur ses lèvres. À leurs côtés, Papa était immobile et silencieux. À un moment, il posa sa main chaude sur le crâne froid de Liesel. Tu vas vivre, disait-elle. Et c'était vrai.

À leur gauche se tenaient Alex et Barbara Steiner avec leurs plus jeunes enfants, Emma et Bettina. Les deux petites filles étaient accrochées à la jambe droite de leur mère. L'aîné, Kurt, regardait droit devant lui dans l'attitude du parfait Jeune hitlérien et tenait la main de Karin, qui était toute petite pour ses sept ans. Anna-Marie, dix ans, jouait avec la surface charnue du mur de ciment.

De l'autre côté des Steiner, il y avait Pfiffikus et la famille Jenson.

Pfiffikus se retenait de siffler.

M. Jenson, un homme barbu, serrait sa femme contre lui, tandis que leurs enfants allaient et venaient en silence. Ils se chamaillaient de temps à autre, mais n'allaient pas jusqu'à entamer une véritable dispute.

Au bout d'une dizaine de minutes, une sorte d'absence de mouvement régna dans la cave. Les corps étaient serrés les uns contre les autres et seuls les pieds changeaient de position. Le calme était rivé aux visages. Tout le monde se regardait et attendait.

DÉFINITION N° 3 DU *DICTIONNAIRE DUDEN*
***Angst* – Peur :**
Émotion pénible et souvent forte causée par l'anticipation ou la prise de conscience d'un danger.
Synonymes : *terreur, horreur, panique, frayeur, alarme.*

On disait que dans d'autres abris, on chantait « *Deutschland über Alles* » ou que des gens discutaient parmi les relents aigres de leur propre haleine. Ce n'était pas le cas dans l'abri des Fiedler. Là, il n'y avait que de la crainte et de l'appréhension, et la chanson morte sur les lèvres cartonneuses de Rosa Hubermann.

Un peu avant que les sirènes ne signalent la fin de l'alerte, Alex Steiner, l'homme au visage impassible, demanda doucement aux deux petites de quitter les jupes de leur mère et de venir près de lui. Il put tendre la main et prendre à tâtons celle de Kurt, qui, toujours stoïque, regardait droit devant lui et serra un peu plus fort celle de sa sœur. Bientôt, tous les occupants de la cave se tinrent par la main et le groupe d'Allemands forma un cercle grumeleux. Les mains froides se mêlèrent aux mains chaudes et parfois, sous la peau pâle, le pouls du voisin fut perceptible. Certains fermaient les yeux, dans l'attente d'une mort prochaine, ou dans l'espoir du signal annonçant la fin de l'alerte.

Méritaient-ils mieux, tous ces gens ?

Combien parmi eux avaient-ils activement persécuté d'autres personnes, enivrés par le regard d'Hitler, répétant ses phrases, ses paragraphes, son œuvre ? Rosa Hubermann était-elle responsable ? Elle qui cachait un Juif ? Et Hans ? Méritaient-ils tous de mourir ? Les enfants ?

J'aimerais beaucoup connaître la réponse à chacune de ces questions, même si je ne peux me prêter à ce jeu. Ce que je sais, c'est que ce soir-là, tous ces gens ont senti ma présence, à l'exception des plus jeunes. J'étais la suggestion. J'étais le conseil, tandis que, dans leur imagination, j'arrivais dans la cuisine et avançais dans le couloir.

Comme c'est souvent le cas avec les humains, quand j'ai lu ce qu'a écrit sur eux la voleuse de livres, je les ai pris en pitié. Pas autant, néanmoins, que ceux que je ramassais à cette époque dans différents camps. Les Allemands terrés dans ce sous-sol étaient dignes de pitié, sans aucun doute, mais au moins ils avaient une chance. Ce sous-sol n'avait rien d'une salle d'eau. On ne les envoyait pas sous la douche. Pour eux, l'existence pouvait encore se poursuivre.

Dans le cercle irrégulier qu'ils formaient, les minutes s'écoulèrent au compte-gouttes.

Liesel tenait la main de Rudy et celle de sa maman.

Une seule pensée l'attristait.

Max.

Comment Max survivrait-il si les bombes tombaient sur la rue Himmel ?

Elle examina le sous-sol des Fiedler. Il était plus solide et visiblement plus profond que celui du n° 33.

Elle posa une question muette à Hans.

Est-ce que tu penses à lui, toi aussi ?

Perçut-il la question ? Toujours est-il qu'il lui adressa un signe de tête affirmatif. Et quelques minutes après, les trois sirènes annoncèrent le retour au calme.

Au 45 de la rue Himmel, chacun poussa un soupir de soulagement.

Certains fermèrent les yeux, puis les rouvrirent.

Une cigarette circula.

Au moment où elle allait atteindre les lèvres de Rudy, Alex Steiner s'en empara. « Pas toi, Jesse Owens. »

Les enfants se jetèrent dans les bras de leurs parents. Tous mirent plusieurs minutes à se rendre compte qu'ils étaient encore en vie et qu'ils allaient continuer à vivre. Alors, seulement, leurs pieds gravirent les marches conduisant à la cuisine d'Herbert Fiedler.

Dans la rue, les gens repartaient en une procession silencieuse. Nombreux furent ceux qui levèrent les yeux au ciel et rendirent grâce à Dieu de les avoir protégés.

Une fois chez eux, les Hubermann se précipitèrent directement au sous-sol, mais Max n'avait pas l'air d'être là. Il ne répondait pas à leurs appels et ils ne le voyaient pas. La lampe à pétrole était près de s'éteindre.

« Max ?

— Il a disparu.

— Max, vous êtes là ? »

« Je suis ici. »

Au début, ils crurent que sa voix venait de derrière les bâches et les pots de peinture, mais Liesel l'aperçut la première. Il était assis devant. Son visage fatigué se confondait avec le matériel. Il semblait frappé de stupeur.

Quand ils s'avancèrent vers lui, il parla de nouveau.

« Je n'ai pas pu m'en empêcher », dit-il.

C'est Rosa qui répondit. Elle s'accroupit à sa hauteur. « De quoi parlez-vous, Max ?

— Je... » Il avait du mal à s'exprimer. « Pendant que tout était calme, je suis allé dans le couloir. Le rideau du salon était entrouvert... J'ai pu jeter un œil au-dehors, juste quelques secondes. » Cela faisait vingt-deux mois qu'il n'avait pas vu le monde extérieur.

Il n'y eut ni colère ni reproche.

Papa prit la parole à son tour.

« À quoi cela ressemblait-il ? »

Max releva la tête, avec une infinie tristesse mêlée d'étonnement. « Il y avait des étoiles, dit-il, elles m'ont brûlé les yeux. »

Quatre personnes.

Deux debout. Les deux autres au sol.

Toutes avaient vu une ou deux choses cette nuit-là.

Cet endroit, c'était le sous sol réel. C'était la vraie peur. Max se releva et s'apprêta à retourner derrière les bâches. Il leur souhaita bonne nuit, mais il n'alla pas sous l'escalier. Avec la permission de Rosa, Liesel resta auprès de lui jusqu'au matin. Elle lut *Un chant dans la nuit*, pendant qu'il dessinait et écrivait dans son livre.

D'une fenêtre de la rue Himmel, écrivit-il, *les étoiles m'ont embrasé les yeux.*

LE VOLEUR DE CIEL

En fait, le premier raid n'en était pas un. Si les gens avaient attendu de voir les avions, ils seraient restés plantés là toute la nuit. Cela expliquait qu'ils n'aient pas entendu le coucou à la radio. D'après le *Molching Express*, un certain opérateur de batterie antiaérienne se serait un peu trop excité. Il avait cru entendre arriver des avions et les apercevoir à l'horizon. C'est lui qui avait donné l'alerte.

« Il l'a peut-être fait exprès, remarqua Hans Hubermann. Qui aurait envie de rester dans une tour de défense antiaérienne à tirer sur des bombardiers ? »

Max poursuivit la lecture de l'article. Comme on pouvait s'y attendre, l'homme à l'imagination délirante n'assumait plus cette fonction. Sans doute avait-il été affecté à d'autres tâches.

« Bonne chance à lui », dit Max, qui, apparemment, le comprenait. Puis il s'attaqua aux mots croisés.

Le prochain raid n'eut rien de fictif.

Dans la soirée du 19 septembre, le coucou résonna dans le poste, suivi d'une voix grave qui donnait des informations et plaçait Molching sur la liste des cibles potentielles.

À nouveau, la foule se pressa dans la rue Himmel et, à nouveau, Papa laissa son accordéon. Rosa lui rappela de le prendre, mais il refusa. « Je ne l'ai pas pris la dernière fois et nous nous en sommes sortis vivants », expliqua-t-il. Visiblement, la guerre brouillait la frontière entre logique et superstition.

Cette atmosphère inquiétante les suivit dans le sous-sol des Fiedler. « Ce soir, je crois que c'est sérieux », déclara M. Fiedler. Les enfants comprirent vite que les parents avaient encore plus peur cette fois, et les plus jeunes, réagissant de la seule manière qu'ils connaissaient, se mirent à gémir et à pleurer tandis que la pièce semblait osciller.

Même au fond de cette cave, ils entendaient vaguement le bruit des bombes. La pression atmosphérique s'effondrait tel un plafond, comme pour écraser la terre. Une partie des rues désertes de Molching fut emportée.

Rosa tenait fiévreusement la main de Liesel.

Les pleurs des enfants devenaient très remuants.

Rudy lui-même, feignant la nonchalance, se tenait très droit pour résister à la tension ambiante. Les gens jouaient des bras et des coudes pour agrandir leur espace vital. Certains essayaient de calmer les tout-petits. D'autres n'arrivaient pas à apaiser leur propre angoisse.

« Faites taire ce môme ! » s'écria Frau Holtzapfel, mais sa phrase se perdit dans l'atmosphère chaude et chaotique de l'abri. Des larmes crasseuses roulaient sur les joues des enfants et les odeurs d'haleines nocturnes, d'aisselles moites et d'habits usés mijotaient dans ce qui était maintenant un chaudron plein à ras bord d'êtres humains.

Bien qu'elle fût tout près de Rosa, Liesel dut crier « Maman ! » pour se faire entendre. Puis de nouveau : « Maman, tu m'écrases la main !

— Quoi ?

— Ma main ! »

Rosa la lâcha. Pour se réconforter et oublier le tumulte, Liesel prit l'un de ses livres. *Le Siffleur* était sur le dessus de la pile. Elle commença à lire à haute voix afin de mieux se concentrer, sans pour autant dominer le vacarme.

« Que dis-tu ? » rugit Rosa, mais Liesel l'ignora. Elle continua sa lecture de la première page.

Quand elle entama la page deux, Rudy s'en aperçut à son tour. Il l'écouta avec attention et donna de petites tapes à son frère et à ses sœurs en leur demandant de faire de même. Puis Hans Hubermann se rapprocha et réclama le silence, et peu à peu le calme gagna le sous-sol bondé. À la page trois, tout le monde se taisait, sauf la lectrice.

Elle n'osait pas lever les yeux, mais elle sentait leurs regards terrifiés accrochés à elle tandis qu'elle transportait les mots et les lâchait dans un souffle. Une voix jouait des notes de musique en elle. Ceci est ton accordéon, disait-elle.

Le bruit de la page tournée les fit sursauter.

Elle poursuivit sa lecture.

Pendant vingt minutes au moins, elle distribua les mots de l'histoire. Le son de sa voix apaisait les plus petits. Les autres voyaient en imagination le siffleur s'enfuir de la scène du crime. Liesel, elle, ne voyait que la mécanique des mots – leurs corps échoués sur le papier, qui se couchaient sous ses pas. Et ici et là, dans l'intervalle entre un point et la capitale suivante, il y avait Max. Elle se rappelait les moments où elle lui faisait la lecture quand il était malade. Est-il dans le sous-sol ? se demandait-elle. Ou bien est-il encore en train de regarder le ciel à la dérobée, tel un voleur ?

UNE JOLIE PENSÉE
L'une était une voleuse de livres.
L'autre vola le ciel.

* * *

Tout le monde s'attendait à ce que le sol tremble.

C'était toujours un fait immuable, mais au moins étaient-ils maintenant distraits par la fillette au livre. L'un des petits garçons faillit se remettre à pleurer, mais Liesel s'interrompit et imita son papa, ou même Rudy, en l'occurrence. Elle lui adressa un clin d'œil et reprit sa lecture.

C'est seulement lorsque le bruit étouffé des sirènes s'infiltra de nouveau dans la cave qu'elle fut interrompue. « Nous sommes maintenant en sécurité, annonça M. Jenson.

— Ouf ! » fit Frau Holtzapfel.

Liesel leva les yeux. « Il ne reste que deux paragraphes avant la fin du chapitre », dit-elle. Et elle continua à lire sans fanfare, au même rythme. Les mots, rien que les mots.

DÉFINITION N° 4 DU *DICTIONNAIRE DUDEN*
Wort – Mot :
Unité de langage chargée de sens / promesse / brève remarque, affirmation ou conversation.
Synonymes : ***terme, nom, expression.***

Par respect pour elle, les adultes imposèrent le calme et Liesel termina le premier chapitre du *Siffleur.*

Dans l'escalier, les enfants la dépassèrent à toute allure, mais la plupart des gens – y compris Frau Holtzapfel et Pfiffikus (ce qui était parfaitement approprié, étant donné le titre du livre) – prirent le temps de la remercier de les avoir distraits, avant de sortir en hâte pour voir si la rue Himmel avait subi des dégâts.

Il n'y en avait pas.

La seule trace de la guerre était un nuage de poussière qui migrait d'est en ouest. Il regardait à travers les fenêtres, cherchant le moyen de s'y insinuer et, tandis qu'il s'épaississait tout en s'étendant, il changeait les humains en apparitions fantomatiques.

Ce n'était plus des gens qui marchaient dans la rue.

C'était un ensemble de rumeurs chargées de sacs.

Une fois à la maison, Papa le raconta à Max. « Il y a du brouillard et des cendres. J'ai l'impression qu'ils nous ont laissés sortir trop tôt. » Il regarda Rosa. « Tu crois que je devrais aller voir si l'on a besoin d'aide à l'endroit où les bombes sont tombées ? »

Rosa ne fut nullement impressionnée. « Ne fais pas l'imbécile, répondit-elle, la poussière t'étouffera. Non, non, *Saukerl*, tu vas rester ici. » Une idée lui vint alors et elle regarda Hans d'un air sérieux. En fait, elle avait la fierté littéralement crayonnée sur le visage. « Reste ici et dis-lui, pour Liesel. » Elle haussa légèrement la voix. « Le livre. »

Max prêta l'oreille.

« *Le Siffleur*, dit Rosa, chapitre un. » Elle expliqua alors ce qui s'était passé dans l'abri.

Max se frottait la mâchoire en observant Liesel qui se tenait dans un coin du sous-sol. Pour ma part, je dirais que l'idée de l'œuvre qu'il allait ensuite mettre dans son carnet de croquis lui vint à ce moment-là.

La Secoueuse de mots.

Il l'imaginait en train de lire dans l'abri et probablement la voyait-il en train de tendre littéralement les mots aux gens. Comme toujours, il devait voir aussi l'ombre d'Hitler. Sans doute entendait-il déjà le bruit de ses pas qui se dirigeait vers la rue Himmel et le sous-sol – pour plus tard.

Après un long silence, il sembla sur le point de parler, mais Liesel le prit de vitesse.

« Vous avez vu le ciel ce soir ?

— Non. » Max se tourna vers le mur et pointa le doigt. Tous contemplèrent les mots et le dessin qu'il avait tracés à la peinture plus d'un an auparavant, la corde et le soleil dégoulinant. « Non, juste celui-ci, ce soir. » Et à partir de là, plus personne ne parla. Les pensées remplacèrent les paroles.

J'ignore ce que pensèrent Max, Hans et Rosa, mais je sais que Liesel Meminger se dit que si des bombes tombaient sur la rue Himmel, non seulement Max aurait moins de chances que les autres de s'en sortir, mais il mourrait seul.

LA PROPOSITION DE FRAU HOLTZAPFEL

Au matin, on alla inspecter les dégâts. Il n'y avait pas eu de victimes, mais deux immeubles d'habitation n'étaient plus que des pyramides de gravats et, au milieu du terrain des Jeunesses hitlériennes, le préféré de Rudy, on aurait cru qu'on avait prélevé une gigantesque cuillerée de terre. La moitié de la ville s'était réunie autour de cette circonférence. Les gens estimaient sa profondeur et la comparaient à celles de leurs abris. Plusieurs jeunes crachèrent dedans.

Rudy se tenait aux côtés de Liesel. « On dirait qu'ils vont devoir le fertiliser à nouveau », commenta-t-il.

Les semaines suivantes, il n'y eut aucun raid et la vie reprit son cours normal. Deux épisodes marquants, néanmoins, allaient se produire.

LES DEUX ÉVÉNEMENTS D'OCTOBRE
Les mains de Frau Holtzapfel.
Le défilé des Juifs.

Ses rides ressemblaient à de la calomnie. Sa voix équivalait à des coups de bâton.

À vrai dire, elles eurent la chance de voir arriver Frau Holtzapfel par la fenêtre du salon, car ses phalanges sur la porte étaient dures et décidées, annonciatrices de choses sérieuses.

Liesel entendit les mots qu'elle redoutait.

« Va voir ce qu'elle veut », dit Rosa. La fillette obéit, sachant où était son intérêt.

« Ta maman est là ? » demanda Frau Holtzapfel. La cinquantaine sèche et rigide, comme si elle était faite de fil de fer, elle se tenait sur le perron et regardait de temps à autre dans la rue. « Est-ce que ta truie de mère est là ? »

Liesel fit demi-tour et appela Rosa.

DÉFINITION N° 5 DU *DICTIONNAIRE DUDEN*
Gelegenheit – Opportunité :
Occasion d'avancement ou de progrès.
Synonymes : *perspective, ouverture, chance.*

Rosa arriva rapidement. « Qu'est-ce que vous voulez ? Vous avez l'intention de cracher sur le sol de ma cuisine, en plus ? »

Frau Holtzapfel ne fut pas le moins du monde impressionnée. « C'est comme ça que vous accueillez les gens qui sonnent à votre porte ? Quelle *G'sindel* ! »

Liesel avait le malheur d'être coincée entre les deux femmes. Rosa la repoussa. « Alors, vous allez me dire ce qui vous amène, oui ou flûte ? »

Frau Holtzapfel jeta à nouveau un coup d'œil dans la rue. « Je viens faire une proposition. »

Maman passa d'un pied sur l'autre. « Tiens donc !

— Pas à vous », répondit son interlocutrice, comme si c'était une évidence. Puis elle se tourna vers Liesel : « À toi.

— Dans ce cas, pourquoi voulez-vous me voir ?

— J'ai besoin de votre *autorisation.* »

Oh la la ! pensa Liesel. Il ne manquait plus que ça. Qu'est-ce que la Holtzapfel peut bien me vouloir ?

« J'ai bien aimé le livre que tu as lu dans l'abri. »

Tu ne l'auras pas, si c'est ça que tu cherches, se jura Liesel. « Ah oui ?

— J'espérais pouvoir entendre la suite à la prochaine alerte, mais il n'y en a plus pour le moment. » Frau Holtzapfel serra les omoplates et redressa son dos rigide. « C'est pourquoi j'aimerais que tu viennes chez moi et que tu me le lises.

— Vous êtes gonflée, Holtzapfel ! » Rosa n'avait pas encore décidé si elle devait s'indigner ou non. « Si vous croyez que. .

— Je ne cracherai plus sur votre porte, coupa son interlocutrice. Et je vous donnerai ma ration de café. »

C'était décidé, Rosa ne se mettrait pas en colère. « Plus un peu de farine ?

— Hé, vous êtes juive, ou quoi ? Le café, c'est tout. Vous pourrez l'échanger contre de la farine avec quelqu'un d'autre. »

Adjugé.

À ceci près que Liesel n'avait pas été consultée.

« Bon, c'est entendu.

— Maman ?

— Tais-toi, *Saumensch.* Va chercher le bouquin. » Rosa se tourna de nouveau vers Frau Holtzapfel. « Quel jour vous conviendrait ?

— Le lundi et le vendredi à quatre heures. Et aujourd'hui, tout de suite. »

Liesel emboîta le pas à Frau Holtzapfel jusqu'à la maison voisine, qui était la copie conforme de celle des Hubermann. Un peu plus grande, peut-être.

Lorsqu'elle s'installa à la table de la cuisine, Frau Holtzapfel s'assit de l'autre côté, face à la fenêtre. « Lis, dit-elle.

— Le chapitre deux ?

— Non, le huit ! Évidemment, le chapitre deux. Allez, vas-y avant que je ne te jette dehors.

— Bien, Frau Holtzapfel.

— Laisse tomber les “Bien, Frau Holtzapfel” et ouvre le livre. On n'a pas toute la journée. »

Seigneur, pensa Liesel, c'est ma punition pour les vols que j'ai commis. Ça a fini par me rattraper.

Elle lut pendant trois quarts d'heure et, lorsqu'elle eut terminé le chapitre, un paquet de café fut déposé sur la table.

« Merci, dit la femme, l'histoire est passionnante. » Elle se tourna vers la cuisinière et s'apprêta à faire cuire des pommes de terre. Sans se retourner, elle demanda : « Tu es encore là ? »

Liesel en déduisit qu'elle pouvait partir. « *Danke schön*, Frau Holtzapfel. » Près de la porte, elle vit les photos encadrées de deux jeunes hommes en uniforme militaire et elle se hâta alors d'ajouter un « *Heil Hitler* », bras tendu.

« Oui. » Frau Holtzapfel était fière et elle avait peur. Deux fils sur le front russe. « *Heil Hitler.* » Elle mit son eau à chauffer et eut même la politesse de raccompagner Liesel jusqu'au perron. « *Bis morgen ?* »

Le lendemain était un vendredi. « Oui, Frau Holtzapfel. À demain. »

Liesel calcula qu'il y avait eu encore quatre séances de lecture chez Frau Holtzapfel avant le défilé des Juifs dans les rues de Molching.

Ils étaient en route vers Dachau, pour y être concentrés.

Cela fait deux semaines, écrirait-elle plus tard dans le sous-sol. *Deux semaines pour changer le monde et quatorze jours pour le détruire.*

LA LONGUE MARCHE VERS DACHAU

Certains ont dit que le camion était tombé en panne, mais je suis à même d'affirmer que ce n'était pas le cas. J'étais là.

Ce qu'il y avait eu : un ciel océanique, avec des nuages coiffés de blanc.

En outre, il n'y avait pas qu'un seul véhicule. Et trois camions ne tombent pas tous en panne d'un seul coup.

Lorsque les soldats se rangèrent pour manger un morceau en fumant une cigarette et pour donner quelques bourrades aux prisonniers entassés, l'un des Juifs, malade et mourant de faim, s'effondra. J'ignore d'où venait le convoi, mais il était à peu près à six kilomètres de Molching et plus loin encore du camp de concentration de Dachau.

J'ai pénétré dans le camion à travers le pare-brise et j'ai trouvé l'homme à l'intérieur avant de ressortir par-derrière. Son âme était toute maigre. Sa barbe était un boulet. Mes pieds ont atterri bruyamment sur le gravier, et pourtant ni les soldats ni les prisonniers n'ont entendu quoi que ce soit. Mais tous pouvaient sentir ma présence.

J'ai le souvenir de souhaits nombreux à l'arrière de ce camion. Des voix intérieures m'interpellaient.

Pourquoi lui et pas moi ?

Dieu merci, ce n'est *pas* moi.

Les soldats, eux, avaient d'autres préoccupations. Leur chef écrasa sa cigarette et posa aux autres une question assortie d'un nuage de fumée. « Quand est-ce qu'on a sorti ces rats pour leur faire prendre l'air, la dernière fois ? »

Son lieutenant réprima une quinte de toux. « Ça ne leur ferait pas de mal, je dirais.

— Eh bien, allons-y. On a le temps, il me semble ?

— On a toujours le temps, chef.

— Et il fait un temps idéal pour une marche, n'est-ce pas ?

— Oui, chef.

— Alors qu'est-ce que tu attends, bon sang ? »

Rue Himmel, Liesel jouait au foot et deux garçons se disputaient le ballon au centre du terrain lorsque le son leur parvint. Même Tommy Müller l'entendit. « Qu'est-ce que c'est ? » interrogea-t-il depuis son poste de gardien de but.

Tous se tournèrent vers le piétinement qui se rapprochait, accompagné de voix autoritaires.

« Un troupeau de vaches ? avança Rudy. Non, ce n'est pas possible. Ça ne fait pas ce bruit-là. »

Lentement au début, les enfants avancèrent jusqu'à la boutique de Frau Diller. De temps à autre, les ordres étaient aboyés un peu plus fort.

Une vieille dame qui habitait un appartement en étage à l'angle de la rue de Munich se chargea d'éclairer la lanterne de tout le monde. Dans l'encadrement de sa fenêtre, son visage ressemblait à un drapeau blanc, avec des yeux humides et une bouche béante. Sa voix vint s'écraser aux pieds de Liesel.

Elle avait des cheveux gris.

Ses yeux étaient bleu foncé.

« *Die Juden*, dit-elle. Les Juifs. »

DÉFINITION N° 6 DU *DICTIONNAIRE DUDEN*
Elend **– Malheur :**
Souffrance, détresse et chagrin considérables.
Synonymes : *misère, déchirement, tourment, désespoir, désolation.*

D'autres personnes firent leur apparition dans la rue, où l'on avait déjà fait passer un groupe de Juifs et autres criminels, comme du bétail. Peut-être gardait-on le secret sur les camps de la mort, mais de temps à autre, la gloire d'un camp de travail comme Dachau était offerte aux regards.

Au bout de la rue, sur l'autre trottoir, Liesel aperçut Hans Hubermann avec sa charrette et ses pots de peinture. Il se passait la main dans les cheveux, visiblement très mal à l'aise.

« Mon papa est là-bas ! » dit Liesel à Rudy, le doigt pointé.

Ils traversèrent et le rejoignirent. Au début, il tenta de les éloigner. « Liesel, dit-il, tu devrais... »

Il se rendit compte, toutefois, qu'elle était déterminée à rester et peut-être était-ce au fond quelque chose qu'elle devait voir. Dans le petit vent d'automne, il resta debout à ses côtés, sans dire un mot.

Rue de Munich, ils regardèrent.

Les gens se massaient autour d'eux.

Ils regardèrent les Juifs descendre la rue comme un catalogue de couleurs. Ce ne sont pas les termes qu'employa la voleuse de livres pour les décrire, mais je peux vous dire que c'est exactement ce qu'ils étaient, car un grand nombre d'entre eux allaient mourir. Ils m'accueilleraient tous comme leur dernière amie sincère, avec des os pareils à de la fumée et leurs âmes traînant derrière.

Lorsque les prisonniers arrivèrent, le bruit de leurs pas palpita sur le revêtement de la chaussée. Dans leurs crânes affamés, leurs yeux étaient immenses. Et la crasse. Ils étaient dans une gangue de crasse. Les mains des soldats les poussaient et ils titubaient en une brève accélération forcée avant de reprendre lentement leur marche sous-alimentée.

Hans les regardait par-dessus les têtes des badauds de plus en plus nombreux avec, j'en suis certaine, beaucoup de tension dans son regard d'argent. Liesel essayait de voir quelque chose entre les gens ou par-dessus leurs épaules.

Ces hommes et ces femmes épuisés tournaient vers eux leurs visages torturés, demandant non pas de l'aide – ils étaient au-delà de ça – mais une explication. Juste de quoi atténuer leur désarroi.

Leurs pieds peinaient à se décoller du sol.

Ils avaient des étoiles de David plaquées sur leur chemise et le malheur était attaché à eux comme s'il leur était attribué. « N'oubliez pas votre malheur... » Parfois, il s'enroulait autour d'eux comme une plante grimpante.

Les soldats marchaient à leurs côtés en leur ordonnant d'aller plus vite et de cesser de gémir. Certains étaient très jeunes. Ils avaient le Führer dans les yeux.

Liesel se dit qu'elle avait devant elle les êtres les plus malheureux du monde. C'est ce qu'elle écrivit. Leur visage émacié était déformé par la souffrance. La faim les dévorait. Quelques-uns marchaient les yeux baissés pour ne pas voir les gens sur le trottoir. D'autres regardaient, atterrés, ceux qui étaient venus assister à leur humiliation, au prélude de leur mort. D'autres encore suppliaient que quelqu'un, n'importe qui, leur tende une main secourable.

En vain.

Quels que fussent les sentiments qui animaient les témoins de ce défilé – fierté, audace ou honte –, nul ne fit rien pour l'interrompre. Du moins pas encore.

De temps à autre, le regard de l'un de ces hommes ou de ces femmes – non, ils n'étaient pas considérés comme des hommes ou comme des femmes, c'étaient des Juifs – croisait celui de Liesel dans la foule. Il exprimait la défaite et la voleuse de livres ne pouvait rien faire, sinon leur rendre ce regard durant un long, un inguérissable moment, avant qu'ils ne disparaissent à ses yeux. Elle espérait seulement qu'ils liraient sur son visage à quel point le chagrin qu'elle éprouvait était profond, et sincère.

J'ai l'un des vôtres dans mon sous-sol ! avait-elle envie de leur crier. On a fait ensemble un bonhomme de neige ! Je lui ai offert treize cadeaux quand il était malade !

Mais elle se tut.

Cela n'aurait servi à rien.

Elle comprenait qu'elle ne leur était d'aucune utilité. Il était impossible de les sauver. Dans quelques minutes, elle verrait quel sort était réservé à ceux qui tentaient de les aider.

Dans un îlot du cortège, il y avait un homme plus âgé que les autres.

Il portait une barbe et des vêtements déchirés.

Ses yeux avaient la couleur de l'agonie et, si léger qu'il fût, il était encore trop lourd pour que ses jambes puissent le porter.

À plusieurs reprises, il tomba.

La joue contre la chaussée.

Chaque fois, un soldat arrivait. « *Steh' auf*, ordonnait-il. Debout ! »

L'homme se mettait à genoux, se relevait péniblement et se remettait en marche.

Dès qu'il s'était réinséré dans la file, il ne parvenait pas à garder le rythme et il s'effondrait de nouveau. Ceux qui arrivaient derrière lui – un plein camion – risquaient de le rattraper et de le piétiner.

Le spectacle de ses bras douloureux qui tremblaient quand il tentait de se remettre sur ses pieds était insupportable. Ils se dérobèrent une fois encore, puis il réussit à se relever et il fit quelques pas.

Cet homme était un homme mort.

Dans cinq minutes, sans aucun doute, il tomberait dans le caniveau allemand et il mourrait sous les yeux des badauds qui ne lèveraient pas le petit doigt.

Et puis, un être humain.

Hans Hubermann.

* * *

Cela se passa très vite.

La main qui tenait fermement celle de Liesel la lâcha au moment où le vieil homme passa en titubant devant eux. La fillette sentit sa paume retomber sur sa hanche.

Papa fouilla dans sa charrette et y prit quelque chose, puis il se fraya un chemin dans la foule vers la chaussée.

Le Juif se tenait devant lui, s'attendant à recevoir une ration supplémentaire d'humiliation. Il ouvrit de grands yeux, et tout le monde en fit autant, en voyant que Hans Hubermann, tel un prestidigitateur, lui tendait un morceau de pain.

Quand le pain changea de mains, le Juif se laissa tomber à genoux et étreignit les jambes de Hans.

Liesel regardait, les yeux remplis de larmes.

Tel un flot humain, les autres Juifs passaient à côté des deux hommes et contemplaient cet inutile et minuscule miracle. Ce jour-là, quelques-uns atteindraient l'océan. Ils recevraient une coiffe blanche.

Un soldat s'avança jusqu'à la scène du crime. Il examina l'homme agenouillé et Hans Hubermann, puis se tourna vers la foule. Après quelques instants de réflexion, il détacha le fouet de sa ceinture et se mit à l'œuvre.

Le Juif reçut six coups de fouet. Sur le dos, sur la tête et sur les jambes. « Ordure ! Espèce de porc ! » Du sang coulait maintenant goutte à goutte de son oreille.

Ce fut ensuite le tour de Hans Hubermann.

Une autre main avait pris celle de Liesel, qui découvrit Rudy Steiner à ses côtés, en train de déglutir avec difficulté. Le bruit des coups de fouet la rendait malade. Hans en reçut quatre avant de s'effondrer à son tour.

Au moment où le vieux Juif se releva pour la dernière fois, il se retourna brièvement et lança un regard empreint de tristesse à Hans Hubermann qui était maintenant agenouillé lui aussi sur la chaussée, les genoux douloureux, le dos zébré de quatre lignes de feu. Au moins le vieil homme allait-il mourir comme un être humain. Ou en pensant qu'il *était* un être humain.

Quant à moi…

Je me demande si c'est vraiment un bien.

Liesel et Rudy jouèrent des coudes pour parvenir jusqu'à Hans et l'aidèrent à se relever tandis que des voix s'élevaient de tous côtés. Des mots et du soleil. C'est l'image qu'elle en garderait. La lumière qui étincelait dans la rue, les paroles comme des vagues qui se brisaient sur son dos.

Ils allaient partir quand ils remarquèrent le morceau de pain, abandonné sur la chaussée.

Au moment où Rudy le ramassait, l'un des Juifs le lui prit des mains et deux autres tentèrent de s'en saisir à leur tour tandis qu'ils poursuivaient leur marche vers Dachau.

Le regard d'argent fut alors pris pour cible.
La charrette fut renversée et la peinture coula dans la rue.
On traita Hans Hubermann d'ami des Juifs.
D'autres se taisaient, l'aidant à se mettre en sécurité.

Hans Hubermann, penché en avant, s'appuya contre le mur d'une maison, soudain submergé par ce qui venait de se passer.
Une image lui venait à l'esprit.
Le sous-sol du 33, rue Himmel.
La panique s'insinuait entre deux halètements.
Maintenant, ils vont venir. Ils vont venir.
Oh, Seigneur !
Il se tourna vers Liesel et ferma les yeux.
« Tu es blessé, Papa ? »
Il répondit par des questions.
« Mais à quoi ai-je pensé ? » Il ouvrit les yeux. Sa salopette était froissée. Il avait du sang et de la peinture sur les mains. Et des miettes de pain. Quelle différence avec le pain de cet été ! « Oh Seigneur, Liesel, qu'est-ce que j'ai fait ? »

Oui.
Je ne peux qu'être d'accord.

Qu'avait fait Papa ?

PAIX

Ce soir-là, peu après vingt-trois heures, Max Vandenburg remonta la rue avec une valise pleine de nourriture et de vêtements chauds. Il respirait l'air allemand. Les étoiles jaunes étaient en feu. Lorsqu'il atteignit la boutique de Frau Diller, il se retourna pour regarder une dernière fois le n° 33. Il ne pouvait voir la silhouette derrière la fenêtre de la cuisine, mais elle, en revanche, le voyait. Elle lui fit un petit signe de main. Il n'agita pas la sienne.

Liesel sentait encore ses lèvres sur son front. Elle avait dans les narines l'haleine de son adieu.

« Je t'ai laissé quelque chose, avait-il dit, mais tu ne l'auras que lorsque tu seras prête. »

Et il était parti.

Elle avait appelé : « Max ? »

Mais il n'était pas revenu.

Il était sorti de sa chambre et avait refermé la porte sans bruit.

Le couloir avait murmuré.

Puis plus rien.

Lorsqu'elle entra dans la cuisine, Maman et Papa se tenaient tout courbés, le visage figé. Ils étaient ainsi depuis une éternité de trente secondes.

DÉFINITION N° 7 DU *DICTIONNAIRE DUDEN*
Schweigen – Silence :
Absence de sons ou de bruit.
Synonymes : *calme, quiétude, paix.*

C'est ça.
Paix.

Quelque part dans les environs de Munich, un Juif allemand cheminait dans l'obscurité. Il avait été décidé qu'il retrouverait Hans Hubermann quatre jours plus tard (enfin, s'il n'était pas arrêté), loin sur les bords de l'Amper, près d'un pont effondré entre l'eau et les arbres.

Il se rendrait au rendez-vous, mais il ne resterait que quelques minutes.

Quand Hans se présenta, à la date fixée, il trouva seulement un petit mot glissé sous un rocher, au pied d'un arbre. Il n'était adressé à personne en particulier et ne comportait qu'une phrase.

LES DERNIERS MOTS DE MAX VANDENBURG
Vous avez fait assez.

Maintenant, plus que jamais, le 33 de la rue Himmel était un lieu de silence et le manque de pertinence du *Dictionnaire universel Duden*, surtout au niveau des synonymes, ne passa pas inaperçu.

Le silence n'était ni le calme ni la quiétude. Ni la paix.

L'IDIOT ET LES HOMMES EN MANTEAU

Le soir du défilé, l'idiot était assis dans la cuisine et buvait des gorgées amères du café de Frau Holtzapfel en mourant d'envie d'en griller une. Il attendait que la Gestapo, ou les soldats, ou la police, enfin quelqu'un, viennent l'arrêter, comme il pensait le mériter. Rosa lui ordonna de se mettre au lit. Liesel s'attarda sur le seuil. Il les renvoya toutes deux et resta là, la tête dans ses mains, jusqu'au petit matin.

Rien ne se passa.

Chaque minute apportait avec elle le bruit attendu des coups frappés à la porte et des voix menaçantes.

Rien.

« Qu'ai-je fait ? se demandait-il à mi-voix.

— Seigneur, une cigarette me ferait du bien », fit-il comme réponse.

Liesel l'entendit prononcer ces phrases à plusieurs reprises. C'était dur pour elle de rester près de la porte. Elle aurait aimé le réconforter, mais elle n'avait jamais vu un homme dans un état pareil. Aucune consolation n'était possible. Max était parti et c'était la faute de Hans Hubermann.

Les placards de la cuisine avaient la forme de la culpabilité et il avait les paumes moites à l'idée de ce qu'il avait fait. Elles devaient forcément l'être, pensait Liesel, car ses propres mains étaient trempées jusqu'aux poignets.

Dans sa chambre, elle fit des prières.

À genoux, mains jointes, les avant-bras posés sur le matelas.

« Mon Dieu, je vous en supplie, faites que Max survive. Je vous en prie, Seigneur... »

Mal aux genoux.

Mal aux pieds.

Au point du jour, elle s'éveilla et retourna dans la cuisine. Papa s'était endormi, la tête parallèle à la table, et un filet de salive coulait au coin de ses lèvres. L'arôme du café emplissait l'atmosphère, où flottait encore l'image de son stupide geste de charité. Comme un numéro de téléphone ou une adresse. Si on le répète plusieurs fois, il reste.

Hans ne sentit pas la pression de la main de Liesel sur son épaule, mais, lorsqu'elle recommença, il fit un bond.

« Ils sont là ?

— Non, Papa, c'est moi. »

Il finit son fond de café froid. Sa pomme d'Adam monta et descendit. « Ils auraient dû venir. Pourquoi ne sont-ils pas venus, Liesel ? »

C'était une insulte.

Ils auraient déjà dû venir et fouiller la maison, en quête d'un indice de son amitié pour les Juifs ou de sa trahison, mais il s'avéra que Max était parti pour rien. Il aurait pu être en train de dormir dans le sous-sol ou de dessiner sur son carnet de croquis.

« Tu ne pouvais pas savoir qu'ils n'allaient pas venir, Papa.

— J'aurais dû savoir qu'il ne fallait pas donner du pain à cet homme. Je n'ai pas réfléchi.

— Papa, tu n'as rien fait de mal.

— Ce n'est pas vrai. »

Il se leva et sortit, laissant la porte de la cuisine ouverte. Pour tout aggraver, la matinée s'annonçait radieuse.

Au bout de quatre jours, il fit un long chemin à pied sur les bords de l'Amper. À son retour, il rapportait un petit billet qu'il posa sur la table de la cuisine.

Une semaine encore s'écoula. Hans Hubermann attendait toujours sa punition. Les zébrures sur son dos cicatrisaient et il passait le plus clair de son temps à marcher dans les rues de Molching. Frau Diller crachait à ses pieds. La boutiquière avait pris le relais de Frau Holtzapfel, qui, fidèle à sa promesse, avait cessé de cracher sur la porte de ses voisins. « Je le savais, lançait-elle d'un ton venimeux. Saleté d'ami des Juifs ! »

Il poursuivait son chemin sans lui prêter attention et Liesel le retrouvait souvent sur le pont de l'Amper. Il posait les bras sur la rambarde et penchait le torse au-dessus de l'eau. Des enfants passaient à toute allure près de lui en vélo. D'autres couraient et leurs pas et leurs cris résonnaient. Mais il n'y accordait aucune importance.

DÉFINITION N° 8 DU *DICTIONNAIRE DUDEN*
Nachtrauern **– Regret :**
Chagrin accompagné de désir ardent, de déception ou de perte.
Synonymes : *repentir, chagrin, deuil.*

« Tu le vois ? lui demanda-t-il une après-midi lorsqu'elle se pencha à ses côtés. Là, dans l'eau ? »

Le courant était faible et, dans l'onde, Liesel put distinguer les contours du visage de Max Vandenburg. Elle voyait aussi ses cheveux comme des plumes et le reste de sa personne. « Il se battait contre le Führer dans notre sous-sol.

— Jésus, Marie, Joseph ! » Les mains de Hans étreignirent le bois. « Je suis un idiot. »

Non, Papa.

Tu es juste un homme.

Ces mots lui vinrent à l'esprit plus d'un an après, lorsqu'elle écrivait dans le sous-sol. Elle regretta de ne pas les avoir trouvés à ce moment-là.

« Je suis stupide, dit Hans Hubermann à sa fille adoptive. Et gentil, ce qui fait de moi l'idiot le plus idiot du monde. En fait, j'ai *envie* qu'on vienne m'arrêter. Tout plutôt que cette attente insupportable. »

Hans Hubermann avait besoin d'une justification. Il avait besoin de savoir que Max Vandenburg était parti de chez lui pour une bonne raison.

Finalement, après une attente de trois semaines, il pensa que c'était arrivé.

Il était tard.

Liesel rentrait de chez Frau Holtzapfel lorsqu'elle aperçut les deux hommes dans leur long manteau noir. Elle se précipita dans la maison.

« Papa, Papa ! » Dans sa hâte, elle faillit renverser ce qui se trouvait sur la table de la cuisine. « Papa, ils sont ici ! »

Rosa fut la première à arriver. « Qu'est-ce que tu as à hurler comme ça, *Saumensch* ? Qui est ici ?

— La Gestapo.

— Hansi ! »

Hans était déjà en train de sortir de la maison pour accueillir les visiteurs. Liesel voulut le rejoindre, mais Rosa la retint et elles observèrent la scène depuis la fenêtre.

Papa, très agité, s'était posté derrière le portail.

Maman resserra son étreinte sur le bras de Liesel.

Les deux hommes passèrent sans s'arrêter.

* * *

Hans Hubermann, inquiet, se retourna et jeta un coup d'œil à la fenêtre, puis il ouvrit le portail et les héla. « Hé, je suis ici ! C'est moi que vous cherchez. J'habite à ce numéro. »

Les hommes en manteau s'arrêtèrent brièvement et vérifièrent quelque chose dans leur carnet. « Oh non ! » fut la réponse. Ils avaient des voix graves. « Vous êtes malheureusement un peu trop vieux pour nous. »

Ils se remirent en marche, pour s'arrêter juste après, devant le n° 35. Le portail n'était pas fermé. Ils entrèrent.

« Frau Steiner ? dirent-ils lorsqu'on vint leur ouvrir la porte.

— C'est moi.

— Nous voudrions vous parler de quelque chose. »

Les hommes en manteau se dressaient comme des colonnes sur le seuil de la petite maison des Steiner.

Ce qui les intéressait, c'était leur fils.

Rudy.

HUITIÈME PARTIE

La secoueuse de mots

Avec :
de l'obscurité et des dominos – l'idée de Rudy tout nu –
la punition –
la femme de l'homme qui tenait ses promesses –
un ramasseur –
des mangeurs de pain – une bougie dans les arbres –
un carnet de croquis caché –
et la collection de costumes de l'anarchiste

OBSCURITÉ ET DOMINOS

Selon la formule des petites sœurs de Rudy, il y avait deux monstres assis dans la cuisine. Leurs voix martelaient méthodiquement la porte derrière laquelle trois des enfants Steiner jouaient aux dominos. Les trois autres écoutaient la radio dans la chambre. Rudy espérait que cette intrusion n'avait rien à voir avec ce qui s'était passé à l'école, la semaine précédente. Il n'avait pas voulu en parler à Liesel, ni chez lui.

UNE APRÈS-MIDI SOMBRE, UN PETIT BUREAU
DE L'ÉCOLE
Trois garçons étaient alignés et l'on procédait à un examen scrupuleux de leur corps et de leur dossier.

À la fin de la quatrième partie, Rudy entreprit de faire des piles de dominos, créant ainsi des motifs sur le plancher du salon. Comme d'habitude, il laissa quelques intervalles, pour le cas probable où le doigt espiègle de l'une des petites viendrait s'en mêler.

« Je peux les faire tomber, Rudy ?

— Non.

— Et moi, et moi ?

— Non plus. On le fera tous. »

Il aligna trois formations différentes qui conduisaient au centre, vers la même tour de dominos. Ensemble, ils regarderaient s'effondrer ce qui avait été si soigneusement organisé, avec un sourire ravi devant le spectacle superbe de la destruction.

Dans la cuisine, on parlait plus fort, maintenant. Chaque voix s'efforçait de dominer l'autre. Différentes phrases tentèrent de se faire entendre jusqu'au moment où une personne, demeurée silencieuse jusque-là, glissa son mot parmi elles.

« Non », dit-elle. Deux fois. « Non. » Même lorsque les autres reprirent la parole, elle réussit à leur imposer le silence. « S'il vous plaît, supplia Barbara Steiner, pas mon garçon. »

« On peut allumer une bougie, Rudy ? »

C'était quelque chose qu'ils avaient fait souvent avec leur père. Il éteignait la lumière et ils regardaient les dominos s'effondrer à la lueur de la flamme. Le spectacle n'en devenait que plus impressionnant.

De toute façon, il avait des fourmis dans les jambes. « Je vais chercher des allumettes. »

L'interrupteur était près de la porte.

Tranquillement, Rudy se dirigea vers elle, la boîte d'allumettes dans une main, la bougie dans l'autre.

« Les meilleurs résultats scolaires, disait l'un des monstres de sa voix terriblement sèche et grave de l'autre côté de la porte. Sans parler de ses performances physiques. » Bon sang, quel besoin avait-il eu de gagner toutes ces courses le jour de la fête ?

Deutscher.

Que Franz Deutscher aille au diable.

Et puis soudain, il comprit.

Ce n'était pas la faute de Franz Deutscher, mais la sienne. Il avait voulu montrer ce dont il était capable à son ancien bourreau, mais aussi à tout le monde. Et maintenant *tout le monde* était dans sa cuisine.

Il alluma la bougie et éteignit la lumière.

« Prêtes ?

— Mais je suis au courant de ce qui se passe là-bas. » C'était la voix ferme de son père, reconnaissable entre toutes.

« Vas-y, Rudy ! On attend.

— Bien sûr, Herr Steiner, mais vous devez comprendre que c'est pour servir une grande cause. Pensez aux opportunités qui s'offriront à votre fils. C'est véritablement un privilège.

— Rudy, la bougie coule. »

Il imposa le silence d'un geste de la main et attendit la réplique d'Alex Steiner.

« Un privilège ? Courir pieds nus dans la neige ? Sauter du haut d'une plate-forme de dix mètres dans un mètre d'eau ? »

Rudy avait collé son oreille contre la porte. La cire de la bougie fondait et coulait sur sa main.

« Des rumeurs. » La voix aride et rationnelle avait réponse à tout. « Notre école est l'une des meilleures qui soient. Elle dépasse le niveau international. Nous sommes en train de mettre sur pied un groupe d'élite de citoyens allemands au nom du Führer… »

Rudy refusait d'en entendre plus.

Il ôta la cire fondue de sa main et s'éloigna du rai de lumière qui passait par un interstice de la porte. Lorsqu'il s'assit, la flamme s'éteignit. Des gestes trop brusques. Les ténèbres emplirent la pièce. La seule source de lumière était le rectangle blanc de la porte de la cuisine.

Il craqua une autre allumette et ralluma la bougie. L'odeur suave du feu et du carbone s'éleva.

Chacun à son tour, Rudy et ses sœurs donnèrent un petit coup sur un alignement de dominos et ils les regardèrent s'effondrer jusqu'à ce que la tour centrale soit abattue. Les petites filles poussèrent des cris ravis.

Kurt, son frère aîné, entra dans la pièce.

« On dirait des cadavres, dit-il.

— Quoi ? »

Rudy leva les yeux vers son visage sombre, mais Kurt ne répondit pas. Il venait de se rendre compte qu'on discutait dans la cuisine. « Qu'est-ce qui se passe là-dedans ? »

C'est l'une de ses sœurs qui répondit. Bettina, la plus jeune, âgée de cinq ans. « Il y a deux monstres, dit-elle. Ils sont venus chercher Rudy. »

Un enfant humain, là encore. Tellement plus avisé.

Plus tard, quand les hommes en manteau s'en allèrent, les deux garçons, l'un âgé de dix-sept ans, l'autre de quatorze, trouvèrent le courage d'affronter la cuisine.

Ils restèrent sur le seuil. La lumière leur blessait les yeux.

C'est Kurt qui prit la parole. « Ils vont l'emmener ? »

Sa mère avait posé les avant-bras à plat sur la table, paumes vers le ciel.

Alex Steiner leva la tête.

Elle était lourde.

Son visage exprimait la détermination.

Il passa une main raide sur sa frange aux cheveux comme des échardes et fit plusieurs tentatives pour parler.

« Papa ? »

Mais Rudy ne s'avança pas vers son père.

Il s'assit à la table de la cuisine et prit la main de sa mère.

Alex et Barbara Steiner ne révéleraient rien de ce qui s'était dit pendant que les dominos s'effondraient comme des cadavres dans le salon. Si seulement Rudy avait continué à écouter à la porte durant quelques minutes encore…

Au cours des semaines qui suivirent, il se dit – ou plutôt, il tenta de se persuader – que s'il avait entendu la suite de la conversation, ce soir-là, il serait entré beaucoup plus tôt dans la cuisine. « Je vais y aller, aurait-il dit. Emmenez-moi. Je suis prêt. »

S'il était intervenu, cela aurait pu tout changer.

TROIS POSSIBILITÉS

1. Alex Steiner n'aurait pas subi la même punition que Hans Hubermann.

2. Rudy serait allé dans cette école.

3. Et peut-être, peut-être, il serait resté en vie.

Le sort a voulu, malheureusement, que Rudy Steiner ne soit pas entré dans la cuisine au moment opportun.

Et qu'il ait reporté son attention sur ses sœurs et sur les dominos.

Rudy Steiner s'assit.

Il n'allait nulle part.

L'IDÉE DE RUDY TOUT NU

Il y avait eu une femme.

Debout dans un coin.

Sa natte, la plus épaisse qu'il ait jamais vue, pendait dans son dos, telle une corde. De temps en temps, quand elle la ramenait devant, la natte restait tapie sur son sein colossal comme un animal domestique trop bien nourri. En fait, tout chez cette femme était volumineux. Ses lèvres, ses jambes. Ses dents, de véritables pavés. Sa voix était ample et directe. Droit au but. « *Komm*, leur intima-t-elle. Approchez. Mettez-vous là. »

À côté d'elle, le médecin ressemblait à un rongeur au crâne dégarni. Petit et agile, il arpentait le bureau de l'école avec des gestes bizarres, mais efficaces. Et il avait un rhume.

Des trois garçons, difficile de dire lequel montra le moins d'empressement à se déshabiller lorsqu'ils en reçurent l'ordre. Le premier regarda tour à tour le professeur vieillissant, l'infirmière gargantuesque et le docteur modèle réduit. Celui du milieu contempla ses pieds et celui de gauche s'estima heureux d'être dans une école et non dans une rue sombre. Cette infirmière, décida Rudy, était une vraie terreur.

« Qui est le premier ? » demanda-t-elle.

Le professeur qui supervisait l'opération répondit à leur place. Herr Heckenstaller disparaissait dans son costume noir et sa moustache lui mangeait le visage. Son choix fut vite fait.

« Schwarz. »

Le malheureux Jürgen Schwarz, horriblement mal à l'aise, entreprit d'ôter son uniforme. Bientôt, il ne lui resta plus que ses chaussures et son slip. Sur son visage de jeune Allemand, une supplication sans espoir s'était échouée.

« Les chaussures ? » demanda Herr Heckenstaller.

Schwarz ôta chaussures et chaussettes.

« *Und die Unterhosen*, dit l'infirmière. Le slip aussi. »

Rudy et l'autre élève, Olaf Spiegel, avaient également commencé à se déshabiller, mais ils ne se trouvaient pas dans la situation périlleuse de Jürgen Schwarz. Celui-ci tremblait des pieds à la tête. Il était plus grand que les deux autres, quoique plus jeune d'un an. Lorsqu'il baissa son slip, il resta debout dans le petit bureau froid, au comble de l'humiliation, son amour-propre autour des chevilles.

L'infirmière le détaillait, les bras croisés sur sa poitrine ravageuse.

Heckenstaller ordonna aux deux autres de se dépêcher.

Le médecin se gratta la tête et toussa. Son rhume était tuant.

Les trois garçons furent examinés tour à tour, tout nus sur le parquet glacé.

Ils cachaient leurs parties intimes avec leurs mains et grelottaient.

Le docteur les examina entre deux quintes de toux et trois éternuements.

« Inspirez. » Un reniflement.

« Expirez. » Autre reniflement.

« Écartez les bras. » Un toussotement. « J'ai dit *écartez les bras.* » Une affreuse quinte de toux.

Comme font toujours les humains, chacun des garçons quêtait chez les autres un signe de sympathie. En vain. Tous trois ôtèrent leurs mains de leur pénis et écartèrent les bras. Rudy n'avait pas du tout l'impression d'appartenir à une race supérieure.

« Petit à petit, disait l'infirmière au professeur, nous nous forgeons un avenir nouveau. Une nouvelle classe d'Allemands, avancés tant sur le plan mental que physique. Une classe d'officiers. »

Son discours fut malencontreusement interrompu lorsque le médecin se plia en deux et toussa violemment au-dessus des vêtements abandonnés, les yeux remplis de larmes. Rudy ne put s'empêcher de s'interroger.

Un nouvel avenir ? Dans son genre ?

Il eut la sagesse de se taire.

L'examen touchait à sa fin et il réussit à faire son premier salut hitlérien en tenue d'Adam. En un sens, il devait reconnaître que ce n'était pas si désagréable

Dépouillés de leur dignité, les trois garçons furent autorisés à se rhabiller. En quittant le bureau, ils entendirent le début des commentaires les concernant.

« Ils sont un peu plus âgés que d'habitude, disait le docteur, mais je pense au moins à deux d'entre eux. »

L'infirmière approuva. « Oui, le premier et le troisième. »

Une fois dehors, ils s'interrogèrent.

Le premier et le troisième.

« Le premier, c'était toi, Schwarz », dit Rudy. Il se tourna vers Olaf Spiegel. « Qui était le troisième ? »

Spiegel se livra à un calcul. Voulait-elle parler du troisième dans la file ou du troisième examiné ? Aucune importance, en fait. Il savait ce qu'il voulait croire. « C'était toi, à mon avis.

— Mon œil, Spiegel, c'était toi. »

UNE PETITE GARANTIE
Les hommes en manteau savaient qui était le troisième.

Le lendemain de leur visite rue Himmel, Rudy s'installa avec Liesel sur la marche devant sa porte et lui raconta l'affaire dans ses moindres détails. Il ne dissimula rien de ce qui s'était passé ce jour-là à l'école quand on était venu le chercher dans sa classe. Il y eut même quelques rires à l'évocation de l'imposante infirmière et de la tête que faisait Jürgen Schwarz. Mais dans l'ensemble, son récit fut dominé par l'angoisse, surtout lorsqu'il fut question des voix dans la cuisine et des dominos.

Pendant des jours, une idée obséda Liesel.

Celle de l'examen des trois garçons ou, plus précisément, pour être honnête, l'idée de Rudy.

Quand elle était dans son lit, elle pensait à Max, qui lui manquait ; elle se demandait où il était et priait pour qu'il soit en vie, mais Rudy venait s'immiscer dans son esprit.

Rudy qui irradiait dans l'obscurité, complètement nu.

Cette vision avait quelque chose d'effrayant, surtout le moment où il était obligé de retirer ses mains. C'était pour le moins déconcertant, mais elle n'arrivait pas à s'en détacher.

LA PUNITION

Dans l'Allemagne nazie, la punition ne faisait pas partie des denrées mentionnées sur les cartes de rationnement, mais chacun devait attendre son tour. Pour certains, ce fut la mort au combat en terre étrangère. Pour d'autres, ce fut la pauvreté et la culpabilité une fois la guerre terminée, lorsque, en Europe, on fit six millions de découvertes. Beaucoup sans doute virent la punition arriver, mais seul un petit nombre l'estima méritée. Hans Hubermann fut de ceux-là.

On n'aide pas les Juifs dans la rue.

On ne doit pas en cacher un dans son sous-sol.

Au début, la voix de sa conscience constitua sa punition. Il était accablé d'avoir, par son inconséquence, chassé Max Vandenburg. Son geste l'accompagnait à la table du dîner, quand il repoussait son assiette. Il se tenait à ses côtés sur le pont. Liesel le voyait bien. Hans avait cessé de jouer de l'accordéon. L'optimisme de son regard d'argent était blessé et inerte. C'était déjà grave, mais le pire était à venir.

Un mercredi du début de novembre, la véritable punition arriva par la poste. En apparence, il s'agissait plutôt d'une bonne nouvelle.

LE PAPIER DANS LA CUISINE
Nous avons le plaisir de vous annoncer que votre demande d'inscription au NSDAP a été validée...

« Le parti nazi ? demanda Rosa. Je croyais qu'ils ne voulaient pas de toi.

— C'était vrai. »

Il s'assit et relut le courrier.

On ne le traînait pas devant un tribunal pour avoir trahi, aidé des Juifs ou quelque chose dans ce genre. Non, Hans Hubermann était *récompensé*, du moins par certains. Comment était-ce possible ?

« Il y a forcément autre chose. »

Effectivement.

Le vendredi, un courrier annonçait à Hans Hubermann qu'il était mobilisé. Un membre du parti serait heureux de participer à l'effort de guerre, pouvait-on lire en conclusion. Sinon, il y aurait des conséquences.

Liesel rentrait tout juste de sa séance de lecture chez Frau Holtzapfel. Entre la vapeur de la soupe de pois et les expressions figées de Hans et Rosa Hubermann, l'atmosphère de la cuisine était pesante. Papa était assis, Maman se tenait debout près de lui. La soupe commençait à brûler.

« Seigneur, ne m'envoyez pas en Russie, dit Hans.

— Maman, la soupe brûle !

— Quoi ? »

Liesel se précipita vers la cuisinière et ôta la marmite du feu. « La soupe ! » Ceci fait, elle se tourna vers ses parents adoptifs, dont les visages ressemblaient à des villes fantômes. « Papa, que se passe-t-il ? »

Il lui tendit le courrier. Elle sentit ses mains trembler au fur et à mesure qu'elle avançait dans sa lecture. Les mots avaient été tapés avec brutalité sur la feuille.

CONTENU DE L'IMAGINATION DE LIESEL MEMINGER

Près de la cuisinière, dans la cuisine traumatisée, se forme l'image d'une machine à écrire solitaire et surmenée. Elle se trouve loin de là, dans une pièce à demi vide. Les touches sont usées et une feuille de papier blanc est engagée dans le rouleau. Un petit vent entre par la fenêtre et la fait vibrer. La pause café

est pratiquement terminée. Un tas de papier de la taille d'un être humain se tient nonchalamment à la porte. Il pourrait presque être en train de fumer.

À vrai dire, c'est plus tard, au moment où elle écrivait, que Liesel eut la vision de la machine à écrire. Elle se demanda combien de lettres similaires avaient été envoyées aux Hans Hubermann et aux Alex Steiner d'Allemagne, des hommes qui aidaient les êtres sans défense ou refusaient de laisser partir leurs enfants.

C'était le signe du désespoir qui gagnait l'armée allemande.

Le pays était en train de perdre la guerre sur le front russe.

Les villes étaient bombardées.

On avait besoin de plus en plus de gens et tous les moyens étaient bons pour les recruter. Et dans la plupart des cas, les moins bien considérés se retrouveraient aux postes les pires.

Tout en parcourant la feuille, Liesel voyait le bois de la table à travers les trous faits par la machine à écrire. Certains mots, comme *obligatoire* et *devoir*, avaient été littéralement enfoncés dans le papier. Sa bouche s'emplit de salive. Une nausée. « De quoi s'agit-il, Papa ? »

Hans Hubermann répondit d'un ton calme. « Je croyais que je t'avais appris à lire, mon petit. » Il n'y avait aucune trace de sarcasme ou de colère dans sa voix. C'était une voix absente, tout comme l'expression de son visage.

Liesel se tourna vers Rosa.

Une petite faille se formait sous l'œil droit de Maman et, dans l'instant qui suivit, son visage de carton se fissura. Non pas à partir du centre, mais vers la droite, selon un arc qui descendit de sa joue vers son menton.

VINGT MINUTES PLUS TARD : UNE FILLETTE DANS LA RUE HIMMEL

Elle lève les yeux. Elle chuchote. « Le ciel est plein de douceur aujourd'hui, Max. Les nuages sont tout doux et tout tristes, et… » Elle détourne le regard et croise les bras. Elle pense à son

papa qui va aller à la guerre et elle resserre sur elle les pans de sa veste. « Et il fait froid, Max, il fait si froid… »

Cinq jours plus tard, lorsqu'elle voulut à nouveau contempler le ciel, comme à son habitude, elle n'en eut pas le temps.

Dans la maison voisine, Barbara Steiner était assise sur la marche, ses cheveux toujours soigneusement coiffés. Elle fumait une cigarette en frissonnant. Liesel se dirigeait vers elle lorsque Kurt sortit et rejoignit sa mère. La fillette s'arrêta. Quand il la vit, il l'interpella.

« Viens, Liesel, Rudy ne va pas tarder. »

Après une courte pause, Liesel s'avança.

Barbara Steiner continuait à fumer.

Une ride de cendre oscillait au bout de sa cigarette. Kurt prit celle-ci, ôta la cendre d'une pichenette, tira une bouffée et la rendit à sa mère.

Quand la cigarette fut fumée, la mère de Rudy leva les yeux et passa la main dans ses mèches impeccables.

« Notre père y va, lui aussi », dit Kurt.

Un silence.

Un groupe d'enfants jouait au ballon près de la boutique de Frau Diller.

« Quand on vient chercher l'un de vos enfants, on est censé dire oui », dit Barbara Steiner dans le vide.

LA FEMME DE L'HOMME QUI TENAIT SES PROMESSES

LE SOUS-SOL, NEUF HEURES DU MATIN
Six heures avant l'au revoir : « J'ai joué de l'accordéon, Liesel. Celui de quelqu'un d'autre. » Il ferma les yeux. « Ça a fait un tabac. »

À part une coupe de champagne au cours de l'été précédent, Hans Hubermann n'avait pas bu une goutte d'alcool en dix ans. Jusqu'à la veille de son départ pour les journées d'instruction.

Dans l'après-midi, il se rendit au Knoller avec Alex Steiner et y resta jusque tard dans la soirée. Ignorant les mises en garde de leurs épouses respectives, les deux hommes se soûlèrent pour oublier. Et le patron du café, Dieter Westheimer, n'arrangea pas les choses en leur offrant des verres.

Apparemment, avant d'être ivre, Hans fut invité à monter sur l'estrade pour jouer de l'accordéon. Avec un certain à-propos, il joua *Sombre dimanche*, la chanson qui causa une vague de suicides en Hongrie, et, malgré la tristesse qu'elle suscita dans la salle, il fit un tabac. Liesel imaginait la scène. Les gens la bouche pleine. Les chopes de bière vides avec des traces de mousse. Le soufflet de l'accordéon qui poussait un dernier soupir et la chanson qui se terminait. Les applaudissements. Les vivats qui accompagnaient Hans jusqu'au bar.

Lorsque Alex et lui regagnèrent tant bien que mal leurs domiciles respectifs, Hans ne parvint pas à introduire sa clé dans la serrure. Il frappa donc à la porte. À plusieurs reprises.

« Rosa ! »

Il s'était trompé de maison.

Frau Holtzapfel n'apprécia guère.

« *Schwein !* Vous êtes chez moi ! » Elle enfonçait les mots dans le trou de la serrure. « Vous habitez à côté, espèce de *Saukerl* !

— Merci, Frau Holtzapfel.

— Vous pouvez vous coller vos remerciements là où je pense, trou du cul.

— Pardon ?

— Rentrez chez vous.

— Merci, Frau Holtzapfel.

— Je viens de vous dire ce que vous pouviez faire de vos remerciements !

— Ah bon ?

(C'est fou ce qu'on peut reconstituer à partir d'une conversation dans un sous-sol et d'une séance de lecture dans la cuisine d'une méchante voisine.)

— Allez, dégagez. »

Une fois enfin chez lui, Papa n'alla pas se coucher. Il se dirigea vers la chambre de Liesel et la regarda dormir depuis le seuil, mal assuré sur ses jambes. Elle se réveilla et crut qu'il s'agissait de Max.

« C'est vous ? demanda-t-elle.

— Non. » Il avait compris tout de suite de qui elle parlait. « C'est Papa. »

Il sortit à reculons. Elle l'entendit descendre au sous-sol.

Dans le salon, Rosa ronflait avec enthousiasme.

Vers neuf heures, le lendemain matin, dans la cuisine, Rosa demanda à Liesel de lui passer un seau, puis elle le remplit d'eau froide et l'emporta vers le sous-sol. Liesel courut derrière elle en s'efforçant vainement de l'arrêter. « Tu ne peux pas faire ça, Maman !

— Vraiment ? » Sur les marches, Rosa se retourna. « Parce que c'est toi qui donnes les ordres maintenant, dans cette maison ? »

Toutes deux se faisaient face, complètement immobiles.

Liesel ne répondit pas.

« Il me semble que non. »

Elles se remirent en marche. Hans dormait sur le dos sur un tas de bâches. Il ne s'autorisait pas à utiliser le matelas de Max.

« Bon, dit Rosa en levant son seau. On va voir s'il est toujours vivant. »

« Jésus, Marie, Joseph ! »

Il était trempé du torse à la tête. Ses cheveux étaient collés sur son crâne, et même ses cils dégoulinaient. « Qu'est-ce qui se passe ?

— Vieil ivrogne !

— Jésus… »

Bizarrement, de la vapeur s'élevait de ses vêtements. Sa gueule de bois se voyait à l'œil nu. Elle pesait sur ses épaules comme un sac de ciment humide.

Rosa fit passer le seau de la main gauche à la main droite. « Tu as de la chance de partir à la guerre », dit-elle. Elle leva un index menaçant. « Sinon, je t'étriperais de mes propres mains, crois-moi sur parole. »

Papa essuya une rigole d'eau qui coulait sur sa gorge. « Tu avais vraiment besoin de faire ça ?

— Parfaitement. » Elle commença à monter l'escalier. « Et si tu n'es pas là-haut dans les cinq minutes, je recommence. »

Restée seule avec Hans, Liesel entreprit d'éponger le surplus d'eau avec des bâches.

Il lui fit signe d'arrêter et lui prit le bras. « Liesel ? » Son regard était rivé au sien. « Tu crois qu'il est vivant ? »

Liesel s'assit.

Elle croisa les jambes.

La toile humide lui mouillait le genou.

« Je l'espère, Papa. »

Que dire d'autre ? C'était une telle évidence.

Pour détourner leur esprit de la pensée de Max, elle passa le doigt dans une petite flaque d'eau sur le sol. « *Guten Morgen*, Papa », dit-elle.

Hans lui répondit par un clin d'œil.

Mais ce clin d'œil-ci était différent, plus maladroit, moins léger. C'était la version post-Max, celle de la gueule de bois. Hans se releva et raconta à Liesel l'épisode de l'accordéon, la veille, et celui de Frau Holtzapfel.

LA CUISINE, TREIZE HEURES

Deux heures avant l'au revoir : « Ne t'en va pas, Papa, je t'en supplie. » La main qui tient sa cuillère tremble. « D'abord, on a perdu Max. Je ne veux pas te perdre toi aussi. » L'homme à la gueule de bois plante son coude dans la table et met sa joue droite dans sa main. « Tu es presque une femme maintenant, Liesel. » Il a envie de craquer, mais il repousse cette éventualité. « Veille sur Maman, d'accord ? » La fillette parvient tout juste à approuver de la tête. « Oui, Papa. »

Alex Steiner ne partait que quatre jours plus tard. Il vint souhaiter bonne chance à Hans une heure avant leur départ pour la gare. Toute sa famille l'accompagnait. Chacun serra la main de Hans et Barbara Steiner l'embrassa sur les deux joues. « Revenez-nous vivant.

— Bien sûr, Barbara. » Il prononça cette phrase d'un ton assuré et eut même un petit rire. « Ce n'est qu'une guerre, vous savez. J'en ai déjà connu une et je suis toujours là. »

Lorsqu'ils remontèrent la rue Himmel, la voisine sèche comme du fil de fer sortit de chez elle.

« Au revoir, Frau Holtzapfel, et toutes mes excuses pour hier soir.

— Au revoir, *Saukerl*, espèce d'ivrogne », dit-elle, puis elle ajouta une note amicale : « Revenez vite, Hans.

— Oui, Frau Holtzapfel. Merci. »

Elle se laissa même aller à plaisanter un peu. « Vous savez où vous pouvez vous les mettre, vos remerciements. »

À l'angle de la rue, Frau Diller les regarda passer d'un air méfiant, postée derrière sa vitrine. Liesel prit la main de Hans et la garda tout au long du trajet, de la rue de Munich au *Bahnhof*. Le train était déjà là.

Ils s'arrêtèrent sur le quai.

Rosa étreignit Hans la première.

Sans un mot.

Sa tête était enfouie dans son torse.

Ensuite, ce fut au tour de Liesel.

« Papa ? »

Rien.

Ne t'en va pas, Papa, je t'en supplie, ne t'en va pas. Tant pis s'ils viennent te chercher. Ne t'en va pas.

« Papa ? »

LA GARE, QUINZE HEURES

Zéro heure, zéro minute avant l'au revoir. Il la prend dans ses bras. Pour dire quelque chose, *n'importe quoi*, il murmure par-dessus son épaule. « Je te confie mon accordéon, Liesel. J'ai préféré ne pas l'emporter. » Maintenant, il dit quelque chose qu'il pense vraiment. « S'il y a d'autres raids aériens, continue à lire dans l'abri. » La poitrine naissante de Liesel lui fait mal à l'endroit où elle touche le bas des côtes de Hans. « Oui, Papa. » Le tissu de son costume est à un millimètre de ses yeux. Elle parle tout contre lui. « Tu nous joueras quelque chose quand tu reviendras ? »

Le train allait partir. Hans Hubermann sourit à sa fille. Il lui prit doucement le menton. « C'est promis », dit-il. Puis il monta dans le wagon.

Ils se regardèrent tandis que le train démarrait.

Liesel et Rosa agitèrent le bras.

La silhouette de Hans diminua de plus en plus et sa main se referma sur du vide.

Sur le quai, les gens s'en allaient. Il ne resta bientôt plus que la femme qui ressemblait à une petite armoire et la fillette de treize ans.

Au cours des semaines qui suivirent, tandis que Hans Hubermann et Alex Steiner étaient dans les divers camps de formation militaire accélérée, la rue Himmel eut le cœur gros. Rudy n'était plus le même – il ne parlait pas. Maman n'était plus la même – elle ne rouspétait plus. Liesel, elle, n'avait même plus envie de voler un livre, même si elle se disait que cela lui remonterait le moral.

Après douze jours d'absence paternelle, Rudy décida que cela suffisait. Il se précipita hors de chez lui et frappa à la porte de Liesel.

« *Kommst ?*

— *Ja.* »

Elle n'avait aucune idée de ce qu'il avait en tête, mais il n'irait pas sans elle. Ils empruntèrent la rue de Munich et sortirent de Molching. Au bout d'une heure de marche, Liesel posa la question fondamentale. Jusque-là, elle s'était contentée de jeter de temps en temps un coup d'œil au visage décidé de Rudy, ou à ses poings profondément enfoncés dans ses poches.

« Où va-t-on ?

— Ce n'est pas évident ? »

Elle s'efforça de ne pas se laisser distancer. « Euh… pas vraiment.

— Je vais le chercher.

— Qui ça ? Ton père ?

— Oui. » Il réfléchit quelques instants. « En fait, non. Je crois que je vais plutôt aller chercher le Führer. »

Petits pas de plus en plus rapides. « Pourquoi ? »

Rudy s'immobilisa. « Parce que je veux le tuer. » Il se retourna et lança à la cantonade : « Vous avez entendu, bande de salauds ? Je veux tuer le Führer ! »

Ils reprirent leur marche. Au bout de quelques kilomètres, Liesel décida qu'il était temps de faire demi-tour. « Il va bientôt faire nuit, Rudy. »

Il continua à avancer. « Et alors ?

— Je rentre. »

Il s'arrêta de nouveau et la regarda comme si elle venait de le trahir. « Eh bien, vas-y, la voleuse de livres, laisse-moi tomber. Je parie que s'il y avait un bouquin merdique au bout de cette route, tu continuerais à marcher. C'est pas vrai ? »

Tous deux restèrent silencieux un moment, puis Liesel trouva la force d'imposer sa décision. « Tu crois que tu es le seul, *Saukerl* ? » Elle fit demi-tour. « Et c'est seulement ton père qui n'est plus là...

— Ça veut dire quoi, ça ? »

Mentalement, Liesel fit le compte.

Sa mère. Son frère. Max Vandenburg. Hans Hubermann. Tous partis. Et elle n'avait même pas eu de vrai père.

« Ça veut dire que je rentre à la maison. »

Elle marcha seule pendant un quart d'heure et, même lorsque Rudy la rejoignit, les joues moites et le souffle court d'avoir couru, aucun mot ne fut prononcé entre eux pendant plus d'une heure. Ils rentraient simplement ensemble, les pieds douloureux et le cœur las.

Dans *Un chant dans la nuit*, il y avait un chapitre intitulé « Les cœurs las ». Une jeune fille romantique devait se marier avec un jeune homme, mais celui-ci était parti avec sa meilleure amie. Liesel était certaine qu'il s'agissait du chapitre treize. « J'ai le cœur si las », disait la jeune fille. Elle était assise dans une chapelle et écrivait dans son journal.

Non, pensait Liesel tout en marchant. C'est mon cœur qui est las. Ce ne devrait pas être le cas d'un cœur de treize ans.

Lorsqu'ils arrivèrent en vue de Molching, Liesel décida de relancer la conversation en apercevant le stade. « Tu te souviens quand on a fait la course, Rudy ?

— Et comment ! C'est ce que j'étais en train de penser, d'ailleurs. On s'est cassé la figure ensemble.

— Tu disais que tu étais couvert de merde.

— C'était seulement de la boue. » Il avait maintenant du mal à dissimuler son amusement. « C'est avec les Jeunesses hitlériennes que j'ai été couvert de merde. Tu t'emmêles les pinceaux, *Saumensch.*

— Je ne m'emmêle rien du tout. Je rapporte ce que tu as dit, toi. Il y a généralement une différence entre ce que quelqu'un raconte et ce qui se passe, surtout quand ce quelqu'un s'appelle Rudy Steiner. »

C'était mieux.

Lorsqu'ils se retrouvèrent dans la rue de Munich, Rudy s'arrêta devant la boutique de son père. Avant son départ, Alex Steiner avait envisagé avec Barbara l'idée qu'elle puisse tenir le commerce en son absence. Ils avaient finalement décidé que non, car celui-ci ne marchait plus très bien depuis quelque temps, et il n'était pas exclu que des membres du parti se manifestent. Les affaires n'étaient jamais bonnes pour les agitateurs. Il faudrait se contenter de la solde de l'armée.

Dans la vitrine, des costumes étaient accrochés aux portants et les mannequins avaient toujours leur pose ridicule. « Je crois que tu plais à celui-ci », dit Liesel au bout d'un moment. C'était une façon de signifier à Rudy qu'il était temps de poursuivre leur route.

Rue Himmel, Rosa Hubermann et Barbara Steiner attendaient ensemble sur le trottoir.

« Sainte Vierge, lança Liesel. Est-ce qu'elles ont l'air inquiètes ?

— Elles ont l'air furieuses. »

À leur arrivée, ils furent accueillis par de nombreuses questions, du genre « Où diable étiez-vous passés, vous deux ? », mais bien vite le soulagement céda la place à la colère.

C'est Barbara qui s'obstina à demander une réponse. « Eh bien, Rudy ? »

Liesel répondit à la place de son ami. « Il était en train de tuer le Führer », dit-elle, et Rudy eut l'air sincèrement ravi.

« Au revoir, Liesel. »

Quelques heures plus tard, un bruit résonna dans le salon des Hubermann. Il réveilla Liesel. Elle resta immobile dans son lit, pensant à des fantômes, à son papa, à Max, à des cambrioleurs.

Elle entendit qu'on ouvrait un placard et qu'on traînait quelque chose, puis un silence ouaté s'installa. Le silence était toujours la tentation la plus forte.

Ne bouge pas.

C'est ce qu'elle se dit à plusieurs reprises. Pas suffisamment, toutefois.

Ses pieds firent gémir le parquet.

L'air s'insinua dans les manches de son pyjama.

Dans le couloir obscur, elle se dirigea vers ce silence qui avait succédé au bruit. Un rayon de lune éclairait le salon. Elle s'arrêta, sentant le contact du parquet sous ses pieds nus.

Ses yeux mirent plus de temps à s'habituer à la pénombre qu'elle ne l'aurait pensé, mais il ne faisait aucun doute que Rosa Hubermann était assise au bord du lit, l'accordéon de son mari en bandoulière. Elle avait les doigts posés sur les touches. Elle ne bougeait pas. Elle ne semblait même pas respirer.

Cette image alla à la rencontre de Liesel.

LE TABLEAU
Rosa avec accordéon.
Clair-obscur.
1,55 m × Instrument × Silence.

La voleuse de livres resta là et regarda.

Plusieurs minutes s'écoulèrent. Elle désirait ardemment entendre une note, mais rien ne se produisait. Les touches étaient muettes. Le soufflet ne respirait pas. Il y avait seulement la clarté lunaire, pareille à une longue mèche de cheveux dans le rideau. Et Rosa.

Quand elle inclina la tête, l'accordéon glissa de sa poitrine et alla reposer sur ses genoux. Pendant quelques jours, Maman garderait l'empreinte de l'instrument sur son corps. Liesel était consciente de la beauté de la scène dont elle était témoin. Elle décida de ne pas la perturber.

Elle regagna son lit et se rendormit sur la vision de Rosa et de sa musique silencieuse. Plus tard, lorsqu'elle s'éveilla de son cauchemar habituel et gagna de nouveau le couloir sur la pointe des pieds, Rosa était toujours là. L'accordéon aussi.

Comme une ancre, il la tirait vers l'avant. Son corps sombrait. On aurait dit qu'elle était morte.

Liesel se dit qu'elle ne devait pas pouvoir respirer dans cette position, mais, lorsqu'elle s'approcha, elle se rendit compte que si.

Maman ronflait de nouveau.

A-t-on besoin d'un soufflet, se dit Liesel, quand on possède une paire de poumons de ce calibre ?

De retour dans son lit, elle ne parvint pas à oublier l'image de Rosa et de l'accordéon. Les yeux ouverts, elle attendit que le sommeil vienne la suffoquer.

LE RAMASSEUR

Ni Hans Hubermann ni Alex Steiner ne furent envoyés au front. Alex fut envoyé dans un hôpital militaire des environs de Vienne. En tant que tailleur, on lui confia une tâche plus ou moins en rapport avec sa profession. Quantité d'uniformes, de chaussettes et de chemises arrivaient chaque semaine et il raccommodait les pièces qui en avaient besoin, même si elles ne pourraient plus être utilisées qu'en guise de sous-vêtements par les malheureux soldats qui se battaient en Russie.

Quant à Hans, il fut d'abord envoyé à Stuttgart, par une ironie du sort, puis à Essen. On lui attribua l'un des postes les moins enviables qui fût sur le front intérieur. Il se retrouva dans la LSE.

UNE EXPLICATION QUI S'IMPOSE
LSE : *Luftwaffe Sondereinheit*
Unité spéciale contre les raids aériens

Les membres de la LSE avaient pour mission de demeurer en surface pendant les bombardements afin d'éteindre les incendies, de relever les murs effondrés et de venir en aide aux personnes prisonnières des décombres. Hans n'allait pas tarder à apprendre qu'il existait une autre définition pour ces initiales. Dès le premier jour, ses compagnons lui expliquèrent que cela voulait dire en fait *Leichensammler Einheit* – Ramasseurs de cadavres.

Hans se demandait ce qu'avaient pu faire ces hommes pour devoir accomplir pareille tâche et eux s'interrogeaient de la même manière sur lui. Leur chef, le sergent Boris Schipper, lui posa la question tout de go. Quand Hans lui expliqua l'histoire du pain, des Juifs et du fouet, il émit un petit rire. « Tu as de la chance d'être encore en vie ! » Il avait des yeux ronds, comme ses joues, et il passait son temps à les essuyer, car ils étaient sans cesse irrités, fatigués, ou remplis de poussière et de fumée. « Dis-toi bien qu'ici, l'ennemi n'est pas en face de toi. »

Hans allait poser la question qui lui venait naturellement à l'esprit lorsqu'une voix s'éleva derrière lui. Elle appartenait à un jeune homme au visage mince, au sourire sarcastique. Reinhold Zucker. « Pour nous, l'ennemi n'est pas de l'autre côté de la colline ou dans un endroit précis. Il est partout. » Il retourna au courrier qu'il était en train d'écrire. « Tu verras. »

Dans les quelques mois difficiles qui suivraient, Reinhold Zucker trouverait la mort. Il serait tué par le siège de Hans Hubermann.

Les attaques aériennes sur l'Allemagne s'intensifiaient et, pour Hans, le travail commençait toujours de la même manière. Les hommes se réunissaient autour du camion pour être informés sur les bâtiments qui avaient été touchés pendant leur pause, sur ceux qui risquaient de l'être et sur la constitution des équipes.

Même en l'absence de bombardements, le travail ne manquait pas. Ils roulaient à travers des agglomérations dévastées et déblayaient. Dans le camion, ils étaient douze, assis le dos voûté et ballottés au gré des cahots.

Dès le début, chacun s'était attribué une place.

Le siège de Reinhold Zucker se trouvait au milieu de la rangée de gauche.

Hans Hubermann s'installait tout au fond, là où s'insinuait la lumière du jour. Il apprit vite à être à l'affût des projectiles qui pouvaient être lancés de n'importe où à l'intérieur du véhicule, notamment les mégots de cigarettes qui grésillaient encore.

INTÉGRALITÉ D'UNE LETTRE À LA FAMILLE

À mes chères Rosa et Liesel,
Tout va bien ici.
J'espère que vous vous portez bien.
Affectueusement, Papa.

Fin novembre, Hans Hubermann eut pour la première fois un aperçu de ce qu'était vraiment un raid aérien. Des gravats tombèrent sur le camion. Partout, des gens couraient et criaient. Des incendies s'étaient allumés, des immeubles avaient été éventrés. Des charpentes menaçaient de s'effondrer. Les bombes fumigènes étaient plantées dans le sol telles des allumettes et remplissaient de fumée les poumons de la ville.

Hans Hubermann faisait partie d'un groupe de quatre hommes. Ils se mirent à la queue leu leu derrière le sergent Schipper, dont les bras disparaissaient dans la fumée. Kessler venait ensuite, puis Brunnenweg, et Hans était le dernier. Le sergent dirigeait la lance à incendie sur les flammes, tandis que les deux autres l'arrosaient et que, par précaution, Hans les arrosait tous les trois.

Derrière eux, un bâtiment gronda et frémit.

Il pencha en avant et s'écroula à quelques mètres des talons de Hans. Le béton dégagea une odeur de neuf et un mur poudreux se précipita vers eux.

« *Gottverdammt*, Hubermann ! » La voix émergea des flammes, suivie par trois hommes. Ils avaient la gorge remplie de particules de cendres. Même lorsqu'ils parvinrent à s'éloigner et à tourner le coin de la rue, le nuage blanc et tiède issu de l'immeuble effondré tenta de les suivre.

Dans une sécurité précaire, ils restèrent penchés en avant, jurant et toussant. Le sergent répéta sa réflexion. « Bon sang, Hubermann ! » Ses lèvres étaient collées. Il les frotta. « C'était quoi, ce bazar ?

— Ça s'est effondré juste derrière nous.

— Je suis au courant. Ce que je voudrais savoir, c'est de quelle taille était le bâtiment. Il avait au moins dix étages, non ?

— Non, sergent. Pas plus de deux, à mon avis.

— Jésus. » Une quinte de toux. « Marie, Joseph ! » Schipper se frottait les yeux pour tenter d'ôter la couche de poussière et de sueur. « On n'aurait pas pu faire grand-chose. »

L'un des hommes s'essuya le visage. « Nom d'un chien, j'aimerais au moins une fois être sur place quand ils toucheront un bistro. Je meurs d'envie d'une bonne bière. »

Tous les quatre s'adossèrent au mur.

Ils avaient dans la bouche le goût de la boisson dont la fraîcheur aurait apaisé leur gorge en feu et adouci l'âcreté de la fumée. C'était un rêve délicieux, impossible à réaliser. Ils savaient qu'en fait de bière, le liquide qui coulerait dans ces rues ressemblerait plutôt à une bouillie blanchâtre.

Chacun était enrobé d'une couche de poussière grise et blanche. Lorsqu'ils se redressèrent pour se remettre à l'ouvrage, le tissu de leur uniforme n'apparaissait plus que par endroits.

Le sergent s'approcha de Brunnenweg. Il lui tapota vigoureusement le torse à plusieurs reprises. « Voilà, c'est mieux. Tu avais un grain de poussière, mon pote. » Brunnenweg éclata de rire. Schipper se tourna alors vers sa dernière recrue. « À toi de prendre la tête, maintenant, Hubermann. »

Pendant plusieurs heures, ils luttèrent contre les incendies et s'efforcèrent par tous les moyens d'étayer les immeubles qui menaçaient de s'effondrer. Parfois, quand les côtés étaient endommagés, les arêtes qui restaient saillaient comme des coudes. C'était le point fort de Hans Hubermann. Il était presque content de découvrir un chevron encore brûlant ou une plaque de béton effritée pour soutenir ces coudes et leur permettre de s'appuyer dessus.

Il avait les mains remplies d'échardes et, dans l'effondrement du bâtiment, des résidus étaient venus se coller sur ses dents. Une couche de poussière humide avait durci sur ses lèvres et il n'y avait pas une poche, pas un seul fil ou un pli caché de son uniforme qui ne fût recouvert d'une pellicule poudreuse.

Le pire de tout, dans sa tâche, c'étaient les gens.

De temps à autre, quelqu'un errait obstinément dans cette poussière en suspension. Généralement, ils criaient un seul mot. Un nom.

Wolfgang, par exemple.

« Vous avez vu mon Wolfgang ? »

Ils laissaient les empreintes de leurs doigts sur sa veste.

« Stephanie ! »

« Hansi ! »

« Gustel ! Gustel Stoboi ! »

Une fois la poussière retombée, l'appel des noms se poursuivait dans les rues éventrées, pour aboutir parfois à des embrassades poussiéreuses ou à un hurlement de douleur à genoux. Heure après heure, ils s'accumulaient comme des rêves doux-amers attendant de devenir réalité.

Tous ces dangers finissaient par n'en faire qu'un. La poudre, la fumée, les flammes attisées par le vent. Les gens abîmés. Comme les autres hommes de l'unité, Hans devrait perfectionner l'art de l'oubli.

« Ça va, Hubermann ? » demanda le sergent à un moment. Le feu était juste dans son dos.

Sans conviction, Hans fit signe que oui à l'homme et à l'incendie.

Au cours de leur tournée, il y eut ce vieil homme qui avançait en chancelant dans les rues. Hans finissait de stabiliser un immeuble. Lorsqu'il se retourna, il le découvrit en train d'attendre calmement qu'il s'occupe de lui. Une traînée de sang lui barrait le visage et descendait sur sa gorge et son cou. Il portait une chemise blanche au col rouge sombre et il tenait sa jambe comme si elle était à côté de lui. « Vous pouvez me relever, moi aussi, jeune homme ? »

Hans le prit dans ses bras et l'emporta en dehors de la zone de poussière.

UNE PETITE NOTE TRISTE

Je me suis rendue dans cette rue quand Hans Hubermann portait encore l'homme dans ses bras. Le ciel était pommelé.

C'est seulement en le déposant sur une plaque de béton couverte d'herbe que Hans comprit.

« Qu'y a-t-il ? » demanda l'un de ses compagnons.

Incapable de parler, Hans pointa le doigt.

« Oh ! » Une main l'entraîna. « Tu vas devoir t'y faire, Hubermann. »

Pendant le reste du service, il se lança à corps perdu dans son travail en essayant d'ignorer les échos lointains des gens qui criaient des noms.

Deux heures plus tard, comme il sortait en hâte d'un immeuble en compagnie du sergent et de deux autres hommes, il ne regarda pas à ses pieds et buta sur un obstacle. Il se rattrapa et c'est en voyant la détresse dans le regard des autres qu'il réalisa.

Le cadavre était allongé sur le ventre.

Il gisait sur une couverture de poudre et de poussière, les mains sur les oreilles.

C'était un jeune garçon.

Âgé de onze ou douze ans.

Un peu plus loin, tandis qu'ils progressaient dans la rue, ils rencontrèrent une femme qui appelait : « Rudolf ! » Elle se dirigea à travers la poussière vers les quatre hommes. Son corps frêle était voûté par l'inquiétude.

« Avez-vous vu mon fils ?

— Il a quel âge ?

— Douze ans. »

Oh, Seigneur ! Doux Jésus !

Tous pensaient la même chose, mais le sergent n'eut pas le courage de lui dire que oui, ils l'avaient vu, ni de l'envoyer dans cette direction.

Quand elle voulut les dépasser, Boris Schipper la retint. « Nous venons de cette rue, lui assura-t-il. Vous ne le trouverez pas par là. »

La femme refusait de perdre espoir. Mi-marchant, mi-courant, elle appela par-dessus son épaule : « Rudy ! »

En l'entendant, Hans Hubermann pensa à un autre Rudy. Celui de la rue Himmel. Par pitié, faites que Rudy soit sain et sauf, dit-il, s'adressant au ciel qu'il ne pouvait voir. Ses pensées s'orientèrent ensuite tout naturellement vers Liesel et Rosa, vers les Steiner et vers Max.

Quand ils retrouvèrent le reste de l'équipe, il s'allongea sur le sol.

« C'était comment, là-bas ? » demanda quelqu'un.

Les poumons de Papa étaient emplis de ciel.

Quelques heures plus tard, après s'être lavé et avoir mangé, puis vomi, il tenta d'écrire une lettre détaillée à sa famille. Ses mains étaient agitées d'un tremblement incontrôlable, ce qui le forçait à faire court. S'il y arrivait, il leur raconterait le reste de vive voix, quand il rentrerait. À condition qu'il rentre.

À mes chères Rosa et Liesel, commença-t-il.

Il lui fallut plusieurs minutes pour tracer ces six mots sur le papier.

LES MANGEURS DE PAIN

Cette année avait été longue et riche en événements à Molching et elle touchait à sa fin.

Liesel passa les derniers mois de 1942 obsédée par la pensée de ceux qu'elle appelait les « trois hommes désespérés ». Elle se demandait où ils étaient et ce qu'ils faisaient.

Une après-midi, elle sortit l'accordéon de son étui et le frotta avec un chiffon. Une fois, simplement, juste avant de le ranger, elle fit ce que n'avait pu faire Maman. Elle posa le doigt sur l'une des touches et appuya doucement sur les caisses. Rosa avait raison. Cela ne faisait qu'accentuer le vide de la pièce.

Chaque fois qu'elle voyait Rudy, elle lui demandait s'il avait des nouvelles de son père. Parfois, il lui détaillait ce qu'Alex Steiner leur écrivait. À côté, l'unique lettre envoyée par son propre papa était quelque peu décevante.

Max, pour sa part, ne vivait bien entendu que dans son imagination.

Avec un bel optimisme, elle le voyait marcher seul sur une route déserte. De temps en temps, il trouvait refuge quelque part, avec sa carte d'identité qui faisait illusion.

Les trois hommes se matérialisaient à tout moment.

Elle voyait Hans apparaître à la fenêtre de sa classe. Max s'asseyait souvent à côté d'elle près du feu. Alex Steiner arrivait quand elle était avec Rudy et il les regardait se planter devant la boutique après avoir abandonné leur vélo dans la rue de Munich.

« Tu vois ces costumes, disait Rudy, le nez sur la vitrine, ils vont tous être perdus. »

Curieusement, faire la lecture à Frau Holtzapfel était l'une des distractions favorites de Liesel. Elle se rendait maintenant aussi chez elle le mercredi. Elle avait terminé *Le Siffleur* et entamé *Le Porteur de rêves*. Parfois, la voisine lui faisait du thé ou lui offrait une soupe infiniment meilleure que celle de Rosa. Moins aqueuse.

Entre octobre et décembre, il y avait encore eu un défilé de Juifs, puis un autre dans la foulée. Comme la première fois, Liesel s'était précipitée dans la rue de Munich, pour voir si Max Vandenburg se trouvait parmi eux. Elle était partagée entre le besoin de le voir – de savoir qu'il était toujours vivant – et une absence qui pouvait signifier un certain nombre de choses, dont la liberté.

Vers la mi-décembre, un petit groupe de Juifs et autres scélérats que l'on conduisait vers Dachau passa rue de Munich. Troisième défilé.

Rudy retourna rue Himmel et revint du n° 35 avec un petit sac et deux vélos.

« T'es partante, *Saumensch* ? »

CONTENU DU SAC DE RUDY
Six morceaux de pain rassis, coupés en quatre.

* * *

Laissant le groupe derrière eux, ils roulèrent en direction de Dachau et s'arrêtèrent sur la route, à un endroit désert. Rudy passa le sac à Liesel. « Prends-en.

— Je ne suis pas sûre que ce soit une bonne idée. »

Il lui fourra de force un peu de pain dans la main. « Ton père l'a fait. »

Que pouvait-elle dire ? Cela valait bien des coups de fouet.

« Si on est rapide, on ne sera pas pris. » Il se mit à distribuer les morceaux de pain. « Alors, grouille-toi, *Saumensch.* »

Liesel ne put retenir un sourire tandis qu'elle répandait le pain sur la route avec son meilleur ami, Rudy Steiner. Lorsqu'ils eurent terminé, ils prirent leurs vélos et allèrent se dissimuler parmi les sapins.

La route glacée était toute droite. Les soldats ne tardèrent pas à arriver avec les Juifs.

Dans l'ombre des arbres, Liesel regardait son compagnon. Les choses avaient bien changé. De voleur de pommes, il était devenu donneur de pain. Sa chevelure blonde, quoique plus foncée, ressemblait à la flamme d'une bougie. Elle entendit l'estomac de Rudy gargouiller, alors qu'il distribuait du pain aux autres.

Était-ce là l'Allemagne ?

Était-ce là l'Allemagne nazie ?

Le soldat qui venait en tête ne vit pas le pain – il n'avait pas faim –, mais le premier Juif, lui, l'aperçut.

Sa main se tendit vers le sol, ramassa un morceau et le fourra avidement dans sa bouche.

Est-ce Max ? se demanda Liesel.

Pour mieux y voir, elle entreprit de se rapprocher du bord de la route.

« Hé ! » Rudy était blême. « Ne bouge pas. S'ils nous trouvent ici et font le lien avec le pain, on est fichus. »

Liesel continua à avancer.

D'autres Juifs se baissaient et ramassaient le pain sur la chaussée. De la lisière du bois, la voleuse de livres les détailla. Max Vandenburg ne faisait pas partie du groupe.

Son soulagement fut bref.

L'un des soldats venait de remarquer qu'un des prisonniers tendait la main vers le sol. Il donna l'ordre à la colonne de s'arrêter. La route fut examinée. Les prisonniers mâchèrent en toute hâte, le plus silencieusement possible, et avalèrent comme un seul homme.

Le soldat ramassa quelques bouts de pain et examina le bord de la route de chaque côté. Les prisonniers regardèrent, eux aussi.

« Là-bas ! »

L'un des soldats se dirigeait à grandes enjambées vers la fillette qui se tenait parmi les arbres les plus proches. Il aperçut ensuite le garçon.

Liesel et Rudy se mirent à courir, chacun dans une direction, sous les chevrons de branches et le haut plafond des arbres.

« Continue à courir, Liesel !

— Et les vélos ?

— *Scheiss drauf !* On s'en fout ! »

Au bout d'une centaine de mètres, le souffle du soldat se rapprocha de la nuque de Liesel. Elle attendit la main qui allait avec.

La chance était avec elle.

Elle eut simplement droit à un coup de pied aux fesses, assorti d'une poignée de mots. « File, petite, tu n'as rien à faire ici ! » Elle ne se le fit pas dire deux fois et parcourut encore plus d'un kilomètre avant de s'arrêter. Les branches lui éraflaient les bras, les pommes de pin roulaient sous ses pieds et un carillon de sapin de Noël retentissait dans ses poumons.

Trois quarts d'heure plus tard, elle revint à son point de départ. Rudy était assis auprès des vélos rouillés. Il avait ramassé le reste du pain et mâchonnait un quignon.

« Je t'avais dit de ne pas t'approcher », commenta-t-il.

Elle lui montra son postérieur. « Est-ce que le coup de pied a marqué ? »

LE CARNET DE CROQUIS CACHÉ

Quelques jours avant Noël, il y eut un autre raid aérien, mais aucune bombe ne toucha Molching. D'après la radio, la plupart tombèrent sur la campagne environnante.

Dans l'abri des Fiedler, les gens eurent une réaction intéressante. Lorsque tout le monde fut là, chacun s'assit d'un air solennel et attendit. Les regards étaient tournés vers Liesel.

La voix de Papa résonna dans sa tête.

« S'il y a d'autres raids aériens, continue à lire dans l'abri. »

Elle laissa passer quelques minutes, pour être sûre que c'était ce qu'ils voulaient.

Rudy parla au nom des autres. « Lis, *Saumensch.* »

Elle ouvrit le livre et, une fois encore, les mots allèrent à la rencontre des occupants de l'abri.

L'alerte terminée, Liesel se retrouva dans la cuisine avec sa maman. Rosa arborait un air préoccupé. Elle ne tarda pas à quitter la pièce en prenant un couteau au passage. « Viens avec moi », dit-elle.

Dans le salon, elle s'approcha de son matelas et releva le drap du dessous. Sur le côté de la toile, il y avait une fente cousue, pratiquement indécelable. Rosa la décousit avec précaution et y inséra le bras presque jusqu'à l'épaule. Quand elle le ressortit, elle tenait à la main le carnet de croquis de Max Vandenburg.

« Il a demandé qu'on te le remette lorsque tu serais prête, déclara-t-elle. Je pensais le faire à la date de ton anniversaire, et puis je me suis dit que tu pouvais déjà l'avoir à Noël. » Elle se redressa, une expression étrange sur le visage. Ce n'était pas de la fierté. Plutôt le poids du souvenir. « Pour moi, tu es prête depuis toujours, Liesel. Dès ton arrivée ici, accrochée à ce portail, tu étais destinée à le recevoir. »

Elle lui tendit le livre.

Sur la couverture, on pouvait lire ceci :

LA SECOUEUSE DE MOTS
Un petit Recueil de pensées pour Liesel Meminger

Liesel le prit avec infiniment de douceur. « Merci, Maman », dit-elle à Rosa.

Elle l'entoura de ses bras.

Elle mourait d'envie de dire à Rosa Hubermann qu'elle l'aimait. Dommage qu'elle ne l'ait pas fait.

Elle aurait voulu aller le lire au sous-sol, comme au bon vieux temps, mais Maman la persuada de ne pas s'y rendre. « Ce n'est pas pour rien que Max est tombé malade, dit-elle, et je n'ai pas l'intention de te laisser attraper du mal. »

Elle lut donc dans la cuisine.

Devant le fourneau rougeoyant.

La Secoueuse de mots.

* * *

Elle parcourut le carnet, qui comportait beaucoup de textes courts et d'histoires, ainsi que des dessins avec leurs légendes. Par exemple, Rudy sur une estrade, avec trois médailles d'or autour du cou et *Cheveux couleur citron* écrit en dessous. Il y avait aussi le bonhomme de neige, tout comme la liste des treize cadeaux, sans parler des récits des nuits dans le sous-sol ou près du feu.

Naturellement, beaucoup de ces pensées, de ces croquis et de ces rêves avaient trait à Stuttgart, à l'Allemagne et au Führer. Il était aussi question de la famille de Max. À la fin, il n'avait pu s'empêcher de l'inclure. Il devait le faire.

Et puis Liesel arriva à la page 117.

C'est là que se trouvait *La Secoueuse de mots* proprement dit.

C'était une fable, ou un conte de fées, Liesel ne savait pas trop. Même lorsqu'elle regarda dans le *Dictionnaire encyclopédique Duden*, quelques jours plus tard, elle eut du mal à comprendre la différence.

Sur la page précédente, il y avait une petite note.

PAGE 116

Liesel, j'ai failli rayer cette histoire. Je me disais que tu étais trop grande, et puis je me suis dit qu'il n'y a pas d'Âge pour ce genre de conte. Cette histoire curieuse m'est venue à l'esprit en pensant à toi, à tes mots, à tes livres. J'espère qu'elle t'intéressera.

Elle tourna la page.

Il était une fois un petit homme bizarre, qui décida qu'il ferait trois choses dans sa vie :

1. Il se coifferait avec une raie du côté inhabituel.

2. Il se laisserait pousser une curieuse petite moustache.

3. Il serait un jour le maître du monde.

Pendant un bon bout de temps, le jeune homme ne fit rien de spécial. Il réfléchissait à la manière dont il pouvait se rendre maître de la planète. Et puis un jour, en voyant une mère qui se promenait avec son enfant, il eut l'illumination. Le plan parfait. À un moment, la femme se mit à gronder le petit garçon, qui finit par se mettre à pleurer. Elle lui parla alors doucement, ce qui le consola et le fit même sourire.

Le jeune homme se précipita vers la femme et lui sauta au cou. « Les mots ! » s'écria-t-il avec un grand sourire.

« Pardon ? »

Mais il ne répondit pas. Il avait déjà disparu.

Oui, le Führer avait décidé qu'il dominerait le monde par les mots. « Je ne tirerai pas un seul coup de feu, décida-t-il. Je n'en aurai pas besoin. » Pour autant, ce n'était pas quelqu'un d'irréfléchi. Accordons-lui au moins ceci. Il n'était pas du tout idiot. Pour commencer, il allait planter les mots dans un maximum de zones de sa patrie.

Il les planta jour et nuit, et il les cultiva.

Il les regarda pousser et, bientôt, toute l'Allemagne fut couverte d'une forêt de mots... C'était une nation de mots cultivés.

Pendant que les mots poussaient, notre jeune Führer avait également planté des graines de symboles qui allaient bientôt s'épanouir. Le moment était donc venu. Le Führer était prêt.

Il attira son peuple vers son cœur glorieux avec ses beaux mots hideux, cueillis dans ses forêts. Et les gens vinrent.

On les plaçait sur un tapis roulant et ils passaient dans une machine qui, en dix minutes, leur donnait un concentré de vie. On les alimentait avec des mots. Le temps cessait d'exister et ils savaient désormais tout ce qu'ils devaient savoir. Ils étaient hypnotisés.

Ensuite, on les équipait avec leurs symboles et tout le monde était heureux.

Bientôt, il y eut une telle augmentation de la demande

en mots, ces beaux mots hideux, qu'il fallut de plus en plus de gens pour s'occuper des forêts en pleine croissance. Certains avaient pour tâche de grimper dans les arbres et de lancer les mots à d'autres qui attendaient en dessous. Ces mots servaient alors à nourrir le reste du peuple du Führer, sans parler de ceux qui en redemandaient.

Les gens qui montaient dans les arbres s'appelaient des « secoueurs de mots ».

LES MEILLEURS secoueurs de mots étaient ceux qui avaient compris le pouvoir des mots. Ceux qui pouvaient monter le plus haut. Parmi eux se trouvait une fillette toute menue. On la considérait comme la meilleure secoueuse de mots de sa région, car elle savait que SANS les mots, on était réduit à l'impuissance.

Du coup, elle était capable de monter plus haut que tous les autres. Elle était poussée par le désir. Elle avait faim de mots.

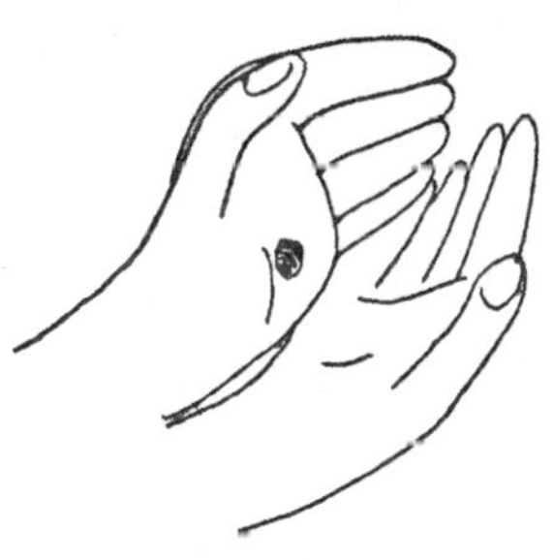

Un jour, elle fit la connaissance d'un homme que son pays méprisait, alors qu'il y était né. Ils devinrent amis et, lorsque cet homme tomba malade, la secoueuse de mots laissa tomber sur son visage une unique larme. C'était une larme d'amitié – un mot unique – et elle devint une graine en séchant. Quand la fillette se rendit ensuite dans la forêt, elle planta cette graine parmi les autres arbres. Et chaque jour, elle l'arrosa.

Au début, il ne se passa rien, mais, une après-midi, lorsqu'elle rendit visite à la graine après sa journée de travail, elle vit qu'elle avait germé. Elle resta longtemps à la contempler.

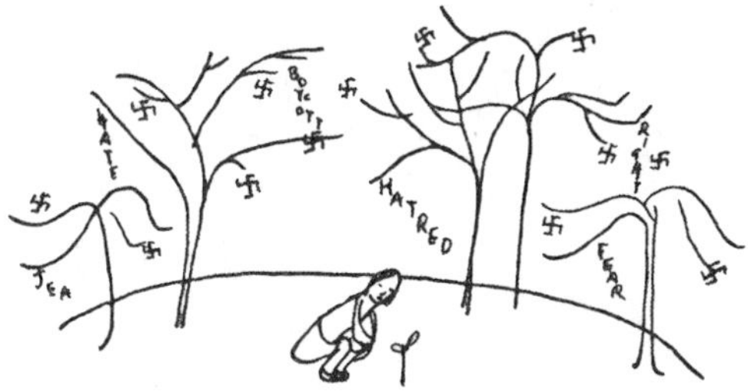

L'arbre poussa plus vite que tous les autres et il ne tarda pas à être le plus haut de la forêt. Les gens venaient l'admirer. Le bruit se répandit et ils attendirent... Quoi ? L'arrivée du Führer.

Furieux, celui-ci ordonna que l'arbre soit abattu. La secoueuse de mots fendit alors la foule et tomba à genoux. « S'il vous plaît, ne le coupez pas », supplia-t-elle.

Mais le Führer resta inébranlable. Il ne pouvait se permettre de faire des exceptions. Il demanda qu'on emmène la secoueuse de mots et se tourna vers son homme de main. « Passe-moi la hache », dit-il.

À ce moment, la secoueuse de mots se libéra. Elle se précipita vers l'arbre et, sans tenir compte des coups de hache que le Führer donnait dans le tronc, elle l'escalada jusqu'à la plus haute branche. De là, elle entendait le son lointain des voix et des coups de hache. Des nuages passaient, pareils à des monstres blancs au cœur gris. La secoueuse de mots avait peur, mais elle était têtue. Elle resta. Elle attendit que l'arbre tombe.

L'arbre ne bougea pas.
Les heures passaient. La hache du Führer ne réussissait même pas à entamer le tronc. Au bord de l'évanouissement, il ordonna à un autre homme de continuer à sa place.

Les jours passèrent.
Puis les semaines.
Une multitude de soldats tentèrent de planter leur hache dans le tronc de l'arbre où se tenait la secoueuse de mots. En vain.

« Mais comment fait-elle pour manger ? se demandaient les gens. Et pour dormir ? »

Ils ignoraient que d'autres secoueurs de mots lui lançaient des provisions, qu'elle descendait chercher sur les branches inférieures.

LA NEIGE TOMBA. La pluie tomba. Les saisons se succédèrent. La secoueuse de mots ne bougeait pas.

Lorsque le dernier bûcheron abandonna, il s'adressa à elle. « Ohé, la secoueuse de mots ! Tu peux descendre. Personne n'arrive à venir à bout de cet arbre. »

La fillette, qui avait du mal à entendre ce que disait l'homme, répondit par un chuchotement qu'elle lui transmit à travers les branches. « Non, merci », dit-elle, car elle n'ignorait pas que c'était elle, et elle seule, qui permettait à l'arbre de rester debout.

NUL ne sait combien de temps s'écoula encore, mais une après-midi, un nouveau bûcheron arriva en ville. Il portait un sac qui semblait trop lourd pour lui. Il avait des valises sous les yeux et ses jambes tombaient de fatigue. « L'arbre, demanda-t-il aux gens. Où est l'arbre ? »

Une petite troupe le suivit et, lorsqu'il arriva au pied de l'arbre, des nuages avaient emmitouflé les plus hautes branches. La secoueuse de mots entendit les gens crier qu'un nouveau bûcheron venait d'arriver.

« Elle ne descendra pas, dirent-ils. Pour personne. »

Ils ignoraient qui était cet homme. Ils ignoraient aussi qu'il n'était pas du genre à se décourager.

Il ouvrit son sac et en sortit un objet, plus petit qu'une hache.

Les gens éclatèrent de rire. « Impossible d'abattre un arbre avec un vieux marteau ! » dirent-ils. Le jeune homme ne les écoutait pas. Il fouilla dans son sac et en tira des clous. Il en mit trois dans sa bouche et entreprit de planter un quatrième dans le tronc. Les premières branches étaient maintenant très haut et il estimait que s'il utilisait chaque clou en guise de marchepied, il lui en faudrait bien quatre pour les atteindre.

« L'imbécile ! rugit l'un des badauds. Personne n'a réussi à abattre cet arbre avec une hache, et lui, il pense y parvenir avec... »

Il se tut.

Le premier clou pénétra dans le tronc. Au cinquième coup de marteau, il était assez solide pour supporter le poids du jeune homme, qui planta alors le deuxième et se mit à grimper.

Au quatrième clou, il avait atteint le niveau des branches. Il continua à monter. Il aurait bien aimé lancer un appel, mais il y renonça.

L'escalade lui parut interminable. Il lui fallut plusieurs heures avant d'atteindre la cîme de l'arbre. Enfin, il découvrit la fillette endormie dans son lit de nuages, enroulée dans ses couvertures.

Il la contempla pendant plusieurs minutes.

Le soleil réchauffait le sommet ennuagé.

Le jeune homme tendit la main vers elle et la secoueuse de mots s'éveilla.

Elle se frotta les yeux et, après avoir longuement étudié son visage, elle demanda : « C'est bien vous ? »

Elle pensait : « Est-ce sur votre joue que j'ai pris cette graine ? »

Le jeune homme hocha affirmativement la tête.

Son cœur eut le vertige et il s'accrocha un peu plus fort aux branches. « Oui. »

Ensemble, ils restèrent au sommet de l'arbre. Ils attendirent que les nuages se dissipent et, à ce moment-là, ils purent voir le reste de la forêt.

« Ça n'arrêterait pas de pousser », expliqua la secoueuse de mots.

« Mais ça non plus. » Le jeune homme regardait la branche sur laquelle il appuyait sa main. Il avait marqué un point.

Ils parlèrent et regardèrent encore, puis ils descendirent en abandonnant sur place les couvertures et le reste de la nourriture.

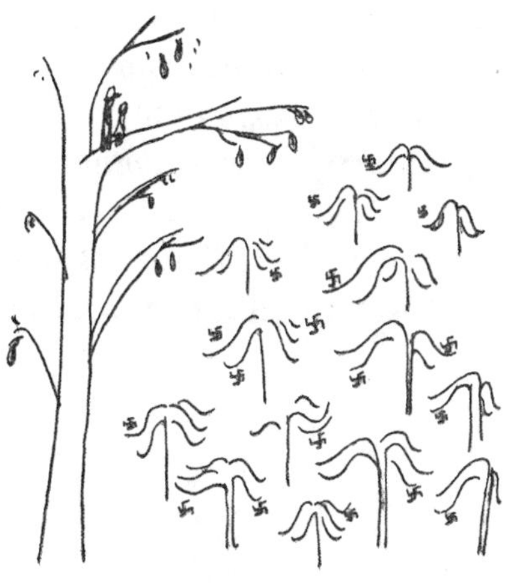

Les gens n'en croyaient pas leurs yeux. Dès le moment où la secoueuse de mots et le jeune homme regagnèrent le monde, les marques de hache commencèrent enfin à être visibles sur l'arbre. Des meurtrissures apparurent. Des fissures se formèrent sur le tronc et la terre frémit.

« Il va tomber ! s'écria une jeune femme. L'arbre va tomber ! » Elle avait raison. L'arbre immensément haut de la secoueuse de mots se mit à pencher. Il gémit tandis qu'il était aspiré vers le sol. Le monde trembla. Quand tout fut terminé, l'arbre gisait parmi les autres arbres de la forêt. Il ne pouvait la détruire toute, mais, au moins, il l'avait entamée en traçant un chemin d'une couleur différente.

La secoueuse de mots et le jeune homme grimpèrent sur le tronc maintenant horizontal. Ils passèrent à travers les branches et se mirent en marche. Quand ils se retournèrent, ils virent que la majorité des spectateurs commençaient à rentrer chez eux. Ici. Là. Dans la forêt.

Mais en chemin, ils s'arrêtèrent à plusieurs reprises et tendirent l'oreille. Il leur sembla entendre des voix et des mots derrière eux, sur l'arbre de la secoueuse de mots.

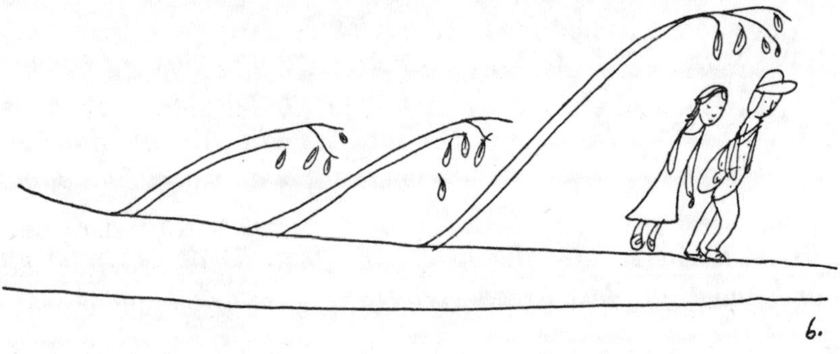

Pendant un long moment, Liesel resta appuyée à la table de la cuisine. Elle se demandait où se trouvait Max, là-bas dans cette vaste forêt. Le jour baissait. Elle s'endormit. Rosa l'envoya au lit et elle alla se coucher en serrant contre son cœur le carnet de croquis de Max.

C'est quelques heures plus tard, à son réveil, qu'elle trouva la réponse à sa question. « Bien sûr, murmura-t-elle, bien sûr, je sais où il est. » Et elle se rendormit.

Elle rêva de l'arbre.

LA COLLECTION DE COSTUMES DE L'ANARCHISTE

35, RUE HIMMEL
LE 24 DÉCEMBRE
En l'absence des deux pères de famille, les Steiner ont invité Rosa et Trudy Hubermann, ainsi que Liesel. Lorsqu'elles arrivent, Rudy est encore en train de donner ses explications sur ses vêtements. Il regarde Liesel et il esquisse un léger sourire.

Les jours qui précédèrent la Noël 1942 s'écoulèrent dans une atmosphère lourde de neige. Liesel relut plusieurs fois *La Secoueuse de mots*, tant l'histoire qui portait ce titre que le reste. La veille de Noël, elle prit une décision à propos de Rudy. Tant pis s'il était tard.

Juste avant la tombée de la nuit, elle alla frapper à sa porte et lui annonça qu'elle avait un cadeau de Noël pour lui.

Rudy regarda les mains de son amie. Rien à ses pieds non plus. « Eh bien, où est-il ?

— Bon, on oublie. »

Mais Rudy avait compris. Il avait déjà vu Liesel dans cet état. Une lueur de défi dans le regard et des démangeaisons dans les doigts. Elle sentait le vol à plein nez. « Ce cadeau, tu ne l'as pas encore ? risqua-t-il.

— Non.

— Et tu ne vas pas non plus l'acheter.

— Évidemment pas. Avec quoi ? » Il neigeait toujours. La pelouse était parsemée de glace qui ressemblait à du verre brisé.

« Tu as la clé ? demanda-t-elle.

— Quelle clé ? » Mais il ne mit pas longtemps à comprendre. Il rentra dans la maison et revint quelques instants plus tard. « Il est temps d'aller faire notre marché », dit-il, reprenant la formule de Viktor Chemmel.

Le jour déclinait très vite et, dans la rue de Munich, seule l'église était ouverte. Liesel devait presser le pas pour ne pas se laisser distancer par Rudy, avec ses grandes enjambées. Ils s'arrêtèrent devant le magasin à l'enseigne de STEINER-SCHNEIDERMEISTER. En quelques semaines, une fine couche de boue et de suie avait recouvert la devanture. Derrière la vitrine, les mannequins se tenaient comme autant de témoins, l'air sérieux et ridiculement apprêtés. Il était difficile de ne pas penser qu'ils observaient tout ce qui se passait.

Rudy fouilla dans sa poche.

C'était le soir de Noël.

Son père était du côté de Vienne.

S'ils s'introduisaient dans sa chère boutique, il ne s'en offusquerait certainement pas. Les circonstances l'exigeaient.

La porte s'ouvrit sans difficulté et ils pénétrèrent à l'intérieur. Le premier mouvement de Rudy fut d'allumer la lumière, mais on avait déjà coupé l'électricité.

« Tu as des bougies ? »

Rudy était consterné. « J'ai apporté la clé, c'est déjà bien. En plus, c'était ton idée. »

À ce moment, Liesel buta sur quelque chose. Elle tomba, entraînant dans sa chute un mannequin qui accrocha son bras et se démantela en s'écroulant sur elle. « Ôte-moi ce truc ! » Il était maintenant en quatre parties, le bras droit, le bras gauche, la tête avec le torse, et enfin le bas du corps. Quand elle en fut débarrassée, elle se remit debout. « Jésus, Marie ! » souffla-t-elle.

Rudy récupéra l'un des bras et lui tapota l'épaule avec. Elle sursauta et se retourna. « Ravi de faire votre connaissance ! » dit-il en tendant la main du mannequin.

Pendant quelques minutes, ils se promenèrent dans les allées étroites du magasin. Au moment où il se dirigeait vers le comptoir, Rudy se prit les pieds dans une boîte vide. Il poussa un juron. « C'est ridicule ! s'exclama-t-il, attends-moi un instant. » À tâtons, il regagna l'entrée et sortit du magasin. Liesel s'assit, le bras du mannequin à la main. Rudy ne tarda pas à revenir, portant la lanterne allumée qu'il venait d'emprunter à l'église.

Un anneau de lumière éclairait son visage.

« Alors, ce présent dont tu m'as rebattu les oreilles, il est où ? Ce n'est tout de même pas l'un de ces mannequins sinistres ?

— Approche la lumière. »

Il la rejoignit et elle prit la lanterne dans une main, tandis que, de l'autre, elle parcourait les costumes accrochés à des cintres. Elle en sortit un, puis le remit en place. « Trop grand. » À la quatrième tentative, elle présenta un costume bleu marine à Rudy. « Est-ce que celui-ci est de la bonne taille ? »

Elle attendit dans l'obscurité pendant qu'il essayait le costume derrière l'un des rideaux. Dans le petit cercle lumineux, l'ombre de Rudy s'habillait.

Lorsqu'il revint, il tendit la lanterne à Liesel pour qu'elle le voie. Sans le rideau, la lanterne projetait une colonne lumineuse qui brillait sur l'élégant costume. En même temps, elle éclairait la chemise sale que Rudy portait en dessous et ses chaussures éculées.

« Alors ? » demanda-t-il.

Liesel poursuivit son examen. Elle tourna autour de lui. « Pas mal, dit-elle enfin avec un léger haussement d'épaules.

— Comment ça, pas mal ? Je suis mieux que pas mal, non ?

— Les chaussures font baisser la note. Ta tête aussi. »

Rudy reposa la lanterne sur le comptoir et marcha sur elle en faisant semblant d'être très fâché. Liesel dut reconnaître qu'une certaine nervosité s'emparait d'elle. Aussi est-ce avec un mélange de soulagement et de déception qu'elle le vit trébucher et tomber sur le malheureux mannequin.

Par terre, Rudy éclata de rire.

Puis il ferma les yeux. Très fort.

Liesel se précipita.

Elle s'accroupit et se pencha sur lui.

Embrasse-le, Liesel, embrasse-le.

« Ça va, Rudy ? Ça va ? »

« Il me manque », dit-il, le visage détourné.

« *Frohe Weihnachten* », répondit Liesel. Elle l'aida à se relever et défroissa le costume. « Joyeux Noël. »

NEUVIÈME PARTIE

Le dernier humain étranger

Avec :
la tentation suivante – un joueur de cartes –
les neiges de Stalingrad –
un frère qui ne vieillit pas – un accident –
lc goût amer des questions –
une boîte à outils, un homme qui saigne,
un ours – un avion en morceaux –
et un rctour à la maison

LA TENTATION SUIVANTE

Cette fois, il y avait des biscuits.

Mais ils étaient vieux.

C'étaient des *Kipferl* qui restaient de Noël et ils étaient sur le bureau depuis au moins quinze jours. Semblables à des fers à cheval miniatures recouverts d'une couche de sucre glace, ceux du fond collaient à l'assiette. Les autres, entassés, formaient un tas caoutchouteux. Elle sentit leur arôme dès l'instant où ses doigts accrochèrent le rebord de la fenêtre. La pièce avait le goût du sucre et de la pâte, et celui de milliers de pages.

Il n'y avait pas de petit mot, mais Liesel comprit vite qu'il s'agissait là à nouveau d'un geste d'Ilsa Hermann à son intention. Elle retourna vers la fenêtre et glissa un murmure par l'ouverture. Le prénom de Rudy.

Ils étaient venus à pied, car la route était trop glissante pour qu'ils prennent les vélos. Rudy montait la garde sous la fenêtre. Son visage apparut et elle lui tendit l'assiette. Elle n'eut pas besoin d'insister pour qu'il la prenne.

Tout en dévorant les gâteaux du regard, il interrogea : « Rien d'autre ? Du lait ?

— Quoi ?

— *Du lait* », répéta-t-il, un peu plus fort, cette fois. S'il avait perçu le ton offensé de Liesel, il n'en montrait rien.

« Tu es idiot ou quoi ? Est-ce que je peux simplement voler le livre ?

— Bien sûr. Tout ce que je disais, c'était... »

Liesel se dirigea vers l'étagère du fond, derrière le bureau Dans le tiroir du haut de celui-ci, elle trouva du papier et un crayon et écrivit *Merci* sur une feuille qu'elle posa sur le dessus.

À sa droite, un livre saillait, tel un os. Les lettres sombres du titre ressemblaient presque à des cicatrices sur sa pâleur. *Die Letzte Menschliche Fremde – Le Dernier Humain étranger.* Il bruissa doucement quand elle le prit sur l'étagère. Un peu de poussière tomba.

Au moment où elle allait ressortir, elle entendit s'ouvrir la porte de la bibliothèque.

Elle s'immobilisa, un genou en l'air, la main qui tenait le livre posée sur le cadre de la fenêtre. Lorsqu'elle se retourna, elle découvrit l'épouse du maire, en peignoir en éponge flambant neuf et en pantoufles. Sur la poche poitrine du peignoir était brodée une croix gammée. La propagande parvenait jusque dans les salles de bains.

Elles se regardèrent.

Liesel jeta un coup d'œil à la poitrine d'Ilsa Hermann, puis leva le bras. « *Heil Hitler !* »

Elle allait partir lorsqu'une pensée lui traversa l'esprit.

Les petits gâteaux.

Ils étaient là depuis plusieurs semaines.

Autrement dit, si le maire se servait de sa bibliothèque, il les avait vus. Et dans ce cas, il avait certainement demandé la raison de leur présence. À moins – et cette supposition remplit Liesel d'un étrange optimisme –, à moins que ce ne fût pas la bibliothèque du maire, mais celle de son épouse.

Elle ignorait pourquoi cela avait une telle importance, mais l'idée que les livres appartiennent à Ilsa Hermann lui plaisait. C'était elle qui l'avait fait entrer dans la bibliothèque et qui, la première, lui avait ouvert une fenêtre sur la lecture, dans tous les sens du terme. Elle préférait qu'il en fût ainsi. C'était logique.

Elle demanda : « C'est votre bibliothèque, n'est-ce pas ? »

La femme du maire se raidit. « J'avais l'habitude de lire ici avec mon fils. Mais ensuite… »

Liesel sentait l'air froid derrière elle. Elle eut la vision d'une mère assise sur le parquet en train de lire, tandis que son petit garçon montrait du doigt les images et les mots. Puis elle vit la guerre à la fenêtre. « Je sais. »

Du dehors, une exclamation lui parvint.

« Qu'est-ce que t'as dit ? »

Liesel tourna la tête et chuchota sèchement : « Tais-toi, *Saukerl*, et surveille la rue. » Puis elle parla lentement, en direction d'Ilsa Hermann, cette fois : « Ainsi, tous ces livres...

— La plupart sont à moi. Quelques-uns appartiennent à mon mari, d'autres appartenaient à mon fils, comme tu le sais. »

C'était au tour de Liesel d'être gênée. Elle s'empourpra. « J'ai toujours cru que c'était la bibliothèque du maire.

— Pourquoi ? » Ilsa Hermann avait l'air amusée.

Liesel remarqua que ses pantoufles étaient aussi ornées de croix gammées. « C'est le maire. Je me suis dit qu'il devait lire beaucoup. »

La femme du maire mit les mains dans ses poches. « Depuis quelque temps, c'est surtout toi qui utilises cette pièce.

— Vous avez lu celui-ci ? » Liesel brandit *Le Dernier Humain étranger*.

Ilsa Hermann examina le titre de plus près. « Oui.

— C'est bien ?

— Pas mal. »

Maintenant, Liesel mourait d'envie de s'en aller, tout en se sentant obligée de rester. Elle ouvrit la bouche, mais elle avait trop de mots sur la langue et ils allaient trop vite. À plusieurs reprises, elle tenta en vain de les capturer. Finalement, c'est Ilsa Hermann qui prit l'initiative.

Elle aperçut le visage de Rudy à la fenêtre. Ou plutôt, sa chevelure semblable à la flamme d'une bougie. « Tu ferais bien de t'en aller, dit-elle, il t'attend. »

Sur le chemin du retour, ils mangèrent les biscuits.

« Tu es sûre qu'il n'y avait rien d'autre ? demanda Rudy. Ce n'était certainement pas tout.

— On a déjà de la chance d'avoir récupéré les gâteaux. » Liesel jeta un œil à l'assiette que tenait Rudy. « Dis-moi la vérité. Tu en as mangé combien avant que je ne revienne ?

— Eh, ici, c'est toi qui voles, rétorqua Rudy, furieux. Pas moi.

— Ne me raconte pas de bobards, *Saukerl*, tu as encore du sucre au coin des lèvres. »

Rudy s'essuya la bouche d'une main. « Je n'en ai pas mangé un seul, promis. »

Ils mangèrent la moitié de l'assiette avant d'atteindre le pont et ils finirent le reste avec Tommy Müller en arrivant dans la rue Himmel.

Ceci fait, il restait un détail à régler. C'est Rudy qui se chargea de le formuler.

« Bon sang, qu'est-ce qu'on va faire de l'assiette ? »

LE JOUEUR DE CARTES

À peu près au moment où Liesel et Rudy mangeaient leurs gâteaux, les membres de la LSE qui n'étaient pas de service jouaient aux cartes dans une petite ville proche d'Essen. Ils venaient de faire le long trajet depuis Stuttgart et jouaient pour des cigarettes. Reinhold Zucker n'était pas content.

« Il triche, j'en suis sûr », marmonna-t-il. Ils étaient installés dans le hangar qui leur servait de cantonnement et Hans Hubermann venait de gagner la main pour la troisième fois consécutive. Furieux, Zucker reposa brutalement son jeu et recoiffa ses cheveux gras avec trois doigts sales.

QUELQUES INFORMATIONS SUR REINHOLD ZUCKER
Il avait vingt-quatre ans. Quand il gagnait une manche aux cartes, il faisait toute une démonstration en portant les petits cylindres de tabac à ses narines et en les respirant avec délectation. « Le parfum de la victoire », disait-il. Un dernier détail. Il allait mourir la bouche ouverte.

* * *

Au contraire du jeune homme qui se trouvait à sa gauche, Hans Hubermann avait le triomphe modeste. Il était même assez généreux pour redonner une cigarette à chaque collègue et pour la lui allumer. Tous acceptèrent, sauf Zucker. Il empoigna l'offrande et la rejeta sur la caisse retournée qui leur servait de table. « Je n'ai pas besoin de ta charité, mon vieux. » Sur ces mots, il se leva et sortit.

« Quelle mouche l'a piqué ? » demanda le sergent, mais personne ne prit la peine de répondre. Reinhold Zucker n'était qu'un jeune de vingt-quatre ans incapable de jouer aux cartes pour sauver sa peau.

Car si Hans Hubermann n'avait pas gagné ses cigarettes, Zucker ne l'aurait pas méprisé. S'il ne l'avait pas méprisé, il ne lui aurait pas piqué sa place quelques semaines plus tard, sur une route généralement sûre.

Un siège, deux hommes, une brève dispute, et *moi*.

Parfois, ça me tue, la façon dont les gens meurent.

LES NEIGES DE STALINGRAD

À la mi-janvier 1943, la rue Himmel était toujours un corridor sombre et triste. Liesel ferma le portail et alla frapper chez Frau Holtzapfel. À sa grande surprise, c'est un homme qui vint lui ouvrir la porte.

Sa première idée fut qu'il s'agissait d'un fils de Frau Holtzapfel, mais il ne ressemblait guère à l'un des deux frères dont elle avait vu les photos encadrées. Il semblait trop vieux, quoiqu'il fût difficile de dire son âge. Des favoris encadraient son visage au regard douloureux. Une main bandée sortait de la manche de son manteau et des cerises de sang apparaissaient sur le pansement.

« Est-ce que ça t'ennuierait de revenir plus tard ? »

Liesel tenta de jeter un coup d'œil derrière lui. Elle allait appeler Frau Holtzapfel, mais il l'en empêcha. « Reviens plus tard, mon petit, dit-il. Je viendrai te chercher. Où habites-tu ? »

Il se passa plus de trois heures avant qu'on ne frappe au 33 de la rue Himmel. Liesel ouvrit. L'homme se tenait devant elle. Les cerises de sang avaient grossi et s'étaient changées en prunes.

« Elle peut te voir, maintenant. »

* * *

Dehors, dans la lumière grisâtre et floue, Liesel ne put s'empêcher de demander à l'homme ce qui était arrivé à sa main. Il souffla par les narines – une seule syllabe – avant de répondre : « Stalingrad.

— Pardon ? » Le vent avait emporté sa réponse. « Excusez-moi, je n'ai pas entendu. »

Il répéta le mot, un peu plus fort, et cette fois, il expliqua. « Stalingrad, voilà ce qui est arrivé à ma main. Une balle dans les côtes et trois doigts emportés. Ça répond à ta question ? » Il mit sa main intacte dans sa poche et fut parcouru d'un frisson de mépris pour le vent allemand. « Tu trouves qu'il fait froid ici, hein ? »

Liesel toucha le mur près d'elle. Inutile de mentir. « Oui, bien sûr. »

L'homme éclata de rire. « Le froid, ce n'est pas ça. » Il prit une cigarette et l'inséra entre ses lèvres. D'une main, il tenta de craquer une allumette. Par ce temps lugubre, il aurait eu du mal à y arriver avec ses deux mains, mais, avec une seule, c'était impossible. Il poussa un juron et renonça.

Liesel prit l'allumette.

Elle saisit la cigarette et la mit dans sa bouche. Sans parvenir à l'allumer, elle non plus.

« Il faut tirer dessus, expliqua l'homme. Par ce temps, elle ne s'allumera que si tu aspires. *Verstehst ?* »

Elle recommença, en s'efforçant de se rappeler comment faisait Hans. Cette fois, la tentative réussit. La fumée lui envahit la bouche et lui irrita la gorge, mais elle parvint à ne pas tousser.

« Bien joué. » Il prit la cigarette et tira une bouffée, puis lui tendit sa main gauche, celle qui était valide. « Michael Holtzapfel.

— Liesel Meminger.

— Tu viens faire la lecture à ma mère ? »

À ce moment, Rosa Hubermann arrivait derrière Liesel. « C'est toi, Michael ? » demanda-t-elle. Sans la voir, Liesel perçut le choc qu'elle avait ressenti en le voyant.

Michael Holtzapfel hocha affirmativement la tête. « *Guten Tag*, Frau Hubermann. Ça fait bien longtemps !

— Tu as tellement…

— Vieilli ? »

Rosa s'efforça de reprendre contenance. « Entre donc un moment. Je vois que tu as fait la connaissance de ma fille nourricière… » Elle remarqua alors sa main ensanglantée et laissa sa phrase en suspens.

« Mon frère est mort », dit Michael Holtzapfel. S'il l'avait frappée avec son unique poing valide, le coup n'aurait pu être plus violent. Rosa chancela. Bien sûr, la mort fait partie de la guerre, mais lorsqu'elle touche quelqu'un que l'on a vu vivre et respirer près de soi, tout vacille. Rosa avait vu grandir les deux frères Holtzapfel.

Le jeune homme prématurément vieilli parvint toutefois à raconter ce qui était arrivé sans s'effondrer. « J'étais dans l'un des bâtiments qui nous servait d'hôpital quand on l'a ramené. C'était une semaine avant mon retour. J'ai passé trois jours à son chevet avant qu'il ne meure…

— Je suis désolée. » Les mots ne semblaient pas sortir de la bouche de Rosa. Ce soir-là, c'était une autre femme qui se tenait derrière Liesel, mais la fillette n'osait pas se retourner.

« S'il vous plaît, ne dites rien, fit Michael. Est-ce que je peux emmener cette jeune fille pour qu'elle fasse la lecture à ma mère ? Je crois que Maman n'est pas en état d'écouter, mais elle a demandé qu'elle vienne.

— Bien sûr. »

Ils étaient à mi-chemin dans l'allée quand Michael Holtzapfel se retourna. Il venait de penser à quelque chose. « Rosa ? » dit-il. Ils attendirent quelques instants que Rosa apparaisse de nouveau sur le seuil. « J'ai appris que votre fils était là-bas. En Russie. C'est quelqu'un de Molching sur qui je suis tombé par hasard qui me l'a dit. Mais vous le saviez, bien sûr ? »

Rosa se précipita au-dehors et l'attrapa par la manche pour tenter de le retenir. « Non, je ne savais pas. Il est parti un jour et il n'est jamais revenu. On a essayé de le retrouver, mais il s'est passé tant de choses, il y a eu… »

Michael Holtzapfel était déterminé à partir. Il ne voulait surtout pas entendre encore une histoire triste. Il se dégagea. « À ma connaissance, il est toujours vivant », dit-il. Il rejoignit Liesel, qui l'attendait devant le portail. Liesel s'attarda. Elle regarda Rosa, dont le visage s'était éclairé et assombri simultanément.

« Maman ? »

Rosa lui fit un petit signe de la main. « Vas-y. »

Liesel ne bougea pas.

« J'ai dit *vas-y*. »

Lorsqu'elle le rejoignit, le soldat tenta de lui faire la conversation. Sans doute regrettait-il la gaffe qu'il venait de faire auprès de Rosa, et il essayait de la noyer sous d'autres mots. Levant sa main bandée, il déclara : « Je n'arrive pas à arrêter le saignement. » Liesel fut soulagée en entrant dans la cuisine des Holtzapfel. Plus tôt elle se mettrait à lire et mieux ce serait.

Frau Holtzapfel avait sur les joues des traînées humides semblables à du fil de fer.

Son fils était mort.

Mais ce n'était qu'une partie de l'histoire.

Elle ne saurait jamais vraiment de quelle manière cela avait eu lieu, mais il y a ici quelqu'un qui le sait. Généralement, quand il y a eu de la neige, des armes et la confusion des langues, je suis bien placée pour savoir ce qui s'est passé.

Lorsque j'imagine la cuisine de Frau Holtzapfel telle que l'a décrite la voleuse de livres, je ne vois pas la cuisinière, les cuillères en bois, le robinet, ni rien de tout cela. En tout cas, pas sur le moment. Je vois l'hiver russe, la neige qui tombe du plafond, et le destin du second fils de Frau Holtzapfel.

Il s'appelait Robert et voici ce qui lui est arrivé.

PETITE HISTOIRE DE GUERRE
Il a eu les jambes arrachées au niveau des tibias et il est mort veillé par son frère dans la puanteur et le froid d'un hôpital.

C'était le 5 janvier 1943, une journée glaciale comme une autre sur le front russe. Partout dans la ville, des Russes et des Allemands gisaient dans la neige, morts. Les survivants tiraient sur les pages blanches qui leur faisaient face. Trois langues s'entremêlaient. Le russe, les balles, l'allemand.

Tandis que j'avançais parmi les âmes abattues, l'un des hommes disait : « L'estomac me démange. » Il le répéta à plusieurs reprises. Malgré le choc, il rampa jusqu'à une forme sombre ravagée, assise sur le sol dans des ruisseaux de sang. Quand le soldat blessé à l'estomac arriva, il s'aperçut qu'il s'agissait de Robert Holtzapfel. Les mains ensanglantées, il entassait de la neige au-dessus de ses tibias, là où la dernière explosion lui avait arraché les jambes. Mains brûlantes et cri rouge.

Une vapeur montait du sol. Odeur et vision de la neige en décomposition.

« C'est moi, Pieter », lui dit le soldat. Il se traîna encore sur quelques centimètres.

« Pieter ? » demanda Robert d'une voix de plus en plus faible. Il avait dû sentir ma présence toute proche.

Et à nouveau : « Pieter ? »

Force est de constater que les agonisants posent toujours des questions dont ils connaissent les réponses. Peut-être est-ce pour mourir en ayant raison.

Soudain, le son des voix devint uniforme.

Robert Holtzapfel bascula vers la droite et s'effondra sur le sol froid et fumant.

Il s'attendait certainement à me rencontrer à cet instant précis.

Ce ne fut pas le cas.

Malheureusement pour le jeune Allemand, je ne l'ai pas emporté cette après-midi-là. Je l'ai enjambé avec les autres pauvres âmes dans les bras et je suis revenue vers les lignes russes.

J'en ai fait, des allers et retours.

Avec des corps déchiquetés.

Cela n'avait rien d'une balade à skis, je peux le dire.

Comme Michael le raconta à sa mère, trois longues journées s'écoulèrent avant que je ne vienne finalement prendre le soldat qui avait perdu ses pieds à Stalingrad. J'étais très demandée à l'hôpital de campagne et, quand je suis arrivée, l'odeur a manqué me faire défaillir.

Un homme avec une main bandée était en train de dire au soldat silencieux et traumatisé qu'il allait s'en tirer. « Tu vas bientôt rentrer à la maison, lui affirmait-il. Tu vas quitter cet endroit. »

Oui, pensai-je. Pour toujours.

« J'attends que tu ailles mieux, poursuivit-il. Je devais retourner chez nous à la fin de la semaine, mais je t'attends. »

J'ai emporté l'âme de Robert Holtzapfel avant que son frère n'ait terminé la phrase suivante.

D'habitude, quand je suis quelque part à l'intérieur, je dois me démener pour regarder à travers le plafond, mais, dans cet hôpital-ci, j'ai eu de la chance. Le toit avait été détruit à un endroit et j'avais vue sur le ciel. À un mètre de moi, Michael Holtzapfel parlait encore. J'ai essayé de l'ignorer en observant le trou que j'avais au-dessus de la tête. Le ciel était blanc, mais il se dégradait à toute vitesse. Comme toujours, il devenait une énorme bâche. Du sang suintait et, par endroits, les nuages étaient sales, telles des traces de pas dans de la neige fondue.

Des traces de pas ? interrogerez-vous.

Tiens donc, je me demande à qui elles pouvaient bien appartenir.

Dans la cuisine de Frau Holtzapfel, Liesel lisait à voix haute, une page après l'autre, en pure perte. Pour ma part, lorsque la vision du champ de bataille russe s'efface devant moi, la neige ne cesse pas de tomber du plafond. La bouilloire en est couverte. La table également. Les humains, eux aussi, ont des plaques de neige sur la tête et les épaules.

Le frère frissonne.

La femme pleure.

Et la fillette poursuit sa lecture, car c'est pour cela qu'elle est venue et c'est bon d'être bonne à quelque chose après les neiges de Stalingrad.

LE FRÈRE QUI NE VIEILLIT PAS

Dans quelques semaines, Liesel Meminger allait avoir quatorze ans.

Son papa n'était pas encore de retour.

Elle avait encore fait la lecture par trois fois à une femme ravagée par le chagrin. Souvent, la nuit, elle avait vu Rosa qui priait, le menton posé sur l'accordéon.

Le moment est venu, pensa-t-elle. D'habitude, c'était la perspective d'un vol qui la réjouissait, mais, ce jour-là, il s'agissait d'une restitution.

Elle fouilla sous son lit et en retira l'assiette. En toute hâte, elle la lava dans l'évier et sortit. Marcher dans Molching lui fit du bien. L'air était cinglant comme la *Watschen* d'une bonne sœur ou d'une institutrice sadiques. Il n'y avait aucun bruit dans la rue de Munich, sauf celui de ses chaussures.

Tandis qu'elle passait le pont, une rumeur de soleil courait derrière les nuages.

Arrivée au 8, Grande Strasse, elle monta les marches, déposa l'assiette au bas de la porte d'entrée, puis frappa. Elle avait déjà tourné le coin de la rue lorsque la porte s'ouvrit. Elle ne regarda pas en arrière, mais elle savait que, si elle l'avait fait, elle aurait de nouveau trouvé son frère au bas des marches, son genou complètement guéri cette fois. Elle entendait même sa voix.

« C'est beaucoup mieux, Liesel. »

Elle se rendit compte avec une immense tristesse que son frère aurait éternellement six ans, mais, en y pensant, elle s'efforça aussi de sourire.

Elle resta sur le pont au-dessus de l'Amper, là où Hans Hubermann avait l'habitude de se pencher.

Elle sourit encore et encore, et, quand ce fut terminé, elle rentra à la maison et son frère ne revint plus jamais dans son sommeil. Il allait beaucoup lui manquer, mais ce ne serait pas le cas de son regard mort fixé sur le plancher du train ni du bruit déchirant d'une toux meurtrière.

Cette nuit-là, le petit garçon vint voir la voleuse de livres dans son lit, mais, cette fois, il le fit avant qu'elle ne ferme les yeux. En fait, il n'était pas le seul à lui rendre visite dans cette chambre. Son papa se tenait près d'elle et lui disait qu'elle serait bientôt une femme. Max écrivait *La Secoueuse de mots* dans un coin. Rudy était tout nu près de la porte. De temps en temps, la propre mère de Liesel était à son chevet, debout sur un quai de gare. Et au loin, au fond de la pièce qui s'étirait tel un pont vers une ville sans nom, Werner, son petit frère, jouait dans la neige du cimetière.

Au bout du couloir, comme un métronome marquant la cadence de ces visions, Rosa ronflait, et Liesel restait éveillée en leur compagnie, tout en se remémorant une phrase de son dernier livre.

LE DERNIER HUMAIN ÉTRANGER, PAGE 38

Cette rue de la ville était noire de monde, mais l'étranger se sentait aussi seul que si elle avait été vide.

* * *

Au matin, les visions s'étaient enfuies et elle entendit des paroles s'élever doucement dans le salon. Rosa priait, l'accordéon autour du cou.

« Faites qu'ils reviennent vivants, répétait-elle. Par pitié, mon Dieu, faites qu'ils reviennent tous vivants. »

L'instrument devait la meurtrir, mais elle ne bougeait pas.

Rosa ne parlerait jamais de ces moments-là à son mari, mais, aux yeux de Liesel, ce fut en partie grâce à ces prières que Hans survécut à l'accident de la LSE à Essen. Elles ne firent pas de mal, en tout cas.

L'ACCIDENT

Le temps était particulièrement clair, cette après-midi-là, lorsque les hommes grimpaient dans le camion. Hans Hubermann s'assit à sa place habituelle et Reinhold Zucker se pencha au-dessus de lui.

« Dégage, dit-il.

— *Bitte ?* Pardon ? »

Zucker devait baisser la tête, car le toit du véhicule était bas. « J'ai dit *dégage, Arschloch.* » La jungle huileuse de sa frange tombait en paquets sur son front. « Toi et moi, on échange nos sièges. »

Hans avait du mal à comprendre. Le siège du fond n'était certainement pas le plus confortable, entre le froid et les courants d'air. « Pourquoi donc ?

— Qu'est-ce que ça peut te faire ? » L'impatience gagnait Zucker. « Si je te dis que je veux être le premier à descendre pour aller aux chiottes, ça te va ? »

Les autres membres de l'unité suivaient cette bagarre ridicule entre deux personnes censées se comporter comme des adultes. Hans ne voulait pas être le perdant, mais il ne voulait pas non plus avoir l'air mesquin. En outre, ils venaient d'accomplir des tâches épuisantes et il n'avait plus assez d'énergie pour se disputer. Il se leva et, le dos courbé, gagna un siège libre au milieu du camion.

« Pourquoi as-tu cédé à ce *Scheisskopf* ? » demanda son voisin.

Hans craqua une allumette et lui proposa une bouffée de sa cigarette. « Là-bas au fond, ça fait un courant d'air dans mes oreilles. »

Le camion vert-de-gris roulait vers le camp, distant d'une quinzaine de kilomètres. Brunnenweg racontait une blague sur une serveuse française lorsque le pneu avant gauche éclata. Le conducteur perdit le contrôle de son véhicule, qui fit plusieurs tonneaux. Les hommes jurèrent tandis qu'ils culbutaient en même temps que l'air, la lumière, le tabac et les détritus. Le ciel bleu devint le plancher et chacun tenta désespérément de se retenir à quelque chose.

Quand le camion s'immobilisa, ils étaient tous agglutinés contre la paroi de droite, le nez sur l'uniforme crasseux du voisin. Ils se demandèrent mutuellement si ça allait, jusqu'à ce que l'un des hommes, Eddie Alma, se mette à hurler : « Dégagez-moi de ce petit fumier ! » Il répéta trois fois la phrase, très vite. Reinhold Zucker le regardait, les yeux ouverts et fixes.

BILAN DE L'ACCIDENT D'ESSEN
Six brûlures de cigarettes.
Deux mains fracturées.
Plusieurs doigts cassés.
Une fracture à la jambe pour Hans Hubermann.
Une nuque brisée pour Reinhold Zucker, cassée net au niveau des lobes des oreilles.

Ils s'aidèrent mutuellement à sortir du camion. Seul le cadavre demeura à l'intérieur.

Le conducteur, Helmut Brohmann, était assis par terre et se grattait la tête. « Le pneu a éclaté, expliqua-t-il. Comme ça, d'un seul coup. » Certains d'entre eux allèrent s'asseoir à ses côtés et lui assurèrent qu'il n'y était pour rien. D'autres allumèrent une cigarette en demandant à la ronde si leurs blessures étaient suffisamment graves pour qu'ils soient libérés du service. Un petit groupe se rassembla à l'arrière du camion et contempla le corps.

Un peu plus loin, près d'un arbre, Hans Hubermann sentait une mince bande de douleur intense en train de s'ouvrir dans sa jambe. « Ç'aurait dû être moi, dit-il.

— Quoi ? lança le sergent depuis le camion.

— Il était assis à ma place. »

Helmut Brohmann retrouva ses esprits et se glissa de nouveau dans la cabine. De biais, il tenta de faire redémarrer le moteur, mais en vain. On envoya chercher un autre camion, ainsi qu'une ambulance.

« Vous savez ce que ça signifie, n'est-ce pas ? » lança Boris Schipper à la cantonade. Ils le savaient.

Lorsqu'ils furent de nouveau en route vers le camp, chacun tenta de ne pas regarder le visage de Reinhold Zucker qui grimaçait, la bouche ouverte. « Je vous avais bien dit qu'on n'aurait pas dû le mettre sur le dos », dit quelqu'un. De temps en temps, l'un d'eux oubliait la présence du corps et posait carrément ses pieds dessus. À l'arrivée, quand il fallut le sortir du camion, les volontaires n'étaient pas nombreux. Cette tâche achevée, Hans Hubermann fit quelques petits pas, mais il ne tarda pas à s'effondrer sous la douleur.

Quand le médecin l'examina, une heure plus tard, il apprit qu'il s'agissait bel et bien d'une fracture. Le sergent, qui se tenait près de lui, arborait un petit sourire.

« Eh bien, Hubermann, on peut dire que tu l'as échappé belle, hein ? » Une cigarette au bec, il hocha sa tête ronde et annonça à Hans ce qui l'attendait. « Tu vas être mis au repos. On va me demander ce qu'il faut faire de toi. Je dirai que tu as fait un boulot formidable. » Il souffla la fumée. « Et je pense leur expliquer que tu n'es plus bon pour le service dans la LSE et qu'on ferait mieux de te renvoyer à Munich pour bosser dans un bureau ou faire un peu de nettoyage là-bas. Qu'est-ce que tu en penses ? »

Un petit rire remplaça brièvement la grimace de douleur de Hans. « J'en pense que c'est bien, sergent. »

Boris Schipper termina sa cigarette. « Et comment, que c'est bien. Tu as de la chance que je t'apprécie, Hubermann. Tu as de la chance d'être un homme bien, et pas avare de cigarettes. »

Dans la pièce voisine, on était en train de préparer son plâtre.

LE GOÛT AMER DES QUESTIONS

Une semaine après l'anniversaire de Liesel, à la mi-février, une lettre détaillée de Hans Hubermann parvint enfin au 33, rue Himmel. À peine l'avait-elle trouvée dans la boîte aux lettres, que Liesel se précipita dans la maison et la montra à Rosa, qui lui demanda de la lire à haute voix. Elle obéit, mais, lorsqu'elle en vint au passage où il parlait de sa jambe cassée, sa surprise fut telle qu'elle ne put articuler la phrase suivante.

« Eh bien, interrogea Rosa, qu'y a-t-il, *Saumensch* ? »

Liesel leva les yeux du courrier et réprima son envie de pousser des cris de joie. Le sergent avait tenu parole. « Il rentre à la maison, Maman ! Papa revient ! »

Elles s'étreignirent au milieu de la cuisine, écrasant la lettre entre elles. Une jambe cassée, ça se fêtait.

Quand Liesel alla annoncer la nouvelle dans la maison voisine, Barbara Steiner se réjouit. Elle lui prit les mains et fit venir le reste de la famille. Tous les Steiner eurent l'air ravi d'apprendre le retour de Hans Hubermann. Rudy arborait un grand sourire, mais Liesel sentait qu'il avait aussi le goût amer des questions dans la bouche.

Pourquoi lui ?

Pourquoi Hans Hubermann et pas Alex Steiner ?

Il avait raison.

UNE BOÎTE À OUTILS, UN HOMME QUI SAIGNE, UN OURS

Depuis que son père avait été rappelé sous les drapeaux, en octobre dernier, la colère de Rudy s'était progressivement accentuée. L'annonce du retour de Hans Hubermann servit de déclencheur. Il ne dit rien à Liesel. Il ne cria pas à l'injustice. Il décida de passer à l'action.

Entre chien et loup, l'heure idéale pour commettre un larcin, il remonta la rue Himmel en portant une caisse métallique.

LA BOÎTE À OUTILS DE RUDY
Elle ressemblait à une grande boîte à chaussures et sa peinture rouge était écaillée. Voici ce qu'elle contenait :
un couteau de poche rouillé
une petite lampe torche
deux marteaux
(un petit, un moyen)
une serviette à main
trois tournevis
(de différentes tailles)
une cagoule
une paire de chaussettes propres
un ours en peluche

De la fenêtre de la cuisine, Liesel le vit passer d'un pas décidé, l'air déterminé, comme le jour où il était parti pour chercher son père. Il avait la main crispée sur la poignée de la caisse et la fureur rendait sa démarche mécanique.

La voleuse de livres lâcha le torchon qu'elle tenait.

Il va voler quelque chose, pensa-t-elle.

Elle se précipita derrière lui.

Il ne lui dit même pas bonjour.

Rudy continua simplement à marcher et, quand il parla, ce fut en regardant droit devant lui. Près de l'immeuble où habitait Tommy Müller, il déclara : « Tu sais, Liesel, j'ai réfléchi. Tu n'es pas du tout une voleuse. » Puis, sans lui laisser le temps de répondre, il poursuivit : « Cette femme te laisse entrer. Bon sang, elle dépose même des gâteaux pour toi. Moi, je n'appelle pas ça du vol. Le vol, c'est ce que fait l'armée. Elle a pris ton père et le mien. » Il donna un coup de pied dans une pierre, qui alla heurter un portail, et accéléra l'allure. « Tous ces riches nazis qui habitent par ici, dans Grande Strasse, Gelb Strasse, Heide Strasse... »

Liesel ne pouvait à la fois réfléchir et garder le rythme. Ils avaient dépassé la boutique de Frau Diller et ils étaient déjà au milieu de la rue de Munich. « Rudy...

— Qu'est-ce que ça te fait, à propos ?

— Quoi donc ?

— Quand tu prends l'un de ces bouquins ? »

Elle préféra s'arrêter. S'il voulait connaître sa réponse, il n'avait qu'à revenir sur ses pas, ce qu'il fit. « Eh bien ? » Mais une fois de plus, c'est lui qui répondit, avant même qu'elle n'ait ouvert la bouche. « C'est agréable, n'est-ce pas, de récupérer quelque chose ? »

Liesel essaya de le faire ralentir en l'interrogeant sur sa boîte à outils. « Qu'est-ce que tu as là-dedans ? »

Il se pencha et l'ouvrit.

Elle ne trouva rien d'étonnant à son contenu, sauf l'ours en peluche.

Ils reprirent leur marche et Rudy entreprit de lui expliquer à quoi chaque objet allait servir. Les marteaux étaient destinés à briser les vitres, enveloppés dans la serviette qui étoufferait le bruit.

« Et l'ours en peluche ? »

C'était celui d'Anna-Marie Steiner. Il n'était pas plus grand que l'un des livres de Liesel. La peluche était hirsute et usée. On avait recousu à plusieurs reprises ses yeux et ses oreilles, mais il n'en gardait pas moins une tête sympathique.

« Ça, répondit Rudy, c'est le coup de génie. Si un gosse arrive pendant que je suis dans la maison, je le lui donne pour le calmer.

— Et qu'as-tu l'intention de voler ? »

Il haussa les épaules. « De l'argent, des bijoux, de la nourriture. Tout ce sur quoi je pourrai mettre la main. » Un programme simple, apparemment.

C'est seulement un quart d'heure plus tard, devant le visage soudain silencieux de Rudy, qu'elle comprit qu'il n'allait rien voler du tout. Sa détermination avait disparu et, s'il voyait toujours en imagination le vol sous un aspect glorieux, elle sentait bien que le cœur n'y était plus. Il *essayait* d'y croire, ce qui n'est jamais bon signe. L'acte était en train de perdre son prestige à ses yeux. Tandis qu'ils ralentissaient l'allure en observant les maisons, Liesel éprouva un soulagement mêlé de tristesse.

Ils arrivaient dans Gelb Strasse.

Les demeures imposantes étaient pour la plupart plongées dans l'obscurité.

Rudy ôta ses chaussures et les prit dans sa main gauche. Dans la main droite, il tenait sa boîte à outils.

La lune apparaissait entre les nuages et éclairait la scène.

« Dis-moi ce que j'attends », demanda-t-il. Liesel ne répondit pas. Il ouvrit de nouveau la bouche, mais aucun son n'en sortit. Il posa à terre la boîte à outils et s'assit dessus.

Ses chaussettes étaient humides et froides.

« Une chance que tu aies pris une paire de rechange », constata Liesel, et elle vit qu'il se retenait de rire.

Rudy se poussa et se tourna de l'autre côté, ce qui fit de la place pour Liesel.

La voleuse de livres et son meilleur ami étaient assis dos à dos sur une boîte à outils rouge écaillée, au milieu de la rue. Ils restèrent ainsi pendant un bon moment, chacun regardant dans une direction différente. Quand ils se levèrent pour rentrer chez eux, Rudy enfila les chaussettes propres et laissa les anciennes sur la chaussée. Un petit cadeau pour Gelb Strasse, avait-il décidé.

UNE VÉRITÉ ÉNONCÉE PAR RUDY STEINER
« Je crois que je suis plus doué pour laisser des trucs derrière moi que pour les voler. »

Quelques semaines plus tard, la boîte à outils trouva enfin une utilité. Rudy la débarrassa des tournevis et des marteaux et les remplaça par des objets auxquels la famille tenait, en vue du prochain raid aérien. Il ne garda que l'ours en peluche.

Le 9 mars, lorsque les sirènes se manifestèrent de nouveau à Molching, Rudy prit la boîte avec lui.

Pendant que les Steiner se précipitaient vers l'abri, Michael Holtzapfel tambourinait sur la porte des Hubermann. Rosa et Liesel sortirent et il leur expliqua son problème. « Ma mère… » commença-t-il. Les prunes de sang étaient toujours sur son pansement. « Elle refuse de bouger. Elle reste assise à la table de la cuisine. »

Plusieurs semaines s'étaient écoulées, mais Frau Holtzapfel était toujours sous le choc. Les jours où Liesel venait lui faire la lecture, elle restait la plupart du temps les yeux fixés sur la fenêtre. Les mots qu'elle prononçait étaient calmes, presque immobiles. Toute brutalité et tout reproche avaient déserté son visage. C'était généralement Michael qui disait au revoir à Liesel ou lui donnait du café en la remerciant.

Et maintenant, voilà.

Rosa entra en action.

De sa démarche dandinante, elle alla se planter devant la porte ouverte de sa voisine. « Holtzapfel ! » On n'entendait que les sirènes et la voix de Rosa. « Holtzapfel, vieille truie, sortez de votre trou ! » Rosa Hubermann n'avait jamais été un modèle de tact. « Sinon, on va tous mourir ici, dans la rue ! » Elle se retourna et jeta un coup d'œil aux silhouettes qui attendaient, impuissantes, sur le trottoir. Le hurlement des sirènes s'éteignit. « Alors ? »

Michael, perplexe et désorienté, haussa les épaules. Liesel posa son sac de livres et se tourna vers lui. Tandis que les sirènes reprenaient, elle cria : « Je peux y aller ? » Sans attendre la réponse, elle se précipita à l'intérieur de la maison, manquant bousculer Rosa au passage.

Frau Holtzapfel était toujours assise à la table, impassible.

Qu'est-ce que je lui dis ? se demanda Liesel.

Comment faire pour qu'elle sorte ?

Les sirènes reprirent leur souffle et elle entendit Rosa l'appeler. « Laisse tomber, Liesel, il va falloir y aller ! Si elle veut mourir, c'est son affaire, après tout. » À ce moment, les sirènes s'époumonèrent de nouveau. Elles vinrent balayer la voix de Rosa.

Il n'y avait plus maintenant que le bruit, la fillette et la femme sèche et rigide.

« Frau Holtzapfel, je vous en prie ! »

Un peu comme le jour des gâteaux, quand elle s'était trouvée face à Ilsa Hermann, elle avait toutes sortes de mots et de phrases sur le bout de la langue. Mais aujourd'hui, il fallait compter avec les bombes. Ce qui rendait les choses légèrement plus urgentes.

LES OPTIONS

« Frau Holtzapfel, il faut y aller. »
« Frau Holtzapfel, on va mourir si on reste ici. »
« Vous avez encore un fils. »
« Tout le monde vous attend. »
« Les bombes vont vous arracher la tête. »
« Si vous ne venez pas, j'arrête de vous faire la lecture et vous aurez perdu votre seule amie. »

Elle choisit la dernière formule, qu'elle cria en s'efforçant de couvrir le bruit des sirènes, les mains posées à plat sur la table.

La femme leva les yeux et prit sa décision. Elle ne bougerait pas.

Liesel s'éloigna de la table et se précipita à l'extérieur.

Rosa ouvrit le portail et elles se mirent à courir vers le n° 45. Michael Holtzapfel resta planté devant chez lui.

« Viens ! » implora Rosa, mais le soldat hésitait. Il allait rentrer dans la maison lorsque quelque chose lui fit faire demi-tour. Sa main mutilée, posée sur le portail, le retenait encore. D'un geste honteux, il la retira et les suivit.

Tous trois se retournèrent à plusieurs reprises, mais Frau Holtzapfel ne les suivait pas.

La rue vide semblait très large. Les derniers échos des sirènes se turent quand ils pénétrèrent dans l'abri des Fiedler.

« Pourquoi avez-vous été aussi longs ? » demanda Rudy, qui tenait toujours sa boîte à outils.

Liesel posa son sac plein de livres sur le sol et s'assit dessus

« On essayait de persuader Frau Holtzapfel de venir. »

Rudy regarda autour de lui. « Où est-elle ?

— Chez elle, dans sa cuisine. »

À l'autre bout de l'abri, Michael était recroquevillé dans un coin, tout frissonnant. « J'aurais dû rester, répétait-il, j'aurais dû rester, j'aurais dû rester... » Sa voix était à peine audible, mais son regard, plus éloquent que jamais, exprimait un violent désarroi. Il serrait sa main bandée et le pansement se teintait de sang.

Rosa intervint.

« Michael, voyons, ce n'est pas ta faute. »

Mais le jeune homme avec trois doigts en moins à la main droite était inconsolable.

« Expliquez-moi, Rosa, car je ne comprends pas, dit-il en s'appuyant contre le mur. Comment se fait-il qu'elle soit prête à mourir et que moi, je m'accroche à la vie ? » Le pansement était de plus en plus rouge. « Pourquoi ai-je envie de vivre, alors que je ne devrais pas ? »

Il fut secoué de sanglots convulsifs. Rosa posa sa main sur son épaule et ils restèrent ainsi pendant plusieurs minutes, sous le regard des autres occupants de l'abri. Il pleurait toujours lorsque la porte s'ouvrit et Frau Holtzapfel entra.

Michael leva les yeux.

Rosa s'éloigna discrètement.

Le fils et la mère étaient maintenant réunis. « Maman, pardonne-moi, j'aurais dû rester avec toi », dit Michael.

Frau Holtzapfel n'écoutait pas. Elle s'assit auprès de son fils et prit sa main bandée. « Tu saignes à nouveau », dit-elle. Puis, comme tout le monde, ils attendirent.

Liesel fouilla dans son sac de livres.

LE BOMBARDEMENT DE MUNICH
9-10 MARS
Entre les bombes et la lecture, la nuit fut longue. La voleuse de livres avait la bouche sèche, mais elle lut quelque cinquante-quatre pages.

La plupart des enfants dormirent tout le temps et ils n'entendirent pas les sirènes marquant la fin de l'alerte. Les parents les réveillèrent ou les prirent dans leurs bras et tous regagnèrent le monde extérieur plongé dans les ténèbres.

Au loin, des incendies faisaient rage. Je venais d'aller chercher un peu plus de deux cents âmes assassinées.

J'étais en route vers Molching pour en prendre une autre.

La rue Himmel était tranquille.

Les sirènes se taisaient depuis plusieurs heures, juste pour parer à une nouvelle menace et permettre à la fumée de se dissiper.

C'est Bettina Steiner qui remarqua les quelques flammes et la fumée au loin, près de l'Amper. La petite fille leva le doigt : « Regardez ! » s'écria-t-elle.

Rudy réagit le premier. Sans penser à lâcher sa boîte à outils, il sprinta dans la rue Himmel, prit quelques petites rues adjacentes et entra sous le couvert des arbres. Liesel le suivit (après avoir confié ses livres à une Rosa peu coopérative), bientôt imitée par des groupes qui sortaient des abris situés sur le chemin.

« Rudy, attends-moi ! »

Rien à faire. Il continuait.

Elle apercevait juste de temps en temps sa boîte à outils entre les arbres, tandis qu'il filait vers la lueur mourante et vers l'avion d'où sortait de la fumée. L'appareil était dans la clairière au bord de l'eau, là où le pilote avait tenté de le poser.

Rudy s'arrêta à une vingtaine de mètres de la scène.

Je découvris sa présence en arrivant moi-même sur les lieux. Il tentait de reprendre son souffle.

Des branches d'arbres étaient éparpillées dans l'obscurité.

Des brindilles et des aiguilles de pin jonchaient le sol autour de l'avion, comme pour un bûcher. À gauche, trois crevasses calcinées étaient ouvertes dans le sol. Le tic-tac du métal en train de refroidir marqua les minutes et les secondes pendant ce qui sembla des heures à Rudy et à Liesel. Les gens se pressaient maintenant derrière eux, leur souffle et leurs paroles collant au dos de Liesel.

« On va voir ? » demanda Rudy.

Il s'avança parmi les arbres encore debout, jusqu'à la carlingue de l'avion. Elle était enfoncée dans le sol, les ailes détachées, le nez dans l'eau.

Rudy en fit le tour, par l'arrière et par la droite.

« Attention, il y a du verre partout, prévint-il. Le pare-brise a explosé. »

Puis il découvrit le corps.

Rudy Steiner n'avait jamais vu quelqu'un d'aussi pâle.

« N'approche pas, Liesel. » Mais elle continua à avancer.

Elle voyait le visage du pilote ennemi à demi inconscient sous le regard des grands arbres, dans la rumeur de la rivière. L'avion eut encore quelques hoquets et la tête à l'intérieur bascula de gauche à droite. L'homme prononça une phrase incompréhensible.

« Jésus, Marie, Joseph, il est vivant », chuchota Rudy.

La boîte à outils heurta la paroi de la carlingue et apporta avec elle d'autres bruits de voix et de piétinements.

Le feu s'était éteint et la matinée était sombre et calme. Seule la fumée continuait à s'élever, mais elle n'allait pas tarder à s'épuiser, elle aussi.

La rangée d'arbres faisait écran à la couleur de Munich en flammes. Rudy s'était maintenant habitué à l'obscurité et au visage du pilote. Les yeux de l'homme ressemblaient à des taches de café et il avait des entailles sur les joues et le menton. Son uniforme était en désordre sur son torse.

Ignorant l'avertissement de Rudy, Liesel s'approcha encore et je vous promets qu'à ce moment précis, nous nous sommes reconnues.

Je te reconnais, ai-je pensé.

Il y avait un train et un petit garçon qui toussait. Il y avait de la neige et une fillette affolée.

Tu as grandi, mais je te reconnais.

Elle n'a pas reculé, n'a pas tenté de lutter avec moi, mais je sais qu'elle a eu l'intuition de ma présence. A-t-elle senti mon souffle ? Pouvait-elle entendre mon maudit rythme cardiaque circulaire, qui tourne en rond comme le criminel qu'il est dans ma poitrine mortelle ? Je l'ignore, mais elle me connaissait. Elle m'a regardée en face, sans détourner les yeux.

Tandis que le ciel charbonneux commençait à s'éclaircir, nous avons avancé, elle et moi. Nous avons regardé Rudy fouiller dans sa boîte à outils parmi quelques photos encadrées et en retirer un petit jouet en peluche jaune.

Avec précaution, il a escaladé la carlingue.

Il a placé l'ours souriant sur l'épaule du pilote, l'oreille inclinée vers sa gorge.

Le mourant l'a humé. Il a parlé. Il a dit « merci » en anglais. Quand il a ouvert la bouche, ses entailles se sont ouvertes et une petite goutte de sang a roulé le long de son cou.

« Comment ? a demandé Rudy. *Was hast du gesagt ?* Qu'est-ce que vous avez dit ? »

Il n'a pas obtenu de réponse. J'ai été plus rapide. L'heure était venue et j'étais en train d'introduire mes mains dans le cockpit. J'ai lentement extrait l'âme du pilote de son uniforme en désordre et je l'ai extirpée de l'avion fracassé. En jouant des coudes, j'ai fendu la foule qui se taisait.

Au-dessus de ma tête, il y eut une éclipse dans le ciel, juste un dernier instant de ténèbres, et je jure avoir vu une signature noire en forme de croix gammée qui traînait là-haut.

« *Heil Hitler* », ai-je dit, mais j'étais déjà loin parmi les arbres. Derrière moi, un ours en peluche était posé sur l'épaule d'un cadavre. Il y avait une bougie jaune citron sous les branches. L'âme du pilote était dans mes bras.

Je dois reconnaître que durant la période où Hitler fut au pouvoir, aucun être humain ne put servir le Führer aussi loyalement que moi. Il y a une différence entre le cœur d'un humain et le mien. Le cœur humain est une ligne, tandis que le mien est un cercle, et j'ai la capacité infinie de me trouver au bon moment au bon endroit. En conséquence, je trouve toujours des humains au meilleur et au pire d'eux-mêmes. Je vois leur beauté et leur laideur, et je me demande comment une même chose peut réunir l'une et l'autre. Reste que je les envie sur un point. Les humains ont au moins l'intelligence de mourir.

RETOUR À LA MAISON

C'était une époque d'hommes en sang, d'avions fracassés et d'ours en peluche, mais pour la voleuse de livres, le premier trimestre de l'année 1943 s'achevait sur une note positive.

Au début du mois d'avril, Hans Hubermann, la jambe plâtrée jusqu'au genou, prit le train pour Munich. Il avait droit à une semaine de permission chez lui avant de rejoindre l'armée des gratte-papier de la ville. Il serait employé dans les services administratifs chargés du déblaiement des usines, des maisons, des églises et des hôpitaux. On verrait plus tard s'il pourrait travailler aux réparations. Cela dépendrait de l'état de sa jambe et de celui de la ville.

La nuit tombait quand il atteignit la rue Himmel. C'était un jour plus tard que prévu, car une alerte aérienne avait retardé le train. Parvenu au n° 33, il s'apprêta à frapper.

Quatre ans plus tôt, Liesel Meminger avait eu du mal à franchir ce seuil pour la première fois. Puis Max Vandenburg s'était tenu là, une clé lui brûlant les doigts. Et maintenant, c'était au tour de Hans Hubermann. Il frappa quatre coups. La voleuse de livres ouvrit.

« Papa, Papa ! »

Elle prononça ce mot une centaine de fois dans la cuisine tandis qu'elle le serrait dans ses bras sans vouloir le lâcher.

Plus tard, après avoir mangé, ils parlèrent jusque tard dans la nuit, assis à la table de la cuisine, et Hans raconta tout à Liesel et à Rosa. Il parla de la LSE, des rues noires de fumée et des âmes en peine qui y erraient. Il parla de Reinhold Zucker. Ce pauvre idiot de Reinhold Zucker. Cela prit des heures.

À une heure du matin, Liesel alla se coucher et Papa vint s'asseoir sur son lit, comme à son habitude. Elle se réveilla plusieurs fois pour vérifier qu'il était toujours là. Il n'avait pas bougé.

La nuit fut calme.

Son lit avait la tiédeur et la douceur des moments de bonheur.

Oui, pour Liesel Meminger, cette nuit-là était une belle nuit, et elle avait à peu près trois mois de calme, de tiédeur et de douceur devant elle.

Mais son histoire en compte encore six.

DIXIÈME PARTIE

La voleuse de livres

Avec :
la fin d'un monde –
le quatre-vingt-dix-huitième jour –
un faiseur de guerre – la voie des mots –
une jeune fille catatonique – des confessions –
le petit livre noir d'Ilsa Hermann –
des cages thoraciques d'avion –
et des montagnes de décombres

LA FIN DU MONDE
(Première partie)

Une fois encore, je vous donne un aperçu de la fin. C'est peut-être pour amortir le choc, ou bien pour mieux me préparer, *moi*, à en faire le récit. Quoi qu'il en soit, je dois vous dire qu'il pleuvait sur la rue Himmel le jour où ce fut la fin du monde pour Liesel Meminger.

Le ciel dégouttait.

Comme un robinet qu'un enfant n'aurait pas réussi à fermer tout à fait, malgré ses efforts. Les premières gouttes étaient froides. Debout devant la boutique de Frau Diller, je les ai senties sur mes mains.

Je les ai entendus au-dessus de ma tête.

J'ai levé les yeux et, à travers le ciel couvert, j'ai aperçu les avions en fer-blanc. J'ai vu leur ventre s'ouvrir et lâcher négligemment les bombes. Elles allaient tomber à côté de la cible, bien sûr. Comme souvent.

UN PETIT ESPOIR SANS JOIE
Personne n'avait l'intention de bombarder la rue Himmel.
Personne n'aurait voulu bombarder un endroit
qui portait le nom du paradis, n'est-ce pas ?
N'est-ce pas ?

Les bombes arrivèrent. Bientôt, les nuages s'embraseraient et les gouttes de pluie froide se changeraient en cendres. Des flocons brûlants arroseraient le sol.

Bref, la rue Himmel fut écrasée.

Des maisons furent projetées de l'autre côté de la rue. Une photo encadrée du Führer fut cabossée et aplatie contre le sol défoncé, et pourtant il continuait à arborer son sourire pincé. Il savait quelque chose que nous ignorions tous. Mais je savais quelque chose qu'il ignorait, *lui*. Et pendant ce temps-là, les gens dormaient.

Rudy dormait. Rosa et Hans Hubermann dormaient. Tout comme Frau Holtzapfel, Frau Diller, Tommy Müller. Ils étaient tous en train de dormir. En train de mourir.

Une seule personne survécut.

Elle survécut parce qu'elle se trouvait dans un sous-sol, où elle relisait l'histoire de sa propre vie pour corriger d'éventuelles fautes. La pièce avait été jugée auparavant trop peu profonde pour servir d'abri, mais, en cette nuit du 7 octobre, cela suffit. Les bombes meurtrières dégringolèrent, et plusieurs heures plus tard, quand un étrange silence régna sur Molching, des membres de la LSE locale entendirent quelque chose. Un écho. Quelque part sous les décombres, une fillette frappait avec un crayon sur un pot de peinture.

Toute l'équipe s'arrêta et se pencha vers le sol, l'oreille tendue, et, quand le bruit se répéta, ils se mirent à creuser.

CE QUI PASSA DE MAIN EN MAIN
Des blocs de ciment et des tuiles.
Un pan de mur avec un soleil dégoulinant peint dessus.
Un accordéon à l'allure triste qui les contemplait derrière son étui mangé aux mites.

* * *

Ils déblayèrent tout cela.

Après avoir dégagé un autre pan de mur, l'un d'eux aperçut les cheveux de la voleuse de livres.

Il eut un rire joyeux. C'était comme s'il était en train d'assister à une naissance. « Je n'arrive pas à y croire. Elle est vivante ! »

Les hommes s'interpellaient, communiant dans la même allégresse, mais, pour ma part, je ne pouvais pas vraiment partager leur enthousiasme.

Un peu plus tôt, j'avais tenu dans chaque bras son papa et sa maman. Des âmes d'une grande douceur.

Leurs cadavres étaient étendus un peu plus loin, comme les autres. Un voile de rouille recouvrait déjà les yeux d'argent de Hans et les lèvres cartonneuses de Rosa étaient entrouvertes, vraisemblablement sur un ronflement inachevé. Pour blasphémer comme les Allemands : Jésus, Marie, Joseph !

Les sauveteurs extirpèrent Liesel des ruines et débarrassèrent ses vêtements des débris. « Les sirènes ont retenti trop tard, lui dirent-ils. Que faisais-tu dans ce sous-sol, jeune fille ? Comment as-tu su ? »

Ils ne s'étaient pas aperçus qu'elle tenait toujours le livre. Elle hurla sa réponse. Le bouleversant hurlement des vivants.

« Papa ! »

Elle recommença. Son visage se plissa, sa voix monta dans les aigus de l'angoisse. « Papa, *Papa* ! »

Ils s'apprêtèrent à l'emmener tandis qu'elle gémissait et pleurait. Si elle était blessée, elle ne s'en était pas encore rendu compte, car elle se dégagea et continua à appeler.

Elle n'avait pas lâché son livre.

Elle s'accrochait désespérément aux mots qui lui avaient sauvé la vie.

LE QUATRE-VINGT-DIX-HUITIÈME JOUR

Pendant les quatre-vingt-dix-sept jours qui suivirent le retour de Hans Hubermann en avril 1943, tout alla bien. Parfois, il se rembrunissait en pensant à son fils qui se battait à Stalingrad, mais il espérait que le jeune homme avait hérité de sa chance.

Le troisième soir, il joua de l'accordéon dans la cuisine. Une promesse était une promesse. Il y eut de la musique, de la soupe et des blagues, et le rire d'une gamine de quatorze ans.

« Ne ris pas aussi fort, *Saumensch*, dit Rosa. Ses blagues ne sont pas si marrantes que ça ! Sans compter qu'elles ne sont pas pour les oreilles chastes… »

Au bout d'une semaine, il reprit son travail. Il était maintenant employé dans l'un des bureaux de l'armée à Munich. Il y avait là-bas des stocks de cigarettes et de provisions, et parfois, il rapportait de la confiture ou des biscuits. C'était comme au bon vieux temps. Un raid aérien sans conséquence en mai. Un « *Heil Hitler* » par-ci par-là et ça allait.

Jusqu'au quatre-vingt-dix-huitième jour.

LA PETITE REMARQUE D'UNE VIEILLE FEMME
Rue de Munich, elle déclara : « Jésus, Marie, Joseph, je regrette qu'ils les fassent passer par ici. Ces misérables Juifs nous portent la poisse. Chaque fois que je les vois, je me dis qu'il va nous arriver un malheur. »

C'était cette même vieille dame qui avait annoncé l'arrivée des Juifs la première fois où Liesel les avait vus. Son visage était ridé comme un pruneau et ses yeux avaient la couleur bleu sombre des veines. Et sa prédiction était juste.

Au milieu de l'été, Molching reçut un signe avant-coureur des événements à venir. Il se manifesta comme d'habitude. D'abord, la tête d'un soldat en marche et son fusil pointé vers le ciel. Puis la chaîne cliquetante des Juifs dépenaillés.

La différence, c'est que, cette fois, ils venaient de la direction opposée. On les emmenait à Nebling, non loin de là, pour assurer la propreté des rues et les autres tâches de nettoyage que l'armée refusait d'accomplir. À la fin de la journée, on les ramenait au camp, épuisés et ne tenant plus sur leurs jambes.

Liesel essaya à nouveau de voir si Max Vandenburg n'était pas parmi eux, car, se disait-elle, on pouvait fort bien l'avoir envoyé à Dachau sans le faire passer par Molching. Mais il n'y était pas. Pas cette fois-ci.

Ce n'était qu'une question de temps, néanmoins, car par une belle après-midi d'août, Max allait traverser Molching avec les autres. Mais au contraire de ses compagnons, il ne regarderait pas la route. Il ne laisserait pas son regard errer sur la grande tribune allemande du Führer.

UNE INFORMATION SUR MAX VANDENBURG
Il chercherait parmi les visages massés dans la rue de Munich celui d'une fille qui volait des livres.

En ce jour de juillet, le quatre-vingt-dix-huitième depuis le retour de Hans, comme elle le calculerait plus tard, Liesel cherchait à voir si Max se trouvait dans le lugubre cortège des Juifs qui passait devant elle. Au moins, en faisant cela, elle sentait moins la souffrance de les regarder passer.

C'est une pensée abominable, écrirait-elle dans le sous-sol de la rue Himmel, tout en sachant que c'était vrai. La souffrance de les regarder passer. *Quid* de leur souffrance à *eux* ? La souffrance des souliers qui trébuchaient, des tourments, des portes du camp qui se refermaient sur eux ?

Ils traversèrent Molching deux fois en dix jours et, peu de temps après, les événements donnèrent raison à la femme anonyme de la rue de Munich. Le malheur arriva, en effet, et les gens pour qui les Juifs en étaient le signe annonciateur ou le prologue auraient dû en attribuer la responsabilité directe au Führer et à ses visées sur la Russie, car, à la fin juillet, quand la rue Himmel s'éveilla, on découvrit le corps sans vie d'un soldat de retour du front russe. Il s'était pendu à l'un des chevrons d'une buanderie près de la boutique de Frau Diller. Un autre balancier humain. Une autre horloge. Arrêtée.

Le propriétaire imprudent avait laissé la porte ouverte.

24 JUILLET, 6 h 03
La buanderie était chaude, les chevrons étaient solides et Michael Holtzapfel sauta de sa chaise comme d'une falaise.

* * *

À cette époque-là, ils étaient nombreux à courir après moi, à crier mon nom, à me demander de les emporter. Et puis il y en avait quelques-uns qui m'appelaient d'un air désinvolte et murmuraient d'une voix étranglée.

« Prends-moi », disaient-ils, et il était impossible de les arrêter. Ils avaient peur, bien sûr, mais pas de moi. Ils avaient peur de manquer leur coup et de se retrouver ensuite face à eux-mêmes, face au monde, face aux gens comme vous.

Je ne pouvais rien faire.

Ils étaient trop inventifs, trop astucieux, et, lorsqu'ils s'y prenaient bien, quelle que fût la méthode choisie, je n'étais pas en position de refuser.

Michael Holtzapfel savait ce qu'il faisait.

Il s'est tué parce qu'il voulait vivre.

Bien sûr, je n'ai pas vu Liesel Meminger ce jour-là. Je me suis dit, comme souvent, que j'avais beaucoup trop à faire pour rester rue Himmel et écouter les gens crier. C'est déjà bien assez pénible quand on me prend la main dans le sac. Aussi ai-je décidé de faire ma sortie, dans le soleil couleur de petit déjeuner.

Je n'ai pas entendu la voix d'un vieil homme déchirer l'atmosphère au moment où il a découvert le corps pendu à la corde, ni la course précipitée et les exclamations étouffées des gens qui se précipitaient. Je n'ai pas entendu un homme maigre et moustachu marmonner : « Quelle pitié, Seigneur, quelle pitié ! »

Je n'ai pas vu Frau Holtzapfel allongée par terre dans la rue Himmel, les bras en croix, la bouche ouverte sur un cri, le visage exprimant un désespoir absolu. Non, tout cela, je ne l'ai découvert que quelques mois plus tard, quand je suis revenue et que j'ai lu *La Voleuse de livres*. Cela m'a permis de comprendre que ce n'était pas sa mutilation, ni aucune autre blessure, qui avait conduit Michael Holtzapfel à son geste fatal, mais la culpabilité d'être en vie.

Dans les jours qui précédèrent sa mort, Liesel s'était rendu compte qu'il n'arrivait plus à dormir. Chaque nuit était comme du poison. Je l'imagine souvent étendu les yeux grands ouverts, trempé de sueur dans un lit de neige, ou aux prises avec la vision des jambes sectionnées de son frère. Liesel écrivait qu'à certains moments, elle avait failli lui parler de son propre frère, comme elle l'avait fait avec Max, mais il y avait apparemment une grosse différence entre une toux lointaine et des jambes amputées. Comment consoler un homme qui avait été témoin de choses pareilles ? Lui dire que le Führer était fier de lui, que le Führer l'aimait pour le comportement qu'il avait eu à Stalingrad ? Absurde. Non, on pouvait simplement l'écouter. Le problème, bien sûr, c'est que ces gens-là gardent leurs mots essentiels pour après, pour le moment où des humains auront la malchance de les découvrir. Une note, une phrase, voire une question, ou une lettre, comme rue Himmel, en juillet 1943.

MICHAEL HOLTZAPFEL
LE DERNIER ADIEU
Ma chère Maman,
Pourras-tu jamais me pardonner ?
Je n'en pouvais plus. Je vais retrouver Robert. Je me moque de ce que racontent ces fichus catholiques. Il doit y avoir une place au paradis pour les gens qui sont allés là où je suis allé. Surtout ne pense pas que si je fais ça, c'est que je ne t'aime pas. Je t'aime.
Ton Michael.

C'est Hans Hubermann qui fut chargé d'annoncer la nouvelle à Frau Holtzapfel. Il resta debout sur le seuil et elle comprit en voyant son expression. Deux fils en six mois.

Le soleil matinal tapait dans le dos de Hans lorsque, secouée par les sanglots, elle se précipita vers l'attroupement qui s'était formé un peu plus haut dans la rue. Elle cria au moins une vingtaine de fois le prénom de Michael, mais Michael avait déjà répondu. D'après la voleuse de livres, Frau Holtzapfel étreignit le corps de son fils pendant presque une heure dans la buanderie. Quand elle sortit, elle dut s'asseoir sur le trottoir de la rue Himmel écrasée de soleil. Ses jambes ne la portaient plus.

Les gens l'observaient de loin. Ce genre de situation est plus facile à vivre à distance.

Hans Hubermann s'assit auprès d'elle.

Il posa sa main sur la sienne au moment où elle s'effondrait, le dos sur le sol dur.

Il la laissa emplir la rue de ses cris.

Plus tard, il la raccompagna chez elle, avec beaucoup de douceur. Et j'ai beau essayer et réessayer de le voir différemment, je n'y arrive pas…

Quand j'imagine la scène, avec cette femme effondrée et cet homme grand au regard d'argent, il neige toujours dans la cuisine du 31, rue Himmel.

LE FAISEUR DE GUERRE

Il y avait une odeur de cercueil neuf. Des robes noires. De grosses poches sous les yeux. Liesel se tenait avec les autres sur la pelouse. Cette même après-midi, elle fit la lecture à Frau Holtzapfel. *Le Porteur de rêves*, le livre préféré de sa voisine.

Ce fut une journée très chargée, vraiment.

27 JUILLET 1943
On enterra Michael Holtzapfel et la voleuse de livres fit la lecture à la mère éplorée. Les Alliés bombardèrent Hambourg et, à ce propos, c'est une chance que j'arrive à faire des miracles. Personne d'autre n'aurait été capable d'emporter presque quarante-cinq mille personnes en un laps de temps aussi bref. Personne au monde.

À ce moment-là, l'Allemagne commençait à payer cher. Les petits genoux pustuleux du Führer se mettaient à avoir la tremblote.

Je dois pourtant lui reconnaître un attribut, à ce Führer.

Il avait une volonté de fer, ça oui.

L'effort de guerre ne connaissait aucun ralentissement et l'extermination et la punition de la peste juive se poursuivaient sans relâche. Tandis que la plupart des camps étaient répartis dans différents pays d'Europe, certains continuaient à fonctionner en Allemagne même.

Dans ces camps, beaucoup de gens étaient toujours obligés de travailler, et de marcher.

Max Vandenburg faisait partie de ces Juifs.

LA VOIE DES MOTS

Cela se passa dans une petite ville du berceau de l'hitlérisme.

Une dose supplémentaire de souffrance venait d'arriver.

Une file de Juifs avançait sous escorte dans la banlieue de Munich et une adolescente eut un geste impensable : elle tenta de marcher avec eux. Les soldats l'expulsèrent et la jetèrent à terre. Mais elle se releva et recommença.

Il faisait chaud, ce matin-là.

Encore une belle journée pour un défilé.

Après avoir traversé plusieurs agglomérations, les soldats et les Juifs atteignirent Molching. Peut-être avait-on besoin de main-d'œuvre au camp, ou bien plusieurs prisonniers étaient-ils morts. Toujours est-il qu'un groupe de Juifs épuisés était emmené à pied vers Dachau.

Comme toujours, Liesel se précipita rue de Munich avec les badauds habituels.

* * *

« *Heil Hitler !* »

Le salut du premier soldat lui parvint de loin et elle fendit la foule dans sa direction pour atteindre le cortège. Cette voix l'étourdit. Elle changeait l'immensité du ciel en un plafond bas sur lequel les mots rebondirent avant de retomber aux pieds boitillants des Juifs.

Leurs yeux.

Ils regardaient la rue et, quand Liesel trouva un bon poste d'observation, elle s'arrêta et les dévisagea un par un, tentant de retrouver les traits du Juif qui avait écrit *L'Homme qui se penchait* et *La Secoueuse de mots*.

Des cheveux comme des plumes, pensait-elle.

Non, comme des brindilles. C'est plutôt à ça qu'ils ressemblaient quand il ne les avait pas lavés. Cherche des cheveux comme des brindilles, une barbe comme du petit bois et un regard humide.

Dieu, qu'ils étaient nombreux !

Tant de regards mourants et de pieds raclant le sol.

Finalement, ce ne fut pas à ses traits qu'elle reconnut Max Vandenburg, mais à son comportement, car lui aussi cherchait quelque chose du regard. Avec une intense concentration. Les yeux de Liesel se posèrent sur le seul visage tourné franchement vers les badauds allemands. Il les détaillait avec une telle attention que les voisins de la voleuse de livres le remarquèrent et le désignèrent du doigt.

« Mais qu'est-ce qu'il regarde, celui-là ? » demanda une voix masculine à ses côtés.

La voleuse de livres fit un pas en avant.

Jamais mouvement n'avait été si pesant. Jamais son cœur n'avait été empreint d'une telle détermination dans sa poitrine d'adolescente.

Elle s'avança et déclara tranquillement : « Il me cherche. »

Sa voix faiblit et retomba. Elle dut aller l'extirper du fond d'elle-même pour réapprendre à parler et crier son prénom.

Max.

« Je suis ici, Max ! »

Plus fort.

« *Max, je suis ici !* »

Il l'entendit.

MAX VANDENBURG, AOÛT 1943
Ses cheveux étaient des brindilles, comme Liesel l'avait pensé, et son regard humide se dirigea vers elle par-dessus les autres Juifs. Quand il l'atteignit, il se fit suppliant. Sa barbe caressa son visage et sa bouche frémit au moment où il prononça le mot. Son prénom. Liesel.

Liesel se dégagea de la foule et entra dans la marée humaine des Juifs. En se faufilant parmi eux, elle parvint à saisir le bras de Max avec sa main gauche.

Elle trébucha et le Juif, le sale Juif l'aida à se relever. Il dut y mettre toutes ses forces.

« Je suis ici, Max, répéta-t-elle, je suis ici.

— Je n'arrive pas à y croire… » Les mots s'écoulaient lentement des lèvres de Max Vandenburg. « C'est fou ce que tu as grandi. » Ses yeux reflétaient une immense tristesse. « Liesel… ils m'ont pris il y a quelques mois. » Sa voix se brisa, mais elle se traîna vers Liesel. « À mi-chemin de Stuttgart. »

Vu de l'intérieur, le défilé de Juifs était un terrible entrelacs de bras, de jambes et d'uniformes en loques. Aucun soldat n'avait encore aperçu Liesel, mais Max la mit en garde. « Il faut me laisser, Liesel. » Il tenta même de la repousser, mais elle était solide. Ses bras affamés ne purent l'empêcher de continuer à avancer parmi la saleté, la faim et la confusion.

Elle fit ainsi un certain nombre de pas, puis un soldat l'aperçut.

« Hé ! s'écria-t-il en pointant son fouet dans sa direction. Hé, qu'est-ce que tu fais là ? Dégage ! »

Voyant qu'elle l'ignorait, l'homme fendit l'épaisseur du cortège, en repoussant les prisonniers de part et d'autre, le bras tendu en avant. Parvenu devant Liesel, il la toisa. Elle remarqua alors l'expression tétanisée de Max Vandenburg. Elle l'avait déjà vu effrayé, mais jamais ainsi.

Le soldat la saisit brutalement par ses vêtements.

Elle sentait ses phalanges dures et le bout de ses doigts qui lui rentraient dans la peau. « J'ai dit : *dégage !* » ordonna-t-il. Il la tira de côté et la projeta contre le mur de badauds. Il commençait à faire chaud. Le soleil brûlait le visage de Liesel. Elle s'était retrouvée les quatre fers en l'air, mais elle se releva. Elle attendit un peu que la douleur se calme, puis se mêla de nouveau au cortège.

Cette fois, elle se fraya un chemin à partir des derniers rangs.

Elle apercevait devant elle les cheveux de Max. Elle avança dans cette direction.

Elle ne tendit pas la main vers lui, mais s'arrêta. Quelque part au fond d'elle-même se tenaient les âmes des mots. Elles franchirent ses lèvres et se tinrent à ses côtés.

« Max », dit-elle. Il se retourna et ferma les yeux un instant, tandis qu'elle poursuivait : « Il était une fois un petit homme bizarre. » Elle avait les bras ballants, mais les poings serrés. « Il était aussi une secoueuse de mots. »

L'un des Juifs qui marchaient vers Dachau avait maintenant cessé d'avancer.

Il restait immobile tandis que les autres le contournaient, l'air morose, le laissant seul. Son regard vacillait et c'était extrêmement simple. Les mots passaient de la jeune fille au Juif. Ils montaient jusqu'à lui.

Lorsqu'elle reprit la parole, ce fut pour poser des questions. Elle refusa de laisser couler les larmes qui lui brûlaient les paupières. Mieux valait avoir une attitude fière et résolue. Laisser les mots faire tout le travail. « "Est-ce vraiment vous ? demanda le jeune homme", dit-elle. "Est-ce de votre joue que j'ai tiré cette graine ?" »

Max Vandenburg restait debout.

Il ne tomba pas à genoux.

Les gens, les Juifs, les nuages, tous s'arrêtèrent et observèrent ce qui se passait.

Max regarda la jeune fille, puis leva les yeux vers l'immensité bleue du ciel superbe. Ici et là, de larges rayons de soleil tombaient sur la route. Les nuages repartirent, non sans arrondir le dos pour regarder derrière eux. « Quelle journée splendide », murmura-t-il tristement. Une belle journée pour mourir. Une belle journée pour mourir ainsi.

Liesel s'avança vers lui. Elle eut le courage de prendre dans ses mains son visage barbu. « Est-ce vraiment vous, Max ? »

Une belle journée allemande, avec sa foule attentive.

Il s'autorisa à déposer un baiser au creux de sa paume. « Oui, Liesel, c'est moi. » Il prit sa main et mouilla de ses larmes les doigts de Liesel, tandis que les soldats s'approchaient et qu'un petit groupe de Juifs insolents avait cessé d'avancer et regardait.

Max Vandenburg reçut les coups de fouet debout.

« Max », gémit Liesel.

Puis elle continua pour elle-même, en un monologue muet, pendant que les soldats l'entraînaient.

Max.

Boxeur juif.

Maxi Taxi. C'est comme ça que votre ami vous appelait à l'époque où vous vous battiez dans les rues à Stuttgart. Vous vous souvenez, Max ? Vous me l'avez raconté. Je n'ai rien oublié.

C'était vous, le garçon aux poings durs, et vous disiez que vous enverriez un direct à la figure de la Mort quand elle viendrait vous chercher.

Vous vous souvenez du bonhomme de neige, Max ?

Vous vous souvenez ?

Dans le sous-sol ?

Vous vous souvenez du nuage blanc au cœur gris ?

De temps en temps, le Führer vient voir si vous êtes là. Vous lui manquez. Vous nous manquez à tous.

Le fouet. Le fouet.

Le soldat continuait à abattre son fouet, qui atteignit le visage de Max. Il lui cisailla le menton et lui entailla la gorge.

Max s'effondra. Le soldat se tourna vers la jeune fille. Sa bouche s'ouvrit. Il avait des dents d'une blancheur éblouissante.

Soudain, elle eut un flash. Elle revit le jour où elle avait voulu en vain être frappée par Ilsa Hermann, ou par Rosa, à qui on pouvait pourtant toujours faire confiance pour ce genre de choses. Cette fois, elle ne fut pas déçue.

Le fouet lui lacéra l'épaule au niveau de la clavicule et atteignit l'omoplate.

« Liesel ! »

Elle reconnaissait cette voix.

Tandis que le soldat levait de nouveau le bras, elle aperçut Rudy Steiner parmi la foule. Il l'appelait. Elle distinguait son visage épouvanté et ses cheveux jaunes. « Liesel, sors de là ! »

La voleuse de livres ne bougea pas.

Elle ferma les yeux et le fouet la cingla de nouveau, encore et encore, jusqu'à ce que son corps s'effondre sur la chaussée, dont elle sentit la chaleur contre sa joue.

D'autres mots lui parvinrent, prononcés cette fois par le soldat.

« *Steh' auf.* »

Cette injonction laconique ne s'adressait pas à elle, mais au Juif. Le soldat la compléta. « Debout, Juif de merde, debout, debout ! »

Max se redressa.

Encore une autre pompe, Max.

Encore une autre pompe sur le sol glacé du sous-sol.

Les pieds de Max se mirent péniblement en marche.

Ses jambes flageolaient et il passa ses mains sur les marques du fouet pour tenter d'adoucir la douleur cuisante. Quand il essaya de chercher Liesel du regard, le soldat appuya les mains sur ses épaules ensanglantées et le poussa en avant.

Rudy arriva. Il plia ses longues jambes et se tourna vers la gauche.

« Tommy, amène-toi et viens m'aider, s'écria-t-il. Il faut la relever. *Dépêche-toi !* » Il souleva la voleuse de livres par les aisselles. « Viens, Liesel, il faut sortir de là ! »

Quand elle fut capable de se redresser, elle regarda les visages figés des Allemands, leur expression choquée. Elle s'effondra à nouveau. Pas longtemps. La joue lui brûlait, là où elle avait heurté le sol.

Au loin, sur la chaussée, elle aperçut dans un brouillard les jambes et les talons du dernier Juif marchant vers Dachau.

Elle avait le visage en feu, et ses bras et ses jambes la faisaient souffrir – un engourdissement à la fois douloureux et épuisant.

Elle se releva une dernière fois.

Avec obstination, elle se mit à marcher, puis à courir dans la rue de Munich pour tenter de rattraper Max Vandenburg.

« Liesel, qu'est-ce que tu fabriques ? »

Elle se mit hors de portée des paroles de Rudy et ignora les regards des badauds. La plupart d'entre eux se taisaient. Des statues au cœur battant. Peut-être des spectateurs à la dernière étape d'un marathon. Les cheveux dans les yeux, Liesel appela de nouveau. « Max, par pitié ! »

Elle fit ainsi une trentaine de mètres et, juste au moment où un soldat allait se retourner, elle fut plaquée au sol. Rudy l'avait saisie par-derrière au niveau des genoux. La volée de coups qu'il reçut en retour fut acceptée sans broncher, comme si c'étaient des cadeaux. Les mains et les coudes osseux de Liesel ne suscitèrent chez lui que quelques gémissements étouffés. Il la laissa lui couvrir le visage d'une brume de postillons et de larmes. Et surtout, il parvint à la maintenir à terre.

Rue de Munich, un garçon et une fille étaient emmêlés.

Ils se trouvaient dans une position tout à fait inconfortable.

Ensemble, ils regardèrent les humains disparaître à leur vue. Ils les regardèrent se dissoudre comme des comprimés effervescents dans l'atmosphère humide.

CONFESSIONS

Une fois les Juifs disparus, Liesel et Rudy se relevèrent. La voleuse de livres ne dit pas un mot. Les interrogations de Rudy restèrent sans réponse.

Elle ne rentra pas non plus chez elle. Le cœur triste, elle se rendit à la gare et attendit son papa. Rudy lui tint compagnie pendant une vingtaine de minutes, puis, dans la mesure où Hans ne reviendrait pas avant plusieurs heures, il alla chercher Rosa et la conduisit vers Liesel en lui racontant ce qui s'était passé. Elle ne posa pas de questions à la jeune fille. Elle avait déjà assemblé le puzzle. Elle resta simplement à ses côtés, puis la convainquit de s'asseoir et elles attendirent ensemble.

Lorsque Hans apprit la nouvelle, il laissa tomber son sac sur le sol du *Bahnhof* et donna un coup de pied dans le vide.

Aucun des trois ne mangea, ce soir-là. Les doigts de Papa firent outrage à l'accordéon en massacrant une chanson après l'autre, malgré ses efforts pour jouer juste. Rien n'allait plus.

La voleuse de livres ne quitta pas son lit pendant trois jours.

Tous les matins et toutes les après-midi, Rudy Steiner venait frapper à la porte et demandait si elle était toujours malade. Mais elle n'était pas malade.

* * *

Le quatrième jour, Liesel alla frapper chez son voisin. Elle lui proposa de l'accompagner à l'endroit où ils avaient distribué du pain l'année précédente, sous les arbres.

« J'aurais dû t'en parler plus tôt », dit-elle.

Ils marchèrent jusque-là, sur la route de Dachau, et s'avancèrent sous les arbres qui projetaient leurs ombres allongées dans la lumière. Les pommes de pin répandues sur le sol ressemblaient à des petits gâteaux.

Merci, Rudy.

Merci pour tout. Merci de m'avoir aidée à quitter la rue, de m'avoir arrêtée…

Elle ne dit rien de tout cela.

Elle posa la main à côté d'elle, sur une branche dont l'écorce se détachait. « Rudy, si je te dis quelque chose, tu me promets que tu ne le répéteras à personne ?

— Bien sûr. » L'expression et le ton de Liesel montraient qu'il s'agissait de quelque chose de sérieux. Il s'adossa à l'arbre voisin. « Je t'écoute.

— Promets.

— J'ai promis.

— Recommence. Promets de ne rien dire à ta mère, ni à ton frère, ni à Tommy Müller. À personne.

— Je te le promets. »

Le dos contre l'arbre.

Les yeux fixés au sol.

Pour savoir par où commencer, elle fit plusieurs tentatives, en lisant des phrases à ses pieds et en reliant des mots aux pommes de pin et aux branchages cassés.

« Tu te souviens quand je me suis blessée en jouant au foot dans la rue ? » dit-elle enfin.

Il lui fallut presque trois quarts d'heure pour tout expliquer : deux guerres, un accordéon, un boxeur juif et un sous-sol. Sans oublier ce qui s'était passé quatre jours plus tôt rue de Munich.

« C'est pour ça que le jour où on a donné du pain, tu t'es approchée si près, constata Rudy, pour voir s'il était parmi eux.

— Oui.

— Doux Jésus !
— Oui. »

Les arbres étaient hauts et triangulaires. Calmes.

Liesel tira *La Secoueuse de mots* de son sac et en montra une page à Rudy. On y voyait un garçon avec trois médailles autour du cou.

« Cheveux couleur citron », lut-il. Il caressa les mots avec le doigt. « Tu lui as parlé de moi ? »

Sur le moment, elle fut incapable de parler. Peut-être avait-elle la gorge serrée par l'amour qu'elle éprouvait soudain pour lui. À moins qu'elle ne l'ait aimé depuis toujours. Sans doute. Ne pouvant prononcer un mot, elle avait envie qu'il l'embrasse. Elle avait envie qu'il prenne sa main et l'attire à lui. Qu'importait l'endroit du baiser, la bouche, la joue, le cou. Sa peau l'attendait.

Quelques années auparavant, lorsqu'ils avaient fait la course sur un terrain boueux, Rudy était un tas d'os assemblés à la va-vite, avec un sourire ébréché. Cette après-midi-là, sous les arbres, il était celui qui donnait du pain et des ours en peluche. Il était le triple champion de course à pied des Jeunesses hitlériennes. Il était son meilleur ami. Et il lui restait un mois à vivre.

« Bien sûr que je lui ai parlé de toi », dit Liesel.

Elle était en train de lui dire adieu et elle ne le savait pas.

LE PETIT LIVRE NOIR D'ILSA HERMANN

À la mi-août, quand elle se rendit au 8, Grande Strasse, elle était persuadée que c'était en quête du même vieux remède.

Pour se remonter le moral.

C'était ce qu'elle croyait.

Il avait fait chaud, mais des averses étaient prévues dans la soirée. En passant devant la boutique de Frau Diller, elle se souvint de deux phrases qu'elle avait lues dans *Le Dernier Humain étranger*, vers la fin.

LE DERNIER HUMAIN ÉTRANGER
PAGE 211
Le soleil fait bouillonner la terre. Il nous touille comme un ragoût dans une marmite.

Sur le moment, si elle pensa à ce passage, c'est parce qu'il faisait très chaud.

Rue de Munich, les événements de la semaine passée lui revinrent en mémoire. Elle revit les Juifs qui arrivaient, elle revit leur nombre et leur souffrance. Et elle se dit que dans sa citation, un mot manquait.

Le monde est un *affreux* ragoût, pensa-t-elle.

Si affreux que je ne peux le supporter.

Liesel franchit le pont sur l'Amper. L'eau était magnifique, d'une riche couleur émeraude. Elle apercevait les cailloux tout au fond et entendait le chant familier du courant. Le monde ne méritait pas une aussi belle rivière.

Elle escalada la colline en direction de Grande Strasse. Les maisons étaient belles et repoussantes. Ses jambes et ses poumons lui faisaient un peu mal. Ce n'était pas désagréable. Marche plus vite, se dit-elle, et elle se dressa comme un monstre qui émerge du sable. L'odeur des pelouses lui emplissait les narines, fraîche et suave, verte avec une pointe de jaune. Elle traversa la cour sans tourner la tête et sans une seule hésitation.

La fenêtre.
Les mains sur le rebord, les jambes qui font un ciseau.
Les pieds qui atterrissent.
Des livres, des pages, un lieu où il fait bon être.

Elle prit un livre sur un rayonnage et s'assit sur le sol.

Est-elle là ? se demanda-t-elle. Mais elle se moquait de savoir si Ilsa Hermann était en train de peler des pommes de terre dans sa cuisine, de faire la queue au bureau de poste, ou de regarder ce qu'elle lisait par-dessus son épaule, tel un fantôme.

Cela n'avait plus aucune importance, désormais.

Pendant un long moment, elle resta ainsi, des images dans la tête.

Elle avait vu son frère mourir un œil ouvert, l'autre encore dans son rêve. Elle avait dit au revoir à sa mère et l'avait imaginée seule sur un quai de gare, attendant le train qui la ramènerait chez elle, vers l'oubli. Allongée sur le sol, une femme sèche avait poussé un hurlement qui avait parcouru la rue avant de retomber comme une pièce de monnaie arrivée en bout de course après avoir roulé. Un jeune homme s'était pendu à une corde tissée avec les neiges de Stalingrad. Elle avait vu un pilote de bombardier mourir dans un cercueil de métal. Elle avait vu un Juif, l'homme qui par deux fois lui avait donné les plus belles pages qu'elle ait jamais lues, être emmené vers un camp de concentration. Et au milieu de tout cela, elle voyait le Führer qui hurlait ses mots et les faisait circuler.

Ces images, c'était le monde et le monde bouillonnait en elle tandis qu'elle était assise là, parmi les jolis livres aux titres bien nets. Elle sentait ce grand brassage tandis qu'elle parcourait les pages aux ventres pleins à ras bord de paragraphes et de mots.

Petits salauds, pensait-elle.

Jolis petits salauds.

Ne me rendez pas heureuse. Surtout, ne venez pas me remplir pour que je croie que quelque chose de bon peut sortir de tout cela. Regardez mes meurtrissures. Regardez cette écorchure. Voyez-vous l'écorchure que j'ai à l'intérieur ? La voyez-vous s'étendre sous vos yeux et me ronger ? Désormais, je ne veux plus espérer. Je ne veux plus prier pour que Max soit sain et sauf. Ni Alex Steiner.

Parce que le monde ne les mérite pas.

Elle arracha une page du livre et la déchira.

Puis un chapitre entier.

Bientôt, elle fut entourée de mille morceaux de mots. Les mots. Pourquoi fallait-il qu'ils existent ? Sans eux, il n'y aurait rien de tout cela. Sans les mots, le Führer ne serait rien. Il n'y aurait pas de prisonniers boitillants. Il n'y aurait pas besoin de consolation et de subterfuges pour les réconforter.

À quoi bon des mots ?

Elle le répéta à haute voix, dans la pièce baignée d'une lumière orange. « À quoi bon des mots ? »

La voleuse de livres se leva et gagna sans bruit la porte de la bibliothèque, qui ne protesta guère quand elle l'ouvrit. Le couloir n'était habité que par les courants d'air.

« Frau Hermann ? »

L'écho de sa question lui revint, avant de repartir vers la porte d'entrée. Il mourut à mi-chemin.

« Frau Hermann ? »

Seul le silence répondit et, pensant à Rudy, elle fut tentée d'aller jusqu'à la cuisine. Elle s'en abstint toutefois, car cela aurait été mal de voler de la nourriture à la femme qui avait laissé à son intention un dictionnaire appuyé sur une vitre. Sans compter qu'elle venait de détruire l'un de ses livres. Elle avait fait assez de dégâts comme ça.

Liesel regagna la bibliothèque. Elle alla s'asseoir au bureau et ouvrit l'un des tiroirs.

LA DERNIÈRE LETTRE
Chère madame Hermann,
Comme vous voyez, je suis revenue dans votre bibliothèque et j'ai mis l'un de vos livres en pièces. C'est la colère et la peur qui m'ont poussée. Je voulais tuer les mots. Je vous ai volée, et voilà que maintenant je m'en prends à vos biens. Je suis désolée. Pour me punir, je crois que je vais arrêter de venir. Mais ce n'est peut-être pas vraiment une punition. En fait, j'adore et je déteste cet endroit, parce qu'il est plein de mots. Vous vous êtes toujours comportée comme une amie avec moi, même si je vous ai fait du mal, même si j'ai été insupportable (un mot que j'ai trouvé dans votre dictionnaire).
Alors, je crois que je vais vous laisser tranquille.
Je suis désolée pour tout.
Merci encore.
Liesel Meminger.

Elle laissa la note sur le bureau et, en guise d'adieu, fit trois fois le tour de la pièce en laissant courir ses doigts sur les volumes. Elle les haïssait, mais elle était incapable de résister. Des lambeaux de papier étaient éparpillés autour d'un livre intitulé *Les Règles de Tommy Hoffmann*. La brise qui entrait par la fenêtre en faisait voleter certains.

La lumière était toujours orange, mais elle avait baissé. Une dernière fois, Liesel posa ses mains sur le rebord de la fenêtre, effectua un rétablissement, et ressentit le choc douloureux sur la plante des pieds en sautant à terre.

Quand elle passa le pont, la lumière orange avait disparu. Les nuages s'accumulaient dans le ciel.

En arrivant rue Himmel, elle sentit les premières gouttes de pluie. Je ne reverrai plus Ilsa Hermann, se dit-elle, mais la voleuse de livres était plus douée pour lire et détruire les livres que pour émettre des affirmations.

TROIS JOURS PLUS TARD
La femme vient de frapper au n° 33 et elle attend qu'on lui ouvre.

Cela fit bizarre à Liesel de la voir sans son peignoir de bain. La robe d'été d'Ilsa Hermann était jaune, avec un galon rouge. Une petite fleur était brodée sur la poche. Pas de croix gammées. Ses chaussures étaient noires. Liesel n'avait jamais remarqué ses mollets jusqu'à ce jour. Elle avait des jambes de porcelaine.

« Frau Hermann, je suis désolée. Pour ce que j'ai fait l'autre jour dans la bibliothèque. »

La femme la calma d'un geste. Elle fouilla dans son sac et en sortit un petit livre noir. À l'intérieur, il n'y avait rien d'écrit. Juste des feuilles avec des lignes. « Puisque tu ne veux plus venir lire mes livres, je me suis dit que tu aimerais peut-être en écrire un à la place. Ta lettre était… » Elle tendit à deux mains le livre noir à Liesel. « Tu as un don pour l'écriture. Tu écris bien. » Le livre était lourd, avec une couverture épaisse comme celle du *Haussement d'épaules*. « Et je t'en prie, Liesel, ne te punis pas comme tu l'as dit. Ne fais pas comme moi. »

Liesel ouvrit le livre et passa son doigt sur le papier. « *Danke schön*, Frau Hermann. Voulez-vous une tasse de café ? Je suis seule à la maison. Maman est chez la voisine, Frau Holtzapfel.

— On entre par la porte ou par la fenêtre ? »

Liesel se dit qu'il y avait des années qu'Ilsa Hermann n'avait souri ainsi. « Par la porte. Ce sera plus simple, je pense. »

Elles s'installèrent dans la cuisine.

Café et tartines de confiture. Elles s'efforçaient de parler et Liesel entendait Ilsa Hermann avaler, mais, à vrai dire, ce n'était pas désagréable. C'était même plutôt charmant de la voir souffler sur son café pour le refroidir.

« Si jamais j'écris quelque chose et que je vais jusqu'au bout, dit Liesel, je vous le montrerai.

— J'aimerais bien. »

Quand la femme du maire prit congé, Liesel la regarda remonter la rue Himmel avec sa robe jaune, ses souliers noirs et ses jambes de porcelaine.

Devant la boîte aux lettres, Rudy demanda : « C'était bien qui je pense que c'était ?

— Oui.

— Tu plaisantes !

— Elle m'a offert un cadeau. »

En fait, ce n'est pas seulement un livre qu'Ilsa Hermann donna à Liesel Meminger ce jour-là. Elle lui donna aussi une raison de passer du temps dans le sous-sol – son endroit préféré, d'abord en compagnie de Papa, puis de Max. Elle lui donna une raison d'écrire ses propres mots, de constater que les mots l'avaient aussi ramenée à la vie.

« Ne te punis pas. » Liesel entendait de nouveau les paroles d'Ilsa Hermann. Pourtant, la punition et la souffrance seraient présentes, tout comme le bonheur. C'était cela, l'écriture.

Cette nuit-là, pendant le sommeil de Maman et de Papa, elle descendit au sous-sol et alluma la lampe à pétrole. Durant la première heure, elle ne fit que contempler son crayon et le papier. Elle s'obligea à rassembler ses souvenirs et, comme d'habitude, elle se concentra sur sa tâche.

« *Schreibe*, s'ordonna-t-elle. Écris. »

Au bout d'un peu plus de deux heures, elle commença à écrire, sans savoir ce qui allait en sortir. Comment aurait-elle pu deviner que quelqu'un s'emparerait de son récit et l'emmènerait partout ?

On ne s'attend pas à ce genre de choses.

C'est inimaginable.

Elle utilisa un gros pot de peinture en guise de table, s'assit sur un plus petit et écrivit ce qui suit au milieu de la première page.

LA VOLEUSE DE LIVRES
Une petite histoire
par
Liesel Meminger

LA CAGE THORACIQUE DES AVIONS

À la page 3, elle avait déjà mal à la main.

Les mots sont terriblement lourds, se dit-elle. Pourtant, au fil des heures, elle finit par noircir onze pages.

PAGE 1
J'essaie de ne pas y penser, mais je sais que tout a commencé avec le train, la neige et mon frère qui toussait. Ce jour-là, j'ai volé mon premier livre. C'était un manuel pour les fossoyeurs et je l'ai volé quand j'étais en route vers la rue Himmel...

Elle s'endormit dans le sous-sol, sur un lit de bâches, le papier aux bords recroquevillés posé sur le gros pot de peinture. Au matin, Maman se tenait au-dessus d'elle, le regard interrogateur.

« Que diable fais-tu ici, Liesel ? demanda-t-elle.

— J'écris, Maman.

— Jésus, Marie, Joseph ! » Rosa remonta l'escalier d'un pas lourd.

« Si dans cinq minutes tu n'es pas là-haut, t'auras droit au seau d'eau. *Verstehst ?*

— Compris. »

Toutes les nuits, Liesel descendait au sous-sol. Elle ne se séparait jamais du livre. Pendant des heures, elle tentait à chaque fois de rédiger dix pages de l'histoire de sa vie. Il y avait beaucoup à raconter et elle essayait de ne rien oublier. Prends ton temps, se disait-elle. Et petit à petit, elle gagna en assurance.

Parfois, elle parlait de ce qui se passait dans le sous-sol pendant qu'elle écrivait. Elle venait de finir le passage où Papa l'avait giflée sur les marches de l'église et où ils avaient « *Heil Hitleré* » ensemble. En face d'elle, Hans remettait l'accordéon dans son étui. Il avait joué durant une demi-heure.

PAGE 42

Cette nuit, Papa m'a tenu compagnie. Il avait apporté son accordéon. Il s'est installé près de l'endroit où Max s'asseyait. Souvent, quand il joue, je regarde ses doigts et son visage. L'accordéon respire. Papa a des rides sur les joues. Elles ont l'air dessinées et quand je les vois, j'ai les larmes aux yeux. Ce n'est pas une question d'orgueil ou de tristesse. Simplement, j'aime bien comme elles bougent et changent. Parfois, je me dis que mon papa est un accordéon. Quand il respire et me regarde en souriant, j'entends les notes.

Après avoir passé dix nuits à écrire, Liesel en était à la page 102 et dormait dans le sous-sol lorsque Munich fut bombardée. Elle n'entendit ni le bruit de coucou ni les sirènes, et elle tenait le livre serré contre elle lorsque Hans vint la réveiller. « Viens vite, Liesel ! » Elle prit *La Voleuse de livres* et tous ses autres livres, et ils allèrent chercher Frau Holtzapfel.

PAGE 175

Un livre flottait au fil de l'Amper.
Un garçon sauta dans la rivière, le rattrapa et le saisit dans sa main droite. Il sourit.
On était en décembre. Il avait de l'eau glacée jusqu'à la taille.
« Tu me donnes un baiser, Saumensch ***? » dit-il.***

Le 2 octobre, quand eut lieu le raid suivant, elle avait terminé. Il ne restait qu'une douzaine de pages blanches et la voleuse de livres avait déjà commencé à relire la totalité de son texte. Le livre était divisé en dix parties, qui, toutes, portaient le titre d'un livre ou d'une histoire et décrivaient leur influence sur son existence.

Je me demande souvent à quelle page elle en était lorsque j'ai parcouru la rue Himmel sous la pluie, cinq nuits plus tard. Je me suis demandé ce qu'elle lisait quand la première bombe est tombée de la cage thoracique d'un avion.

Pour ma part, je l'imagine en train de jeter un coup d'œil au mur sur lequel Max avait peint un nuage au bout d'une corde, un soleil dégoulinant et des silhouettes qui marchaient vers lui. Elle contemple ensuite ses pénibles tentatives pour orthographier les mots difficiles. Je vois le Führer qui descend l'escalier du sous-sol, ses gants de boxe attachés autour du cou. Et, pendant des heures, la voleuse de livres lit et relit son texte jusqu'à sa dernière phrase.

***LA VOLEUSE DE LIVRES* – DERNIÈRE LIGNE**
J'ai détesté les mots et je les ai aimés, et j'espère en avoir fait bon usage.

Au-dehors, le monde était un sifflement. La pluie était souillée.

LA FIN DU MONDE
(Seconde partie)

Aujourd'hui, presque tous les mots s'effacent. Le livre noir se désintègre sous le poids de mes voyages. C'est une raison supplémentaire pour raconter cette histoire. Que disions-nous, un peu plus tôt ? Que si l'on répète suffisamment souvent quelque chose, on ne l'oublie pas. Je peux aussi vous raconter ce qui est arrivé une fois que la voleuse de livres a cessé d'écrire et comment j'ai pu prendre connaissance de son récit. Comme ceci.

Imaginez-vous en train d'avancer dans la rue Himmel plongée dans le noir. Vous avez la tête mouillée et la pression atmosphérique est sur le point de changer brutalement. La première bombe tombe sur le groupe d'immeubles où habite Tommy Müller. Il dort, le visage innocemment agité de tics, et je m'agenouille à son chevet. C'est ensuite le tour de sa sœur. Les pieds de Kristina dépassent de la couverture. Ils correspondent aux empreintes sur la marelle, dans la rue. Ses petits orteils. Leur mère dort à proximité. Il y a quatre cigarettes déformées dans son cendrier et le plafond sans toit est incandescent. La rue Himmel brûle.

Les sirènes se mettent à hurler.

« Trop tard *maintenant* pour ce petit exercice », ai-je murmuré, parce que les gens avaient été copieusement floués. Au départ, les Alliés avaient feint de vouloir bombarder Munich afin de frapper Stuttgart. Mais dix avions étaient restés. Bien sûr, il y avait eu des alertes. À Molching, elles s'étaient déclenchées en même temps que les bombes.

LA LISTE DES RUES
Rue de Munich, rue Ellenberg, rue Johannson, rue Himmel. La rue principale plus trois autres, dans le quartier le plus pauvre.

En l'espace de quelques minutes, il ne restait plus rien d'elles.

Une église fut dévastée.

À l'endroit où Max Vandenburg était resté debout, le sol n'était plus qu'un trou.

Dans la cuisine du 31 de la rue Himmel, Frau Holtzapfel m'attendait, apparemment. Elle avait une tasse brisée devant elle et, dans un ultime moment de conscience, elle parut se demander pourquoi j'avais mis autant de temps à arriver.

Frau Diller, elle, dormait à poings fermés. Ses vitres blindées avaient été pulvérisées et il y avait des éclats de verre à côté de son lit. Il ne restait plus rien de sa boutique, dont le comptoir avait été projeté de l'autre côté de la rue, tandis que la photo encadrée d'Hitler avait été arrachée du mur et jetée à terre. Le Führer avait été littéralement massacré et transformé en chair à pâtée. Je lui ai marché dessus en sortant.

Chez les Fiedler, tout était en ordre, chacun dormait sous les couvertures. Pfiffikus avait remonté les siennes jusqu'au menton.

Chez les Steiner, j'ai passé les doigts dans les beaux cheveux bien peignés de Barbara, j'ai ôté l'expression sérieuse sur le visage endormi de Kurt et j'ai embrassé les plus jeunes. Bonne nuit.

Quant à Rudy...

* * *

Doux Jésus, Rudy...

Il partageait le lit d'une de ses sœurs. Sans doute l'avait-elle repoussé pour prendre un maximum de place, car il était tout au bord et l'entourait de son bras. Il dormait. Sa chevelure éclairait le lit comme une flamme. Je les ai emmenés, Bettina et lui, leur âme encore dans la couverture. Ils sont morts vite. Ils étaient tièdes. C'est le garçon à l'ours en peluche, me suis-je dit. Celui qui s'était approché de l'avion. Où était le réconfort de Rudy ? Y avait-il quelqu'un pour adoucir le moment où sa vie lui était dérobée ? Qui était à ses côtés au moment où l'on retirait le tapis de la vie de dessous ses pieds endormis ?

Personne.

Il n'y avait là que moi.

Et le réconfort n'est pas vraiment dans mes cordes, surtout quand j'ai les mains froides et que le lit est tiède. Je l'ai emporté avec précaution le long de la rue défoncée, l'œil humide et le cœur mortellement lourd. Pour lui, j'ai fait un effort particulier. J'ai examiné le contenu de son âme et j'ai vu un garçon peinturluré en noir qui criait le nom de Jesse Owens en passant une ligne d'arrivéc imaginaire. J'ai vu un garçon qui tentait d'attraper un livre, avec de l'eau glacée jusqu'à la taille. Je l'ai vu dans son lit, en train d'imaginer à quoi ressemblerait un baiser de sa merveilleuse voisine. Il me touche, ce gamin. À chaque fois. C'est son seul défaut. Il me fend le cœur. Il me fait pleurer.

Enfin, les Hubermann.

Hans.

Papa.

Sa grande silhouette était allongée dans le lit et ses paupières étaient entrouvertes sur l'argent de son regard. Son âme m'attendait. Elle m'a accueillie. C'est toujours ainsi que font ces âmes-là, les meilleures. Elles se lèvent et disent : « Je sais qui tu es et je suis prête. Ce n'est pas que j'en aie envie, bien sûr, mais je viens. » Elles sont toujours légères parce qu'une part d'elles-mêmes est déjà partie ailleurs. Lui, il l'avait mise dans le souffle d'un accordéon, le goût étrange du champagne l'été, et l'art de tenir ses promesses. Il s'est allongé dans mes bras. J'ai senti que ses poumons réclamaient une dernière cigarette et qu'une puissante force magnétique l'attirait vers le sous-sol, là où se trouvait celle qui était sa fille, en train d'écrire un livre que j'espérais bien lire un jour.

Liesel.

Son âme m'a chuchoté son prénom tandis que je l'emmenais. Mais il n'y avait pas de Liesel dans cette maison. Du moins, pas pour moi.

Pour moi, il n'y avait qu'une Rosa, et oui, je crois bien que je l'ai prise au beau milieu d'un ronflement, car elle avait la bouche ouverte et ses lèvres sèches et roses remuaient encore. N'empêche que si elle m'avait vue, elle m'aurait traitée de *Saumensch.* Oh ! je ne l'aurais pas mal pris. Après avoir lu *La Voleuse de livres*, j'ai découvert qu'elle traitait tout le monde de *Saumensch* ou de *Saukerl.* Surtout les gens qu'elle aimait. Ses cheveux élastiques étaient défaits et étalés sur l'oreiller. Son corps trapu s'était soulevé au rythme des battements de son cœur. Car il ne faut pas s'y tromper : cette femme avait un cœur. Un cœur beaucoup plus gros qu'on ne pouvait le penser. Il contenait énormément de choses, bien rangées sur des kilomètres d'étagères secrètes. N'oublions pas qu'elle avait passé une nuit avec l'accordéon de son mari autour du cou. Qu'elle avait nourri un Juif sans poser la moindre question dès le soir de l'arrivée de Max à Molching. Et qu'elle avait fouillé l'intérieur d'un matelas pour y prendre un carnet de croquis et le donner à une adolescente.

LA DERNIÈRE CHANCE
J'allais d'une rue à l'autre et je suis revenue chercher un homme du nom de Schultz au bout de la rue Himmel.

* * *

Il ne pouvait pas résister à l'intérieur de la maison effondrée et j'étais en train de remonter la rue avec son âme quand j'ai entendu les gens de la LSE pousser des cris de joie.

Il y avait une petite vallée dans la montagne de décombres.

Le ciel rouge incandescent était en train de virer. Des traînées de poivre commençaient à tournoyer et cela a attisé ma curiosité. Non, non, je n'ai pas oublié ce que je vous ai dit au début.

Généralement, ma curiosité me conduit à être témoin malgré moi de quelque clameur chez les humains, mais je dois dire qu'en cette occasion, même si cela m'a brisé le cœur, j'étais et suis toujours ravie de m'être trouvée là.

Quand ils l'ont sortie, il est vrai que la voleuse de livres s'est mise à gémir et à crier en appelant Hans Hubermann. Les hommes de la LSE ont bien tenté de la garder entre leurs bras couverts de poussière, mais elle a réussi à leur échapper. Les humains, dans leur désespoir, sont souvent capables de ce genre de choses, j'ai l'impression.

Elle ne savait vers où elle se précipitait, car la rue Himmel n'existait plus. Tout était apocalyptique et nouveau. Pourquoi le ciel était-il rouge ? Comment pouvait-il neiger ? Et pourquoi les flocons lui brûlaient-ils les bras ?

Liesel cessa de courir et avança en titubant, droit devant elle.

Où est la boutique de Frau Diller ? se demandait-elle. Où est…

Elle fit encore quelques mètres, puis l'homme qui l'avait découverte la saisit par le bras et lui parla. « Tu es simplement en état de choc. Ne t'inquiète pas, tout va s'arranger.

— Que s'est-il passé ? interrogea-t-elle. C'est bien la rue Himmel ?

— Oui. » L'homme avait un regard désabusé. Qu'avait-il vu au cours des dernières années ? « C'est bien la rue Himmel. Une bombe est tombée. *Es tut mir leid, Schatzi* – Je suis désolé, mon petit. »

La bouche de Liesel se mit à trembler. Elle avait oublié qu'elle venait d'appeler Hans Hubermann. Des années s'étaient écoulées entre-temps. C'est l'un des effets d'un bombardement. « Il faut aller chercher mon papa et ma maman, dit-elle. Il faut tirer Max du sous-sol. S'il n'est pas là, il est dans la cuisine, en train de regarder par la fenêtre. Ça lui arrive de temps en temps pendant les raids – il ne voit pas souvent le ciel, vous comprenez. Je dois lui dire quel temps il fait en ce moment. Il ne me croira jamais… »

À ce moment, elle s'effondra et l'homme de la LSE l'aida à s'asseoir. « On l'emmène tout de suite », dit-il à son sergent. La voleuse de livres contempla l'objet lourd qu'elle tenait à la main et qui lui faisait mal.

Le livre.

Les mots.

Elle avait les doigts en sang, comme à son arrivée rue Himmel.

L'homme de la LSE la souleva et tenta de l'entraîner. Une cuillère en bois brûlait. Un autre membre de l'équipe passa, portant un étui d'accordéon brisé. Elle vit l'instrument à l'intérieur, qui lui souriait de ses dents blanches rayées de notes noires. Cela la ramena à la réalité. On a été bombardés, pensa-t-elle. « C'est l'accordéon de mon papa », dit-elle à l'homme qui était à ses côtés. Puis elle le répéta : « C'est l'accordéon de mon papa.

— Ne t'inquiète pas, mon petit, dit-il, tu es saine et sauve. Viens avec moi, on va aller un peu plus loin. »

Mais elle ne le suivit pas.

Elle regarda où l'autre sauveteur emportait l'accordéon et le rattrapa. Tandis qu'une cendre magnifique tombait toujours du ciel rouge, elle proposa : « Si vous voulez bien, je vais l'emmener. Il est à mon papa. » Doucement, elle le lui prit des mains et fit quelques pas. C'est alors qu'elle découvrit le premier cadavre.

L'étui de l'accordéon lui échappa des mains. Quand il toucha terre, cela fit le bruit d'une explosion.

Le corps mutilé de Frau Holtzapfel était étendu sur le sol.

LES QUELQUES SECONDES SUIVANTES DE LA VIE DE LIESEL MEMINGER

Elle se retourne et contemple le canal dévasté qui était autrefois la rue Himmel. Deux hommes emportent un cadavre. Elle les suit.

Quand elle aperçut les autres, elle fut prise d'une quinte de toux. Elle entendit l'un des hommes dire à ses collègues qu'ils avaient retrouvé l'un des corps complètement déchiqueté dans un érable.

Il y avait des pyjamas et des visages arrachés. Ce sont les cheveux du garçon qu'elle vit en premier.

Rudy ?

La voleuse de livres répéta son prénom à voix haute. « Rudy ? »

Il gisait les yeux clos. Elle se précipita vers lui et, lâchant le livre noir, tomba à genoux. « Rudy, réveille-toi », sanglota-t-elle. Elle agrippa le devant de sa chemise et le secoua doucement, incrédule. « Réveille-toi, Rudy ! » Des cendres continuaient à pleuvoir du ciel brûlant. « Rudy, je t'en supplie. » Les larmes s'accrochaient à ses joues. « Rudy, réveille-toi, bon sang ! Je t'aime. Rudy, Jesse Owens, tu sais bien que je t'aime. Réveille-toi, réveille-toi ! »

Mais il n'y avait plus rien à faire.

Les décombres s'accumulaient. Des collines de béton coiffées de rouge. Et cette belle adolescente écrasée par la douleur qui secouait un mort.

« Allons, Jesse Owens… »

Mais il ne se réveillait pas.

Désespérée, Liesel posa sa tête sur le torse de Rudy. Elle soutenait son corps inerte pour l'empêcher de retomber en arrière, mais elle dut bientôt le reposer sur le sol éventré. Elle le fit avec beaucoup de délicatesse.

Tout doucement.

« Seigneur, Rudy »

Liesel contempla son visage sans vie, puis elle déposa un baiser tendre et sincère sur la bouche de son meilleur ami. Les lèvres de Rudy Steiner avaient un goût de poussière et de miel. Le même goût que le regret à l'ombre des arbres et à la lueur de la collection de costumes de l'anarchiste. Elle l'embrassa longuement et, lorsqu'elle se redressa, elle effleura ses lèvres de ses doigts. Ses mains tremblaient, ses lèvres étaient charnues et elle se pencha à nouveau vers lui, sans maîtriser son geste, cette fois. Dans la rue Himmel ravagée, leurs dents se heurtèrent.

Elle ne lui dit pas adieu. Elle en était incapable. Au bout de quelques minutes, elle parvint enfin à s'arracher à lui. Je m'étonnerai toujours de ce dont les humains sont capables, même quand les larmes les aveuglent et qu'en titubant et en toussant ils continuent à avancer, à chercher, et à trouver.

LA DÉCOUVERTE SUIVANTE

Les corps de Maman et de Papa, gisant l'un et l'autre dans les draps de gravier de la rue Himmel.

Liesel ne se mit pas à courir. Elle ne bougea pas. Son regard qui errait sur les humains s'était arrêté sur l'homme de haute taille et la femme qui ressemblait à une petite armoire. C'est ma maman. C'est mon papa. Les mots se cramponnaient à elle.

« Ils ne bougent pas, observa-t-elle calmement, ils ne bougent pas. »

Elle se dit que si elle restait assez longtemps immobile, peut-être remueraient-ils, eux, mais elle eut beau attendre, rien de tel ne se passa. Je m'aperçus alors qu'elle n'avait pas de chaussures. C'est bizarre de remarquer ce genre de choses. Sans doute essayais-je d'éviter de regarder son visage complètement défait.

Liesel fit un pas en avant. Elle ne voulait pas aller plus loin, mais elle se força à continuer. Elle s'approcha de Hans et de Rosa et s'assit entre eux deux. Elle prit la main de Rosa et s'adressa à elle. « Tu te rappelles quand je suis arrivée, Maman ? Je pleurais et je m'accrochais au portail. Tu te souviens de ce que tu as dit aux gens dans la rue ? » Sa voix se mit à trembler. « Tu leur as dit : "Qu'est-ce que vous regardez comme ça, bande de trous du cul ?" » Elle lui caressa le poignet. « Maman, je sais que tu… J'étais contente quand tu es venue à l'école m'annoncer que Max s'était réveillé. Tu sais que je t'ai vue avec l'accordéon de Papa ? » La main de Rosa commençait à devenir rigide sous ses doigts. « Tu étais belle, Maman. Seigneur, tu étais magnifique, Maman. »

DE NOMBREUX MOMENTS D'ÉVITEMENT
Papa. Elle ne voulait pas, elle ne *pouvait* pas regarder Papa. Pas encore. Pas maintenant.

Papa était un homme au regard d'argent, pas au regard mort.
Papa était un accordéon.
Mais son soufflet était vide.
Rien n'y entrait, rien n'en sortait.

Liesel commença à se balancer. Une note aiguë resta emprisonnée dans sa gorge jusqu'au moment où elle fut enfin capable de se tourner.

Vers Hans.

Incapable de me retenir, je m'avançai pour mieux la voir et je compris alors que cet homme était l'être qu'elle aimait le plus au monde. Elle caressait son visage du regard, en suivant l'un des sillons qui creusaient ses joues. Hans Hubermann s'était assis auprès d'elle dans la salle de bains et lui avait appris à rouler une cigarette. Il avait donné du pain à un homme mort dans la rue de Munich. Et lui avait dit de continuer à lire dans l'abri. S'il ne l'avait pas fait, peut-être n'aurait-elle pas fini par écrire dans le sous-sol.

Papa – l'accordéoniste – et la rue Himmel.

L'une ne pouvait exister sans l'autre, car, pour Liesel, tous deux étaient un port d'attache. Oui, voilà ce qu'était Hans Hubermann pour Liesel Meminger.

Elle se retourna et s'adressa aux sauveteurs de la LSE.

« S'il vous plaît, pourriez-vous me donner l'accordéon de mon papa ? »

Après quelques instants de confusion, l'un des plus âgés apporta le vieil étui. Elle l'ouvrit et en retira l'instrument abîmé, qu'elle déposa auprès du corps de Hans. « Tiens, Papa. »

Et parce que c'est quelque chose que j'ai pu voir de nombreuses années plus tard – une vision chez la voleuse de livres elle-même –, je peux vous dire qu'en cet instant, agenouillée auprès de Hans Hubermann, elle le vit se lever et jouer de l'accordéon. Il enfila l'instrument et, sur les alpages des maisons dévastées, il joua, son regard d'argent empreint de bonté, une cigarette au coin des lèvres. Il fit même une fausse note et en rit gentiment. Le soufflet respirait et l'homme de haute taille jouait une dernière fois pour Liesel Meminger, tandis que le ciel était lentement retiré du fourneau.

Continue à jouer, Papa.

Papa s'arrêta.

Il laissa tomber l'accordéon et ses yeux d'argent continuèrent à rouiller. Il n'y avait plus maintenant qu'un corps gisant à terre. Liesel le souleva et le serra dans ses bras. Elle pleura sur l'épaule de Hans Hubermann.

« Adieu, Papa. Tu m'as sauvée. Tu m'as appris à lire. Personne ne joue comme toi. Je ne boirai plus jamais de champagne. Personne ne joue comme toi. »

Ses bras ne pouvaient se détacher de lui. Elle lui embrassa l'épaule, incapable de contempler plus longtemps son visage, et elle le reposa.

La voleuse de livres sanglota jusqu'à ce qu'on l'emmène avec douceur.

Plus tard, les sauveteurs se souvinrent de l'accordéon, mais personne ne remarqua le livre.

Ce n'était pas le travail qui manquait et *La Voleuse de livres* fut piétiné de nombreuses fois en même temps que d'autres objets, avant d'être ramassé sans un regard et jeté sur le dessus d'une benne à ordures. Juste avant le départ de la benne, j'y grimpai d'un geste vif et le prit dans ma main.

Une chance que j'aie été là.

Qu'est-ce que je raconte encore ? Je me trouve au moins une fois dans la plupart des endroits et, en 1943, j'étais à peu près partout.

ÉPILOGUE

La dernière couleur

Avec :
Liesel et la Mort – quelques larmes sur un visage de bois –
Max – et quelqu'un qui transmet

LIESEL ET LA MORT

Tout cela s'est passé il y a bien des années, et pourtant, le travail ne manque toujours pas. Le monde est une usine, je vous prie de le croire. Le soleil le fait bouillonner, les humains le gouvernent. Et je suis toujours là. Je les emporte.

Quant à la suite de cette histoire, je ne vais pas tourner autour, parce que je suis lasse, terriblement lasse. Je vais la raconter le plus simplement possible.

UN DERNIER FAIT
Il faut que je vous dise que la voleuse de livres est morte seulement hier.

Liesel Meminger a vécu jusqu'à un âge avancé, loin de Molching et des morts de la rue Himmel.

Elle est morte dans un faubourg de Sydney. La maison était au 45 de la rue, le même numéro que l'abri des Fiedler, et le ciel de l'après-midi était d'un bleu idéal. Comme l'âme de son papa, celle de Liesel s'était redressée et m'attendait.

* * *

Dans ses ultimes visions, sont apparus ses trois enfants, ses petits-enfants, son mari et la longue liste des existences qui s'étaient mêlées à la sienne. Parmi elles, lumineuses comme des lanternes, il y avait Hans et Rosa Hubermann, son frère, et le garçon dont les cheveux auraient à jamais la couleur des citrons.

Mais d'autres visions étaient également présentes.
Venez. Je vais vous raconter une histoire.
Je vais vous montrer quelque chose.

DU BOIS DANS L'APRÈS-MIDI

Une fois la rue Himmel dégagée, Liesel n'avait nulle part où aller. « La fille à l'accordéon », comme les sauveteurs l'avaient baptisée, fut emmenée au commissariat, où les policiers se demandèrent ce qu'ils allaient bien pouvoir faire d'elle.

Elle était assise sur une chaise inconfortable. L'accordéon la regardait par un trou de l'étui.

Au bout de trois heures, le maire et une femme aux cheveux flous se présentèrent. « Il paraît qu'on a retrouvé une jeune survivante dans la rue Himmel », dit la femme.

Un policier pointa le doigt.

Tandis qu'ils descendaient les marches du commissariat, Ilsa Hermann proposa de porter l'étui, mais Liesel refusa de le lâcher. À quelques centaines de mètres de la rue de Munich, une frontière séparait nettement les gens qui avaient été bombardés de ceux qui avaient été épargnés.

Le maire se mit au volant.

Ilsa Hermann monta à l'arrière de la voiture avec Liesel.

Elle prit sa main posée sur l'étui de l'accordéon, qui était placé entre elles, et Liesel la laissa faire.

* * *

Dans sa douleur, Liesel aurait pu rester silencieuse, mais elle eut la réaction inverse. Installée dans la ravissante chambre d'amis de la maison du maire, elle parla – à elle-même – jusque tard dans la nuit. Elle mangea, un peu seulement. Ce qu'elle ne fit pas du tout, c'est se laver.

Quatre jours durant, elle promena les vestiges de la rue Himmel sur les tapis et les parquets du 8, Grande Strasse. Elle dormit beaucoup, d'un sommeil sans rêves, et, la plupart du temps, elle regretta de se réveiller. Quand elle dormait, elle oubliait tout.

Le jour des obsèques, elle n'avait toujours pas pris de bain et, poliment, Ilsa Hermann lui demanda si elle souhaitait le faire. Auparavant, elle s'était bornée à lui montrer la salle de bains et à lui donner une serviette.

Les personnes présentes à l'enterrement de Hans et de Rosa Hubermann parlèrent toujours de cette jeune fille qui y assistait, revêtue d'une jolie robe et couverte de la poussière de la rue Himmel. Le bruit courut aussi que, quelques heures plus tard, elle s'était plongée tout habillée dans l'eau de l'Amper et avait dit quelque chose de bizarre.

Quelque chose à propos d'un baiser.

Quelque chose à propos d'une *Saumensch.*

Combien de fois devait-elle dire adieu ?

Les semaines, puis les mois étaient passés et la guerre avait continué à faire rage. Au plus noir de son chagrin, Liesel évoquait ses livres, surtout ceux qui avaient été faits pour elle et celui qui lui avait sauvé la vie. Un matin, à nouveau en état de choc, elle était même retournée rue Himmel pour les retrouver, mais il n'y avait plus rien. Impossible de guérir de ce qui était arrivé. Cela prendrait des décennies. Le temps d'une longue vie.

Pour la famille Steiner, il y eut deux cérémonies. La première pour leur enterrement, la seconde au retour d'Alex Steiner, quand il bénéficia d'une permission après le bombardement.

Depuis qu'il avait appris la nouvelle, Alex n'était plus que l'ombre de lui-même.

« Si seulement j'avais laissé Rudy aller à cette école, Seigneur Jésus ! » avait-il déclaré.

On sauve quelqu'un.

On le tue.

Comment aurait-il pu savoir ?

Il ne savait qu'une chose, c'était qu'il aurait tout donné pour se trouver rue Himmel cette nuit-là afin que Rudy, et non lui-même, ait eu la vie sauve.

C'est ce qu'il confia à Liesel sur les marches du 8, Grande Strasse, où il venait de se précipiter en apprenant qu'elle était vivante.

Ce jour-là, sur les marches, le cœur d'Alex Steiner se fendit.

Liesel lui dit qu'elle avait embrassé Rudy sur la bouche. Cela la gênait, mais elle pensait qu'il aimerait l'apprendre. Un sourire entailla son visage de bois, sur lequel roulèrent des larmes rigides. Dans la vision de Liesel, le ciel que je vis était gris et brillant. Une après-midi d'argent.

MAX

La guerre terminée, lorsque Hitler se fut remis entre mes mains, Alex Steiner rouvrit sa boutique de tailleur. Il ne gagnait pas d'argent, mais cela l'occupait quelques heures par jour. Souvent, Liesel l'accompagnait. Ils passaient beaucoup de temps ensemble. Souvent, après la libération de Dachau, ils allaient à pied jusqu'au camp, mais les Américains les refoulaient.

Finalement, en octobre 1945, un homme au regard humide, aux cheveux comme des plumes et au visage rasé de près pénétra dans le magasin. Il s'approcha du comptoir et posa une question. « Y a-t-il ici quelqu'un qui s'appelle Liesel Meminger ?

— Oui, elle est dans l'arrière-boutique », répondit Alex. Puis, pour ne pas risquer une fausse joie, il ajouta : « Qui la demande ? »

Liesel apparut.

En larmes, ils s'étreignirent et tombèrent à genoux.

QUELQU'UN QUI TRANSMET

C'est vrai, j'ai vu beaucoup de choses en ce monde. J'assiste aux plus grands désastres et je travaille pour les pires brigands.

Mais il existe d'autres moments.

Il existe une multitude d'histoires (pas tant que ça, en fait, comme je l'ai déjà laissé entendre) que j'autorise à me distraire pendant mon travail, comme le font les couleurs. Je les récolte dans les endroits les plus épouvantables, les plus improbables, et je veille à m'en souvenir tout en vaquant à mes occupations. *La Voleuse de livres* en fait partie.

Quand je me suis rendue à Sydney et que j'ai emporté Liesel, j'ai enfin pu faire quelque chose que j'attendais depuis longtemps. Je l'ai posée à terre et nous avons marché le long d'Anzac Avenue, près du terrain de football. J'ai alors sorti de ma poche un vieux livre noir couvert de poussière.

La vieille dame n'en croyait pas ses yeux. Elle l'a pris en main et a demandé : « C'est vraiment lui ? »

J'ai approuvé d'un signe de tête.

Fébrilement, elle a ouvert *La Voleuse de livres* et s'est mise à le feuilleter. « Je n'arrive pas à le croire ! » Le texte avait pâli, mais elle a pu lire les mots qu'elle avait écrits. Les doigts de son âme ont touché l'histoire qu'elle avait couchée sur le papier tant d'années auparavant, dans le sous-sol de la rue Himmel.

Elle s'est assise sur le trottoir et j'en ai fait autant.

« L'avez-vous lu ? » m'a-t-elle demandé, sans me regarder. Elle avait les yeux fixés sur les mots.

J'ai hoché affirmativement la tête. « Plusieurs fois.

— Avez-vous pu la comprendre ? »

À ce moment-là, il y a eu un grand silence.

Des voitures passaient sur l'avenue. Leurs conducteurs étaient des Hitler, des Hubermann, des Max, des assassins, des Diller et des Steiner…

J'aurais aimé parler à la voleuse de livres de la violence et de la beauté, mais qu'aurais-je pu dire qu'elle ne sût déjà à ce sujet ? J'aurais aimé lui expliquer que je ne cesse de surestimer et de sous-estimer l'espèce humaine, et qu'il est rare que je l'*estime* tout simplement. J'aurais voulu lui demander comment la même chose pouvait être à la fois si laide et si magnifique, et ses mots et ses histoires si accablants et si étincelants.

Rien de tel n'est sorti de ma bouche.

Tout ce dont j'ai été capable, ce fut de me tourner vers Liesel Meminger et de lui confier la seule vérité que je connaisse. Je l'ai dite à la voleuse de livres. Je vous la dis maintenant.

UNE ULTIME NOTE DE VOTRE NARRATRICE
Je suis hantée par les humains.

REMERCIEMENTS

En premier lieu, je tiens à remercier Anna McFarlane (qui est aussi chaleureuse que bien informée) et Erin Clarke (pour la pertinence de ses conseils et sa gentillesse). Bri Tunnicliffe mérite également une mention spéciale pour m'avoir supporté et pour avoir bien voulu croire que je tiendrais mes délais.

Toute ma gratitude à Trudy White, qui a illustré ce texte. C'est un honneur pour moi d'avoir bénéficié de sa grâce et de son talent.

Un grand merci à Melissa Nelson, qui a rendu facile en apparence une tâche qui ne l'était pas. Ce n'est pas passé inaperçu.

Ce livre n'aurait pas vu le jour non plus sans Cate Paterson, Nikki Christer, Jo Arrah, Anyez Lindop, Jane Novak, Fiona Inglis et Catherine Drayton. Je ne les remercierai jamais assez du temps qu'elles ont consacré à ce livre et à moi-même.

Je remercie également le Jewish Museum de Sydney, l'Australian War Memorial, Doris Seider du musée du Judaïsme de Munich, Andreus Heusler des Archives municipales de Munich et Rebecca Biehler (pour ses informations sur les pommiers).

Ma reconnaissance va également à Dominika Zusak, Kinga Kovacs et Andrew Janson pour leurs encouragements et leur constance.

Enfin, je dois tout particulièrement remercier Lisa et Helmut Zusak, pour les histoires que nous avons du mal à croire, pour les rires, et pour m'avoir montré une autre face des choses.

Cet ouvrage a été imprimé par

FIRMIN DIDOT

GROUPE CPI

Mesnil-sur-l'Estrée

pour le compte des Éditions de Noyelles
en février 2007

Dépôt légal : mars 2007
N° d'édition : 47834 – N° d'impression : 84106

Imprimé en France